燃烧的玩偶

泰勒·史蒂文斯 著

于海生 译

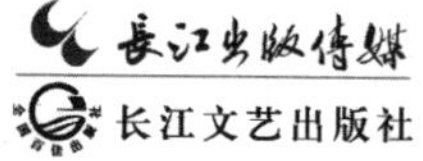

新出图证（鄂）字 03 号
图书在版编目（CIP）数据

燃烧的玩偶 /（美）泰勒·史蒂文斯著；于海生译. -- 武汉：长江文艺出版社，2014.12
ISBN 978-7-5354-7802-3

Ⅰ. ①燃… Ⅱ. ①泰… ②于… Ⅲ. ①长篇小说 - 美国 - 现代 Ⅳ. ① I712.45

中国版本图书馆 CIP 数据核字（2014）第295342号

著作权合同登记号 图字：17-2013-237
THE DOLL

This translation published by arrangement with Crown Publishers, an imprint of the Crown Publishing Group, a division of Random House, Inc.

责任编辑：吴 双 周 扬　　责任校对：王耀荣
封面设计：小徐书装　　责任印制：张伟明

出版：长江出版传媒 | 长江文艺出版社
地址：武汉市雄楚大街 268 号　　邮编：430070
发行：长江文艺出版社
北京时代华语图书股份有限公司 （电话：010-83670231）
http：//www.cjlap.com
印刷：三河市宏图印务有限公司

开本：787毫米 ×1092 毫米 1/32　　印张：11. 5
版次：2015 年1月第 1 版　　2015 年1月第 1 次印刷
字数：240千字

定价：36.80 元

献给我的生命中所有布拉德福式的人物。

永远爱着你们。

目录
CONTENTS

第一部

如果我不在了

绝望长着手指，但它只能抓住死去的蝴蝶

1 救护车

德克萨斯州，达拉斯

迈尔斯·布拉德福将手掌放在玻璃上，从他的办公室窗口注视着停车场。他看见她倒下来。倒下的过程就像是一种慢动作，那种歪斜和跌倒的姿态让他感到犹豫，有好长一会儿，他不能确定自己是该发笑还是为她担心。他屏住呼吸，期望着她站起来。她知道他就站在那里，所以从这一刻起，她会随时转向这座大楼并朝他挥手。他们稍后都会笑着说起这个小插曲。

但她没动，没有尝试从那辆将其一条腿压在人行道上的摩托车下面爬起来，甚至没有抬起头来。

看到这一幕并且感到困惑的布拉德福，仿佛是游泳者正在踩水似的慢慢退离了窗口。然后，他仿佛是如梦初醒般地转过身来，冲出办公室，跑过走廊，通过前台。他绕过电梯奔向楼梯，一口气从五层楼跑下来，接着从楼梯间跑出来并进入大厅。他推开大玻璃门，却发现一辆救护车挡在停车场北侧入口处，而芒罗躺在一副担架上，正在被抬到救护车里面。

布拉德福挥舞双臂大叫起来，想吸引医护人员的注意，让他们多等一会儿，等待他穿过停车场并陪她一起去医院。可是，他们压根儿就没有转过身来，丝毫没有理睬他。担架被推到车里，车门关上了，布拉德福再次飞跑起来，想要赶上那辆救护车，但却晚了几秒钟。

救护车响着刺耳的警笛声开到辅路上。

当他们把她从车下拉出来时，那辆倒在旁边的“杜卡迪”摩托车被略微挤到了一边，发动机已经关闭，钥匙仍然插在打火器上。

他弯下腰，用力把摩托车扶起来。他跨坐到车座上，一只脚踩住踏板，大拇指将启动按钮猛按进去，然后压下离合器手柄，却发现与人行道的撞击已经把它折断了。

他咒骂了一句，沮丧地呆在那里，一边盯着救护车开去的方向，一边喘着气琢磨对策。救护车的呼啸声渐渐消失，路上的车流速度再次开始恢复正常。他当时要是直接跑向一辆汽车而不是那辆救护车，也许还有机会追赶下去，但现在为时已晚。布拉德福朝那座大楼回头看了一眼，那里的少数围观者已经开始散去。

在火线之上工作过二十年、需要时刻提防有人从背后偷袭的经历，使他倾向于即便在他自己的地盘上，也会进行谨慎和周密的思考。底楼的人打了救援电话，而且一辆救护车就在附近的概率有多大？这不是不可能，但可能性也不会很大。

布拉德福从车上下来，把“杜卡迪”推到车库，推到芒罗通常会选择的那个偏僻角落，然后慢跑回大厅，脑子里同时回顾着她跌倒时的画面。他看到她上身猝然一动，随即往下看去，然后停顿了一下，左手发僵地悬垂在大腿处，仿佛是感到困惑似的呆了好一会儿，然后突然倒下去。她当时的动作，不是某个忽然失去知觉的人昏倒时的动作。

在电梯口处，他伸出一根手指按了向上箭头，同时思考着一系列可能性——过敏反应、突发疾病、最近生病——最终他的脑海里出现的，只是一个又一个的空白。

当布拉德福返回到所在的楼层时，他把那个过程在脑海里回顾了十几次，每次都让他变得更加沮丧。他推开将凯普斯通安全咨询机构与走廊分开的那扇宽门，穿过配有充足家具和大号公司徽标的豪华接待区——这些企业标志物暗示出，除了安保设备和铁血行动以外，在那个木头镶板墙壁以外还有其他东西——并且突然在前台那里停下来。

萨曼莎·沃克就坐在那张桌子后面。

她抬起头来，那双棕色的大眼睛凝视着他，每当他的压力上升时，她总会流露出这种关切的神情。

“你到底是怎么啦？”她说，“你脸色很吓人。对我说说。”

布拉德福茫然地苦笑了一下，没有理会她的话，从那张办公桌上方俯下身去取不干胶贴。他还能做什么呢？难道要告诉她，根据他的直觉和一个不间断的十秒钟记忆循环，他确定他所爱的那个女人刚刚遭人暗算，并被推进了一辆救护车？

他把那辆救护车快速开进辅路时，他瞥见的几个车牌数字潦草地写下来，当他的目光还停留在不干胶贴上面时，他问，“最近的急诊室在哪里？”

“医学城医院和帕克兰医院。”

“你给他们打电话好吗？查一下迈克尔是不是在那里？”

她又看了他一眼，然后抓了一下鼠标，显示器的屏保消失了。“我打电话是问迈克尔还是别的什么名字？”她问道。

“迈克尔。”他说。因为除非芒罗在执行任务，通常使用的就是她身份证上的这个名字，但沃克的这个问题将他的思维迅速引向两个方向。就在沃克搜索号码时，他迫使思想碎片和分散图像结合成一个连贯的问题：他见到了瓦内萨·迈克尔·芒罗被送进救护车里的情景，但对于那些做这件事的人来说，他们想要带走的果真是迈克尔本人，还是说他们认错了人呢？后者的可能性似乎不大。

他带着莫大的困惑苦苦思索发生这件事的原因，是什么样的人会动用这种手段将她塞进那辆救护车，他们的动机是什么，而且更重要的是，她是如何被跟踪的。因为发掘和交易秘密信息以及收买内线，芒罗一生肯定树敌不少，但她是用伪装和化名开展工作的，多年离家在外，很少有人知道她到底是谁以及如何找到她。

沃克清了清嗓子，拿起电话，并且意味深长地看了布拉德福一眼，意思是说她就要打这个电话，但他最好不要站在旁边监督似的听着。

他知趣地走开了，把一个钥匙卡在扫描器上刷了一下。

桌子右侧的一段镶板墙壁“咔哒”地开了一条缝。布拉德福将它拉开走了进去。在这段墙壁另一侧的室内空间，表面墙壁都是有机玻璃，欧式百叶窗始终处于打开状态，使整个楼层具有一种光亮感和空间感。

他从一个个办公室旁边经过，走到大多数企业都会将其作为一个会议室的地方，但对于凯普斯通企业而言，它就是作战室，是神经中枢，是业务触角从那里伸向数千英里之外，并随时提供私人安保服务的地方。

那里没有门，只有类似于门框的东西，在面对着那面配有特大号显示器的墙壁的办公桌前，保罗·贾汉从键盘那里转过身来。

布拉德福点点头，说，“嗨，杰克[1]。”然后把那个不干胶贴递给他。“达拉斯消防救援的车牌号。你能帮我查一下吗？”

贾汉接过那个上面有三个手写数字的紫色正方形纸片，看了一眼，粘在离他最近的显示器上。“给我一分钟。”他说，“应该能查到。”

在随后的静寂中，布拉德福大步走到墙壁右侧（左侧是显示器）那张上面留有标记的白板跟前。他看着在白沙瓦[2]那个两人团队活动情况的最新微小变化，但他只是在阅读它们，并没有真正往心里去。他的心思在别处，他的大脑还在思考，仍纠结于沃克关于芒罗身份那个随意的问题把他带入的两个思考方向。

他在第一个方向上没有任何头绪，于是转向第二个方向：如果芒罗发生了什么事情，罗根的电话号码，就是她口袋里的紧急联络方式。罗根就像是她的哥哥，她的灵魂的伴侣，犯罪的同谋，罗根的历史，几乎和她

1. 贾汉的昵称。

2. 巴基斯坦城市，属于西北边境省。

自己的历史一样复杂，而且她像守卫她自己的历史一样守卫着他的历史。

布拉德福看了一下手表。查看了手机。10分钟，差不多是这么长时间，从他看到芒罗骑着摩托车过来并且摔倒到现在。如果他想要开始追查此事的话，时间还早，但这无关紧要。他从快速拨号中找到了那个很少有人知道的号码，那部手机罗根总是随身携带，而且几乎肯定会接听。

拨打的电话被直接转移到了语音信箱。

布拉德福没有留下任何信息，就挂断了电话。

他的拇指快速翻阅联系人，查找到塔比瑟——芒罗的姐姐，拨打了号码，而后在拨号音还未响起时，就把它按掉了。芒罗的家人对她的秘密生活几乎一无所知，而且她为了保护她们，不会留下任何会追溯到她们的线索。打这种电话仍然太早，而且万一塔比瑟接听了电话，他一时间也不知道该如何对她解释，如何把前前后后的情况一下子说清楚。需要首先设计出一个貌似可信的基本故事。

在房间对面的贾汉说："这些数字看起来，好像属于有效的消防救援车牌号。因为只有一半号码，所以我不能那么肯定，但似乎是符合的。"

布拉德福从白板墙壁那里转过身。"它是被盗车辆吗？"

"这倒不太清楚，不过很有可能属于尚未报告那种情况。"

"用全球卫星定位系统跟踪怎么样？我们能发现那辆救护车最终停在哪里，或者被丢到哪里了吗？"

贾汉把椅子旋转过来面对着布拉德福，先是向右移动了几英寸，接着向左，又烦躁不安地再次来回挪动了几次。"我也许能做到这一点。"他停顿了一下，"你打算什么时候让我们知道是怎么回事？"

布拉德福叹了口气。他走到那张白板的空白处，拿起一支红色记号笔，画出了一个图解的起始部分，并且写上：迈克尔——是自己昏倒的，还是被人打倒的？

他转过身来。"这就是我掌握的全部情况。"

贾汉的嘴足足张开了一秒钟，然后才开口说话。"你一定是在开玩笑吧。”又顿了顿，“你看到了什么？”

“没看到多少。”

贾汉的食指指向那张白板。“所以就足够你画出那么多东西？”

布拉德福的肩膀垂下来，他再次瞥了一眼那个图解。

鉴于芒罗的生活方式，有这些信息就绰绰有余了，但他不能得出任何明确的结论。自从完成在阿根廷的那个任务以来，这九个月一直很平静，她在达拉斯最初的一周已经变成了几个月，她从偶尔在他的住处过夜，逐渐变成经常在他那里留宿，直到没有属于她自己的家的她在他面前越来越舒适。为了延缓她必将离开的那一刻，他与她合作，向她提供了一些安保合同，但都是小合同，而且相对简单——时间最长的是在尼日利亚首都阿布贾的一个月公差，而且它最终变成了一个看护某个成年人的小差事——这显然不值一提，也完全不能将它同今天的意外联系起来。

对讲机“噼噼啪啪”地响起来。是沃克的声音，“我在医学城医院急诊室找到了一个叫迈克尔·芒罗的人。”

贾汉扬起了眉毛。

布拉德福摇了摇头，“现在说找到了，还为时过早。”他说。

贾汉微妙地歪了一下头，这更多地是表示信任而非完全同意。布拉德福把手伸向钥匙架，取下一串钥匙，然后走向门口。“听着点儿电话，好吗？我要和萨姆[3]过去看一下。”

布拉德福和沃克乘电梯到了一层，走到停车场车库，来到一辆福特“探索者”面前，这是凯普斯通目前拥有的三辆汽车之一。布拉德福坐到方向盘后面。沃克坐到乘客座位上，系好安全带，注视着挡风玻璃外面，抑制住那些他知道她不会开口发问的问题。

她现在的沉默，是这个团队大部分人自芒罗第一次“加盟”以来，就开始保持的集体性心照不宣的一部分。对于“优惠待遇”的怀疑，似乎

3. 萨曼莎的昵称。

正在污染这片水域。

布拉德福把芒罗带进了公司，他正在和她同居，这已经不是什么秘密，而且他以前有一次为了保护她，宁愿舍弃现有的一切。除非有相反证明，不然的话，急匆匆地赶去医院，就是布拉德福要完成他那过分偏执的私人使命，正因为如此，这是一种公司资源的浪费。

就像大多数急诊室一样，医学城医院的急诊室灯光刺眼，气氛压抑。等候区的大部分座位已被占据，亲属们脸上那种典型的、不加掩饰的痛苦和忧虑之色，让布拉德福和沃克加快脚步，推开将亲属和患者分开的宽大的双开式弹簧门并进入走廊，那里的空气洋溢着杀菌剂的气味，刺眼的日光灯照耀着他们更加不愿看到的景象。

他找到了那个房间，并迅速推开布帘走进去，又同样迅速地退了出来。

紧跟在后面的沃克，几乎和他撞了个满怀。她侧身让开，以免撞在一起。

“怎么回事？”她问。他没有回答，只是再次看了一眼房间号码。她露出困惑的表情，又跟着他再次走进去。

房间里有一张床，各种各样的医疗设备，有一个可供走动的小空间。布拉德福和沃克一起站在床边，后者低头注视着一个陌生人，皱紧了眉头。“你想让我向护士核实一下吗？”她低声说，“看看他们是不是搞错了？”

布拉德福完全拉上了窗帘，并示意她守候在门口。物品都堆放在床头一侧，他在它们当中搜寻，翻找着衣服、鞋和手提包，直至找到了一个钱包。

芒罗的钱包。

没有任何能够表明眼前这个人的身份的东西——没有笔记本或各种小工具，没有电话或者可以辨认的其他物件。只有这个折叠式皮革——在今天早晨之前——一直放在芒罗的衣服后面口袋里。

布拉德福在钱包里面翻看了一通，取出了那张身份证件，递到沃克眼前足够长的时间，以便让她看清楚，然后朝出口点点头。

她转身离开。

他接着查看驾驶执照和信用卡，它们都还在那里，然后又搜索紧急电话号码和现金，它们本该也在那里，但却不见了。布拉德福把那个钱包放进口袋里，将床单稍稍掀起来一点儿，看下面是否藏着什么东西——不管那张床上躺着的是什么人，这都是对其隐私的一种侵犯，但他需要证实他已经怀疑的东西——在此之后，他也走了出去。

沃克在那辆“探索者”前等待他，双臂交叉地靠在引擎盖上，见他开始走近，她站直了身体，说，“那个女的是上午十点二十分左右被送过来的。迈克尔在十一点半之前都没有离开过这里。时间对不上。”

“但迈克尔是在十点钟左右到公司大楼的，”他说，“如果他们一直都在等着她过去，如果他们知道可以在她出门途中就对她下手，那么时间就对得上。”

“他们肯定一直都在监视你的住所。”沃克说。

“也许是这样。”

布拉德福打开车门，坐到方向盘后面，脑海里闪过无数个疑问，而它们随即都被内疚感所取代。假如芒罗不在达拉斯，她就永远不会被发现，而且她是为了他才留在达拉斯的。

2 最好的武器

一头黑发的萨曼莎·沃克身高五英尺二英寸，体态丰满，总是面带微笑，有着天然的棕褐色皮肤。她是那种容易让男人想入非非的迷人的女人，在酒吧里的男人会不失时机地渴望摸索她的身体，并且管她叫“宝贝儿”，只是在被她打破鼻子之后，才会恨恨地改口换成“婊子”。

沃克曾在军队服役过，是一个没有兄弟姐妹的混血儿，父亲当年是一个美国海军陆战队狙击手，母亲是巴西国籍的脱衣舞女演员。26岁的她不但是布拉德福的九人团队中最年轻的成员，也是除了暂时入伙的芒罗之外唯一的女性。

很容易误将沃克看成是凯普斯通的雇佣兵成员——即容许女性进入一个男性世界，从而避免遭到性别歧视指控的象征——或者是所谓养眼的花瓶，尤其是当她坐在前台后面时。但是，做出这些无知的推断都是因为不了解沃克——也不了解布拉德福。在一项任务往往意味着生死之间的凯普斯通公司，利己主义、性别歧视和种族主义都意味着浪费时间。只要你可以做那份工作，你就能得到那份工作，就这么简单。这是保持这个团队凝聚力的内部文化，而且对布拉德福而言，沃克是他最好的帮手之一——这就是为什么他会带她去医院的原因。

她坐在车里，闭着眼睛，大拇指压着鼻梁，做着她习惯做的事情：回顾一个个步骤，记住在眼下似乎无关紧要、但以后可能用得着的一个个细节。布拉德福把“探索者”开出了停车场，从他的皮带扣上取下手机，拨打了罗根的号码，还是被转到了语音信箱。

要是在平时，罗根未接电话就会是一种可以理解的意外情况，但今天这种沉默却让人感觉不祥。

布拉德福把手机扔到前面的控制台上，向左猛打方向盘使汽车徒然转向，开始横穿过两条车道并掉头往回开。一辆红色马自达里的女士长时间猛按喇叭。坐在她身后那个家伙的反应更加明确，他对布拉德福竖起了中指。

沃克抓住手握杠让自己坐稳，并且咬着牙说，“我们这是要去哪里？”

布拉德福极力扭转身体并猛踩油门。“探索者”迅速向前窜出，车速快到仅仅不致和前面车辆发生追尾而已。“罗根一直没接电话。”他说。虽然沃克并不完全理解这句话的含义，不过她知道，他随后会解释的。

当他们的汽车再次随着车流前进时，沃克说，“他们为什么要在医院玩‘调包’？他们为什么竟然会留下钱包？”

布拉德福把视线从前面的道路那里转回来，足足盯了她两秒多钟。他又把注意力转向车流，只是闭紧嘴巴用嗓子哼了一声。他一心想着要找到芒罗，到现在为止已有两次选择了错误方向，只是在沃克问起他时，他才突然看到了那座迷宫。

她替他做了回答：“他们知道我们会来找的，这样就会让我们分心，时间不长，但对他们足够了，因为只要我们到了医院，他们的诡计就奏效了。”她停顿了一下，“你让杰克查了车牌号，对吗？”

“是的。”

“什么结果？”

“达拉斯消防救援，有效的车牌号。”布拉德福说，“没有任何报失情况。”

“但直觉告诉你，那些医务人员是假的。”

直觉已经告诉他很多东西，但没有一样是他想说出来的。他说，“在这一点上，目前都是猜测。”

她沉默了一会儿，然后说，“如果他们真的是医护人员，我们早晚会找到她的，所以我们姑且认为他们是假的，而且杰克的结论是正确的。那么，他们是从哪里弄到救护车的？把救护车开出去不是那么容易的，会引起骚动，我们也都应该会注意到。”

“我觉得有可能是待修或者闲置的救护车，”布拉德福说，“而且一定是长期存放在城里的某个地方。也许是一个运输厂。”

“这是一个思路。”

他抓起手机，把它丢给沃克。“让杰克来处理。”他说，并将汽车顺着一条半废弃的产业带开过去。

街道两侧都是低矮的水泥块建筑，狭窄的窗户和一个个隔间将各家企业彼此分开。一家企业的标牌用很大的金属正楷字写着“罗根办公室”，布拉德福把车开到它的前面。

停车场是空的，而且从一层看去，这个建筑物即便未被废弃，也显得过于安静。一条有屋顶的过道下面的水泥台阶，通向一个主要为玻璃结构的前门。门内的空间是黝黑的，玻璃反射的日光创造出一种镜面效果。被拉开的门闩顶住门框的一侧，好像有人在匆忙侵入的过程中，并没有意识到弹簧已经坏了。

布拉德福从腰间皮套里拔出手枪，用脚尖把门顶开。跟在他后面的沃克两只手也握紧了手枪。

走廊是一条空荡荡的直道，与通向仓库的那扇门有四五英尺的距离。门厅两侧的四个房间构成了整个办公室——前面两个是工作区，而后面两个自从罗根租赁这个地方以来，就一直被分别用作厨房和卧室。

这时候，唯一的光线是从前门滤进来的。整个建筑物内部都很安静，地板上散落着从海报大小的相框上掉落的玻璃片。那一排相框曾经挂得很高，现在却杂乱地堆在墙角下。布拉德福跨过玻璃碎片，从一个房间移动到下一个房间，并且很快确认每一个房间都是空的。

发生过一场打斗的主要证据是在厨房里，桌子损坏，地板上是碎裂的盘碟。地板和柜台上有一条条干燥的血迹。他找到一个光源开关，用胳膊肘把它打开，刺眼的光线照亮了屋内的景象，他在看到需要看到的东西以后就退了出来，同时点头示意沃克看一眼。

她就在那些混乱的物品面前停住了脚，过了片刻，她迅速瞥了他一眼。他继续顺着走廊走到通向仓库和卫生间的那扇门，虽然他知道在那里不会发现任何东西。很显然，闯入者就是来找罗根的，并在厨房里找到而且袭击了他，之后便离开了。

宽度是前面的办公室一倍的仓库，按照机器、工具和储物间的次序隔开。布拉德福站在这个有大功率电灯的超大区域，听着电流在通过看不见的电线传导时发出的嗡嗡声。他沉默地把手枪塞回皮套里，然后缓慢地转了一圈，迫使自己正视眼前的事实。

今天的各种事件如此紧凑，以至于不可能是巧合，这一切显然都是蓄谋已久的。这其中有某种造就了今天这一局面的历史渊源，有某个知道该到哪里找到其攻击目标的人物，并且终于在今天达到了目的。在阿根廷的那些事件，开始在他的脑海里涌现。

他从站在一个门口处的沃克旁边挤了过去。

在罗根的卧室里，他查看了梳妆台和抽屉，扫视了墙壁和地板，他急促的大幅度的动作，增加了不亚于在他之前的闯入者所制造的混乱，他想要找到与罗根和他的女儿汉娜有关的照片、艺术品等其他私人物件，而汉娜正是芒罗当初去布宜诺斯艾利斯的原因。

他一无所获。就像芒罗一样，罗根一向很小心，不会留下能够追溯到他所爱的人的任何东西，但这种宽慰感被其他几个设想中的可能性消解了。布拉德福暂停下来并抬起头来，看见沃克正在打量他。他直起腰，没有理会她想要说的话。无论怎样，在她的眼里，他的行为都不大像是一个目睹女友被绑架的男人的行为。沃克不知道芒罗的历史，不理解罗根如何参与了整个过程，也从未目睹过他们为了某项任务而出生入死的经历，所以，她绝不可能了解他的恐惧的来源。

瓦内萨·迈克尔·芒罗是一个具有天然的猎手本能的杀手，她可以照顾她自己。让他感到恐惧的是——他一想到这一点就不寒而栗——一旦她被逼到绝境会发生什么。他已经看到过那种杀戮的场景，亲眼目睹过内心的魔鬼对她的折磨，因此，那些绑架她的人如果也绑架了罗根……

布拉德福迫使自己不再想这些令人感到压抑的问题。他站在原地回顾和分析，然后低声说，“监控录像。”

沃克抬起头向周围看去。

他说，“光纤。”

他们在厨房壁橱里找到了监控系统，微型散热风扇还在吹着，墙壁上有被匆忙摸索过的迹象。

监控系统的DVD托盘是空的。

布拉德福在设备后面察看了一番，发现那里有一些电线穿过墙壁连接着监控机器。他利用固定住橱柜的墙壁来支撑住身体，随即按照机器内部结构的模糊轮廓晃动了一会儿。接着，他向上推了一下，那块天花板随即被抬起，并通过滑轮滑到一边。

厨房上方的这个区域是干净的，看起来已被收拾过了，而且热气和冷气的通风口经过调节，可照顾到这个小小的活动区域本身，其附近显然还有一个未使用的爬行空间。距离天花板开口处一英尺有两个服务器，旁边的一个小挂架上是带护套的DVD碟片。他开启了服务器按钮并打开DVD托盘，弹出一张没有标记的磁盘，把它滑入袖子，让沃克在下面接住它。

他们从厨房回到前部区域，那里存放的电脑已被捣毁，硬盘驱动器被拿走了。

他们寻找着日志、日记或纸面上的符号，任何有可能帮助他们找到最后的上门者的东西。可是，他们极力搜索的东西即便存在过，哪怕只是写在一张纸片上，也很可能随着昨天的垃圾一起被扔掉了。

在回到车里之前，他们都没再说话。在此之前，布拉德福找到了旁边的一部投币付费电话，并匿名打了一个 911 报警电话。

“有什么联系？”沃克问道，“迈克尔和罗根？”

布拉德福盯着前方路面，没有回答。他不知道该如何简明地解释过去那些混乱的经历，芒罗走过的奇特的人生道路，以及他们前景不明的未来。

沃克叹了口气，把头转向窗户外面，说，“你知道的事我不知道，如果你坚持扮演那种过于悲痛的男朋友角色，这件事我就帮不上什么忙了。”

布拉德福瞥了她一眼，说，“那些人带走了迈克尔，而且把罗根作为抵押品，一个人质。”他停顿了一下，“要么是这样，要么他们抓走他是为了报复性杀人——他们在杀死迈克尔之前，要让她亲眼看到这个过程。二者之一。”

车内出现了长时间的滞重的沉默，沃克终于说道，“哇噢。”

“这一切都只是猜测，”他说，“但既然你想知道，我就只能告诉你这些了。”

她在座椅上挪动了一下位置，上身几乎面对着他。“我不太明白。罗根是以参加摩托车比赛为生的。他究竟为什么需要把他的地方布置成那个样子？”

“他参加比赛，他给机动车装配高性能发动机，但他也从事一种供应业务，而且那种业务和他的加工车间没有任何关系。罗根是那种特殊性质的供货商。假如你需要某种很难得到的军用品，他能帮你弄到。”

“可是没有人报警吗？”

“他做得很隐蔽，没有警察会找上门来。”

“那你就不觉得，今天发生的事情可能是因为他自己出了事，或者说是因为——”沃克以揣测的口气说，“他的供应业务？”

布拉德福又看了她一眼，然后再次把目光转向道路。

就在罗根的住处被洗劫并且充满血腥气息的同时，芒罗也被人绑架。

即便不知道那段历史，也很容易看出其中的逻辑性。他一直等到离开高速公路并停在一处红绿灯前面时，才回答说，“也可能和他的生意有某种关联，”他说，“但归根到底还是因为迈克尔。”

“你是怎么知道的？主要是凭直觉？”

“不要和我兜圈子了，”他说，“我知道你心里有数。他们在光天化日下劫走了迈克尔，又费了那么大力气转移我们的注意力。这不是外行人做的事，所以我们只能假设，如果对方只想要迈克尔一个人死，罗根现在就会和我们一起在这里为她的尸首哀悼，但事实上他也失踪了。抓走罗根的唯一原因，就是为了控制迈克尔。”

“分析得很有道理，”她说，“但为什么非要抓走罗根呢？没错，他是迈克尔的朋友，但如果他们的想法就是要人质，那为什么他们的目标不是你？或者就此而言为什么不是我，乃至是大街上的某个人？”

布拉德福在开口之前再次等待了一会儿。如何解释罗根对于芒罗来说意味着什么呢？“把罗根作为人质，是他们可以拿出的最好的武器，”他说，“迈克尔和他的关系胜过亲兄妹。”

“有人知道这一点？”

布拉德福点点头。有人知道这一点。至于谁知道，这是他妈的一个大问题。

3 第一个失踪者

当他们顺着大厅和玻璃墙走过来时，贾汉身体离开了显示器，一边注视着他们，一边把椅子来回旋转，直到布拉德福走进了作战室。

布拉德福还未开口，贾汉说，“确认了那辆救护车的车辆识别号码。找到了服务站，而且我正在设法确认达拉斯消防救援记录和全球定位系统，这样我们就可以查找到它来自何处，它存放在哪里。”他停顿了一下，“有罗根的消息吗？”

布拉德福摇摇头。“他也失踪了。”

沃克将那张光盘递给贾汉。“不知道它是不是最新的，是我们从一个备份监视系统中取出来的。”

贾汉盯着它一会儿，然后转向电脑，把那张光盘插入到一个 DVD 托盘中。

布拉德福和沃克俯身靠近他。

见他们挤过来，贾汉把手掌压在办公桌上，将椅子向后挪动。“拜托。”他说。

他们都直起腰来，然后后退一步。贾汉挥手让他们离得更远点儿。“你们该做什么就去做什么，别打扰我。”

他见他们都没有动，就伸直两条腿，把身体滑到椅子里，然后向上歪着头。“那我们就这么耗上一整天好了。”

沃克瞥了一眼布拉德福，后者没有任何反应，她只好自己又退了一步，并朝大厅方向走去，然后在门框那里暂时停住脚并倚靠在上面。她只说了一句话："如果有什么消息，杰克，你最好通知我——你要是敢知情不报，我发誓我会找到一种方法，让你下半辈子过得悲惨无比。"

半分钟后，那段墙壁发出了"咔嗒"一声。

贾汉低声嘟哝着，右手做着配合的手势，"她怎么就那么不信任我?!"经过长时间的沉默以后，布拉德福还是没动，贾汉抬起头瞪着他。

"我需要看一下。"布拉德福说。

"不，你不需要。我知道你会觉得让自己忙起来，随时了解最新情况什么的，会让你感觉好一点儿。但是当我在这里做分析工作时，你就这么对着我的耳朵喘气，只会让你变得焦虑，也会让我焦虑。那块板子上已经有了最新业务信息，你是有事情可做的。"贾汉朝房间对面的白板示意。"快过去吧。"

布拉德福叹了口气，退离了那台电脑和他希望找到的一切，尽管他知道这样的希望可能非常渺茫。

希望，一种无能为力的心理活动。他的世界是一个行动的世界，是一个依靠自己的智慧和能力创造运气而求得生存的世界，然而在这个脆弱的时刻，他是一个希望得到施舍的乞丐。

他转身离开，这是对于和贾汉的友谊所作的让步，他们的友谊要追溯到很长时间之前，以至于私下里仍在互称对方的外号，而它们都是在当初十分艰难的创业时期得来的。

贾汉是从军队情报机构进入了布拉德福的雇佣兵队伍。37岁的他是战后第二代美国人，有一半印度血统，祖上是孟买的一个大家庭，在过去的八年里，他主要在中东地区做私人安保工作，就像他至少会被当作印度人一样，他也很容易被当作巴基斯坦人、沙特阿拉伯人、伊朗人或叙利亚人——有时候是墨西哥人或者哥伦比亚人，这要取决于一个人偏见的程度，而且在周围偏见似乎总是大行其道。

贾汉具有一种鲜明而且十分固执的个性，由于你很难和一个喜欢嘲弄人、智商为152的人争辩，因此，他的话极易引发冲突。他不仅习惯于嘲弄和揶揄别人，甚至公然声称，与一切缺乏宽容的人较量一番，乃是他最容易获取的绝佳娱乐手段，实际上，自他加盟以来没多久，凯普斯通公司的每个人都习惯了他的风格。

布拉德福注视着白板和他今天上午画的图解，与此同时，芒罗从摩托车上栽倒的画面在脑海里仍然栩栩如生，即便再过两个星期，他也会清楚地记得这个过程的每一个细节。

他擦掉了之前写的东西，并且只用“迈克尔”代替了它们。然后，他自然而然地在空白处添上了他知道的少量情况：不管“他们”是谁，他们知道迈克尔在这个国家，知道在哪里可以找到她，知道她是一个女人，知道罗根对她而言意味着什么。他们还知道如何找到罗根，也知道他的住处装上了监控设备。带着那种无法回答的问题所产生的沉重感，布拉德福目光顺着白板移向贾汉留下的关于白沙瓦那个团队的最新消息。对于那个任务而言，仅仅是卫星电话账单这一项就会让他破产的。

他的核心团队有七个成员目前都在外执行任务——两个在巴基斯坦，四个在阿富汗，一个在斯里兰卡。除了他本人之外——作为老板和管理者，他可以根据他自己的时间表做出优先选择——海外任务的人员分配，是根据总部活动以及时间和专业技能因素做出的。

目前在国内工作的感觉固然很好，但收入问题决不能等闲视之。签署或批准任何意味着更多时间要住在肮脏、混乱的环境中——那里既无热水，也无干净的床单——的决定，是需要某种勇气和智慧的。这种工作很难处理好各种人际关系，即便你幸运地拥有这些关系。有时候，这份事业经营的成功与否，很大程度上似乎就在于能否淘汰那些疯子式的人物。

还有其他数十人在为凯普斯通工作，他们是进进出出的步兵，但就像一家律师事务所的合伙人一样，这九个人——如果算上芒罗就是十个——是固定成员：他们是布拉德福的人，是久经考验的战士，是来自于不同社会阶层的一伙人。他们与这家公司共存的动机各不相同，不过有一点是一致的：他们每个人都有过人之处，都能够独当一面，因为能力不济的人也待不下来。

可用的镜头寥寥无几，但并非出于布拉德福此前预期的原因。尽管闯入者抢走了原始光盘，他们还是事先采取了防范措施避免被认出来。他们是三个人，为首的带着一把钥匙并首先进门，随后跟着握着棒球棍的两个同伙，为了躲避监控器，他们都戴着帽子而且低着头。发生在厨房的打斗不在监控范围内，但持续了令人痛苦的四分钟。

三个对一个。四分钟。

当他们把罗根拖出去时，他的右腿似乎断了。他被砍伤了，鲜血直流，但两个袭击者同样如此，而且在被拖出前门的过程中他仍在战斗，仍在挨打。

最后一幕的时间提示是上午 10 点 13 分，也即芒罗到达凯普斯通所在的写字楼前几分钟之后。作战室长时间笼罩在死寂的气氛中。紧接着，布拉德福发出了一连串的咒骂，几乎就在同时，沃克也用巴西的葡萄牙语大声诅咒着。

贾汉保持着安静，他的手指不停地敲打着办公桌。他最终说道，“他们劫走迈克尔是为了对付罗根，还是说，他们劫走罗根是为了对付迈克尔？”

这个问题在某种程度上，等同于沃克在汽车里提出的那个疑问，布拉德福不想把答案再重复一遍。“想办法了解一下情况，”他说，“看看罗根是否欠谁的钱，或者看看最近是否有哪个吃醋的恋人。我敢打赌他是清白的。他拥有的太多，所以没什么可失去的，他一直都专注于过好自己的生活，以及和他女儿的联系。”

贾汉说，“可是——”

布拉德福打断了他，说，“迈克尔才是目标，罗根相当于是抵押品。”

“抵押什么？”

布拉德福闭上了眼睛。他一边把手掌根部压在前额上，一边再次重复相同的信息。“为了保住他们自己的性命而把他作为抵押。自我保护。他们只是抓住了迈克尔，”他说，“迈克尔。”他意味深长地停顿了一下。“假设她现在是安静的,那么等她醒来时会发生什么？罗根是那个铁笼子，是遥控电子项圈，是枷锁……”他停了下来。讨论这个是没有意义的，是浪费时间。

他从自己的余光里看见沃克示意贾汉不要说话。她以后会告诉他的。他们会细致讨论这件事并交流个人看法。眼下，不管对手的动机是什么，都远远不及利用已知的零星信息迅速采取行动那样重要。

布拉德福等待着论据，等待着反驳，但他们都没有说话，于是他说，“除了这个房间里我们这几个人以外，在我们的团队当中，有多少人知道罗根在她的生活中扮演的角色？”

沃克摇摇头。贾汉摊开两只手。

“不可能有很多人，”布拉德福说，“这就可以使我们获得某种优势，缩小调查范围。”

贾汉站起来，大步走向白板。他在布拉德福涂写的文字上面添加了一些标记，接着转向其他两个人。“我们从哪里开始？”

布拉德福说，“寻找迈克尔，寻找罗根。”然后转身面对着显示器，侵入者的图像已被“冻结”在那一瞬间，其中两个家伙低着头，而那个领头的刚刚歪了一下脑袋，侧脸呈现在监控摄像头下。从他的姿态来看是一个年轻人，他的傲慢没有因为年龄和经历而有所减弱。“那个王八蛋知道那里有摄像头，”布拉德福说，“而且他在窃笑。”

沃克走过来站在他的旁边，然后俯身靠近显示器，也仔细地观察着那个图像。贾汉说，“也许我们太高估他们的能力了。也许他们是十足的白痴，他们只是想到哪里就干到哪里。”

布拉德福和沃克盯着他。

“也许不是，”他说，“不过你们得听我说一句：我不想让自己听上去很无情，也不是想要改变这个话题，但既然迈克尔出了事，而且为了找到她，我们必须动用目前可用的资源，那么你们想让我怎么处理蒂斯代尔家族那个任务？”

布拉德福愣了一下并眨了眨眼，他缓缓地张开嘴然后又闭上，随后把目光转向他的办公室。虽然他无法看到留在那里的蒂斯代尔家族文件，不过它仍旧放在他的办公桌上，而且芒罗在今天早上签署过的合同页正等着传真。蒂斯代尔，她今天来办公室的原因。

这并不是一个安保任务，也不是布拉德福交给芒罗的补偿性的礼物，以便使她在这里待得更久一些。这是一种对芒罗本人及其所能提供的帮助的特殊要求，虽然对方并未明确说出她的名字，也并不是通过凯普斯通的正常渠道送达的。

这种恳求是加利福尼亚的两个疯狂而绝望的家长向布拉德福本人提出来的，他们指望他知道去哪里以及如何找到芒罗。他们可能不知道她的名字，但上层社会的人都知道艾米莉·伯班克的故事，知道她在非洲失踪四年并被推定为死亡，以及芒罗如何找到她的经历。布拉德福仍旧和为那次搜索提供资金的受托人董事会有联系。亨利和朱迪思·蒂斯代尔，一个是硅谷巨头，另外一个是美国参议员，凭着他们的综合实力和影响力，不需要太多时间就联系上了他。

妮瓦·艾克里奇。

一个失踪者。

芒罗能找到她吗？

布拉德福并未做出任何承诺，甚至也没有暗示他知道怎样找到芒罗，他只是告诉他们说，他会尽力而为。可是现在，连芒罗也失踪了。倘若她的失踪是艾克里奇的绑架者使用的一个谋略，那它就是他妈的一种绝佳的谋略，因为整个世界都在寻找艾克里奇，而且没有人能找到她。

两个星期前，那个女孩还只是一个处于事业发展期的好莱坞二号女演员，而现在，她的那张面孔在国内可谓无人不知。在一个繁忙的拍摄档期，她在约见客户一个钟头后突然消失了，而且下落不明。没有任何被谋杀的迹象，没有目击证人，没有任何细节——她似乎只是不见了。

最初的轰动性的流言蜚语，很快变成了媒体疯狂追踪的事件，因为在妮瓦·艾克里奇失踪之前，没有哪个人——包括她的经纪人、她的男朋友和她的好莱坞朋友在内——知道蒂斯代尔夫妇是她的父母。人们都在对妮瓦本人真实和捏造的过去进行猜测，同时也在议论她可能发生的情况，不管公共舆论出自什么角度——耸人听闻、制造恐慌、外星人绑架、诸如此类——妮瓦的照片以及她父母的照片随处可见。

布拉德福继续盯着他的办公室，朝那些文件的方向望去。

芒罗本来想要接手这个任务，她一直渴望做这样的案子，就算她是蒂斯代尔夫妇找到女儿的最大希望，从今天发生的情况来看，这将成为一个不了了之的业务。

沃克走过来站在他旁边，她的头顶到达了他的肩膀。当他挺直身体显得更高，并且显然回到了现实中时，她开口说道，"你认为它们之间有联系吗？"

"我还看不出有联系，"他回答，"但时间点出奇地巧合。"

"迈克尔被劫走了，"沃克说，"罗根成了人质，而这一切，都很可能与同样失踪、而且没有目击证人的妮瓦·艾克里奇有关。什么样的线索能把它们连在一起呢？"

"我但愿我能知道答案，"他说，"因为如果我有那个信息的话，我就会找到幕后的那个下手这么快的混蛋。"他转向她，她抬起头迎接他的目光。

"我会找到他的，"他说，"我会不惜一切代价毁灭他。"

4 猎物

海拔29，000英尺，美国墨西哥湾沿岸上空

巴朗·鲁马尼低头看着躺在长座椅上的那个女人，她是那么温顺和安适。他打量着她的脸，欣赏着她瘦长的身体。就像他第一次看见她时那样，鲁马尼发出了一声嘲笑。

因为她是一个女人。这是他代表他的叔叔，并通过那样一番努力才搞到手的猎物。

鲁马尼理解对于专业技能的需求，以及对于一个陌生人的需求，但不理解为什么要把这么多精力和开销用到这个人身上，即便那些无稽之谈是真的——而且实际上，也许只有一半是真的。

从近距离来看，她甚至还不及从远处看——穿着一袭黑衣，骑着那辆黑色摩托车——那么令人忌惮。尽管如此，他还是估算了她的身高和体重，使用了大剂量的镇静剂，而且途中又给她打了一针，确保她继续处于无意识状态，直到安全地到达目的地为止。那么接下来呢？遵守规则，谨慎对话——尤其是尽量减少对话。去他的吧，都是迷信的无稽之谈。

不要让她听到你的语言。情报来源说过，她会使用语言作为武器。不要让她面前有任何东西，它们都将被她用作武器。和她保持距离，她杀死你不需要武器。不要使用限制措施，她总会找到一个出路，那些限制措

施只会给你一种虚假的安全感。不要碰她，那个来源如此交代过。让她感到平静，要友善地对待她，只有这样，她才不会诉诸暴力。不尊重这些要求，即便你没犯其他错误，她也会杀了你。

鲁马尼微笑起来，并将手指摆成一把手枪的形状，放在她的额头上方，然后做了一个扣动扳机的动作。

砰。

归根到底，这个女人和其他商品没有什么不同，用过了就扔掉。他拍拍她的脸，就好像对待一条小狗似的，好像是在说“小家伙，你先好好睡，会有用得着你的时候”。然后他直起腰，走到机舱前部，那里有一瓶饮料在等着他。

他今天不会喝酒，因为在最终交差之前，这个任务并未完成，也因为一旦开始采取行动，在他自己内心的狂欢之火熄灭之前，整个过程是不会中途停止下来的。更何况他很快就会有足够多的时间，私下里大肆庆祝。

鲁马尼呷了一口苏打水，又看了一眼手表。他们正在朝着太阳方向飞去，现在是东时区七点，他们乘坐的是一架“湾流”[4]G550 飞机，这是一笔在速度和飞行范围方面堪称奢侈的开支，实际上，为了捕获这个女人所动用的开销，等同于做一笔大宗买卖涉及的前期费用，甚至更多。谁能说这笔钱花得值呢？他只是一个得力助手，是实干家。这件事你要全权负责，叔叔说，所以鲁马尼就照他的吩咐做了，而且可能因为完美地执行了这项任务，他的成就起码可以换来一个微笑，或者是一句“干得漂亮”，诸如此类的东西。值得一提的是，解决这个问题本身所带来的回报，就可以使他们连续几年租赁这架飞机，如果叔叔想要这么做的话——虽然他不会这么做。只有白痴才会保留如此引人注目的大玩具。

他又看了一眼手表。

一旦超越美国领空，他就会通知飞行员改变计划：他们将降落在多

4. 目前世界上生产豪华、大型公务机的著名厂商。1999 年由通用动力公司完全收购，其主要产品为“湾流”系列飞机。

明尼加共和国给飞机加油，然后继续飞往特内里费岛[5]，他在那里有熟人，可以包租更小的、价格更实惠的飞机——某种欧洲式的、不太惹眼也更容易隐藏的飞机。

这并不是说他真的感到担心。他在美国境内已经采取了旨在争取时间的一切预防措施，而一旦出境之后，他就不妨让自己藏身幕后。在加那利群岛[6]转机是最后一个预防措施，为了防止飞行员在返回时会谈论这件事，因为肯定有人急于找到这个女人，决不能让他们沿着直线行程找到她，鲁马尼不至于连这一点也不知道。

5. 位于大西洋的加那利群岛 7 个岛屿中最大的岛屿。

6. 位于非洲西北部大西洋上的火山群岛，是西班牙飞地和自由港。

5 涡流

德克萨斯州，达拉斯

迈尔斯·布拉德福将手掌放在玻璃上，完全站在芒罗栽倒时他所在的原地。他的目光从她倒下的那个位置转向相邻的几座建筑物，进而扫视了一眼北达拉斯收费公路，从上至下地观察了一座座办公大楼，在脑海里勾勒出一幅地图，寻找着一个枪手可能用来射击的几个位置。

现在恐惧感消失了，情感大门关闭了，焦躁的心情平息了，取而代之的，是让他在数次战斗中得以生存的冷静和超然。如同在战场上抱着一个正在流血并咽下最后一口气的朋友，理智很快代替了恐慌，他有能力暂时忘却痛苦，让自己继续战斗并求得生存。

这是战火烧到了布拉德福家门口的一场战争，而且代替恐慌的因素只有一个——使命感。他要追踪敌人，找到他，毁灭他，夺回失去的东西。

背后传来沃克的声音，“如果是我的话，我会在那里伏击。”

布拉德福转过身来，沉默地看着她大步穿过他的办公室并站在他的身旁。保罗·贾汉从作战室和她一道过来，但他仍留在门口，双臂交叉地靠在门框上。

“或者是那里，那里，还有那里。”她补充说。

布拉德福的视线循着她的手指方向从一座建筑物移到另一座建筑物，

最后回到她最初的目标：一座附近有车库的12层建筑。

“从那个角度视线很清楚，”她说，“那个车库是一个可以藏车的地方，在等待时不用担心被开罚单或者被拖走，而且距离很近，就算是一个不怎么样的枪手，用一支像样的步枪就可以确保打中。如果他是一个专业枪手，而且使用了迷药，那么他就是使用了某种特别的武器，某种经过改造的武器，而且这会影响到射击过程，也许对距离有一定要求，所以他为了准确性，需要尽可能接近目标。如果是把我安排在那里，我甚至可能在救护车开到这里之前就会离开。”

布拉德福点点头，又侧过身凝视着窗外。从可以选择的若干点位，沃克挑出了他锁定的同一个位置。他重重地敲了一下玻璃，这是瞬间的沮丧感的爆发，接着他直起腰来，平静地后退一步，说，“去查一下那座楼的情况，萨姆。发现了什么就给我打电话，然后我们从那里开始追踪线索。”

他原本更愿意和沃克一起展开工作，获取线索，随时了解最新情况，不过沃克会比他更快地找到他们搜索的目标，而且他需要看到在打了那个报警电话之后，罗根的住所变成了什么情况。沃克在玻璃窗跟前逗留了一会儿，布拉德福一直等到她转过身来，从他旁边经过并进入大厅，他目送她离去，然后也开始往外走。

贾汉挡住了他的去路。

布拉德福不耐烦地试图擦身而过，贾汉完全挡住了出口。布拉德福说，“闪开，杰克。不然我踢你的屁股。”

贾汉把一只手放在布拉德福的肩上。他使了一点儿力气，布拉德福无法避开他的眼睛。“听我说，”他说，“我知道因为把迈克尔带进这个团队，你受到了我们不少指责。但是，这件事我们是支持你的，OK？她也是我们当中的一员。”

如果是昨天说这些话，布拉德福就会感激不尽，但此刻他只想走出门去，只想继续行动，所以他点点头表示了无声的谢意，然后友好地戳了贾汉肩膀一拳。

贾汉抓住他的拳头。“我知道你会有什么样的感受，”他说，“这是毫无疑问的，但不管你采取什么反击手段，都不要把你的愤怒发泄到随便什么人身上，也不要让你自己被杀掉或被逮捕，你要记住我的话。”

布拉德福沉默地站在原地，直到贾汉松开了手，然后他一言不发地走了出去。这种担心是有道理的，但让自己被杀掉或者被逮捕并不在他的日程上，他不会那么愚蠢的。

通过打那个他希望已将罗根的住所变成一个犯罪现场的电话，布拉德福至少为解决罗根失踪这件事增加了人手和资源。他想要得到有助于发现是谁劫走了芒罗的线索，而且去做当地政法部门能够更好地处理的事情是没有意义的。他需要去确认有关方面对那个被捣毁而且血迹斑斑的办公室感兴趣的程度，这是弄清楚应当对谁施压，以及从哪里获取支持的一条捷径，或者说根据实际需要，这可以让他发现从哪个方向结交新朋友。

罗根所在的那座建筑物前面的停车区一片忙碌，俨然是城市驾车者和周围工作人员病态的好奇心的结果。有人群是一个好兆头，意味着犯罪现场技术人员已经出现在这里，倘若在建筑物内部能够找到任何有价值的信息，他迟早都有机会得到。

布拉德福把车开到那个街区的尽头，停在一家室内装潢品批发店前面，然后慢慢地走回到那条黄色警戒线跟前，站在那些呆望的人群中，直到看见需要看到的所有东西，然后驱车开始返回凯普斯通。

距离办公室三个街区时，他的手机发出啾啾声。

在电话另一端，沃克带着兴奋的声音说，“我找到了。”

布拉德福看了一下手表。如果她真的找到了他们想要的线索，她是在不到两个钟头内搞定的。速度很快，但并不奇怪。

沃克并不介意使用男性至上主义肮脏的一面：她偶尔会展示性感手段，利用某些男人的荷尔蒙冲动和愚蠢达到目的。他可以想象就在现在，在这条收费公路路边的一座建筑物里，一名保安人员正在一边掩藏着生理冲动，一边尽情地提供那个女人想要得到的一切信息。

他从未问过她是怎么做的，但如果这就是她为将工作做好所选择的做法，那么就像是在战斗中使用的一种具有异国情调的武器一样，他会很高兴这种武器带来的帮助。

地址是通过短信发过来的，布拉德福迅速拐向右侧方向。那并不是他们最初锁定的大楼，而是旁边那座具有相同高度、也能由其入口进入同一座车库的建筑物。

他果然在他预期的地方找到了她：她置身于一个大小相当于内嵌式大橱柜、周围全是闭路监控的房间，两个穿制服的家伙正在徒劳地试图偷窥她的胸部。当他进入那扇门时，房间里立刻变得安静下来。

她朝他的方向挥动一下手，算是简单地打了招呼，并朝那张办公桌那里俯身去操作一台机器。那个身份标识上的名字为“杰里米 · 贾斯汀”的人识趣地给她让开了地方，但并未刻意避开她挨过来的身体。

沃克聚精会神地对布拉德福说，“你得看看这个。”

她的手指在那台机器的操纵装置上摆弄着，把监控视频倒回到前面，她那不连贯的解释比粒状视频的移动速度更快，直到她结束倒带过程，让一辆最新款式的雪佛兰的影像留在屏幕上。

那个驾驶员脸部模糊而且戴着墨镜，但车牌很清晰。“我一直在看时间标记，”她说，“根据我们的推测搜索车辆进出情况。我们知道他十点前就藏在这里，但不知道他是什么时候过来的。好在我们知道情况发生的时间。我估计这个家伙肯定想要尽快离开。他要是步行的话，就是一个白痴了，所以我把关注点放在停车场。对于这里的大多数建筑物来说，车库内的免费访客停车都有时间限制，而且——”沃克停顿了一下，并且立刻有意转过身体，带着微笑亲切地看了一眼贾斯汀，后者因为受到这种关注的礼遇而脸红起来。“这位杰里米先生告诉我说，访客停车每小时都有人巡逻，而且违规车辆会被拖走。这个车库是有大门的，车辆进出需要一张通行卡。没有通行卡报失或者被盗的情况，所以……”

她用高速度运转视频并向后扫描，然后重重地拍了一下停止键——她的这个动作让贾斯汀不由得抽搐了一下。“瞧。”她说，“就在这个时间段，这辆车紧跟着前面车辆进了车库。我查看了室内监控摄像系统。没有找到其他可用的线索，看不出那个家伙是怎么到达楼顶的，但是你看一下电梯旁边那个人的穿着。”她再次按了停止键。“时间标记很吻合，领带和衬衫图案与第一辆车里的那个人相符。手提箱，”她说，“看一下那个东西的大小。”

布拉德福靠过去。“你能把他的脸放大吗？”

沃克退到后面，声音温柔而甜美地对贾斯汀说，“能麻烦你给放大吗？”

贾斯汀俯身向前，操纵着控制系统，选定了捕捉到的图像并尽可能将那张脸放大。“这是我们可以获得的最佳分辨率。”他说。

这张脸和他们在罗根住所的监控器光盘上发现的那张脸有相似之处。沃克再次走到控制系统前面，在这个过程中，她的手先是碰到了贾斯汀的手，然后又回到那个雪佛兰驾驶员的原始图像上。“看一下他离开的时间标记。”

就在布拉德福冲向办公楼大门时，那个驾驶员顺着坡道出来并朝大街上驶去。

贾斯汀说，“那个手提箱呢？”

沃克微笑起来。“不可思议，对吗？”

布拉德福说，“你记下车牌号了吗？”

沃克递给他一张纸。

“你去了几个地点？”

“到目前为止三个。”

“做得不错，”他说，“我会让杰克继续查一下，但我们可能错过了什么东西，对吗？继续寻找。”

沃克点点头。

贾斯汀说，“那个手提箱呢？”

布拉德福朝门口走去，跟在他身后的沃克充满柔情地说，“我很想要一个作为生日礼物。”

在那个访客停车区那里，布拉德福打电话把车牌号码告诉了贾汉，又拨通了他在达拉斯警察局几个联络人中一个人的号码。如果他的请求没有得到满足，他还可以和其他几个人联系。这是一种互惠互利的事情，布拉德福在法律的这个灰色地带已经轻车熟路。你以某种方式帮我，我也会以某种方式帮你，因此如果有任何蛛丝马迹，如果警方有犯罪嫌疑人的线索，他最终都会得到详情的，尽管未必能够第一时间得到。

到达办公室有七分钟的车程，当布拉德福走进作战室时，他知道贾汉已经搞定了这个任务。靠在椅背上并把双手枕在脑后，像傻瓜一样微笑着的贾汉把椅子旋转过来，说，“车牌属于恩特普利斯租赁公司，而且我查到了那辆救护车。”

布拉德福暂停一下，然后继续走到那张白板面前。这很好，毕竟是一种进展。但是从芒罗被劫持以来已经过去五个钟头了，如果他和沃克最初的结论是正确的，如果整个诡计的目的只是暂时性地分散他们的注意力，那么芒罗和罗根现在可能在任何地方，而这个团队目前发现的每一个信息，很可能来得太少也太迟。

布拉德福研究着有关迈克尔的那个图解，脑海里回顾着停车场的监控录像。

椅子发出“吱”的一声。

布拉德福说，“说。”

“关于那个运输厂，你的判断是正确的。进入全球定位系统比锁定救护车容易得多，但是毫无疑问，那辆车就是从那里开出来的，然后又返回去了。我动用了所能使用的全部技术手段，但我目前只能说，我们在那里看到的所有东西都是低级别的：模糊的地址，可疑的署名，然后交几百美元就搞定了，因此看不出主谋或者别的什么东西。”

布拉德福转过身来。“医护人员呢？”

“没有任何线索。”

“因此，救护车是一条死胡同。”

“我们可以继续挖掘，”贾汉说，“不过我不认为这值得我们花时间，哪怕我们有了那辆救护车的车牌号。”

“也许那辆车不是租来的。”

“有可能，”贾汉说，“但是从萨姆描述的情况来看，那辆车几乎必然是租来的，而且她很快就会把视频资料拿给我分析。只要有租赁行为，就会有信用卡。”

“你能查到吗？”

“嗯，早晚能查到。”

“我想，这是我们应该关注的焦点。”布拉德福停顿了一下。“那辆救护车在离开车场并且劫持迈克尔之前去了哪些地方？”

“它停了 4 分钟，原因不明，”贾汉说，“然后去了医学城，接着回到了出发地。”他拨弄着键盘，然后指着右侧的屏幕。“X 标志着现场。你有什么线索？”

“我在等待警方进一步的反馈。”布拉德福说，随即走到屏幕上的街道地图跟前，凝视了一会儿。停车的那个地点显然是一个停车场，那些杂种甚至好像根本不在乎是否会有人注意到他们似的。

贾汉循着布拉德福的视线看去。“你必须佩服他们的胆量。”

布拉德福略微扭过头瞪了他一眼。

“也许他们是一群傻瓜。”

“把这个放大。”布拉德福说，当贾汉放大了地图的面积时，布拉德福研究了很长一会儿，认真地思索着。他已经掌握了目标特征和时间。如果他可以追踪到过程甚至原因，他就能够查出是谁干的，并将这场较量推向一个全新的水平。他最后直起腰来，暗暗咒骂了一句。“机场。”他说。

他抓起手机，拨打了沃克的号码。“你得到什么线索了？”

“到目前为止，那个车库视频是我们的最佳线索。我可以进一步搜索，扩大到 1500 码的范围，但我不知道这是否有价值，”她沉吟了一下，“毕竟从那么远的距离射击……”她的声音低沉下来。

“你做得很好，”布拉德福说，“过来一趟，我这边需要你。”

从芒罗被劫持以来过了六个钟头，迅速展开寻找和救援的最佳时间段即将过去，在这个关键时刻，机场可能是另一个只会产生更多误导的预感，但这个预感也完全是合情合理的。如果那个射击手已经作了准备，那么毫不夸张地说，艾迪机场是出城的最快捷的路线。有这个小小的优势就已经足够了。

布拉德福把车停在那座行政大楼外面。

那座综合设施大部分都铺设在包括 7200 英尺长的跑道和另一条较小跑道的停机坪上。这两条跑道周围有 150 多座不同规模的飞机库，有占地数万平方英尺的办公相关设施，美国联邦航空局的一座塔楼，还有面积很大的开放区域。

他从车里下来，把钥匙抛给沃克。他希望通过查找所有离开艾迪机场的飞机的飞行记录——当天上午十点钟以后（更确切地说，是在上午十一点和下午一点之间）——从而帮助他锁定正确方向，但倘若那个射击手不想被人追踪到，查阅飞行记录就意味着要动用更多手段，而不是打一两个电话那么简单，这就是他为什么再次把沃克带来的原因。

机场总部办公楼里很安静，大部分工作人员当天都外出了，布拉德福足足等了 10 分钟，一个保养得很好的女士才走过来和他打招呼，自我介绍说她叫贝丝 · 埃文斯，是业务经理。他递给她一枚旨在简化自我介绍过程的私家侦探徽章。当他回答了埃文斯提出的基本问题时，后者告诉他，一旦她完成了手头正在做的事情，就马上带他去飞机库那里。

过了一会儿，他们走到外面。沃克等在那里，倚靠着那辆“探索者”的引擎盖，还是他们在那家医院外面会合时的那个姿势。她手里握着一张纸。

布拉德福把她们两个人作了介绍，然后对沃克说，“你得到什么了？”

“不多，”她说，“进出的基本上都是螺旋桨飞机，小型飞机，而且大多数是私人飞机。我想我们找的飞机要稍大一点儿，更适合包租的那种飞机。”她把那张纸递给布拉德福。“但那个范围内，从上午十点到下午三点之间有8个航班离开。我认为我们应该从较大的机库开始调查。”

他们坐上了埃文斯的私人汽车，她把他们带到了那个灯光最亮、员工聚集人数最多的地方，但尽管有她的指引，他们在有所收获之前，还是花了不少时间把芒罗和罗根的照片拿给三个车库的雇员看。

一个地勤人员拿起了芒罗的照片，当沃克和布拉德福挨近他时，埃文斯仍站在车旁。

就像埃文斯一样，那个男子大概50岁上下，有些秃顶，腰围很粗，沃克的出现让他一下子变得容光焕发。

“我想我见过她。”他说。他暂停一下，看了沃克一眼，目光掠过她的胸部，又再次凝视着照片。“是的，我想就是她。其实很难说，因为她生病了，或是睡着了还是怎么的。她是在一张轮椅上。”

在几英尺外，他的工友放下扳手，在一块抹布上擦了擦手。“是那个坐轮椅的吗？”他说，“让我看看。”

沃克把照片递给他。那人对她微笑着，她也回以微笑。

他看了片刻，然后把照片递回来。“我想就是他们。”

“和她在一起的是些什么人？”布拉德福说。

第一个人说，“就他一个人。穿得很利索，黑头发，身高大概和你差不多。挺年轻的。”

“他带着手提箱吗？”沃克问道。

“是的，一个手提箱。”

“还有其他行李吗？”

“我想他们有几件随身携带的包裹。我并没有仔细看，所以我不能那么肯定。”

“知道他们要去哪里吗？比如，你也许记得飞机尾号？”

“巴哈马，我觉得。对尾号没有把握，不过去办公室查一下，应该就能查出来。是一架G550，最近飞的这种飞机不多。”

布拉德福走过去，握了握那个男人的手。不到五英尺远，沃克一边走向那辆汽车，一边说，“那是我们要找的飞机。”

“是的，”布拉德福说，“我希望你明早先回这里来。如果他们是要飞到国外，那么他们可能会办理移民入境，这意味着他们已经为迈克尔弄了一份护照。我想要那个名字——特别是她的护照使用的名字。对了，他们没有提到罗根，”他说，“你是怎么想的？”

“你是说他的处境？他还在这里。”

当布拉德福和沃克返回时，作战室的房间是空的，但办公桌上放着用于租赁那辆汽车的信用卡交易记录的两个副本。

沃克拿起一个，细看了一下，然后说，“好极了。”

大厅尽头传来冲洗马桶的声音。

布拉德福拿起第二个副本，翻到第一页，凝视了一会儿，不由得目瞪口呆。他顿时感觉呼吸急促。他第一次感觉到今天下午已被他丢到一边的那种恐惧。他没有说话，没有出声，竭力让自己站稳身体。

正在翻看第一个副本的沃克暂停下来，转向他并看到了他的脸，不由得退了一步。“迈尔斯？”她说。

他举起一根手指，闭上了眼睛。他抑制着恐惧感，要把它踩在脚下，要将其推到它不能干扰他、从而使他能够再次思考并恢复正常状态的地方。他深吸了一口气，觉得心情平静了一些。

贾汉走进房间并突然停下来。他首先看着布拉德福，之后看着沃克，接着又把目光移回来。“怎么啦？”他说。

布拉德福拍了拍那个副本，近乎机械地说，“我知道这个名字，”他说，“这家公司。”他转身走向窗口，凝视着外面渐渐黑下来的天空，过了好一会儿又回过头来。“他妈的！”

他走向门口，然后走进他的办公室，在那里缓慢地转了一圈，试图考虑清楚要从哪里开始。他走到角落处那个防火橱柜那里，从他的钥匙链上找到钥匙把它打开。在一大堆挂式文件夹当中翻找着，直到找到一个牛皮纸信封，然后把它拉出来。

他直起腰来。

贾汉和沃克挡住了他。

“作战室。”布拉德福说，他们无言地转过身来，贾汉跟着沃克，布拉德福跟着贾汉。

布拉德福打开那个信封，拿出里面的文件，把信封里的其余东西都倒在贾汉的办公桌上。他在那叠文件中寻找着，找到了一张打印的电子表格和一篇旧报纸文章，然后把它们伸到沃克和贾汉面前。

“这就是我们一直在找的人，”他说，“这就是那个射击手。”

从那个信封里倒出的文件加起来超过了一英寸厚：银行记录，公司记录，票据，诸如此类，它们详细记录了从欧洲到全世界的活动过程。在翻阅片刻并且浏览了那些数据之后，贾汉停顿了一下，注视着布拉德福。“这些是从哪里来的？”

布拉德福拍拍他手里的那几页纸。“大约两年前，”他说，“迈克尔接手了一个在中非寻找失踪者的任务。那是我第一次和她合作，而且，那个案子把我们带到了我们压根儿就没有想到过会去的地方。这些东西都是在那次任务结束后出现的。”

“你当时经手过这些东西？”

“没有，我是后来才发现它们的，是在一个死去的美国人的保险箱里。”

沃克说，“如果这和迈克尔没有任何关系，那他们为什么会盯上她和罗根？”

布拉德福走向门口。“我不知道，”他说，“但是我知道从哪里挖掘。”

第二部

被理解的姿态

我们燃烧而没有光，像正午的烛火

6 囚室

克罗地亚，萨格勒布

唯一的光源来自门底下的一条细缝，但这足以让头痛变得更加剧烈。瓦内萨·迈克尔·芒罗闭上眼睛，对抗着激烈的心跳，把注意力转回到黑暗中，转回到那些对话沿着墙壁产生的回音中。

不是真正的对话，是录音。即便是从药物引起的眩晕感中，她也能够判断出这一点。她把指尖摊开放在墙壁上，从触摸中感受到这个地方的潮湿和闭塞的气息。

她的腿僵硬而脆弱，肩膀全是瘀伤。她模糊地想起了她能够记得的最后的情景：收费公路，摩托车，大腿受到的一击，陷入黑暗和疼痛。

门外隐约响起脚步声。声音，真实的声音——偶尔还有尖叫。当那种稳定的语言模式不断延续时，所有这些声音遮盖和消除了墙壁外围世界的噪音，并为这个地牢一样的地方带来了一种奇特的虚幻感。

芒罗缓慢地作了几次深呼吸，身体完全陷进散发着霉菌、污垢和人体汗液的恶臭气息的床垫子里，听着那种仿佛在不停地震颤的话语声，又开始昏睡过去，直至传来门锁的金属撞击声，房门滑到一边，房间里突然亮起刺眼的白光。

那种疼痛感又随着光亮返回，她眯缝着眼睛看着弯下腰并挡住整个门口的人影。那个影子后面还跟着一个人，他们两个都和她谨慎地保持距离，直到第三个人出现并朝她这边走了几步。“你现在醒了。”他说。他的声音里有一种熟悉感，好像她梦见过他，或者这一切似曾相识似的。“好极了，”他说，“你吃点儿东西吧，然后跟我们走。”

他的英语有一种口音，不过发音吐字很清晰——可能是在英国或加拿大受的教育，他的母语不是英语。他暂停了说话，而芒罗因为药物作用仍然麻木的头脑反应过于迟钝，无法捕捉到她本该知道的东西。那种认知感就在边缘，然后就消失了，她叹了口气，再次让自己归于平静。

那种似曾相识的声音对他后面两个人说起话来，话语仿佛是断断续续的，在她的脑海深处旋转。她基本上听出了那种声音的意思，那是一种熟悉的语言。

“让她多睡一会儿，”他说，“她还没完全缓过来。”

是的，他说的就是这个意思。然后他们都不见了，她的周围是沉默，还有那些声音，总是那些声音，还有黑暗和时间的流逝。

然后，她彻底恢复了意识。

她猛然睁开眼，眼前是一片黑暗，她的头脑完全清醒了。

芒罗把身体翻转过来，呈蹲伏姿势。

那条光线不见了，而那个匈牙利语录音仍然干扰着房间内的寂静。

她从床垫滑到地板上，顺着墙壁走到一个角落，用了几分钟的触摸，探索着假如有充足的光源，视线原本在几秒内就可以告诉她的情况，她判断出这是一个大约为七英尺乘六英尺见方的牢房，天花板如此之低，以至于偶尔会碰到她的头发。

在门口处她碰到了一个金属托盘，饥饿的反应让她暂停了一下，然后继续朝前走过去——为了吃东西而经受再次被下迷药的风险是不值得的。她返回到床垫子上，背对着冰冷的石头墙壁坐在那里，她让自己的思维慢慢运转。脑海中的那张拼图展开，一个个问题开始形成，同时感受着她在进入一个新的国家或接手一项新任务之前，就会让自己陷入的那些模拟语言环境的声音节奏，就好像他们——不管他们是谁——知道这一点似的。知道她那与生俱来的不可思议的能力，那种仅仅通过听觉，就能够以其他人需要通过视觉实现的相同速度吸收一门语言的能力。毫无疑问，那也是一种定义了她的每一个人生时刻、并让她成为今天的自我的奇特而可怕的天赋。

那个说英语的人终于回来了，还有他那两个沉默的同伴。芒罗把前臂放在脸上，眼睛避开让那几个人成为剪影的光线。那个说英语的人把一个小包裹放到地板上，并用他的脚推向她。

“干净的衣服，”他说，“穿上吧。我一刻钟后回来。”他瞥了一眼那个托盘。“你没吃东西？”

“我不饿。”

他摇摇头。“里面没下药。”

“都一样。”她说，并俯身去拿那个包裹。

他对于她的动作的反应——他们的反应——让她暂停了一下。

他们站在那里，三个对一个，挡住了这个显然是为小个子准备的囚室的出口，当她的身体向他们这边移动时，他们都抽搐了一下。

“你可以把它关掉吗？”芒罗说，她对着那个最强的声源点了一下头。

“这是不可能的。”那人说，于是她就知道，不管这个年轻人是谁，不管此人在她发生的这个遭遇方面扮演的是什么角色，他都不是幕后主谋。“这么对待你我表示歉意，”他匆促地指了一下那个床垫和墙壁说，“我们被告知你可能不愿意合作，所以觉得最好采取预防措施。我想你能够理解。”

她没有回答，只是俯下身伸出手去拿过那个包裹。他们的身体语言让她本能而明确地意识到：他们三人同时进入这个小房间并形成三个对一个的局面，是因为他们三个都没有带武器——他们靠三个人可以形成的膂力代替了武器。

那个说英语的人用好奇的目光看着她，似乎知道她的确是个危险人物似的，但就像一个等待蛇出击的孩子一样，他很想看到可能发生的情况。

“干嘛不打开它。”他说。她猜想对方急于看到她对于包裹中的服装的反应。她把一根手指伸进皱褶里，撕开了外面的包装纸。里面有男人的衣服、裤子、T 恤衫、鞋、内衣和弹性绷带。她感到后脊梁一阵发凉。

不管这些人是谁，他们对她十分了解，这让她感到很不舒服。

“一刻钟。”那个年轻人说。他对身旁那个个头更高的人点点头，那是一个脸上有很多疤痕的容貌丑陋的人，它们表明打斗对他而言是家常便饭。“然后阿尔潘会给你理发。”

芒罗返回到床垫上。把那个包装纸和衣物放在旁边，两只手放松地置于大腿上，随即抬起头看着那个年轻人，说，“他要是碰我一下，我会杀了他。”

如同一条蛇吐出蛇信可以震慑对手，一条狗大声咆哮能够防止一场撕咬，她的警告是为了避免不必要的流血和杀戮，因为有一点就像地球旋转一样是毋庸置疑的——如果那个人的手碰到她的皮肤，本能的反应就会压倒理智，她就会毁掉他或置他于死地。

那个年轻人的嗓子咳嗽了几下，又干笑了一声。阿尔潘和那个无名的第三者并没有做出任何反应——这两个保镖不会说英语。

芒罗的手指抚摸着新衬衫的领子，目光有意识地避开那个讲英语的人，说，“把剪刀给我。我可以自己剪。”

“我会考虑的。”他说。

他们离开了，让她换衣服，虽然她更需要一次淋浴：热到近乎滚烫的热水，洗去身上的气味，冲刷掉这个地方的污浊，驱走他们所使用的那种让她昏迷、而且现在仍有些眩晕的东西的残迹，但是这里没有水。只有床垫，冰冷的水泥地板，以及当走廊光线照射进来时，她瞬间注意到的角落处的下水道。

她脱掉衣服，把新衣服穿在身上。

这是他们的把戏，他们的规则，不过是暂时性的。

她又穿上了那件皮夹克，拉上拉链。

那几个人又来了，按照他们承诺过的15分钟，虽然她只能根据个人感觉衡量时间的真实性。他们在那个单人小牢房门口等她，没有靠近她，也没有尝试拍她或者触碰她。当她仍旧坐在脏兮兮的床垫上茫然地注视着他们时，他们也并未走进来强迫她起身。

好奇心驱使她检验他们的决心，想要知道在他们做出反应之前，她能够在多大程度上对其施加压力，不过摆脱这个潮湿环境的渴望更加强烈。

她起身走了出去。

在门口，那个说英语的人盯着她的皮夹克，仿佛是在要求她脱掉，因为她还穿着其他衣服。她摇了摇头，缓慢地说了一声“不”。那个人停顿了一下，用一种与他的年轻或自负并不相符的故作成熟的姿态，微微地咧嘴笑起来。“我们回头再解决头发的事。”他说，然后退到一边给她让路。

芒罗低头走出门口，从他的旁边挤过去，走进狭窄的走廊。在天花板上大致呈菊花链状连接的荧光灯泡，让过道里显得格外明亮。遮盖住囚室大部分潮湿之气的霉菌和漂白剂的味道，让她的鼻尖隐隐发痛。这种景象、这种气味对于她的冲击，犹如一块砖头砸在头上造成的影响：在阿根廷的暴力和报复的记忆依然清晰如昨。尽管过去那些让她产生杀戮欲望的场合出自偶然，但因为有了它们，她才知道这是什么样的地方，在这里可能意味着什么，而且第一次因为她是清醒的——在很长时间以来的第一次——迅速产生的嗜血的冲动开始在体内燃烧，并且慢慢地向指尖蔓延。

芒罗握紧拳头，向大厅瞥了一眼。

右边是其他两个牢房，在接近于尽头处，传来了一声尖叫，并将匈牙利语录音淹没。声音里不是痛苦的意味，而是愤怒的动物所发出的原始的嚎叫。

芒罗转向喊声传来的方向。在这个狭窄的过道里，两个人在前面，一个在后面，她要想到任何地方，都必须从他们之间穿过去。他们暂停下来，因为她暂停住脚步，他们没有去碰她，也没有做出任何解释。在经过长时间无言的对峙以后，那个年轻人终于示意她转向左侧，转向与惨叫声相反的方向。

她跟着进入了一个似乎是死胡同的位置，那是一个面对陡峭楼梯的拐角，她感受到了新鲜空气和自然光的召唤。一扇厚金属门将下面的世界和上面的生活区分隔开来，那是一个原本难以逾越的屏障，它眼下处于打开状态并且充满诱惑力。两侧仍然处于严密看护下的芒罗从门里走出，进入了一个有着高高的天花板的空间，气窗式窗口的光线沐浴着她的皮肤，而且操着不同语言的工人们低沉的声音传入耳内。那是某种斯拉夫语——不同于她已经掌握的马其顿语，但听上去很熟悉——还有人在说其他语言，她多年来没有听到过的一种语言。当她听到这么多对话时，脑海里毫不费力地闪现出一幅又一幅的画面，就如同呼吸一样自然。

他们走过了那个有石头地板的房间的走廊，那是在一侧的多个小型办公室和塞满另一侧开放空间的间距不均、桌面杂乱的工作台之间形成的一个路径。芒罗的目光从天花板的横梁移向地板，从一面墙壁移向另一面墙壁，寻找着逃生路线，搜索随时可以变成武器的东西。

雇工们使用放大镜、小型煤气喷灯、蜡模和手术刀忙碌着，执行着制作各种金器制品的程序。当他们从那里通过时，没有人暂停工作，在这种明显的无动于衷的状态中，芒罗感觉到了恐惧和习惯性经历共同作用的产物，好像一个浑身脏兮兮的战犯经过金匠们的手工作坊，在这里是一种司空见惯的正常情况一样。

就如同它的开始一样，这个超现实场景很快结束了。

那个说英语的人称之为阿尔潘、脸上满是疤痕的男人，以及另外那个仍旧不知其名的同伙在一扇门外占据了看守位置。他打开门，点头示意她走到里面去。她停顿了一下，那个讲英语的年轻人头也不回地继续从她旁边走过去。

芒罗走进房间，门在她身后关上了，她停住了脚步。

在整个房间里，从地板到天花板，在靠近每面墙壁的架子上，在玻璃柜里，在椅子上，以及在书柜里面，都摆放着各种瓷娃娃。这些玩偶有小型的，也有真人大小的，有手绘的，也有使用印花技术的，衣服各式各样并具有蜡质头发——有卷发，也有其他发式。它们都在盯着她——她看到了数不清的毫无生气的眼睛——似乎每个瓷娃娃都得到了精心呵护：收藏者显然对它们关爱有加，不容许一粒灰尘玷污它们。

办公室的剩余部分和其他办公地点没有不同，虽然从灯具、窗户和下面的暖气片来看，她显然不是在德克萨斯州——甚至也不是在美国。

欧洲。根据她在那个大房间里听到的语言，看到的古老的石头建筑，以及窗外庭院留给她的印象——对面那个男人部分地挡住了她的视线——她猜测这是在巴尔干地区。

他坐在办公桌后面，两只手交叠地放在桌子上，笼罩住头顶的晨光让他的脸陷入阴影中。芒罗点头示意，他也点了点头，如果她没猜错的话，他此时面带微笑。

他站起来，伸手去够垂直的百叶窗，让叶片倾斜地挡住窗户，这样芒罗就不必眯缝着眼睛看着他。他用不带那个年轻人的口音痕迹的英语邀请她坐下来。他笑容亲切，态度和蔼，尽管芒罗再次把头偏向一边，以同样的温和之态与之呼应，她的大脑原始性的一面，却在盘算着窗框的坚固程度和使用防震玻璃的可能性，以及她迅速冲向他，并将他们两个同时带出窗外并摔到下面鹅卵石路上的难度。

当她的眼睛从玩偶移向窗户，又从窗户移向玩偶时，他跟随着她的目光，接着，他似乎是误读了她的反应似的说，“它们很漂亮，是不是？”

芒罗微微一笑作为回答。

那个玩偶人站起来，走向她左边的搁架。他双手放在背后，就如一个检阅游行军队的将军一般，从靠近窗口的位置开始沿着墙壁朝前走，不时地暂停下来欣赏着，并且偶尔伸出手去，触摸一绺头发或者整理一下玩偶的着装。

他顶多有五英尺六英寸，他的外形可以用一个“小”字来形容。这不仅仅是指身高。假若他是一个女人，“娇小”是一个更恰当的描述。他穿着一套显然是定制的一尘不染的西装，打着漂亮的领结，鞋子闪烁着耀眼的光泽。稀疏的头发和布满太阳斑的双手，表明他已经六十开外，不过从他的姿态和协调性来看，认为他已经衰老是错误的想法。

“多么完美。”他说。他十指交错，声音柔和，充满了赞叹。“它们没有瑕疵，只有美。”他停顿了一下，仍然凝视着玩偶，低声说，“只有美。”

那人把身体转向芒罗，音量又恢复了正常。“我还有其他的，”他说，“但这些都是我的珍品。我把它们放在身边，因为它们可以带给我快乐。”他停下来，抚摸着一个瓷娃娃的脸颊，然后叹了口气，走回到办公桌那里，坐回到他的椅子上。

“不过我想，我是有些粗鲁了。”他说，“你一定有问题想问。”

芒罗等待了片刻，让沉默吞噬了整个房间，与此同时，他们彼此在互相打量着。“我在哪里？”她终于说道，“还有，我为什么会在这里？”

“你现在的位置是在克罗地亚，是为了一个任务。”他说，并且不耐烦地摆了一下手中断叙述。他变换姿势并跷起二郎腿。“为了偿还债务。”

芒罗本想轻蔑地哼上一声，但她抑制住了。她要求对方解释清楚是合情合理的，也需要了解他如此随意地谈到的那种债务——他似乎是那样将其视为理所当然，好像她应该熟悉这件事似的——但直觉告诉她要首先忍住。“很多人都会直截了当地请求我提供帮助，”她说，“不管你有什么要求，把我拐走，关在一间牢房里，并且让人看着我，是得到我的帮助的最坏的方式。”

“是的，”他回答道，“我想，大多数人都会直接提出请求。但我觉得，这个工作超出了你认为可以接受的程度。何苦要给你那个说‘不’的机会呢？那样只会让我生气。”

芒罗没有说话，她的大脑飞速旋转，试图用冷静代替愤怒。内心有一种声音告诉她不要冲动，要继续把他的游戏玩下去。她身体前倾，保持和他同样的姿势。她双手交叠地放在桌子上，说，“我可以为你做什么？”

那个玩偶人身体倚靠到椅背上，面带微笑，仿佛正在品尝胜利时刻似的，好像一场战争尚未开始，他就已经成为赢家一样，而且他也深信自己必然会成为赢家。他的微笑显示出他在一个享有最高统治权的领域所拥有的权力和控制力，那是芒罗以前见到过的一种虐待狂似的、宣称她就是其个人财产的微笑，她感觉到她那不断加快的心跳节奏。

她一动不动，面无表情地等待着，直到他终于身体前倾并再次开口。“你需要送一个包裹，”他说，“从一个地方送到另一个遥远的地方，可以这么说。”

这句话没有令她感到惊奇——尤其是考虑到她刚从那个地下室出来。“那个包裹是活物吗？”

“是的，真正的活物。”他的眼睛一亮，眼皮不停地眨巴着，好像终于找到了一个物有所值的搭档似的。

芒罗姿态放松地慢慢地靠在椅背上。她意味深长地打量着他的面孔，一边等待着获取更多的线索，一边接着开口说，“送一个包裹，”她说，“这种事我大概可以做，虽然这将取决于那个包裹本身，还有它的交付地点。我想，既然拒绝不是一个可以接受的答案，那么我也得不到报酬，对吗？”

那个人皱起眉头。这个出色的搭档竟然变成了一个白痴。“你是来还债的，”他说，“这就足够了。”

“我要是不同意呢？而且即便你有你的要求，但如果我仍然说‘不’呢？”

“我有办法坚持。”

“我有办法拒绝。”

“你要么照做，要么以其他方式偿还债务。”他说。

“欧元？美元？我欠你多少钱？”

即便他读到了嘲讽的意味，他也没有做出直接的反应。“你只能以对你而言有价值的货币偿还，”他淡淡地说，“否则你就要以那个无辜的生命偿还。”

这句话带给她的刺痛感，就像是朝她的脸上狠狠地打了一巴掌，她的眼睛感到酸痛，如同身体刚刚挨了一下重击似的，他不应该知道这些事情。

她的脸上依然无动于衷，而在她的内心深处，在过去九个月蛰伏在那个隙缝里的疯狂之物蠢蠢欲动，那些战鼓缓慢而持续的节拍虽然微弱，却可以感觉得到。

“哪个无辜的生命？”她说。

他又以那种不屑一顾的姿态摆摆手。“无辜者就是无辜者，”他说，“一个生命的价值真的高于另一个生命吗？”

她的内心闪过一丝恐惧，她本能地知道这种恐惧的原因。她知道一个处于他这种位置的男人之所以会自鸣得意地认为她必须听命于他，是因为他控制着被她视为无价的东西。她说，“每年都有千百万无辜者死于非命，没有人能拯救他们所有的人。”

“那我就让你看看吧。”

他抓起那部手机，按下了对讲按钮，当另一个人的声音传来时，他用一种自认为她听不懂的语言召唤对方过来一趟。在接下来的等待时间里，那个玩偶人靠在椅背上，双手交叠地放在大腿上，带着狡黠的笑容观察着她。

芒罗低头抚摸着指甲，此时她内心的铁砧已将犁头敲打成了利剑，她带着深沉而匀称的呼吸，准备面对接下来的情况。

7 包裹

当办公室的门打开时，芒罗并未转过身来。她的注意力仍放在玩偶人身上，后者的脸上露出的快乐表情转瞬即逝。

“你已经见过巴朗了。”玩偶人说，他并没有看着芒罗。刚刚进来的是在地牢里那个说英语的人，那个地位重要到拥有保镖的人，那个与其说是一个成年男人，不如说是一个男孩的人。巴朗 · 鲁马尼恭敬地问候了他的长辈，然后转身扫视了一眼芒罗，打量着她，直到玩偶人开始与他说话。

他们是用阿尔巴尼亚语交流的，当玩偶人简单地称赞了他几句之后，鲁马尼的兴奋感呼之欲出。然后玩偶人转换了腔调。“给她看一下。”他说，于是鲁马尼从口袋里取出一部手机。他用拇指拨弄了控制键，打开视频并调大音量之后，把它放在芒罗面前。

她的身体发出了狂乱的呐喊。她感到呼吸急促，心脏跳得更快更激烈，她看到浑身是血、被打得遍体鳞伤的罗根拒绝回答对方的提问，当他被狠狠地折磨时，他咬紧牙关一声不吭。世界变成了一团模糊的黑白色彩，它遮蔽了一切——除了坐在办公桌后的那个人。

内心的铁砧敲打出杀戮的指令。因为眼前变得模糊而无法聚焦的芒罗努力摆脱纷扰并进入平静，她强迫自己看着剪辑，真正掌握罗根周围的情况——搜索着他的位置线索，并在以一张桌子和一扇窗户为主要背景、持续不过几秒钟的晃动的镜头中找到了它们。

一卷“密保诺”[7]牌保鲜袋和两英寸宽叶片的水平木制百叶窗。这是美国文化的典型特征，在其他地方也会存在，但就便利性和价格而言，它们几乎只能存在于美国——肯定不是在欧洲，在美国某个地方的一个住所或者办公室里面。罗根又挨了一击。更多的鲜血，更多破碎的软骨，一支枪顶在他的后脑勺上。芒罗外表没有任何反应。在内心深处，那种难以控制的压力要极力挣脱身体的束缚，要把她带离那张椅子并冲到办公桌对面，用她的双手掐住玩偶人的脖子，直到他面无血色，舌头毫无生气地耷拉出来，直到让他吐出最后一口气为止——正如他正在让她感到窒息一样。

鲁马尼关闭了那段剪辑，把手机收了回去。

芒罗让足够多的空气深入到肺叶里，她害怕呼吸，害怕暴露出在血管里灼烧的痛苦和恐惧——她不想让这个人及其门生感受到她的愤怒和仇恨暴露在外。

债务。

包裹。

交货。

现在就杀死玩偶人所带来的结果，就是他们会扣动那支对准罗根头部的手枪扳机。她离那种致命的武器太远，以至于无法拯救他。她的大脑快速旋转，搜索着答案，寻找着出路。芒罗指着鲁马尼藏起手机的那个口袋，转向坐在办公桌后面那个人，说，“所以，只要我把你的货送出去，作为一种补偿，你就会放掉那个人，对吗？”

那个玩偶人脸上闪现出瞬间的失望，随即又露出狡黠的笑容，他说道，“是的，只要你还了债务，作为一种交换，我就会让那条生命活下来。”

这当然是他妈的胡说八道。

一个有能力找到她、绑架她并把她带到大洋对面的人，一个在他的建筑物下面有一个地牢的人，是不可能让她在日后看到他的脸的，假如他打算让她——更不用说罗根——活下来，就不可能让她知道这个藏身之

7. 美国庄臣父子公司旗下的家庭储藏产品、清洁用品、个人护理用品品牌。

处——他的事业之一。但玩偶人的那种控制幻觉，以及她所知道的乃是一种谎言的外观，是她目前所需要的一切。她点点头表示默认。

“我们或许可以达成共识。”她说，于是玩偶人的表情转为满意的微笑，身体明显放松下来。

“我很高兴，”他说，“我喜欢和理性的人合作。这样就会把烂摊子减少到最低水平。”

她勉强让一种表示认同的微笑慢慢浮现在脸上。鉴于罗根的身体受到折磨的状况，他似乎对于烂摊子过于糟糕并无反感之意。“我也许应该看到那个包裹。”她说。

他朝门口示意。“巴朗会带你看的。”他说，随即用他们自己的语言轻蔑地向那个年轻人作了交代，丝毫没有了此前摆弄玩偶时那种瞬间的柔情，“然后，你把那个娃娃带给我。”

鲁马尼点点头，刚才的欢欣鼓舞被某种沉重的、无法言传的东西所取代。他转向那扇门，朝芒罗的方向瞥了一眼，对她点点头并等着她移动。

她缓慢而慵懒地站起来，不紧不慢地走过地板，思维从一个随机信息转向另一个信息，竭力对目前的状况进行汇总和分析，并弄清楚那种无法解释的情形。

那两个门卫仍站在办公室门外，鲁马尼在前面领路，他们跟在芒罗后面，顺着两边是金匠的过道往回走，通过那道金属门，再次回到地下空间，经过她此前被关在里面的那个单间牢房，一直朝尽头处走去，与此同时，那种匈牙利语构成的单调的背景噪音不断传入耳内。

在狭窄的走廊尽头的墙壁那里，还有一个看守，当这几个人走过来时，他从一张金属折叠椅上站起来。鲁马尼晃动了一下手指，命令他把最后那间牢房的门锁打开，那人从一个口袋里掏出了一个钥匙链，又从钥匙链上取下一把钥匙。

叮当作响的金属撞击声在逼仄的空间里回荡，接着门打开了。芒罗身体前倾，想要进入那个低矮的门口，鲁马尼伸出一只手拦住她。她停住脚步，就在这片刻的停顿中，一把勺子从她的腿旁飞过去，紧接着是一连串含糊不清的咒骂声。

那是女性的声音，是美国西海岸的口音，当芒罗低下头走进去时，她看到的景象和闻到的气味表明，这个牢房和一个散发着刺鼻的恶臭气的猪圈没有什么不同。

鲁马尼没有进去。他和那几个看守都站在原地，听凭芒罗独自进入里面。他在她身后打开了一个开关，昏暗的灯光在那个退缩到墙壁底下、衣服和头发都凌乱不堪的女人身上投下可怖的阴影。潮湿的霉菌和无比强烈的腐烂气味令人作呕。不论他们给这个女孩提供的是什么食物，她都把它们扔掉而不是吃下去，大多是抛到门口方向。芒罗进一步靠近她，以便看得更清楚。

那个女孩被铐起来，一只脚被链条拴在嵌入墙壁的一个金属环上，就像是他妈的欧洲中世纪黑暗时代[8]的一个囚犯。她不能从作为床铺使用的那张垫子那里爬出多远，所以只能被迫困在上面。她那撕裂的衣服满是肮脏的污迹，她的头发乱蓬蓬的，脸和胳膊上都是条状污垢，已经无法辨认出皮肤的最初颜色。

当那个可怜的女孩的眼睛适应了光线以后，她朝芒罗这边爬过来，富有创造性地骂了几句。随着她的靠近，恶臭变得更加浓烈，芒罗抵抗着呕吐的冲动。那个女孩忽然猛冲过来，随即因为被锁链拽住而猝然停住。芒罗站在她刚好抓不到的地方，那个女孩咒骂和尖叫，像一只被束缚的野兽一样，用其全部的痛苦和愤怒使劲地挣扎着。

看到这一情景，愤怒和无力的泪水在芒罗的内心涌动，她感觉到眼睛里一阵灼烧。在其他情况下，芒罗一定会为了这个女孩——不管她是谁——而动用暴力，假如她不能阻止此前在走廊或者在上面的办公室里克制住的那种冲动，她就必然会发动袭击，把这几个作恶者毁灭。

无辜的生命。

---

8. 一般指西罗马灭亡到文艺复兴时期，约公元 476 年至公元 1453 年。

为了拯救罗根，就要让这个女孩听凭玩偶人所操控的那种命运的摆布。要想救出这个女孩，就要放弃罗根。在芒罗的灵魂边缘，第一次感觉到了一种挫败感，她一时间心乱如麻，揪心的痛苦让她眩晕。她也是这个环境中的囚犯，她自己的锁链同样坚固，她的墙壁同样很厚实。

芒罗转过身来。她已经看到了需要看到的东西。

在牢房外面，空气里飘荡着漂白剂的味道，没有了令人作呕的恶臭和腐烂气息，她又能再次呼吸了。在过道里，无论是几个看守之间，还是她和鲁马尼之间，他们彼此都没有说话。鲁马尼只是朝楼梯方向点点头，于是芒罗就朝那里走去。

从身后传来一条水管拍打水泥地面的声音，紧跟着是水龙头短促的吱吱作响和一股股水流的声音。然后是那个女孩再次发出的尖叫——那是撕心裂肺的嚎哭之音。

鲁马尼把芒罗从那个玩偶办公室带到一个小房间。它是一个浴室，里面只有一只马桶，一个盥洗槽和一面满是斑点的旧镜子。鲁马尼又轻弹了一下手指代替说话，只见一个年轻的男子带着一个纸盒走过来。

鲁马尼拿起它，朝里面瞥了一眼，然后递给芒罗。

她没有动。

“给你理发用的。”他说。他顿了顿，指着那个浴室补充说，“对你的双手来说，那面镜子就是一个危险的武器，对吗？你会杀了我，杀死其他人。我能够承担这种风险，你知道你做的任何事都可能伤害到罗根吗？”

芒罗盯着他的眼睛，点点头。

“一旦这件事发生意外，我的叔叔是不会客气的，”他说，“你明白吗？”

这个年轻人，鲁马尼，这个根本无权提到罗根的名字的大男孩，在说出那个名字时是那样随意和熟稔，就好像是提到某个久违的熟人似的。

芒罗接过盒子，转身背对着他，然后关上了门。

她突然跪倒在地板上。黑暗的环境能够让她得到释放，并陷入良知和疼痛不复存在的黑暗深处。她双手抱头，面孔触碰着石头，无声地喊叫，发泄着内心的悲愤。九个月来，她尝到了幸福的滋味，那是一个她所知道的最接近于平静和现实生活的机会。九个月来，多年主宰她的人生的愤怒和暴力终于消退了，可是现在，这些野蛮之徒毫无顾忌地将她从难得的平静当中抛掷出去，让她置身于一个无路可走的绝境，使得她无论做什么或者选择什么，最终的结果都将是回到疯狂的状态。

她快速地大口呼吸着。她需要时间思考和整理那些纷乱复杂的细节，需要想办法联系上布拉德福并告诉他去找罗根，需要打破她的桎梏，需要得到缓冲余地，并且争取足够多的时间。

鲁马尼用力敲门。

“等一会儿，”她说，“我先解个手。”

她站起来，放水冲了马桶。打开那个盒子，看到了发剪。找到电源插座，插上了插头。这些人知道是什么驱使她愿意配合，知道什么对于她最要紧，似乎知道关于她的一切，不过奇怪的是，他们并未察觉到她了解他们的语言，他们怎么会竟然没有察觉呢？

阿尔巴尼亚和马其顿共享一条边界线——在马其顿，人们经常讲阿尔巴尼亚语，尤其是在边境城市。这是来自那个地区的人都不可能出现的基本疏忽，除非他们所掌握的有关她的一切，是某个并不十分清楚战争和边界产生的地理影响，以及长达几个世纪的冲突的人提供的二手材料。

芒罗打开电动发剪，盯着自己在碎裂的镜子里的影像。由于多年的实践过程，对这一程序已经十分熟悉的她熟练地操纵着这个小机器，从额头到脑后，从脸侧到头顶，并根据需要改变和调节刀片护罩的角度。一绺绺黑发飘落下来，掉进了盥洗槽里。在镜子的反射面中，一个穿着便装、留着士兵板寸头的年轻男子，睁着布满血丝的眼睛凝视着她。

创造和变换性别角色，是她在职业生涯中长期使用的一种工作手段，就和眨眼一样自然，就如她的语言天赋一样是一种技能，绑架她的人熟悉这一点，而且显然要加以利用。

他们知道这一切。

芒罗挺直身体，把电动发剪放回去。

当鲁马尼打开门时，手里拿着那只盒子的她正在打量着自己在镜子里的形象。他都懒得首先敲门。她转向他，他的眼睛是她的面孔脱离镜面时最后注意到的部分。

他踌躇了一下。当他带着在那个单间牢房里第一次认真打量她时的同样无耻的好奇心扫视了她一眼时，起初感到惊奇的他慢慢地咧开嘴微笑起来。他终于点点头，显然感到满意。

“发剪。”他说，芒罗把盒子递给他。

“你去我叔叔那儿。”他说。她于是明白，在这个变态而疯狂的世界里，在下面囚室里的那个女孩，就是玩偶人说到的那个玩偶。

在这个极短的旅程中，阿尔潘和他的那个不知名的同伴一左一右，再次护送她经过工作区去往办公室，这是一段减缓思考的旅程，因为当芒罗观察着工作区的每一个细节，瞥见微型火炬、尖锐的工具和各种家具时，这里的一切仿佛都可以被用作救赎的武器。但是，这种生存的本能和急于使用暴力的冲动是徒劳的，因为她有一个无法摆脱的后顾之忧，那就是罗根。她永远都要考虑到罗根的安危。

当芒罗走进那个房间时，那个玩偶人站在那里，而且再次带着年长者的温和之态，让她坐在一张面对他的办公桌的高背椅子上。他一直等到她坐下来，才返回到他自己的座位上。

他朝她的头发示意了一下。“很不错，”他说，“效果比我预想的要好。”然后他抚平领带，把手放在桌子上并交叠起来。“你已经看到货了。”他说。

“是的，”她说，“我有问题要问。”

“我们先喝咖啡，然后再讨论。”

他拿起电话。“*Mala, donesi nam dvije kave, brzo. I to u najboljem porculanu kojeg imaš, čuješ?*[9]”不是英语，不是阿尔巴尼亚语，不是马其顿语，但很接近。她从这个细节中获得了更多信息。这个人和她一样讲多种语言，也像她的情况一样，语言和他的原籍没有任何关系。

有人敲了一下门。当门打开时，响起了轻微的咯吱声。

玩偶人简略地示意了一下，一名年轻女子走进来，端着一个上面摆满成套瓷器的银色托盘。当那个女子把盘碟一件一件地摆好时，芒罗和那个玩偶人的眼睛始终盯着对方，好像这是在里兹酒店[10]的一次晚餐结束，而不是另外一种情况：罗根已被一个疯子绑架，为了挽救他，芒罗将会违背所有的自我意识和自我保护原则，把楼下的那个女孩送到……究竟要送到哪里去呢？

当那个女子离开以后，玩偶人有条不紊地倒入了奶油和糖块，见芒罗没有像他那样做，他又倒了第二杯，喝了一口，然后放到她的面前。“没有下药，”他说，“那么你说说吧，你有什么问题？”

“我要把货送到哪里？”她说，“还有，通过什么途径？”

“你要开车去。需要一天时间，也许是两天，这要视情况而定。”

情况。比如躲开边界线，避开权威部门检查，还要尽量避免被人注意到坐在前排座椅上的那个女孩。还是说，他们打算使用后备箱？

“明天你就会收到详细信息，”他说，“还有规则，然后那个包裹就是你的事情了。”

“你有手下人，”她说，“你有枪，你不需要我就能做到这一点。为什么仅仅是为了让我把那个女孩——那个包裹，费这么大麻烦，这么多费用——还有风险——绑架我，把我送到大洋彼岸，送到某个距离这里只有两天车程的地方？你已经有了你自己就能做这件事的条件。”

玩偶人放下手中的杯子，叹了口气。“我的麻烦很大，我的朋友，

---

9. 给我们拿两杯咖啡来，要快。而且要用最好的瓷器，听见了吗？

10. 著名的国际连锁酒店，以其瑞士创始人凯撒·里兹的名字命名。

真的很大。运输问题，客户那边的问题，这个包裹本身的问题。太多不确定因素，也太容易引起关注。我不想让我自己或者我的事业冒险，所以只能由你带她走。”

芒罗拿起已经开始冷却的杯子，双肘放在桌子上，眼睛掠过杯沿瞥了他一眼。他叫人打了她一枪，把她迷倒并且绑架了她，又把罗根作为人质以确保她的服从，然后又用一只他妈的瓷杯给她倒上咖啡并叫她“朋友。”这就像是萨尔瓦多·达利[11]的一副瓷娃娃绘画突然变活了一样。

她朝咖啡吹着气。“按她目前的状况我不可能带走她。哪怕是关在后备箱里。”

玩偶人微笑起来，表现得既有不屑，也有宽容。

“她是定制的，”他说，“我们决不可能把像她目前这种样子的玩偶送给客户。这些细节是我们的问题。等我们解决了这些问题之后，接下来这个包裹就是你的问题了。”

“那个包裹的名字是？”芒罗问道。

“妮瓦·艾克里奇。”他说。

芒罗沉默地坐了很长时间，思索并诅咒着命运的荒谬。为了保护一个对她而言比生命更宝贵的人，她将被迫出卖一个在契约和道义方面，她都有责任予以挽救的人。

“贩卖人口是严重的犯罪，”她说，“整个世界正在寻找她。如果我被抓到了，我这辈子就完了。如果视频里的那个人不值得我冒险呢？如果地牢里的那个女孩不值得我冒险呢？如果我他妈的根本不在乎他们死活呢？”

玩偶人脸上的笑容只是减退了一点儿。他“嗯”了一声，随即站起来，走到她身后的一张桌子面前，拿起一只玩偶。他像一个人抱着一只猫一样，用肘部托起它走回到办公桌旁。“你会在乎的，”他说，“即便不是为了

11. 西班牙超现实主义画家和版画家，与毕加索、马蒂斯一起被认为是20世纪最有代表性的三个画家。

那个男的，也会为了另一个人，然后是下一个人。”

他又坐下来，抚摸着玩偶的头发，手指掠过玩偶的那件镶有复杂的蕾丝花边的衣服。“她非常漂亮，是不是？”他说，“她在我看来是完美的。她是我特地定制的。就像楼下的那个包裹一样，也是我特地定制的。我真的不知道这个女孩会带来什么问题。我的交货时间晚了，你可以解决这个问题。”

“你不需要我来做这件事。”芒罗说。

玩偶人脸上仍然挂着笑容，尽管眼睛从未离开过那个玩具娃娃。“你不会喜欢把事情搞乱的。”他说。他抬起眼睛看着她。“我们还是避免混乱为好。这样对大家都好。”

“为什么是我？”她压低声音问。

“我已经解释过了，”他说，“你欠了一笔债，所以对你来说，这是一个公平的交换。你连这个都理解不了，不能不让我感到困惑。”

“如果你对我说一下这个债务的细节，我可能会更愿意配合。”

“你还需要什么细节呢？”他说，“因为你的缘故，我的美国合作者现在关在监狱里。”玩偶人停顿一下，身体前倾，再次开始缓慢地讲述，仿佛是在试图对一个四岁孩子解释量子物理似的。“首先是合作者没了，然后物流问题开始出现。在这之后，我就开始亏钱。事情就这么简单。因此，你有责任替我把钱赚回来。这个包裹发出去以后，能给我赚很多很多钱。你负责运输，这样我们就扯平了。”

芒罗叹了口气，让他体验到他明显击溃了对手的感觉。“OK.”她说。

很少有人知道她是谁以及如何找到她。知道她和罗根的密切关系或者敢来对付她的人就更少了，但涉及到将一个合作者送到监狱里，她脑子里只想到了一个人：凯特·布里登。就在这一霎那，芒罗开始把这个疯狂的人和布拉德福的文件联系起来，和提供女性玩偶的人贩子联系起来。她现在明白，她关心的每个人都处于危险中，这个协议是争取时间的唯一途径，而且考虑到罗根等人和他们现在将要踏入的险境，她的心情变得沉重起来。

8 阴影

门开了，伴随着一声空洞的金属撞击声，放进了更多新鲜空气和更多的光亮，这也让妮瓦的脉跳加快了。距离那个……那个人——不管是男的还是女的，还是一种“动物”——过来看她的那一刻还不到五分钟，两次连续“探访”的时间如此之短，这是以前从未有过的。

她咬紧牙关，摆出蹲伏的姿势，等待着将会发生的情况。

他们都是一些他妈的变态狂。端来一盘食物，然后褪下裤子，一边盯着你这只被铁链拴着的小鸡一边自慰。讲理，质问，所有这些在这里都毫无意义。即便是可怜的眼泪也没有用，而且这些混蛋不会说英语。

不管她如何咒骂他们，他们从未做出任何反应——除了那个年轻的帅哥。有一次，当她骂了一句极有创意的话时，他笑了起来，但那是 16 顿饭之前的事情了，此后她一直没再见到他，直到今天，他带来了那个……人。

也许那个人是说了算的。

也许那个人更清楚，她为什么会在这里。

也许他们已经用那种叽里咕噜的鸟语解释了原因——虽然这基本上不大可能——而她只是听不懂而已。当人们不需要对其所作所为进行解释时，他们是不会耐心地说一大堆话的。每当这些野人当中哪一个真的开口时，那也只是对她吼出她听不懂的命令，要么就是在咒骂她——她不需要听懂，就能够知道这一点。

他们把她带到这里，不可能只是为了用那些垃圾食品养活她并且供他们自慰，哪怕他们知道她是谁。她接触过疯狂甚至是病态的粉丝——她并非没有收到过里面放着恶心之物的包裹。然而，不管她如何揣测——她有足够多的时间思前想后——这种情况都绝不符合那种令人浑身发抖的变态杀手型粉丝的概念。

她踢打、挣扎、撕咬，尖叫，他们从来不曾因此而责打她。他们想要打她——她看得出来——而且有时候似乎真的就要打她了——但事实上，他们所采取的报复手段，就是拿走那个用来解手的水桶，并且把铁链收紧，这样她就无法移动到角落处的下水道那里，从而迫使她只能与自己的屎尿为伴。

她以前没有见过那个探视的人。

那人离开之后，他们又拿走了毯子，没有那几条毯子，她开始不断地颤抖着。

唯一的好处——假如有什么好处的话——那就是味道越难闻，他们就会离她越远。自从上次那个大猩猩褪掉裤子以来，已经过去 5 顿饭的时间了。哦，没错，他们只要死盯着她那被束缚的卑贱的身体，就能够得到释放。那么现在她的身体发出恶臭会怎么样呢？似乎没有什么影响。

一群王八蛋。

一个阴影站在门口处，但并未进来。

妮瓦等待着。他最终会走近的，他们总是这么做的。

由于门是开着的，在走廊里持续不断的说话声更加响亮。那种噪音是一门课程之类的东西。用英语对话，然后又有其他语言，不停地说来说去，至少在过去的 4 顿饭期间没中断过，这总比她在之前听到过的零星的哭叫要好得多。那好像是一些小女孩——或者是十三四岁大的孩子——的哭泣和尖叫。有时候尖叫声犹如歌唱，那是一种比她独处的这个地狱更加令人窒息的抗议的呐喊，充满了受伤、绝望和无助。而且伴随着哭闹声的抗议从来都不是用英语喊出来的，那些哭喊的女人来来去去，通常每隔五餐或六餐就会减少一个，直到最终只剩下那些语言课程，以及走廊那边似乎剩下的唯一一个人。

那个看守的体形再次充满了门口，他的手里还有一根绳子……一个套索。不对，是一根软管。妮瓦等着他走得更近，但他并没有过来。他们开始知道如何应付她的战术，知道她会做什么，因此他不会让自己成为靶子。

随着那个影子一样的人手腕一抖，软管被抬起来，从里面喷出一股强大的水流。冷水带来了冲击和疼痛，妮瓦尖叫起来。水流完全击打在她的脸上。那人不仅瞄准了她，还瞄准了墙壁和地板，好像他打算冲洗掉污物和异味，要使之顺着角落处带有隔栅的下水道流走似的，一个动物饲养员在清洗动物笼舍时就是这么干的。

她一边哽咽一边喘着气，当水流移向她的胸部时，她再次尖叫起来，而且水流仍未停止，直到墙壁变湿，地板变湿，她的衣服紧贴着身体轮廓，她睡在上面的那个垫子变得滞重。

水关上了，影子带着软管离开了。他很快返回到门口，然后走进来靠近女孩，虽然女孩手脚并用地抓挠着想要远离他，但她是被铁链锁着的。女孩感到恐惧而发抖，而且找不到任何可以抛掷的东西。他抓着她的头。她与他厮打。他撬开她的下巴。她试图咬他。他朝她的喉咙里吐了液体，过了一会儿，她的力量耗尽了。

他站在那里，低头看着她。女孩身体颤抖地躺在被水浸湿的床垫上，瞪大眼睛盯着他。她感觉到眼前的一切都在旋转。当那人说话时，他的声音带着厌恶的口吻，虽然她听不懂他的话，但却领会了那种意图：你现在终于老实了吧，你这肮脏的动物?

9 山景监狱

德克萨斯州，盖茨维尔市

布拉德福开车驶入山景监狱停车场，此时是上午九点钟。他这么快就来到这里，原本是没有任何正当理由的，更不用说还是在工作日和探视时间以外的时间段。他在开车进入市中心的途中打了一个半钟头电话，在今天早晨打了两个钟头电话，动用了各种人情和社会关系，才最终确保了这一理想结果。

他昨晚十点钟把车开进了城里，在附近一家酒店度过了在黑暗和黎明之间的几个钟头，他几乎没有得到片刻休息，因为他的大脑总在不由自主地运转。各种场景回放和不断泛起的内疚感，各种可能性和关联性，各种没有答案的问题纷至沓来，直到思维终于陷入混乱而且太阳开始升起为止。

布拉德福关闭了点火器。在下车之前，他掏空了衣服口袋，把包括手机在内的所有东西都放进了控制台里。他又把身份证件重新放回到口袋里。其他东西都不允许带进探视区，而且那些不必要的凌乱之物只会减慢通过安检的速度。

他在关上车门并继续向前迈步之前，犹豫地暂停了一下。

不是因为他可能会发现的情况，而是尽管他设法来到了这里，但还是有可能一无所获。答案就在这里，他确信这一点，虽然监狱长给了他这次探视的权利，但他仍然不确定凯特·布里登是否会见他。

布里登是一名律师，一个该死的好律师——全面、职业、出色、热情而又无情——一个为了一宗并非由她犯下的谋杀案而身陷囹圄的律师。她被关在这里，不是缘于她不够聪明，不能够让自己尽快脱离惩戒制度的束缚，而是因为布拉德福确保她不会做这样的尝试。

从开始到结束，他当时的成功只用了10分钟，那场谈话使他借助于隐喻和暗示的手腕掐住了她的脖子，让她处于近乎窒息的状态，等到她被关在山景监狱时，保释金设置得如此之高，以至于她根本不可能拿出足够多的钱逃离那里,除了等待一场被不断推迟乃至似乎变得遥遥无期的审判，她别无选择。

布拉德福从那时起从未见过她，而且很难知道会得到什么结果，应当采取什么方法和角度，才能够从一个他要挟其保持沉默的女人那里得到想要的东西。

她必然知道他会来的。

如果身边没有人欣赏，那种充满恶毒的智慧又有什么意义呢？即使布里登恨他，他也是为数不多的她可以表达幸灾乐祸之情的一个人，也许是唯一可以欣赏她的耐力和韧性的人，尤其是对于一个处于她这种情况而采取报复措施的女人而言——假设她和芒罗被绑架有关联的话。

不过就这件事而言，她必然难逃干系。

布里登接受了与她无关的一场犯罪而坐牢的事实，因为卷入了和布拉德福曾经熟悉的一个男人的被害事件，她正在冒着生命危险扮演最大嫌疑人的角色，从而避免一个更大的恐惧。鉴于她已经看到的那些信用卡收据和其他秘密信息，布里登为了安抚他们而一直对其保持沉默的那些人，让她害怕的那些人，是那种宁可把她的身体剁成碎片，也不会冒险承受遭到背叛的影响和打击的人。

芒罗在非洲执行那次任务的事后余波之一，就是让布拉德福后来发现了一些重要文件，它们描述了一个转移、运输和出售人口的犯罪组织的公司外壳、法律结构和运行机制，目前只知道其经营者是一个被称为“玩偶大亨”的人。

在这里，在美国，布里登使这个组织得到了合法性。就在她被捕之前，布拉德福偶然发现了这其中的关联，发现了他在前一天已对沃克和贾汉展示过的文件，并且使用这一信息控制了她。调查卷宗和深度挖掘发现了布里登在美国土地上所干的勾当，然后，有污点的文档这一线索进一步延伸并回溯到欧洲，最终在美国的一家表面合法的企业和一个将女孩作为性奴出售的全球市场之间建立了关联。

布拉德福所掌握的任何信息，都没有具体到可以得到证实的程度，但却足以使人们关注一个到目前为止，已经在无形中展开跨国经营且不受惩罚的组织的存在。

他把这个信息放到了布里登面前，并威胁要将她的名字公之于众，他知道布里登很清楚，如果他那样做，那些人就会确保她永远保持沉默。

这种要挟是布拉德福所能提供的一种接近于死亡的威胁，而且果然奏效了。布里登保持了沉默，但布拉德福还是不知道，她是否从一开始就知道她的客户是谁，以及他们出售的那些娇嫩的生命，或者说，她为那些犯罪行为提供便利是否出于偶然，而他只是把这一消息带给她的人。

这在当时已经并不重要。在其他事务方面，布里登的手脚肯定也不干净，虽然她可能并非是那个谋杀案的元凶，但她也不是完全无辜的。

布拉德福关上车门并走到里面，准备面对检查程序和金属探测器，并且最终走到接待室，在那里，探视罪犯的人可以隔着玻璃和囚犯进行非接触式交流。

他来到这里，是因为尽管他还是不了解布里登过去和玩偶大亨的合作情况，但是昨天的一系列事件布置得过于精确，以至于不可能是随机和偶然的。有人正在向藏污纳垢的组织高层提供情报，而凯特·布里登是所有部件绕其运转的唯一可能的中枢。假设布拉德福的推理是正确的，对方一定希望看到他，哪怕仅仅是为了感受他的痛苦带给她的快感，也许从这个弱点入手，他就能够获得他想要的信息。

在一名狱警的引领下，布拉德福坐到一张椅子上，在玻璃另一侧等待他的就是布里登。当后者看到他时，立刻露出了笑容。实际上，那既非感到快乐的笑容，也不是幸灾乐祸。那是接近于看见高墙外的一张面孔——不管她是多么恨它——而感受到的某种释放感，因为那总比见不到任何熟人好得多。

她没等他说话，甚至在他完全坐好并把那部电话拿到耳旁之前就说道，“迈尔斯，这多么叫人惊喜。当然，我知道你早晚会来的，但真的没想到会这么快。”

她的话——他根据口型就看出她说的第一句话——让他猝不及防。他此行是要弄清楚对方知道什么——她做了什么——所以他一直都在想着适当的开场白和引入话题的方式，希望不露痕迹地解释他来这里的原因，而布里登在他开口之前就让他愣了一下。

他脸上必然露出了惊奇的神色。

布里登笑了起来。

“啊，迈尔斯，”她说，“别和我装傻了。既然你都聪明到会想到来找我，那你肯定知道我会等着你的。”

他抑制住怒火并等待了一下。“你做了什么，凯特？”

她轻声笑起来，那是一种病态和残忍的微笑。“这个问题过于抽象了。让我们说得更具体点儿好吗，亲爱的？”

“你似乎知道我为什么会来这里，你也知道我掌握了什么情况，所以我们就不要绕弯子了，OK？”

她的假笑消失了。“哦。”她说，身体靠向后面。“显然，表达情意不是你的长处。虽然我很高兴有人来看我，但如果你不能礼貌点儿，如果你连假装恭维或者聊聊天气什么的把谈话时间拉长点儿都做不到，那么，我想我现在就应该离开了。”

电话仍然压在她的耳边，她开始站起来。

布拉德福说，“在这里吃得怎样？”

布里登又笑了。“这就好多了。”她又回到椅子上。“食物真他妈的糟透了，非常感谢你，这还要拜你所赐。”

“我喜欢你选择的这身衣服，”他说，“很适合你。”

“你还没完没了了。”

“喜欢你的室友吗？”

她叹了口气并朝天花板呼出去，好像是在吐烟圈似的。“还不像大学那样糟糕。”

“罗根在哪里？”

她把目光转向他。“我们进行得好好的，你不要扫兴好不好？”她停顿了一下，似乎关于罗根的想法让她感到无聊似的，说，“我对他的情况一无所知。”

“但是，你知道他们把他带走了吧？”

“啊，拜托，”她说，“我？被关在这里？”

“听着，凯特，”他说，“我来这里不是为了证明什么或反驳什么。我身上没带录音机，我不记笔记，我不是来调查你的，我来这里不是为了让你的日子不好过。我只是想找到迈克尔。那些带走罗根的人打断了他的腿，他被砍了，流了很多血，我是在监控器磁带上看到的。我需要在他们杀掉他之前找到他。你知道他在哪里吗？”

“我不知道。”她说。

“你不关心？”

“不关心，真的不关心。”

“而且你也参与这件事了？”

她耸耸肩。“参与不参与都无关紧要，对吗？我已经被关起来了，对不对？”她意味深长而又不乏揶揄地再次露出了微笑，于是根据各种情况和时机进行判断，布拉德福现在意识到，劫走芒罗的人为什么能够找到她。“你告诉过蒂斯代尔家族来找我，这样能查到迈克尔的下落，是吗？”布里登没有回答，但她的微笑加深了，好像布拉德福至少领会了她的意思让她感到高兴。

“他们会杀了她的，”布拉德福说，“你知道吗？”

“也许吧，”布里登说，“你在为保护她而把我关在这个没有出路的房间之前，也许就应该想到这一点。”

“我没有把你关在这里。”

“哦，是你他妈的确保我出不去的。”她说，然后又像吐烟圈似的长长地呼出一口气。“人总是要栽跟头的，迈尔斯，而且这一次不是我。”

“有价值的信息会改变一切。”

她又笑起来，这次有些苦涩。“这就是像你这种男人的问题了，所有的硬汉和暴力分子的通病，”她说，“你愚蠢而又短视。老实说，我不知道迈克尔在你身上看到了什么——你做她的盟友还真差点儿意思。”她身体靠到椅背上，电话放在桌子上，盯了他很长一会儿，然后又拿起听筒并再次开口。“你知道为什么迈克尔会和我合作吗？”

“是的，我知道。”布拉德福说。

“她不容许我感情用事，因为我是一个律师，甚至是一个朋友或者干妈的角色——”

他打断了她。“我知道她为什么与你合作，凯特。把它说出来你感觉会舒服吗？”

布里登没有理会他的话，自顾自地接着说下去。“我和她一样坚韧而狡猾，迈尔斯。你最好记住这一点。”她停顿了一下，目光直视着他。“你现在根本不能把我怎样，”她说，“即便那个信息泄露了，他们也知道不是我泄露的。”

布拉德福靠向玻璃。“既然如此，那么你告诉我，他们把她带到哪里去了，也不会有什么妨碍。”

她转动了一下眼珠。“你的确还不够聪明，是不是？你有那个信息。那个信息永远都在你手里。做一个懂事的小男孩，自己去把它查出来吧。”

他等待着那种受挫的刺痛感消失，然后平静下来，面无表情地说，“你说得对，我不是那种最聪明的人。也许为了搞清楚这件事，我应该寻求帮助——也许可以从媒体和执法部门获得帮助。”

她再次笑起来。“啊，迈尔斯，亲爱的，你今天给我带来了相当不错的娱乐。你已经试过要毁掉我了，”她说，“你很出色，但还不是十分出色。我现在要和你说再见了，对了，我真的发现你的短视既可笑又可悲，说来说去，你注意的焦点都放在罗根身上，所以你就看不到更多的情况。

即使我想帮你，我也不可能去帮助一个迟钝得如此无可救药的人。”她顿了顿，意味深长地点点头。“不要浪费你那宝贵的一点点时间了。”说完她就放下电话，站起来并转过身去，走向另一侧的那个狱警那里。

布拉德福目送她离去，当她完全从视线中消失以后，他也站起来。在出来的路上，他额外经过了一些周折和令人恼火的官僚程序，才看到了布里登的访客记录。考虑到记录上只有一个名字——虽然他并不认识那个人——锁定她最近与之交谈过的人是很容易的事情。

坐在汽车里，布拉德福闭上眼睛，回顾着他们的谈话，把一些细节迅速写在纸上以免忘记。睡眠不足和持续一天的压力开始对他产生影响，恼火之情也油然而生，因为时间已经进入了第二天，而目前仍然没有多少进展。

他从控制台里掏出手机。有萨曼莎 · 沃克打来的未接来电。没有语音包裹，只是一个让他与其联系的短信。还有亚莉克丝——塔比瑟的女儿的一个未接来电，这让他的脑海开始翻腾。他把车开到路上并顺着 84 号公路向东行驶了一段距离，才回了沃克的电话。

“你得到什么消息了？”她问道。

“足以确定我们在朝着正确方向前进，”他说，“但不足以确定我们如何选择一条捷径。你在办公室吗？”

“五分钟后到，”她说，“我正在从艾迪机场返回的路上。怎么了？”

“我弄到了一个名字，需要杰克去查一下，你能帮我转告一下吗？”

“没问题。而且我也要告诉你一个名字。”她说。

“谁？”

“迈克尔 · 芒罗。”

“你是在耍我。”

“没有。他们用她的名字做了文件——或者我应该说那是一个男人的名字。另外，那个陪同她的家伙——那个男的——叫巴朗 · 鲁马尼。”

布拉德福暗暗咒骂了一句。鲁马尼这个名字他很熟悉，他在那个玩偶大亨的调查材料中见到过。他还是个孩子，训练有素的枪手，也是玩偶大亨的得力助手。作为孤儿，他还在襁褓中时，就活在他的玩偶大亨叔叔的羽翼之下。鲁马尼本人被打发去接芒罗这个事实很有说服力，正如另一个事实——他早就准备好了伪造的文件，以便证明芒罗的男性身份——同样很有说服力。不过，让布拉德福的脚跺了一下地板，并使得那辆“探索者”向前蹿跳一下的那个细节，是鲁马尼是用他自己的名字旅行的。

如果那些调查文件搜集的个人资料是准确的，那么玩偶大亨是一个完美主义者，一个讲究细节的人，一个为了惩罚那些未能满足他的预期的人，会砍掉其手指和脚趾、有时是胳膊和腿脚的人。既然那个侄子并不在意透露他的真实名字，那么他们就不会担心芒罗以后会回来找他们。

他说，“你现在能否马上想起来，我们现在的储备人手还有谁？”

“亚当斯和冈萨雷斯。”

两个并未被派出去执行危险任务，但却可以随叫随到，以便在必要时需要人手的人。他们并不属于核心团队的一部分，不过和这个公司相处了足够长时间，以至于几乎可以随时效命。“让他们两个都加入进来，负责跟踪调查，”他说，“我可能需要他们一天 24 小时跟踪。”

“多久？”

“需要多久就多久。我会自己掏腰包支付报酬，所以不要拿公司资源费用这些东西烦我，另外，你和杰克把那个卷宗的线索从头捋一遍，看看你们能找到什么。”

“我们现在整晚都在做这件事，”她说，“只要我回到办公室，就给那两个人打电话。”

“听着，”他说，“我需要你帮我一个忙，去几个地方——只要开车经过看一下就行，看看是否有什么与众不同的东西：监控系统，异常活动，诸如此类。”

“OK。”她说，布拉德福能够从她的声音里听到叹息的意味。“去哪里？”

“迈克尔的姐姐的住处。我只是要确保我们考虑周全了，没有忽略任何东西。”

“更多的人质？”

“是的，完全正确。我会把细节用短信发给你。”

他给沃克发了那个信息，放下电话，然后透过挡风玻璃注视着还剩下三个钟头的路途。他没有足够的人力和资源去保护所有的人。他的大脑不断回顾着布里登说过的话，尤其思忖着她没有说的话。她倒是指出了玩偶大亨那伙人，暗示出他们同芒罗以及罗根的下落有关，但是他不明白其中的原因所在。像玩偶大亨那样的人，为什么会特地打发他的侄子去接芒罗？

肯定不是为了帮布里登什么忙。如果是为布里登入狱导致的业务损失而复仇，或者是为了解除限制并确保布里登重获自由，以便继续与他们合作，他们只需要杀害芒罗，然后再去找布拉德福算账就是了。事实上，芒罗只是被劫走了，他们还绑架了罗根。

因为什么事情，他们需要芒罗，但这种做法本身没有任何意义。对于玩偶大亨从事的那种业务类型而言，她的技能是一种大材小用，而且让她去做违背个人意愿的事，意味着可能招来更大的风险。假如一份工作需要隐秘、智慧以及变色龙一样的素质，或者说，倘使一个战略家、战术家兼语言高手是完成这份工作最安全的赌注时，你当然可以让芒罗参与其中。如果一份工作你自己已经做了十来年，就没必要让她给予协助，如果你需要她的加盟，这就意味着风险很高，意味着你需要转移某种不同寻常的东西……想到这里，他突然眼前一亮。

妮瓦·艾克里奇。

他现在看到答案了，看到了更大范围的幕后场景——作为辅助者的凯特·布里登，当初是如何建议将瓦内萨·迈克尔·芒罗作为最佳人选，以便解决玩偶大亨运送全世界都在寻找的那张面孔的问题。除了罗根以外，布里登比任何人都了解芒罗。

布里登不再害怕，是因为她已经促成了一笔交易，以换取她自己的生命。如果玩偶大亨功亏一篑，芒罗唯一的选择就是毁掉他，这样布拉德福的勒索将是无用的。假如玩偶大亨成功了，芒罗就会死掉，而且由于那个促成的交易，布拉德福的勒索同样会失去作用。不管结果如何，布里登的一个敌人都会被消灭。不管结果如何，凯特 · 布里登已经赢了。

迈尔斯 · 布拉德福走过凯普斯通公司的房门，一眼就看见了在接待区中间的萨曼莎 · 沃克，她正在翻检一堆盒子，它们是从驻外团队成员那里源源不断地收到的包裹的一部分。当他进来时，她抬起头并点头示意，说，“我开车去了那两个地方，似乎一切正常。到目前为止。储备人员半个钟头以后到这里。杰克在作战室，我马上就过去。”

他刷了一下钥匙卡，门发出嗡嗡声并打开了，他走进门内。在玻璃隔断另一侧，贾汉的头从键盘移向一台显示器，正在对一个资料库进行快速扫描，并且偶尔暂停一下以捕捉信息。

当布拉德福走进作战室时，贾汉并没有转身，所以布拉德福没有理会他，而是径直走到白板的左侧，现在那块白板上塞满了密密麻麻的新的图表和文字，那是他的团队在好几个钟头时间里一直试图索解的细节。玩偶大亨的相关文件已被解构和研究，每一个潜在线索都变成了很快遇到死胡同的更多路径。

名称。

公司。

购买。

车辆。

属性。

布拉德福并不是唯一缺乏睡眠的人。

他仍然背对着贾汉，说，“这些家伙在达拉斯真的有这些东西吗？”

长时间的暂停，而且在多次击键之后贾汉回答。“还未确定，”他说，“我们碰到了死角，有几个不相干的因素，并不是一切都如我们所希望的那样明确。我们还在试图从剩余部分找到有效信息。”

考虑到最初的信息来源，这个结果完全不足为奇。“文件有夸大成分？”布拉德福说。

贾汉摇摇头。“如果说有什么的话，他们的业务偏离很严重。”

“有多严重？”

贾汉耸耸肩，又转向键盘。布拉德福没有追问。一个人怎么去量化贩卖人口的恐怖程度呢？年轻女孩被诱骗、欺侮、贩卖或者绑架，儿童和青少年被运输和隔离、强奸和殴打并使之服从，然后被教唆去过一种不是系上铁链，而是通过虐待和恐惧加以控制的生活。

和贾汉一样，布拉德福在这种特殊的工作环境中，不可能不因为受害者的困境和无助而有所触动，不过到目前为止，他遇到最多的是童养媳和公认的家庭奴隶制文化，而不是这种情况——将对女性的奴役推到更深程度，并且侵犯了人类最基本生存原则的野蛮行径。

布拉德福当然知道贾汉所说的“业务偏离很严重”是什么意思。那个组织比他们所认为的走得更深更远。

布拉德福把他的手指在加利福尼亚这个线索上划了一下。

贾汉和沃克也看见了：妮瓦·艾克里奇。

太多的思路，太多可能的路径，没有时间去追踪所有线索。

时间。

那些家伙有多少时间？被他们劫走的芒罗完成他们的任务需要多久？一天？两天？一个星期？无从得知。

时间。

他循着线索追溯到德克萨斯州。他在脑海中已经切断了那个图解内容的90%。他转过身来，发现贾汉正在盯着他。

“德克萨斯。”布拉德福说，“他们在得手之后不到一个钟头，就把迈克尔从这里带走了。他们没有带上罗根——而且他们也没必要把他带那么远。他还在这里，在德克萨斯。可能还在达拉斯，我们需要找到他。”

“在找到迈克尔之前？”

布拉德福深深地吸了一口气，并盯着天花板。在贾汉的问题当中，蕴藏着远比如何统筹安排这个问题更多的内容。在长长地呼出那口气之后，他把目光转向贾汉。“是的，”他说，“在找到迈克尔之前。”

10 药物、瘀伤

克罗地亚，萨格勒布

芒罗坐在床垫上，背对着墙壁，闭着眼睛，前臂搭在膝盖上。在黑暗中等待，是一种熟悉的在很久之前的做法，她要让自己陷于夜色的包围中，让夜色带走她那无望的恐惧和急于展开行动的狂躁之情。

伴随着每一次呼吸，她的脑海里涌现出一个又一个策略和行动计划，她对其进行排序和重新排序，然后又将酝酿好的计划推倒重来，直到走廊里传来声音，把她从恍惚状态拉回到狂乱的现实中。

门开了，她睁开了眼睛。

阿尔潘站在门口，走廊的灯光映出他的身体轮廓，他一言未发，仿佛他的存在就是她需要的全部指令。在他后面是另一个影子，八成是那个无名的家伙，阿尔潘二号。他们都没有进入这个单人房间，而且这一次，当她站起来并走向那个大个子时，后者并没有退缩。

芒罗跟着阿尔潘顺着狭窄的走廊走上楼梯，通过那个现在变得幽暗而冷清的金器制作房间。

从窗户外面渗入的灯光，让空无一人的作坊笼罩了适度的光晕，从前方玩偶大亨的办公室那里，渗出黄色的灯光和低沉的谈话声。

阿尔潘敲了一下门，然后直接把它打开。他点头示意芒罗进入里面，这是她在当天第三次面对那个疯狂的男人。这次他坐在办公桌的边缘，审视着房间中央一张椅子上一个真人大小的玩偶。鲁马尼站在右侧，摆出军人的那种稍息姿势。他只是扭头看了芒罗一眼，就面无表情地把注意力转回到他叔叔身上。

芒罗走进房间，玩偶大亨额头的皱纹松弛下来。他微笑着示意她靠近一点儿。“来，来，”他说，“你过来看一下她，你的包裹。”

芒罗走到房间中央，一声不吭地绕着那张椅子转了一圈，忍不住伸手去摸那曾经脏兮兮、乱蓬蓬的金色头发，它已经变成了完美柔滑的卷发。

发型，化妆，衣服，圆头绑带式高跟鞋——此时的妮瓦，就像是和玩偶一模一样的活人复制品，每一个环节都完美而令人信服，尤其是那双明亮而又呆滞、有着厚眼睑的蓝色眼睛，它们直直地盯着前方，好像是由于药物导致的混沌状态。

玩偶大亨说，“她很美，对吗？”芒罗点点头，因为事实上，妮瓦的美丽的确让她感到吃惊。为什么只要妮瓦出现在屏幕上，屏幕仿佛就会变得活起来，为什么全世界都在努力寻找她，而且更重要的是，为什么想在运输中把她藏住是不可能的事情，原因是显而易见的。

当芒罗还在打量那个女孩时，玩偶大亨挺直身体，从旁边走到她身后的架子那里。“我的客户有规则。”他说。

芒罗转身面对他。

他拿下来一个更小版本的妮瓦，她就像是旁边那个有生命的女孩一样，穿着绿色的丝绒衣服。“没有瘀伤，”他说，“没有疤痕，没有下药。她必须保持完好无损，有任何偏离都不行。”

他轻轻抱起那个玩偶。“规则，”他说，“如何控制一个带着手铐的动物，我还真的不知道，但她现在是你的问题了。”

他抬起头来并露出微笑。“这个来自意大利。它不是定制的，但却很美。”接着，他又恢复到前面的思路：“我的客户已经不怎么耐烦了，尤其是考虑到新闻和舆论的关注。说实话，这桩生意性价比还是不错的，但我们承担不起由此导致的风险。”

芒罗转过头，看着眼睑下垂并再次打开的妮瓦。她对玩偶大亨说，“你说过不使用任何药物。”

他耸耸肩。“没有别的选择。我们要想把她洗干净，这是唯一的办法，而且用不了多长时间，她的身体里就不会留下任何药物痕迹，再说也没有人会知道。这是我们的秘密，我们也只能做这一次。你必须通过另一种方式来控制她。”

“没有瘀伤。”

“是的，是的，”他说，“说起来很乏味，但商品必须保持完好无损，这些都是客户的指示。”

“为什么？”她问道。

玩偶大亨耸耸肩。“谁能说得清呢，再说谁在乎呢？既然是客户出钱，人家怎么说我们就怎么做，我们也不会问任何问题。”

“因此，这不是第一次？”

玩偶大亨嘴里发出轻微的咕噜声，手指放在玩偶黑色的卷发上，又不停地抚摸着毫无生气的眼睛。“不是第一次，”他说，“而且如果你成功了，也不是最后一次。”

芒罗继续打量着妮瓦，她只是更多被偷来的生命当中的一个。

她说，“那如果我失败了呢？”

“不存在失败。”

“从来没有过？”

“失败就要付出代价。”

她又转了一圈，眼睛始终盯着那个女孩，说，“你对我有很多要求。你有枪，也有人，但你为了控制她，也不得不下药。我不过是一个人，可你却希望我去做你做不到的事。”

“这就不是我的问题了，”他说，“你必须做好这件事。你的问题你要自己解决。你要遵守规则。如果你违背规则，如果你失败了，就会有无辜者跟着遭殃。等你交货以后我也拿到钱了，我就会放了你的朋友。”

“还有我，”芒罗说，“别忘了，我也是你的囚犯。”

“我也会让你走的。”他说。他仍然盯着他怀里的那个玩偶，芒罗的眼睛离开他的脸，望向墙壁和天花板。虽然他面色不改，眼皮没有眨一下，脸上的肌肉没有任何悸动，但她知道，这是一句彻头彻尾的谎言。

“我想知道你的计划。”她说。

“经过意大利，然后进入法国，”他说，“即便有什么情况会导致拖延，两天时间足够了。如果这个包裹很配合，一天时间就行了。”

这不大可能。

“最简单的交货办法，是开飞机把她送过去，”芒罗说，“就像你们把我弄到这里的方式一样，可能你们当初也是这么把她弄来的，而且你实际上真的不需要我来做这件事。”

“你可以用任何你想到的方式送货，”他说，“她是你的问题，你的责任。不过，你自己的飞机和飞行员，一定要由你自己想办法解决。”

芒罗又绕着那张椅子慢慢转了一圈，一边伪装出对妮瓦的完美衣装感兴趣的样子，一边进行分析。她脑子里想着弄到飞机的可能性的方案，同时权衡着甩掉妮瓦这个任务，赶在这个疯子和他的爪牙听到风声并首先杀害罗根之前救出他的几率。

无论使用哪种方式，罗根的距离太远这个事实，是她无法回避的。

她需要时间，需要尽可能拖延这件事。她对玩偶大亨说，“如果我开车呢？”

“我会提供汽车。”

“是偷来的汽车吗？”

“车牌是有效的。”他说，好像这是所有因素中最重要的因素似的，然后又带着揶揄的微笑补充说，“而且油钱由我来付。”

“要等到明天，药物才能从她体内清除干净吗？”

玩偶大亨点点头。

芒罗指着妮瓦。“你们会把她带回到牢房里吗？”

“是的，当然，”他说，“直到我们做好运输准备。”

“她会再次变脏的。”

“床垫已经换过了，”他说，“但不管怎么说，这还是太浪费了。”

他把玩偶从怀里拿出来，放到桌子上，然后走到妮瓦跟前，手指抚摸着她的卷发，又顺着天鹅绒衣服和蕾丝花边的外部接缝摸下去。“如果我们能让她保持现在这个样子，那将是多么令人愉快啊。她是一个真正的玩偶，是非同寻常的定制品，是一个收藏家的挚爱。难怪别人会为她出这么高价格。”

玩偶大亨对鲁马尼点点头，后者把两个保镖叫进来。他们握住妮瓦的胳膊肘，一起把她架起来。他们不是拖着她出门，而是让她那双几乎无用的双腿直立地伸向地面。

和坐着的姿态相比，此时的妮瓦看上去更像个孩子。小巧而纤细的她站立时顶多有五英尺两英寸高，可能更接近于恰好五英尺——这和她在媒体中展示的形象完全相反，在电视屏幕中的形象，显然创造性地把这个小人放大了很多。

“他们会怎么处理她？”芒罗说。

“脱掉她的衣服，把她放到床上。”

他的话和那满不在乎的语气，让血液涌到芒罗的大脑里。她朝妮瓦的方向上前一步，挡住他们的去路。这是一个不由自主的动作，要保护女孩和进行干预的冲动是如此强烈，以至于这种冲动战胜了理性，几乎让她自己、以及在离开途中突然暂停的那两个爪牙同样感到吃惊。

她又走了一步，这次是有意识的，紧接着又上前一步，直到完全挡在妮瓦和那扇门之间。

玩偶大亨微笑起来，仿佛是在指责一个年轻的孩子似的。“对这种商品产生感情没什么好处，”他说，见芒罗没有动，他补充说，“和他们暂时性地利用她相比，完整的她对我更有价值，我想你明白我的意思。”

她缓慢而迟疑地站到一边，玩偶大亨露出笑容，虽然没再说什么，但作为洋洋自得的胜利者的姿态暴露无遗，与此同时，那两个人带着妮瓦走出门外，芒罗盯着他们的背影。

当门关上时，玩偶大亨说，“你会待在等候区。我们不会把你的门锁住，但如果你试图爬上楼梯，我们就会对你的抵押品采取措施。你明白这一点吗？”

芒罗点点头，仍然随着迷幻舞曲一般的谈话节奏移动，绕着椅子转圈，这一次，她移到了鲁马尼的方向。

在这整个交流过程中，那个年轻人一直保持沉默，一动不动，他的目光跟随着他的叔叔，就好像一条忠诚的狗等待批准、等待命令似的。她每一步都在有条不紊地逐步靠近他，尽管注意力似乎完全放在仍在自鸣得意的玩偶大亨身上。

芒罗突然向旁边跨出半步，鲁马尼还没有意识到怎么回事，她的手指就戳在他的气管上，同时抓住他的手腕。她把他的那条胳膊猛地扭到他的身后，同时捏住喉咙并使他跪倒在地。鲁马尼另一只未被束缚的手弯曲着摸向胫骨，她知道他在这个恐慌时刻，会试图使用他携带的任何武器，不过她的移动速度比他更快，找到了那个刀鞘，并从里面拔出了他的匕首。

她的手掌一旦摸到刀柄，皮肤一旦触碰到金属，就像一个创造物渴望回归其模具一样，那种熟悉感和舒适感开始发出呐喊，恳求舔舐鲜血。她把刀刃侧面按在鲁马尼的喉咙处。

玩偶大亨没有理会芒罗和鲁马尼，从办公桌上拿起他的玩偶，再次轻轻地抱着它。他的漠然和他的谎言一样，从脸上看不出任何痕迹，身体语言丝毫没有透露出他隐藏的想法。玩偶大亨对着那张毫无生气地盯着他的瓷娃娃的面孔微笑着，头也不抬地说，“如果这次失败了，你们就会付出代价。”

鲁马尼全身抽搐了一下，芒罗翻转手腕，把刀背搁在他的脖子上，以便防止自己本能地割开他的喉咙。“那个代价顶得上这个人的价值吗？”

她说，“还是顶得上我毁掉那个包裹的代价？”

“不管有没有你，我都会得到我需要的东西。”玩偶大亨说。

芒罗把鲁马尼拉起来，从他跟前退开。

她把匕首顺着地板滑到他的跟前。“我也有一个选择，而且我觉得这对于我们俩都公平，”她说，“我要看到罗根，要视频直播的，这样我就可以确认他目前的情况。”

“我可以安排。”玩偶大亨说。

“今晚吗？”

“需要一点儿时间，”他说，“明天。”

“我要下楼了，”她说，“你们不需要看着我。让我一个人待着，还有，等那个女孩醒了，就告诉我。”

11 鲁马尼

德克萨斯州，达拉斯

迈尔斯·布拉德福站在作战室中央，把两件凯夫拉纤维[12]防弹背心丢在地板上。贾汉和沃克盯着他，都沉默不语而且面色凝重。“你们两个较量一下吧，”他说，“我在我的办公室等结果。”

更具体地说，他是在办公室那张办公桌下面的地板上。在再次外出之前，他要抓紧时间小睡一会儿。他背对着那个房间，而那低沉而激烈的讨论再次从他背后传来。必须有人留守，而他们都不愿做这样的志愿者。

此时将近凌晨一点，从技术层面说，搜寻芒罗和罗根的过程已经进入了第三天，他们仍然没有取得实质性进展：布拉德福的神情变得更紧张，情绪变得更烦躁。他的身体无法对付这种缺少睡眠的状况，这已经和十八年前，当他只有20岁而且状态正佳的情形不可同日而语。如果幸运的话，他可以拥有5分钟或者10分钟的睡眠。

他们用了一整天时间追踪信息，把经营凯普斯通业务的各个方面暂时搁置起来，以便研究千兆字节的数据，跟踪线索和切断死角。这涉及到繁琐的大脑工作，无数次外拨电话，以及偶尔的出门造访，以便获取更准

12．一种质地牢固而重量较轻的防弹纤维。

确的信息，直到最终确定了一张简短的清单，列出了四个有效的可能性，也即他们可能会找到罗根的四个地点——如果他的确被藏在德克萨斯的话——一所住宅，一个办公公寓，一个仓库，以及一家运输公司，它们全都在达拉斯地铁区域。

他们有可能在这个区域找到他。

在这个关头，一切行动都是有风险的，而这是目前他们所拥有的最好方案。

布拉德福将一个铺盖卷扔到办公桌下面。把脚伸到窗边，头部置于阴影中。在闭上眼睛之前，他瞥看了一下手机。在这一天里，他每隔10分钟就会做出这种同样的翻手腕动作，抱着一线希望，期待芒罗或是罗根也许有机会弄到电话，可能打了电话，发了短信或者电子邮件，而他却没有及时发现。

但什么也没有。他闭上眼睛，等它们再次睁开时，他看见了萨姆·沃克的一双脚。

从她站的地方，能够看到那两件防弹背心下缘，两个肩膀上各搭着一件，她的右手拎着一只背包，里面装着放在作战室的现成的跟踪和监控设备。

“你醒了？”沃克低声说。

她的音量足以确保即使他没有醒，他现在也会醒的。

“是的，”他说，“你们得到什么结果了？”

“杰克留下来，我去。”

布拉德福从办公桌下面快速起身。“就是这样？”他背对着她把铺盖卷起来。“你是怎么做到的？”

沃克叹了口气。“我们两个钟头一换岗，轮到谁算谁，我们就是这么定的。”

布拉德福点点头。“他说了需要什么吗？”

“我们拿什么就是什么，他无所谓。”

他把那辆“探索者”钥匙递给她。“你来开车，”他说，“我睡会儿觉。”

那个军械库相当于是作战室的一个传奇，可以和“大脚野人”[13]或者背地里谈论的有关芒罗吸收语言的能力相提并论。只有极少数人知道其确切存在，而且在他们当中，仅有布拉德福和贾汉知道它在哪里，以及如何进入里面。这个军械库既是为了以防万一，也是一种根深蒂固的业务传统：武器的数量多年来稳步增长，以便应对那种只有借助更多枪支才能获胜的突发情况。

沃克把“探索者”开出了凯普斯通的车库，布拉德福重复了具体地址。她带着她特有的表情瞥了他一眼，但什么也没说。离开出发地半个钟头之后，汽车驶离了达拉斯东部的 80 号国道。她把车停在那个 24 小时营业的仓储建筑群前面的辅路旁边，并轻轻地推醒布拉德福。

这个灰砖砌成的建筑群，坐落于那条专用公路支线不远处一个停车场所在的区域，那里也曾有几家车体修理行和当铺。这是一个被严重遗弃的区域，以致这里的蒺藜铁丝网、强大的灯光照明和安全监控仿佛失去了使用价值，尽管它们实际上仍在正常运转。

布拉德福靠向沃克的方向，半个身体伏在她的膝盖上，以便用方向盘旁边的车载器输入大门的代码。她屏住了呼吸。在几天来宵衣旰食的辛苦工作之后，她仍然有能力嗅到人体温暖的气息和淡淡的香水味道，这似乎是不公平的。

那个铁丝网大门慢慢地滑向一边，布拉德福指引着沃克通过建筑物之间迷宫般的小巷，驶向这个建筑群后方，来到一个 10 乘 20 英尺见方、用假名字租赁并注册为一家假企业的灰砖建筑物前面。

布拉德福从车里走出来，键入几个数字把那个挂锁打开，把带有滚动装置的加固钢门向上推到中间位置，然后弯腰从下面走进去，从黑暗中

---

13. 世界各地对传说中的一种形似人的大脚动物的称呼。

到达左侧墙壁处。他通过用手触摸，关闭掉一个无背光垫板上的报警系统。在此之前，如果那扇门被向上推到超过四分之三的高度，如果他用了多于40秒时间才搞定那个数字键盘，那个存储间就会充满烟雾和瓦斯气体，而在数十英里之外的作战室就会得到通知：军械部已被“攻破”，必须马上采取对策。

布拉德福把那扇门完全推到上面，沃克根据小巷允许的有限宽度，尽量把“探索者”倒退到接近于门口的位置。

那个存储间有七个带有自动防火装置的枪械保险箱，它们用链条和螺栓固定在混凝土中。布拉德福打开其中两个保险箱的箱锁。枪油和金属的气味盖过了存储间的尘土腥味。他暂停一下，扫视了里面的存货，在旁边为他打手电筒的沃克低低地吹了一声口哨。

“足够应付一场大决战了，是吗？”她说。

“给我你右边那个粗呢袋子，好吗？”

她用手电筒照了一下，抓起那个粗呢袋子，然后扔给他。停顿了一下，然后用脚把一个空塑料武器箱踢给他。在寂静中，它在混凝土地板上发出响亮的撞击声。布拉德福盯着她，摇了摇头，把目光转向另一个保险箱那里。他几乎把箱门完全打开，让她清楚地看到里面的存货。

“挑你中意的。”他说。

沃克把手电筒光照进里面。“一个是我用的，一个是杰克用的。”

布拉德福从架子上取下一支MP5冲锋枪，上紧枪身螺栓，并把武器递给她。他对放在武器箱里的那两件武器作了同样的处理。“还有那个狙击武器。”她说。

他随着手电筒的光芒，看到了那支孤零零的M2010狙击枪，这是他新近为这个军械库增加的存货，一种在1200米范围内可以产生有效杀伤力的工具：一个即使在四分之三英里之外也难以避开的死神。

沃克没有受过正规军事训练，没有经历过一场可以值得夸耀的传统战争，因此似乎不具备使用这样一件武器的理由。不过，她有一个做过将近20年射击手的父亲，而且后者曾把她作为独生子那样对待。和一些一生都在狩猎的男人相比，沃克更了解有关狙击的艺术，虽然布拉德福不会让她冒险对抗精英部队，但事实上，他经营的业务通常也不需要那种级别的技能。

她从汽车后挡板滑下来，从他手里接过那支步枪。她像一位母亲对待一个新生儿那样，充满温柔和赞叹之情地抚摸着这件武器。

布拉德福把瞄准器和两脚支架收集起来并递给她，然后关上了保险箱。

沃克说，“来几个塑料的怎么样？”

她想要控制性爆炸物。布拉德福又打开了那个保险箱，抓起几个C4炸弹和雷管，把它们捧到她的面前。

“好极了。”她说。

他又往那个粗呢袋里放了几个爆炸物，随即锁上了保险箱。

她帮助他把这些东西抬进汽车里面。

虽然这完全违背布拉德福的心愿，但他还是要利用这个凌晨残留的黑暗时间去追踪罗根——不是迈克尔，而是罗根。

因为罗根在这里，而芒罗不在这里。若能赶在玩偶大亨的爪牙下手之前成功救出罗根，这也很可能足以确保芒罗实现自救。

克罗地亚，萨格勒布

巴朗·鲁马尼背着手，站在那个摆满玩偶的墙壁前面，注意力完全放在正在那里研究文件的叔叔身上。

在他被传唤过来的30分钟时间里，叔叔没有一次理会过他。

他能够站在这里就很满足了，因为这在某种程度上可以证明，他在他能够记得的这个唯一的亲人眼里是有价值的。他会继续保持沉默，因为倘若说话但却不被理睬，就好像是在活人当中通过，却丝毫不被察觉的一个鬼影一样，就只能再次确认他的一无是处，而那将必然带来更多的痛苦。

所以，鲁马尼只是站在那里等待着，他的脑海里一遍遍回顾着昨晚的那件事，还有那些人在私底下的议论，那种对于裙带关系的指责性议论，让他如芒在背而且深感怨恨，因为对于失败，他的叔叔只是用沉默而非体罚来惩罚他。

那些人永远都不会理解那种感受。针对肉体的疼痛，止痛药的药效会持续到那种折磨减退为止，但对于情感的痛苦而言，只能永远求助于药物和酒精的麻醉作用，而这将进一步突出他的缺陷，让他体验到因不够完美而带来的屈辱感。相比之下，肉体之痛更能让人接受，也更容易忍耐和痊愈。

随着时间一分一秒地过去，叔叔翻阅了更多的文件，与此同时，那些迫使鲁马尼跪倒在地的动作场景自行倒带并再次播放。他毕竟也受过一些训练，然而，她却像对待傀儡那样利用他对付他的叔叔，她的移动速度如此惊人，他根本来不及应对，她不费吹灰之力，就将他暗藏的武器用作对付他自己的工具。如果他听从那些警告的话，就不会携带那个给他带来更大屈辱的武器。

就在叔叔的眼皮底下，他被羞辱了，而且他失败了。他顺利执行的那个最新任务，在德克萨斯州实施的一系列完美计划，所有的成功历史，现在都逐渐消失了——什么都没剩下来，就像在海滩的沙子上的标记一样被抹掉了。

唯一重要的就是那一刻，而那一刻对他而言是失败。

叔叔暂时中断了研究文件，抚摸着旁边一个玩偶如丝般光滑的头发，他的动作缓慢而又平静，就像是一个老妇人心满意足地抚摸一只猫一样。这是这个老家伙一贯的做法：把爱和关注慷慨地给予无生命之物，而呼吸血肉之气在他心里没有位置。

传来了敲门声，鲁马尼的心脏随之快速地跳动一下。他昨晚遭到了一个女人的羞辱，对方制服他的手法，是叔叔手底下任何人都无法应对的。他希望拥有她的本事，即便她只是一个女人，这种念头带来了一丝恐惧，而更多地是感受到了耳边血液的流淌。

门开了。

鲁马尼没有转身。

那个叫迈克尔的女人走进来，叔叔从他的文件上方抬起头来，表情从冷漠变为欢迎的微笑。

“我的朋友。”他说，并示意她坐下来。

在鲁马尼的心里，仇恨和妒忌的情绪达到了顶点。她还没有为他们做出任何贡献，然而她，这个女人，将被利用并且销毁的一次性商品，已经第二次赢得了本该给予他的微笑。

那个女人坐下来，然后缓慢而且有意地扭头朝他那里看了一眼。她没有对他说任何话，没有表明她知道他的想法，他的痛苦。为了不再理会她，他两眼盯着那张办公桌，虽然他的心跳再次加快。倘若他能办到的话，他现在就会冲过去，迫使她因为经受不住肉体之痛而向他透露她的所有秘密。

事实上，受挫的沮丧感和怨恨感，从他的每个毛孔渗出来。

叔叔和那个叫迈克尔的女人的动作，似乎是以慢动作展开的。叔叔把手伸进抽屉里，拿出了汽车钥匙、全球卫星定位系统，还有地图、护照和汽车牌照。对于这次运输任务而言，她将完全负责那个包裹，将单独开车并带上它。他恍惚地听到了他们更多的谈话，直到叔叔有些沙哑的声音打断了鲁马尼的遐想，他抬起眼睛，看见叔叔和那个女人都在盯着他。

他的脸腾地变红了。他没有听到那些话，但他知道他们的意图，知道他被叫来的目的，所以他挺直身体，从腰带处掏出手机并走近那个女人，把手机交给她，这一次，他小心地保持着安全距离。

从她的身体姿势当中，没有读到任何即将发动袭击的迹象，这让他很愿意仔细打量她，但考虑到他并未预料到她昨晚的那次袭击，所以，他并不相信自己对她做出了准确的衡量。她接过手机并再次盯着他，好像是要猜透他的想法，正如他也试图读懂她的想法一样。

鲁马尼什么也没有说，就退到了后边。她瞟了一眼电话，然后触摸了屏幕的播放功能。她需要人还活着的证据，而他们乐于向她确保，他们可以提供大量证据。不过，无论叔叔做了什么样的承诺，进行流媒体直播是不可能的。哪怕是距离半个世界之遥，罗根也可能会通过某种编码语言发送信息，从而有助于她规避已经设计妥当的计划，因此这蕴藏着太多的风险。

鲁马尼研究着那个女人的反应，而且在此过程中，她没有任何变化，看不出任何反应。当那个播放片段结束时，她抬起眼睛看着他，并把手机交还给他。叔叔把那些东西推到她的方向，她打量了它们一会儿。“我想要胶带和一条毯子。”她说。当叔叔表示异议时，她用他自己的话回答说，“没有下药，没有瘀伤。”

她会得到她想要的东西，虽然之前压根儿就没有提到这一点。客户不仅缺乏耐心，而且要求苛刻。如果不能按他的时间表交货，他就会撤销订单，或者更糟糕——对方会加大赌注，让他们承担更多的风险，否则这个玩偶的交易将被终止。考虑到叔叔需要承担的失去对方投资的风险，因此鲁马尼会提供芒罗需要的东西。另外，他们将在今天离开，而且是在下午，这将把这次交付任务变成一个至少为期两天的活动。

叔叔再次开口说话。旨在控制和威慑的话，要求那个女人不要偏离计划，每个动作都会产生后果，每次拖延都要付出代价。他再次对她微笑，那是让鲁马尼的内心感到火烧火燎的微笑。迈克尔站起来，叔叔递给她一部手机。“这部手机是你的生命，”他说，“别弄丢了。要确保它不离身。”

这部手机是把他们拴在一起的通信线路，是她在每一段旅程接收指示的工具。它也配有窃听和监视功能，这样就能够通过电子手段，随时看见和听到她的举动。假如她冒着对罗根造成伤害的风险取出电池，那辆汽车里也有类似设备。

但叔叔从未提到过这些细节。

鲁马尼将用他的步枪，他受过的训练，确保她没有偏离计划，并且报告她的每一个直接关系到罗根的生命的举动。

12 幸运

德克萨斯州，欧文市

威尔斯运输公司是布拉德福寻找罗根的那张地址清单上的第一个目标，因为那里拥有他要寻找的一切：卡车、办公室、仓库，位置偏僻，经营存在疑点。

表面上，这家公司合法而且盈利，若非因为在玩偶大亨的文件中发现的那些信息，该企业就不会有任何引起他们关注的东西。甚至就连凯特·布里登的名字，都不再像过去那样与其联系在一起。只有通过跟踪布里登的踪迹——就像那个死去的人曾经做过的那样——然后再从头展开调查，才能够发现二者之间存在的联系。

威尔斯公司运输厂拥有一个包括15辆卡车的车队，其中大多数是装有18个轮子的高级商用车辆。查阅过该州最新备案，没有任何待定的诉讼。这家公司正常缴纳所得税、销售税及失业税，它为18个在职的全职员工提供健康福利，这家控股公司的任何股东和管理人员，均未出现在玩偶大亨的客户或者股东名单中。

只有深入挖掘主要人物的个人生活和历史，才能够发现隐藏在表面下的暗流，因为根本无法解释拥有这家公司的人为何并未拥有或租赁这个地产，拥有或运营这些车辆，以及为什么直到上个月，其中一个人还把一处流浪者收容所用作他的永久地址。

布拉德福驾车从旁边经过，以便首先把周围环境看清楚。

他们是在距离 12 号环线不远处的一个工业区里面，在那里的停车场和宽阔的单层办公楼群之间，散布着进口商和批发商的业务机构。运输厂仓库就在那条道路附近，周围有一个网状铁丝栅栏，靠近仓库前面的地方是一个独栋的水泥预制板建筑，后面是一座有两个开间的仓库。停车场有六辆卡车，如果整个车队在同一时间返回并停靠在那里时，它就会变得十分拥挤。

对于不大细心的观察者而言，安保系统即便并非不存在，也是很松懈的，但在训练有素者的眼睛里，监控摄像头和移动式探测器是很容易发现的。沃克说，“你会认为在这样一个区域，他们是要炫耀他们的安保的隐秘性。”

“也许这种低调的做法是为了便于应对执法检查。”

“有可能。”她说，于是布拉德福继续沿着那个地带行驶，在远离那座仓库之后，来到一条小小的街道附近，并从那里做了第一个右拐弯进入一条小巷。小巷一侧有一座十英尺高的围墙，将住宅区和工业建筑群分割开来。在这个区域，路灯点缀着破败的街巷，以及一个个似乎不断向前延伸、用薄墙板或者铁丝篱笆圈围起来的后院；在一块块草坪上散落着褪色和开裂的塑料玩具，偶尔还会出现没有车轮的报废汽车的车体。

卫星图像显示，这条道路是进入这家运输公司最保险的途径，所以布拉德福开车沿着这条狭窄的道路慢慢行驶，直到一座仓库的屋顶开始在前方显现。他把车停在阴影处，附近那座办公综合大楼的宽度，足以把“探索者”和他们的目标隔离开来。沃克“啪”地把一个弹夹按进一支 MP5 冲锋枪，接着他们步入夜色中。

克罗地亚，萨格勒布

躺在那里，胳膊放在身体两侧的妮瓦盯着天花板。

那道金属门是打开的，而且自从她醒来时就一直开着：开得很大，就像一个以折磨人为乐的恃强凌弱者，不断向你叫嚣着，看你是否胆敢从它那里跑出去。被铁链拴在墙上，脚踝困在有橡胶涂层的金属环里面，这种处境对于逃生念头的嘲弄，远比被牢牢锁在黑暗中更加糟糕。她绝望地猛拉锁链，感觉到了那种坚固的拉力，于是就泄了气。她已经没力气尖叫和挣扎了。

通常都坐在门外的看守不见了，那种外语录音也停止了。她不知道这是好是坏，因为在这个地方，变化意味着更大的不幸即将到来。

由于水流的冲击，她已经被洗过澡或者冲了沐浴，她此时很干净，而且那件运动套装刚刚洗过，另外，她的头发真的很怪异，像秀兰·邓波儿[14]的头发那样怪异。

一个阴影在门口出现了。妮瓦猛地坐起来，后背倚靠住墙壁。没有任何脚步声宣布那个人的到来，哪怕是在寂静中也没有听到。她握住了铁链，它还有足够的长度，只要那个阴影离她太近，她就可以把它用作一种武器。

那个人弯腰进入，然后离开门口，这样光线就不是直接照向那人的后背，于是，妮瓦就能够看见那张面孔——无疑是昨天那个神秘的人，虽然头发有所不同，而且那人的性别现在已经不那么模糊，而是更像一个男人。

“我可以进来吗？”那人说，妮瓦盯着对方并眨着眼睛，不是因为提出这种要求时显示的礼貌，而是因为在被劫持以后这么长时间里，这是她第一次听到现实生活中的英语，而且是真正的美式英语，完全不是那种在学校里，把它作为外语学习的人所说的那种带有口音、不够自然的英语。

“你已经进来了。”妮瓦说，她看见对方露出笑容，略带忧伤的笑容。

“迈克尔。”她说，并伸出一只手。

妮瓦没有动，过了一会儿，那只手缩回去了。

“你会说英语。”妮瓦终于说道。

14. 美国著名童星，后来担任美国历史上第一位女礼宾司司长。

“显然，你也是，”迈克尔说，“而且非常地道。”

妮瓦的鼻子里哼了一声，迈克尔进一步走近她。走进这个小房间一段距离后，她背冲墙壁坐在地板上，她的头歪向天花板。妮瓦等对方说些什么，但她什么也没有说，甚至没有看她。

“你想干嘛？”妮瓦问道。

迈克尔的脸转向她。“要和你谈谈，如果你不介意的话。”

妮瓦爆发出一阵大笑。被拴在墙上的她哪儿也去不了，她介意或者不介意完全无关紧要。“没问题，谈吧，”她说，“但你难道不需要褪下裤子先玩上一通吗？这似乎是基本程序——就是说，假如你干脆跳过谈话的话。”

迈克尔几乎仿佛是自言自语地说，“你很幸运。”

这些话好像一记耳光打在脸上。“是的，没错，”妮瓦说，“我太幸运了。当那些变态出现在我跟前时，他们就是这么想的。我真是太荣幸了。”

“他们想要侮辱你的人格，”迈克尔说，“这是他们在不碰你的前提下做出的最佳选择。如果你换成是别人，他们就会殴打你和强奸你，羞辱你，折磨你。”

这句诚实的解释让妮瓦无法做出迅速而有效的反驳，而且所有没有答案的问题又纷至沓来，直到迈克尔再次开口。“我正在被迫做一个我不想做的工作。”她说，并扭头直视着那个女孩。“我只是想要你知道，无论发生什么，那都不是我的本意。”

“我没有看见你也被套着锁链，”妮瓦说，“所以不要跟我说什么你的本意。”

“我和你一样，也是这里的囚犯，我也被拴着铁链，即便你看不见它们。”

“如果我缺少体谅，对不起。”

“我只是想在那种疯狂的事情开始之前，先把它说出来。”迈克尔说，然后站起来，朝门的方向转过身去。妮瓦努力寻找把她留住的理由。这人是美国人，能够用英语对话，而且也许知道某些重要问题的答案。“你是大厅那边牢房里的那个人吗？”她说。

迈克尔点点头。

妮瓦的膝盖顶在胸口处，两只胳膊抱住它们。“你能够回答别人不愿回答的问题吗？”

迈克尔停下来并转过身。“我不知道，”她说，“我可以试一下。”

“为什么我在这里？”她问道，“他们想要把我怎么样？是想要赎金吗？”

迈克尔观察着她，好像是在脑海里思索应该如何回答这个问题，也许是在权衡最准确的答案，或者是在试图找到恰当的措辞，然后说，“这是一个把人看住的地方，一个等候区。有人出价买你，而控制这个地方的人，那些绑架你的人，他们要我负责把你交给买你的那个人。”

这些话让妮瓦恍然大悟，她用力地吸了一口气，说，“知道这一点，你还要把我交出去吗？”

迈克尔走向门口，一边回过头来，暂时在那里停住脚。“我不了解你，”她说，“但我知道你是谁，如果我可以找到一个方法来拯救我们俩，我会那样做的，但我找不到。我被人用枪顶着头，而且你越是和我作对，我就越是不会饶过你，因为我不得不首先应付你，这样才能救出我自己。你明白吗？”

妮瓦拒绝用一个回答来承认这个可怜的借口的合理性。她只是双臂交叉地怒视着对方。

迈克尔点点头。“我真的很抱歉。”

从大厅那边传来靴子踩在水泥地上发出的令人心烦的撞击声。迈克尔抬起头，接着，仿佛妮瓦突然不存在似的，她直起腰走出去。

妮瓦擦干眼泪，扯拽着锁链。她甚至不知道她哭了。她瞬间变得绝望而发狂，更加用力地想要挣脱金属物的束缚，她的努力显然是徒劳的，她愤怒、恐惧而沮丧。过去数日来不断聚集的想要摧毁一切的冲动，那种想要进行报复，伤害和杀掉与造成她这种绝境有关的所有人的强烈欲望，转变成了一声令人毛骨悚然的尖叫。

13 对峙

芒罗根据步伐猜测到来者，根据频率计算出了时间。她进入走廊，赶在鲁马尼到达她的囚室之前站在他的前面。

他微微一笑，开始靠近她，仿佛后者的奇怪举动让他感到滑稽似的。他的身后跟着阿尔潘一号和二号，这两个恶霸随时等待着一场打斗。一个人手里拿着一只衣架，挂着妮瓦以前穿过的蕾丝边天鹅绒衣服。这样看来，富有智慧和想象力的玩偶大亨，是想让那个女孩穿这身衣服旅行——仿佛想要避免被外人关注，已不再是一件多么困难的事情似的——并打发他的手下来为那个商品穿上衣服。

“你要的胶带和毯子。”鲁马尼一面说，一面将那些东西伸向芒罗，直到她接过去为止。“现在你可以让开了。”

她没有让开，不会让开。就算在大厅尽头的那个女孩是拦在她和罗根的自由之间的一道屏障，她也无法容忍这些人用他们的眼睛或者触摸去玷污那个无助者。“把衣服交给我，”她说，“那个包裹是我的责任，我会把她装扮起来。”

鲁马尼用他误以为她听不懂的那种语言，吩咐那人把衣服递给她。芒罗接过衣架，转身走向妮瓦的牢房，在她身后传来低沉的议论声，随即在鲁马尼严厉的喝令下中止了。

芒罗把衣服挂在走廊尽头那张空椅背上，把毯子放在椅座上，然后带着胶带走进妮瓦的囚室，在那里，曾经从她身后传来、并在走廊里回荡的狂暴的吼叫现在已经沉默了。妮瓦背靠墙壁，身体呈半蹲伏姿势，手里紧握着一段铁链，金色的卷发和此时的原始本性形成鲜明而可笑的对比。

芒罗开始走近她，妮瓦移动了一下身体，把铁链握得更紧，仍旧保持着那种伺机而动的姿态，尽管芒罗站在她可以发动袭击的距离之外。芒罗蹲下来，与她的视线保持平齐。“请你不要想着和我搏斗，”她说，“不要逼着我伤害你，这是我最不希望发生的事情。”

妮瓦没有回答，没有移开她的目光，芒罗心情很难受。规则要求不能下药，也不能有瘀伤，但导致痛苦有很多办法，而且不会留下任何明显证据——她自己的受苦经历让她深知这一点。

“我们得让你换一下衣服，”芒罗说，“如果你愿意的话，你可以自己换。为了尊重隐私，我可以给你个人空间，我只需要知道，你是否愿意配合我。”

沉默。

“可以吗？”

妮瓦茫然地瞪着眼睛，姿势依然紧张，就像是一只准备猛扑上来的丛林猫科动物。

芒罗再次尝试。“如果你按我说的放好你的手脚，我不会对你怎样，但如果你动手打人，我会被迫还击。我就警告你这一次，明白吗？”她等待着反应，任何明确的反应，见妮瓦还是干瞪着眼睛，她补充说，“请别惹我。”

妮瓦缓慢而专注地呼吸了一口气，不是因为肾上腺素的刺激和恐惧而导致的那种快速的浅呼吸。芒罗已经看到了这个女孩想要搏斗的意志，而且不管对方的身材多么娇小，不管她处于什么样的劣势，她都不会错误地低估获胜的渴望所激发的人性的意志。她仍旧蹲在那里，仍旧与女孩保持目光接触，同时叫了鲁马尼一声，选择了她被强行灌输的那种语言，她知道匈牙利语和英语一样，并不是他的母语。

芒罗数着秒数，她没有回头，就知道他站在她的身后。她伸出一只手，去要他肯定拿着的那件衣服。

她的指尖感受到了那只衣架的重量。

她再次用匈牙利语说，“我需要椅子。”她说出的句子很简短，因为虽然那些字词都在她的脑子里，而且理解它们的含义，不过她还没有经历过在现实生活中进行交流，从而让口语表达变得流畅的过程。

当他把那张金属椅拖进来时，她没有转身。被带进房间的椅子在混凝土地面发出摩擦音。她不动声色地听到那张与她的耳朵只有几英寸之距的嘴在低声说，“不要得寸进尺，我不是你的跑腿儿的。”

“我还需要和她单独待几分钟。”她说。等到他完全离开，她动作缓慢而夸张地再次把衣服搭在椅背上。她最后一次尝试缓和与妮瓦之间不可避免的搏斗，说，“我知道你能理解我的警告。”她把椅子挪动了一下，这样就可以够到那件衣服了。

“把衣服脱掉。如果你想要隐私的话，我会转身，但在你把衣服换过来之前，我是不会离开的。”

女孩一动不动。

“再给你半分钟，否则我会亲自动手的。”她说，妮瓦还是没有反应。

芒罗的焦虑感油然而生。这将是她希望避免的搏斗，是妮瓦无法取胜的搏斗，也是为了救出罗根所必需的一场搏斗。

“时间到了。”她说。

妮瓦仍然没动。

芒罗把那卷胶带放在椅座上，绕着那张椅子走了一圈，然后让自己进入那个必然会发起袭击的范围内。

就在她伸手去拉女孩的手腕时，妮瓦猛冲过来，拳头和铁链一起砸向芒罗的脸，仿佛那根铁链原本就是越过她头顶上方的一个引擎罩似的。

芒罗迅速伸出手，抓住那一段蜿蜒的金属物，扭转，缠绕。把妮瓦的双脚拉起来。

受到这一冲击的妮瓦稍一迟疑，芒罗再次猛拉，把妮瓦拉向她，然后肘击她的腹部，把她撞倒在床垫上。妮瓦重重地摔在那里。芒罗用左腿膝盖压住她，把铁链放在女孩的脑后，用她早已打算好的处理方式把妮瓦的脖子缠起来：将铁链勒紧到会妨碍她呼吸，但不足以压坏她的气管或者留下瘀伤的程度。

妮瓦扭动着身体想要摆脱，双手伸直而又屈曲，试图拉拽那条铁链。芒罗更加用力地靠住她，一只手捏住女孩的鼻子，同时将铁链缠住另一个手腕使之拉紧，并把手捂在妮瓦的嘴上。

妮瓦变得疯狂，又抓又踢，想要爬起来。当芒罗感觉到女孩的身体开始变得无力时，她才松开了手。妮瓦喘着气，虚弱地躺在那里，长时间地呼吸着氧气。接着，就像电池突然充满电一样，她再次袭击，伸手去抓芒罗的眼睛，去撕她的皮肤。

妮瓦凶猛地搏斗，她为了生存的挣扎——为了活下去，为了伤害和杀死一个对手——哪怕仅仅是为了一份渺茫的希望——就像是电影中的一个生动的闪回。倘若换成其他情况，当她们需要共同争取胜利时，芒罗的良心必然会感受到钦佩和友爱之情，她将同这个女孩并肩作战。但是目前的处境已将团结一致变为空洞的理想，把妮瓦这个充满野性的斗兽，变成了一个为让罗根获得自由，就必须将其制服的对象。

芒罗挥拳打在妮瓦的肚子上，当女孩再次挣扎着喘息时，芒罗把妮瓦的胳膊拉到近乎断裂的程度，妮瓦没有尖叫，她挣扎的姿势冻结在那里，她感觉到那个肩膀就要脱臼了。妮瓦的眼里满是泪水，而芒罗从中看到了更年轻时的自己。那不是自怜或疼痛的泪水，而是愤怒和沮丧的泪水。

“我警告过你。”芒罗说，她松开了铁链，但仍然抓住妮瓦的那条手臂。“如果你还这样的话，我会让你更难受。”

妮瓦点点头。就在这个瞬间，过去的岁月又从芒罗的脑海里闪过，她理解这种姿态。它并不是真正的让步或者屈服，而是无法忍受的身体疼痛。点头是等待时机的一种方式，这场搏斗还没有结束。

芒罗跨在那个女孩身上，召唤了鲁马尼一声，后者极其迅速地从门口进来，他显然一直就在附近，听着里面的动静，甚至是在门边偷窥。“你的刀。”芒罗再次使用匈牙利语说，他犹豫了一下。芒罗用这门有些蹩脚和不够流利的外语补充说，“我知道你有。我不砍这女孩。”

他低头掏出那把匕首。当他更加靠近时，妮瓦瞥见了他和他手里拿的东西，她又开始挣扎起来。

芒罗加大了压力，那个女孩尖叫起来。芒罗抓住鲁马尼递过来的那把刀的刀柄。

芒罗的手接触到冷冰冰的金属，随着预料中的兴奋感的涌动，她的视线变得模糊起来。囚室渐渐变成灰色，嗜血的欲望在体内燃烧，这是对于刀刃和这种金属所代表的那段历史的反应——一种急于释放的难以承受的冲动。

“离开这里。”芒罗说，因为如果他不离开，她就无法自控并做完此刻的事情，而是首先将匕首刺向他，然后刺向阿尔潘一号和二号，为她自己和这个女孩强行杀出一条逃生之路，而最后的结果就是永远失去罗根。

鲁马尼没动。一条膝盖压住妮瓦的胸口，一只手握紧匕首，而另一只手仍然扭住女孩胳膊的芒罗把目光转向他。她咬着牙用英语说，“现在马上离开，不然你会后悔的。”

鲁马尼嘴唇微张，一句话也没有说出来，然后一边盯着她，一边向后退去，仿佛碰到了一条疯狗似的。芒罗甚至没有等到他完全退出门外，就将匕首转向妮瓦，把刀刃从那个女孩的喉咙处移到衬衫领子里，顺着那件织物从上向下划到带有松紧带的裤子，又继续划到胯部。接着，芒罗用刀刃将划开的衣物挑开，这样，躺在那里的妮瓦就胸部赤裸地面对着天花板。

“现在我可以放开你，”芒罗说，“让你自己穿衣服，不然，我们就接着不让彼此好过。”

妮瓦的面孔扭曲以便抑制住泪水。“我会照你说的做。”她低声说，她的嗓音沙哑而干涩，这是刚才的挣扎以及锁链压住气管的结果。

芒罗开始后撤，首先一点点地放开那条胳膊，解除锁链，然后移开膝盖并站起来。随着每一个步骤的进行，妮瓦都完全安静地躺在那里，仿佛她终于明白了，她的任何举动，都可能中断这个小小的进程，而且现在做出让步，意味着以后还有机会再次搏斗。

芒罗站直身体，再次走到那张椅子和衣服后面，她说，“我不想伤害你。”

妮瓦一言不发地站起来，挑衅地盯了芒罗很长一会儿，然后就像站在一群观众前面的女演员一样，动作夸张地将被划破的衣服一点一点地扯掉，让它们散落到床垫上。她赤身裸体，却没有中断目光接触，一面伸手抓起那件衣服，然后稍作努力，把它套在身上。

她穿着衣服，光着脚并且表情倨傲地离开床垫，走到地板上，左腿夸张地拉扯一下锁链，仿佛是在说“你们现在还想怎样？”

芒罗从椅子上拿起那卷胶带和毯子，抓住椅子背面，开始把它拖到外面，金属在地板上发出刮擦声。她恨自己，恨玩偶大亨，恨那个貌似成人的男孩，那些打手，还有与男人的基本欲望相连的人性当中肮脏的一面。

她站在鲁马尼面前，并在产生继续使用那把匕首的冲动之前，把它扔到对方脚下的地板上。假如没有市场，没有买家，没有愿意花钱买春的男人，那么从他人的苦难中求得生存的组织，以及像玩偶大亨这样绑架女性并利用其身体获利的罪犯就将不复存在。

“我想杀了你。”她说。

他微笑起来，捡起那把刀。“这种感觉是相互的。”

“我需要那把钥匙。”

“你没让她受伤吧？”

“我不傻，”芒罗说，“你们还想让她穿什么都交给我，也许还有鞋，这样我们就可以上路了。”

鲁马尼没有移开视线，而是研究着她的脸，探询地盯着她的眼睛，这在某种程度上，反而比他所想象得更多地暴露了他自己的内心。他用阿尔巴尼亚语对阿尔潘二号下了命令。那人转过身来并走上楼梯，当沉重的脚步的回音在封闭的地下空间里回荡时，鲁马尼仍旧无所顾忌地打量着她，直到那人返回并递过来一个盒子。

鲁马尼把盒子交给芒罗而且并未中断对视，同时递给她一把钥匙。这时她才掉转目光，这只是因为她不得不如此。在这一次令人窒息的整个对峙过程中，她读懂了他，他也读懂了她，即便不置一词，他们也很清楚彼此的意图。

14 还要再回来

德克萨斯州，欧文市

萨曼莎·沃克将布拉德福的身体作为梯子，从膝盖到肩膀，再到墙头，随即在墙顶稳定住身体并保持平衡，接着缓慢地向前爬行了几步，以便看得更清楚。她在他之前上来，是因为她在两个人当中身材更小，体重更轻。她压低的声音传入他的耳机内：机械设备，监控摄像头的位置，选择的距离。

假如他们原本计划要确保安全，要使用常规监控措施，这里就是他们采取行动之处，但他们没有时间或资源确保更加稳妥和安全。要救出芒罗，意味着要找到罗根，而这意味着今晚要“破门而入”。

又过了好一会儿，沃克说，“窗户，北侧仓库二楼。刚刚亮起黄色灯光。”

布拉德福听出了她的想法，也感觉到了她的推测，一阵颤栗感掠过脊背。到目前为止，这个地产似乎空无一人，但有灯的地方就有人，而且里面的人可能就是看守，而有看守就意味着有囚犯。

“下来吧，”他低声说，“我们从前门进去。”

沃克身体后撤，搭住墙壁向下滑，在离地面四英尺时跳下来。“喝醉了，发泄一通怎么样？”她说。

他点点头。“应该可以。”

应该。

事情进展得这一步，一切都是猜测。

当布拉德福驾车时，沃克脱掉了外套式衬衫，只留着那件紧身抹胸勉强遮住胸部一小部分。他们可能正在毫无防护地进入一条火线，但他们从未以这种作战方式进入“战区”。

她把马尾辫解开，手指在头发中间掠过。一头厚厚的黑发像瀑布一样从肩上垂下来。

“你确定要这么做？”布拉德福问道。

沃克转了一下眼珠，于是他说，“那么好吧。”

他从巷子尽头返回到主路上。在快要到达目标地点之前的监控摄像头范围之外暂停下来，而且只是暂停到让沃克从车上下来。

布拉德福继续向南经过一个楼群，把车停在可以密切注视她的地方，他看见沃克一路蜿蜒行至前门，步伐不稳而又夸张。她抓住网格大门摇晃着，试图爬上去，一只穿着靴子的脚笨拙地抬起来，却找不到支点，随即慢腾腾地滑下来。

其他安保指示灯亮了起来。

她又一次摇晃大门，喊叫着。不时地停下来，用胳膊擦一下鼻子。在仓库东北角，一个摄像头移动了位置。她的表现产生了进一步的效果，她继续用手指抓住大门铁丝网格，偶尔再次徒劳地尝试爬到顶上，然后朝着布拉德福的方向慢慢滑倒。

仓库的一个侧门打开了，一个男人走出来。他身材粗壮，虽然这并非源于脂肪，穿着皱巴巴的衣服、衬衫一半塞进牛仔裤的身体，看上去就像是一块砖头。如果他携带了武器，那么他显然隐藏得很好，表面上完全看不出来。

他越是靠近，表情就越是变得柔和，等到他站在沃克前面时，他看上去几乎充满同情心。

沃克又步履蹒跚地拽了几下大门，揉了揉眼睛，然后再次搓搓鼻子。布拉德福听不清他们之间的对话，因为沃克衣着那样暴露，没有地方安全藏匿一根电线，但是他知道谈话的主题。那个男子打了个手势。沃克点点头，伸手擦眼作拭泪之状。在她的一生中，她不止一次冒险用这种可怜的醉酒后的无助之态，狠狠地拨弄男性的心弦并让他们欲火焚烧。

男人从口袋里掏出一个钥匙圈，打开了门锁。沃克趔趄地走进去。那人想要重新把门锁上，但沃克的表演再次开始，她大步走向那人走出来的那道门，所以他别无选择，只能把门锁留在那里并紧跟在她后面。

监控摄像头没有继续移动，那几个仓库窗户里没有闪烁的灯光，没有任何支援人员。似乎这里仅有这一个看守在值夜班，而且在值班时睡觉。

布拉德福等到沃克从大门走向那座建筑物一半距离时，从车里下来并进入到夜色中，顺着大门的那个开口溜进去。

沃克有些跌跌撞撞地走在前面，那人伸出一只胳膊搂住她，并弯腰扶她站稳，她顺势朝后面瞥了一眼，看见了布拉德福，就继续朝前走去。两个人走到门前，当沃克走进里面时，她把右手从后衣兜里掏出来，顺着门框滑动了一下。

门关上了。

布拉德福对抗着违背原定计划而提前冲进去，以便保护第一次打破所有规则的搭档的冲动。

他早已知道会出现这种情况，但还是感到紧张。

他开始倒数秒数。然后，他的手放在门把手上，拽了一下门。被一条胶带固定住的门闩，毫不费力地打开了。布拉德福一边听着动静，一边评估所能进入的范围，随即闪身溜了进去。

的确是那种仓库——一个范围很大、而且显得很空的建筑物，靠墙的工业格架上排满空置的货盘。附近放着叉式升降机。靠近前面的卡车托架那里，堆放着准备装载的少量货物。这里的有序性让他感到吃惊。

这里一定有一个秘密区域，一个中途站，某个隔音的、用来藏匿被贩运女性的地方，而且可以推测，如果有这样一个地方存在，它同样可以用来藏匿罗根。

他们了解的有关这所仓库和这家公司的一切都充分表明，他们必须在这里寻找想要的结果。但是，这个地方似乎完全不像是一个藏匿之所。

在布拉德福的右侧，金属楼梯沿着内墙升至二层，那里显然通向只是占据了这个建筑物的背面部分、在前面留出一些用来堆放货物的空间的办公室，而且现在从那里传来了声音，其中显然有沃克的醉酒之语，这倒是件好事。

布拉德福注视着天花板，搜索着监控摄像头，但没有发现什么。相比于在外面安置的那些电子眼，内部的安全措施显然相对稀少。他沿着周围转了一圈，从搁架到货盘到叉式升降机，没有发现任何存在一个带夹层的房间、甚至是脚下的藏身之处的迹象。

楼上的对话还在持续，仍然只有两种声音。待在沃克跟前的男人很少会保持沉默，这意味着那个仓库看守是独自一人而没有更多的人，即便罗根曾经被关在这里，他现在也并不在这里。

办公室的门开了，布拉德福退到楼梯下方的阴影处。沃克一边说着撩拨的话，一边磕磕绊绊地从楼上下来，那个男人紧紧跟在后面。她摆弄着叉车的大钥匙。仓库看守试图从她手里拿到它们，她大笑着加快步速与他拉开距离，把钥匙插入点火器，然后启动了那台机器。发出的噪音无论持续多长时间，都足以掩盖金属楼梯上的脚步声。布拉德福立刻冲上去。在局面变得令仓库看守感到厌恶之前，他只能忍受这种戏弄和叉车的运转。

楼上就像布拉德福所预料的那样，有两个面积不大的房间和一个休息室，后者带有一个很小的外部通风窗，沃克看到的灯光正是从那里照射出去的。

第一个房间一半区域用于操纵安全监控系统，另一半区域摆放了一张配有两套计算机系统设备（其中一套没有显示器）的办公桌。在监控摄像头前面的那张办公桌上，一支光秃秃的手枪摆在那里。

沃克的杰作。

布拉德福伸手去抓枪，然后又停住了。带走它只会打草惊蛇，让玩偶大亨的人开始警惕他们的行动。布拉德福进入第二个房间，里面有一个会议桌，几把椅子，一台咖啡机，以及几个文件柜——没有罗根的踪影。

接着，即使是在大楼背面区域这么远的办公室，他也能够听到楼下声音的变化。那台叉车已经没动静了。沃克在喊叫。布拉德福冲出门。

在楼下，沃克在仓库看守面前挥着一只拳头。

仓库看守想抓她的手，要抓住她。

布拉德福开始下楼。

仓库看守扑向沃克，她绕着一个货盘转圈，少了醉意，多了怒气。那人在咒骂她，用浓重的国外口音叫她母狗和妓女。

布拉德福走到楼梯底部并且感到踌躇。

沃克尖叫起来，“不要来我这儿。”于是布拉德福冲向门口，他知道那句话是对他，而不是对站在他们之间的那个杂种说的。

在停车场，他看看表，焦虑感油然上升。自己在外面，而搭档仍困在四壁之内，无论怎么说都是错误的。

过了半分钟，那些声音朝他这边移动过来。布拉德福退到阴影处，留心摄像头的位置以及尚未覆盖的距离。声音越来越大，沃克开始靠近并且走得很快。

布拉德福朝大门冲过去，就在她刚刚从门内出来时到达那里，仓库看守在她身后不远处全速跑过来。布拉德福面对他们两个人，等到沃克从身边过去以后，气势汹汹地挡到那人前面，大声说：“你他妈的想把我女朋友怎么样？”

那人放慢速度，他的双手不由自主地伸向前面，就在他完全收住脚之前，布拉德福与他撞了个满怀，手掌拍在他的胸部，紧接着脚背踹到他的膝盖上。这第一次冲击让那人身体摇晃一下，第二次冲击使他几乎栽倒在地，他调整好身体的站姿，以攻为守地猛扑过来。

布拉德福弯下腰并伸手挡住他，他们的胸口撞在一起。

“别用你的脏爪子碰我的女人。”他说，然后接连挥拳痛击对方，从额头到鼻子，打破鼻子软骨，鲜血从鼻孔涌出来。

仓库看守伸手去抓他的脸，满脸是血的他发出狂怒的吼叫。右手伸到后面，像要拔出那支仍放在楼上办公桌上的枪。他咒骂着，整个人向布拉德福猛扑过来。

这个家伙虎背熊腰，体态丑陋。

布拉德福侧身避开。利用那人的体重和冲力，让他的上半身继续前冲，用一条腿让他的下半身停在原地。那人重重地摔在路面上。

布拉德福开始走开。他的一个手指指着那个正要爬起来的男人。“你再敢碰她，”他说，“我就杀了你。”

当布拉德福返回时，沃克已经坐在汽车里面并扣上安全带。他坐到方向盘后面，把钥匙插进点火器，脚踩油门，快速进入冷清的街道，在这个过程中还闯了一次红灯。该死的肾上腺素。

“我希望你打碎了他的鼻子。”沃克说。

“反正已经修理过他了。”他说，然后扫了她一眼。

她攥紧拳头并抱起双臂，两眼盯着挡风玻璃外面。“等这件事结束了，我们救出了罗根和迈克尔，”她说，“我还要再回来。”

“收到，”布拉德福说，“可是为什么？”

沃克转向他。“因为那个男人是个心理变态的疯子。我向上帝发誓，一定会有人死在那里，而且我要是不首先收拾他，还会有别的女人受到严重伤害。”

“你是指他承诺过要对你做的事情，是吗？”

“还有别的。”

布拉德福把注意力转向路面。“先救迈克尔和罗根，”他说，“然后我们再去清理那个垃圾。”

第三部

1000 种答案

我享受我所承受的残酷的痛苦，我偷偷地羡慕所有人并偷偷地爱他们

15 旧谷仓的味道

克罗地亚，萨格勒布

芒罗在三天里第一次呼吸到外面的空气：这里的初春上午，气温低于达拉斯，空气里洋溢着陈木和石头霉菌的气息。能够闻到淡淡的柴油或机油味儿，就像是一个旧谷仓可能有的那种味道，而且在被关在充满腐烂物、霉菌和漂白粉气味的囚室那么长时间之后，它比山风更加甜美和纯净。

她肩膀上背着那个交给她的背包，塞满毯子、胶带，以及从玩偶大亨那里拿到的护照、汽车证件、地图和全球卫星定位系统。妮瓦还关在下面的牢笼里，被铁链拴在墙壁上，戴着橡胶涂层的镣铐，身上穿着玩偶大亨和他的爪牙坚持让她穿的愚蠢的衣服。芒罗准备好以后就会去找她，但现在，她的关注点是停放在庭院内的那辆汽车。

那个地面铺着鹅卵石、其三面墙壁构成这个建筑物一部分的金器作坊，以及通向玩偶大亨办公室的窗户就在她的身后，而她不知道前面是什么。那个庭院的出口被一个巨大的拱形木门拦住，很可能有几百年的历史，而且必定是那种类似谷仓气味的来源。

那辆车，一辆颜色灰暗的欧宝"雅特"，足有八九年的使用年限了，轮胎处于半磨损状态，而且是斯洛文尼亚的车牌。一辆共有五车门的标准样式的汽车，后车门可以向上掀开，门锁、窗户和传输设备全是手动操作的，没有空调。收音机已被拆掉，汽车的一两个灯杆也不见了。即便玩偶大亨永远不可能把这个资产收回来，他也不会心疼的。

芒罗绕着汽车转了一圈，记下了各个细节，然后停到车前，抬起引擎盖检查液面高度。她把机油尺在引擎盖下方一侧的一块软布上擦干净，探入油箱再次检查，然后拧开托架，让那个金属杆掉落到引擎盖下面。

鲁马尼远远地站在一边，双臂交叉，靠住一个楼梯间的拱形部分，他观察着她，好像她是一块玻璃下的一只虫子，或者是一种关在笼子里的异域动物似的。他仿佛希望从她身上学到某种东西，到目前为止，这似乎已经成了他的一种习惯。所以她在那里驻足逗留，将每一个动作的时间尽可能拉长，试图让他变得不耐烦，但他不为所动，最终只是说了一句，“到时间了。”

当芒罗去带妮瓦的时候，她坐在床垫上。玩偶大亨和他的心腹不想让这个野生动物把新衣服弄脏，因此为了保持干净，自那个女孩被迫穿上那套衣服以来，她就一直没有得到食物，而且除非芒罗断定她再不吃东西，就会造成严重后果，才会给她东西吃。

药物会让这个冒险旅程变得轻而易举——把一种镇静剂放入女孩的饮用水中，说一声“乖乖，晚安！”，就可以把她放到后备箱里并且万事大吉。就此而言，倘若给那个女孩下药，就会让芒罗的参与毫无意义，因此若非玩偶大亨的客户提出这个奇怪的要求，芒罗眼下很有可能还在达拉斯，可能骑着杜卡迪，在黎明时的德克萨斯州天空下一路驰骋。

但是客户有规则：没有瘀伤。没有下药。

毫无意义的先决条件。

大多数人贩子都会给他们拐来的女人服用毒品，使她们变得具有依赖性，这不仅仅是为了让她们盲目地顺从，也是为了便于控制。一群对海洛因上瘾的人，远比一个像妮瓦这样好斗而警觉的人更容易管理。

没有瘀伤。没有下药。

为什么？

这个问题可能有 1000 种答案，芒罗竭力摆脱掉知道它们的欲望。不管原因是什么，这都不会改变事实。

芒罗说，“我们走吧。”

妮瓦抬起头，说，“你要带我去哪里？”

在芒罗自己过去的被囚禁经历中形成的战斗或逃跑反应[15]的条件反射机制，强化了她对于声音、身体语言和措辞的敏感度，以雷达一样的准确性捕捉细微差别的本能，而且此时一个预警传感器开始发出讯号。“我还不知道，”她说，“他们会在途中把旅行路线一个一个地告诉我，每次只告诉一个。”

“我们先去哪儿？”

“卢布尔雅那。”

“那是哪里？”

“斯洛文尼亚首都。”

妮瓦面无表情地回头望着她。

芒罗从背包里掏出那卷胶带，接着为了谈话，为了让她分心和熟悉某种东西，说，“我们现在是在克罗地亚，斯洛文尼亚是西面的一个国家。”

妮瓦默默地看着地板，好像是在数数或试图回忆什么，然后说，“我会被绑架到一个战区吗？”

芒罗摇摇头。斯洛文尼亚和克罗地亚这两个国家原本是同根同源，但大多数美国人对于克罗地亚远比斯洛文尼亚更为熟悉，这意味着那些的确知道那个国家的名字的人，经常把它与发生在20世纪90年代的战乱联系起来——他们的记忆在时间上是被冻结的，而且认为那里同波斯尼亚和黑塞哥维那一样，也发生过种族灭绝和大规模屠杀，并且延续至今。

妮瓦太年轻，不可能拥有那种集体意识。也许她的意识是她参与政治的父母灌输的结果。无论哪种方式，现在都没有时间给她上地理课，更不要说讲述一个涵盖各种南斯拉夫战争的历史。“没有什么战区，”芒罗

15. 心理学和生理学名词。1929年，美国生理学家怀特·坎农发现，机体经一系列神经和腺体反应，将被引发应激冲动，从而使躯体做好防御、挣扎或者逃跑的准备。

说，“至少将近 20 年没有。请站起来。”

妮瓦坐着没动。“我们要过境吗？”

“是的。”

“你有我的护照吗？”

“这其实并不重要，不是吗？”接着，她重复了一遍那个要求。“请站起来，妮瓦。”

妮瓦点点头，站起身来，走下床垫。芒罗体内的警报器提升了一个等级。她揭开那卷胶带的末端，把它向上拉起来。“伸出你的手腕。”

女孩照她的要求做了，两只手伸到前面，手指弯曲成松弛的拳头状。芒罗走上前，左手抓住妮瓦的右手腕，皮肤没有感觉到需要保持警觉的刺痛感，没有发觉任何警告性的迹象。

芒罗俯身进一步靠近她，准备用胶带缠住女孩的皮肤，就在这时，妮瓦的另一只拳头用力砸向芒罗的眼睛，那是一种尖端向前突出的金属的锯齿状边缘。

芒罗猛地后退一步。

只有毫发之距，那个临时性刀片就划到了她的颚骨。

刀光在空气中闪过，再次猛刺过来，目标是她的脸颊。就和袭击的速度一样快，妮瓦旋即仰面倒下，她挣扎着想要呼吸，想要尖叫。压在她身上的芒罗，紧盯着她那双掐紧妮瓦的喉咙的双手。她使用意志力，有意识地慢慢挪动手指，放开妮瓦的气管，与此同时，她体内的每一根神经和原始本能，都呐喊着想要取胜并完成杀戮。

芒罗身体后撤。她从妮瓦的手中拔出那个三英寸长的金属片，动作有些机械地检查着，发现它原本是一个床架的一部分。“上一个对我这么干的人死掉了。”她说。

芒罗把那个金属物放入口袋，身体脱离了妮瓦，那个女孩仍躺在地上，从眼里汩汩而出的泪水滴落到床垫上，芒罗用胶带把她的两个手腕按照“8”字形缠紧，确保它们不会滑脱。

她拉住胶带的中间部分，把妮瓦拽起来，脑海一遍又一遍地回顾那快速的几秒钟的场景，为那块没有归属的拼图寻找合适之处：就像之前的那次搏斗一样，刚才的这个袭击，并不是恐慌或者肾上腺素作用产生的随机行为，或者仅仅是一个女孩为求生而做出的挣扎性举动。妮瓦对于身体控制的自信程度，完全会让人联想起某个做过多年研习，甚至参加过职业性搏击较量的人，只是缺少足够多的实践经验而已，不然的话，本能、速度和那种比对手思考得更深入、更老练的能力，就会带来全然不同的结果。

“我警告你，不要和我玩这一手，”芒罗说，“就算我不想伤害你，我也没有办法控制自己。你最好听清楚了。”

妮瓦用点头代替了言辞，芒罗把她的身体从上到下拍了一遍，双手摸了衣服下缘并沿着接缝搜索，在此过程中，她的心里感到一阵恼火。她本该在袭击开始前就预见到，虽然她隐约感觉到警告性的讯息，她却没有察觉袭击的迹象，而这比袭击本身更让她感到恼火。

芒罗掰开妮瓦的嘴，寻找其他任何隐藏的武器。也许这个女孩体内的那个演员角色蒙蔽了她，她扮演某种角色的能力，与芒罗自己的变色龙特征没有什么不同，而且恰恰是这种特征能够让她蒙蔽对手，从而得到她想要得到的结果。

没有发现其他武器。芒罗把指尖放在女孩的下巴上，妮瓦未作任何反抗。芒罗把她的头抬起来，以便看清楚她的颈部情况和这几秒钟产生的影响。

就目前来看，损害是在内部。运气好的话，外表不会有任何受伤迹象。

“我帮你开锁，”芒罗说，“如果你不老实，我们就在床垫上再来上一通，而且，我不认为你会觉得这个游戏有多么好玩。”

妮瓦避免目光接触，只是直直地盯着前方，下巴来回活动着，仿佛她正在咬牙切齿或者准备吐唾沫似的。芒罗说，“我尽我所能不去伤害你——只要我有能力，我也会保护你——趁我还没有后悔。”然后她蹲下来，开始打开将妮瓦束缚在那条铁链上的镣铐。

镣铐的组件分开并掉在地上，接着，芒罗按住妮瓦的那只脚。“站着别动。”她说。她用手指戳了一下压在镣铐底下的那部分肌肉和骨头。“疼不疼？”

大概两个多星期的拖拉和扯拽，让妮瓦有充裕的时间给自己造成瘀伤、划伤和其他伤害——这些都是芒罗需要对其负责的伤害，虽然她与它们的成因没有任何关系。

“很疼，”妮瓦小声说，“但没有受伤。”

芒罗再次按压，等待着她的退缩或者抽搐反应，见没有任何异样，就站起身来。橡胶涂层似乎产生了效果。玩偶大亨说过，妮瓦并不是第一个按照那些奇怪的要求予以交付的对象。在如何让他的商品免受损伤方面，他已经有过大量实践。

芒罗拿起背包，扯住妮瓦的肘部，把她从囚室带向大厅。女孩没有反抗，但显然不愿离开这个监牢，为什么要离开呢？这是一个她已经开始熟悉的世界，即便她不能够自由自在地生活，即便她不得不面对这里的魔鬼，但已知的魔鬼毕竟要比未知的魔鬼好得多。

在大厅里，阿尔潘堵住了通往楼梯的路径。妮瓦一看见他，身体立刻变得僵硬了。芒罗带着她继续朝前走，一边说，“你知道他吗？”

妮瓦点点头。

“他不会说英语。”芒罗说。

妮瓦的声音嘶哑而低沉。“他进我的房间次数最多。”

“只要我在这里，他就不能伤害你。”

妮瓦的抗拒力减弱了一些，芒罗带着她前进，两人一前一后地从阿尔潘旁边过去，后者傲慢地拒绝让路，这迫使她们只能从旁边挤过去并走上楼梯。他不加掩饰地试图在暗中摸索妮瓦，女孩极力地避开他。

规则不允许对女孩造成瘀伤，但没有人说过要对这个彪形大汉进行限制。机会终将到来，而且只要碰到那个机会，芒罗就不会错过，她会让阿尔潘付出生命的代价。

在上楼梯时，妮瓦走在前面，芒罗跟在身后。

阿尔潘紧随其后。距离太过接近，芒罗的脊柱感觉到了他的热量，感觉到他的呼吸触角爬上她的脖子，并延续到走上楼梯顶端，进入金匠正在辛苦劳作的那个大房间。

妮瓦笨拙地移动着，当她拖着脚步前行时，脑袋不停地向上面和两边看去，仿佛是第一次见到人类世界似的。

芒罗并没有催促她，而是让她充分感受这一切。

阿尔潘把她们向前推。他只是短暂地停了一会儿，以便关上那道金属门并扣上插销，然后再次靠近她们，用他的大块头躯体迫使芒罗走得更快。

随着脖子再次感受到他呼吸的热量，芒罗的内心开始燃烧，她的胆汁上升，一股怒火随之而来。

房间的光亮变成了暗灰色。

芒罗放开妮瓦的胳膊肘，紧接着突然停下来。她转过身，好像是要问一个问题似的，并让她的额头撞上阿尔潘的下巴右侧。重重的撞击以及由此带来的伤害，带来了一点儿宣泄的快感。她渴望更多的撞击，想要从对方的痛苦中感受到更多的释放，她渴望战斗以及一场杀戮带来的喜悦感。哪怕是在他那满是疤痕的愤怒的脸上踹上一脚，并且感受被挤压的骨头和肌肉嘎吱作响的声音，也能带来一些满足感，但那样就会太明显了，会迫使对方立刻展开报复。

芒罗双手抱头，身体略微摇晃了几下，仿佛对这个小意外感到抱歉似的。“*Bocsánat*[16]。”她说，随即后退开来。

鲁马尼看见了这一幕，他盯着芒罗，难以掩饰地咧嘴而笑。无论阿尔潘有什么样的反应，他都保持了足够远的距离，这样芒罗就感觉不到他紧跟在后面。那个家伙现在一定很想杀了她，这倒是好事。愤怒会让理性减弱，仇恨会让逻辑扭曲。

她们走到欧宝那里。看见那辆汽车时，妮瓦的身体又僵住了。

16. 匈牙利语，对不起。

“不要反抗，”芒罗说，“我不想再次伤害你。”她能够感受到那个女孩大脑里瞬间产生的自卫反应：绝不要上那辆车，最好逃跑。最好呼救并引来关注。最好在这周围有人的地方进行反抗。她感觉到妮瓦的身体随着深深吸气而扩张，就把一只手啪地捂在她的嘴上。“我警告你，”芒罗说，“不管你怎么折腾，我都能够摆平。而且我会把你的嘴堵上，这样你就永远别想再喊出来了。”

妮瓦泄了气。

有效果。

她对鲁马尼说，“*Nyisd ki az ajtót*[17]。”于是他走到汽车前面，打开乘客一侧的车门。芒罗的手保护性地放在妮瓦头上，帮助那个女孩坐进去。鲁马尼仍站在车门旁边，芒罗握着那卷胶带蹲下来，就像对妮瓦的手腕的处理方式一样，用同样的“8”字形缠住她的脚踝，然后把手腕和脚踝之间的束缚连接在一起，使女孩不能把手臂抬到窗口处。接着，芒罗将座椅靠背向后倾斜，这样，任何人都不可能从车窗外面看见这个星球上的人们最熟悉的面孔之一。

接着，芒罗把那条毯子盖在妮瓦的腿上和脚上，遮盖住她被束缚的景象。

她站起来，关上车门并将其锁住。

鲁马尼退到后面，表示赞同地露齿而笑——可能是出于尊重——杀手对杀手的尊重，行家对行家的尊重。在他的身后，阿尔潘怒目而视，芒罗朝他瞥了一眼并微微一笑，这只是一种姿态，足以刺激他的神经、使之怒火中烧的姿态。

---

17. 匈牙利语，打开车门。

16 本能

庭院并未大到可以对车辆做三点转向调头的程度，所以芒罗将欧宝倒退着开出那个厚重的拱门，鲁马尼站到一边，眼睛跟踪着她。

估计用不了 10 分钟就可到达的第一个地址，已经进入了全球定位系统，但她并不需要停下来，到达那里以后，只需接入下一个地址，就要继续前进。通过这种方式，她要被迫完全按照鲁马尼设定的具体路线驾车。根据全球定位系统，她们是在萨格勒布老城区果涅格拉德的外缘，这是一座有 80 万人口的城市的一个城区，城区内有各种即便不符合审美观念、也极具功能性特征的普通楼宇和高层建筑。

站在拱门下面的鲁马尼看着欧宝开上街道，就关上那扇大门。玩偶大亨的巢穴渐渐消失了，映入眼帘的是街道两侧几乎与其相同的建筑，长长的街区和一个又一个巷道拐角，三层和四层石头建筑的实心墙壁，人行道旁边平行停放的汽车，以及穿插于汽车的缝隙之间、大概通向相似的庭院的老式房门。

芒罗驶离的那道拱门的两侧，是两家珠宝店的橱窗，橱窗里摆放着路过的行人可以浏览的金器。芒罗已经发现，玩偶大亨控制了这个综合性建筑群，而且通过拱门是进入建筑群内部的唯一途径。这是用来转移他的那些女性“商品”的完美的掩盖——一旦走出大门，在建筑物四面墙壁后面的情况，只有他自己能够看到。

在远离那个主建筑物，远离了鲁马尼和其余的疯子之后，芒罗拿起玩偶大亨的那部手机，打开了屏幕。妮瓦把脸侧向车窗，闭上了眼睛。

芒罗的视线从道路移到她的手上，然后又看着路面，一边控制方向盘，一边翻阅短信，浏览每一个短信，然后查阅了塞满一系列地址的整个收件箱，她可以从里面找到需要随时执行、从一个地点到下一个地点的旅行指令。

从萨格勒布飞往卢布尔雅那，本来应该是一个简单的行程，那就是从这个国家的首都出发，沿着条件良好的公路，跨越绿色森林环抱着的乡村，越过边境，再进入下一个国家的首都。如果不把移民入境和通过海关造成耽搁的时间算在内，按照一个理智的人所选定的路线，这趟旅行只需要两个钟头。但是，正如这最后几天就像是一个妄想狂患者最黑暗的妄想一样，玩偶大亨设定的旅行计划也同样令人匪夷所思。芒罗顺着一条条弯曲的乡村道路前行，汽车不断绕过错落有致的田野，拉起晾衣线的修葺一新的花园，以及兼作农舍、窗台花盆箱里栽种着天竺葵的牧人小屋。

对于为什么不能直接跨越边境线这一点，玩偶大亨没有做出解释，但其中的原因其实不难理解。斯洛文尼亚是欧盟申根区[18]的成员国，到目前为止20多个没有边境管制的国家之一，而克罗地亚不是。在申根区内部，边防哨所很少有人值班，而且在某些情况下，只有本地特征和语言或路牌的变化，才可以表明你正在从一个国家进入下一个国家。在申根国家当中，不涉及签证表格或者护照印章，也无需经过通关程序，或者排队等待那种有权说“不”的穿制服官员予以放行。但是，从非申根区国家进入申根区以后，就如同墨西哥与美国之间的旅行，情况会完全不同。

像匈牙利、斯洛伐克和波兰一样，斯洛文尼亚处于申根区边缘地带。它们的交界处均有代表整个申根区的岗哨；这些国家的主要检查站，都承

18. 申根区是指履行1985年在卢森堡申根镇签署的《申根协议》的26个欧洲国家所组成的区域。对于国际旅行者而言，这一区域非常像一个单独的国家，进出这一区域需要经过边境管制，而在该区域内的各个国家之间却几乎不存在边境管制。

担着为其他国家过滤掉非法入境者的职责。

检索并输入另一个地址之后，芒罗把手机塞进控制台的一个托架里，一只手伸进后排座椅的背包并抽出那张地图。她的目光从道路移向手边，搜索着信息，直到发现目标为止。

她们需要在克拉希奈克——它只不过是地图上的一个小点——进入斯洛文尼亚境内。那是梅特利卡这个城镇南部的一个小村庄。这意味着她们注定要去往一个偏远的边界地区：一个原本只供居住在边界附近两侧的当地人使用、并有路牌或者贴纸作为提示的入境点。

手机响了。

芒罗在一个不会被人注意的道路会合点停下来，调整好全球定位系统，然后拿起电话接听。鲁马尼说，

"找一个地方停下来，情况可能有点儿变动，等着我再次打电话。"

芒罗说，"为什么？"

"我说了要这么做，当然是有理由的。"

"恐怕没这个必要。"

"你别无选择。"

"你在这一点上可是说错了，"她说，"我在未来 24 小时内的每一个举动都是一种选择。你要知道，巴朗，如何选择会影响到我的余生。我随时都可以选择离开，你很清楚这一点，所以如果你希望我和你好好合作，你就不要为难我。"

一阵踌躇，然后他说，"我们在克拉希奈克会碰上好说话的检查者。他们可能会、也可能不会在意你开什么车，或者你有什么证件，但这毕竟是有一定风险的，所以照我说的做，找一个地方，等我打电话。"鲁马尼挂断电话。

妮瓦说，"这是怎么回事？"

这句嘶哑而低沉的话，是自从她们上路以来她第一次开口说的话。芒罗缩小了导航范围，眼睛看着地图。"他们正在协调什么东西，"她说，

“我们需要停在路边等待。”

她将车掉头驶向一个树木繁茂的区域，开到了一条会对汽车减震悬架造成伤害的土路上，这条土路因为以前的雨水而布满结着硬块的车辙。向光线暗淡的森林驶入 200 米以后，这条路略微变宽，芒罗掉转车头面对来时的路径，然后关闭发动机并斜靠在座位上。

“现在干什么？”妮瓦说。

“我们等着。”

“我口渴。”

“我肯定你渴了。”芒罗说。

“我也饿了。”妮瓦的话是一种哀怨的低语，“但更让我难受的不是渴，而是饿。我在黑暗中待得都没有时间概念了，但我觉得，我至少有一天没喝过任何东西了。”

“你站在我的立场上想一想。”芒罗把目光转向那个女孩。“不给你吃的或者喝的，我就得忍受你的唠叨；但我要是去给你找吃的或喝的，我就必须先用胶带把你的嘴捂上。你不能把衣服弄脏，你不能试图咬我，你要是能保证做到的话，我就下车去看看他们在后面放了什么食物。”

“我保证不会乱吐或者乱扔的。”妮瓦说。

“嗯，我知道你不会把它们扔掉的，”芒罗说，“因为我不会把你松开的。如果你想吃东西，我可以把食物塞进你的嘴里喂你。我现在真的不想和你打架。”

“我会很乖的。”

“我很怀疑。”

妮瓦抬起头来，几滴晶莹的泪水从脸颊上滚落下来。“我保证。”她说。

芒罗盯着她很长一会儿，试图辨明女孩是不是在演戏，她说的是真话还是在撒谎，然后叹了口气。她撕下一条胶带，粘在女孩的嘴上，随即打开车门走下去。在此之前，她已经在后座上那个破烂的行李袋里翻找过了，那只是为了确认除了人这个货物之外，她并未运输毒品。鲁马尼安排了饮用水和包装食品：饼干、糖果等等。这没什么令人满意的，仅仅是为了让她找不到借口停车而已。芒罗总会找到借口的，而妮瓦提供了一个走出汽车而不会引起怀疑的机会。

她打开仓门式后车箱，两只手在里面迅速地摸索着，检查着侧方车厢、地板和后排座椅下面，希望那些应急物资不像无线电那样被动过。

她一件一件地查看那些东西：警示三角牌，空的急救箱，简易的轮胎千斤顶，而且最终看到了她想要的东西：一只单头扳手。作为一种“暴力武器”，它不及撬棍那样好使，但有它就够了。芒罗把扳手拿出来，偷偷地推到前排座位下面。

接着，她从后面那个袋子里抓起一包饼干和一瓶水，然后爬进车里，坐回到方向盘后面。她打开那包饼干。“一句话也不要说，要听话，我就喂给你吃。”她说，妮瓦点点头。芒罗慢慢地扯掉她脸上那条胶带。

女孩没有厮打，没有乱吐，而且更重要的是，没有说话。

妮瓦的变化让芒罗感到不安，因为无论这个女孩是什么样的人，她都没有崩溃。她大口大口地喝水，一边避开芒罗的手指，一边接连不断地咬着饼干，等她吃光全部饼干之后，芒罗把那个包装袋捏扁，丢到后排座椅里，然后倚靠在头枕上，两只手握住方向盘底部。

从对方命令等待以来，过去了 20 分钟，仍然没有任何消息。

伴随着脑海涌现的短语或者随机的字词，她的手指敲出莫尔斯电码一般的节奏，这是过去多年形成的一种深思的习惯，她在想着鲁马尼或者车里的任何监听设备另一端的什么人，是否会听出这种节奏的含义，以及他是否理解这种模式。

又过了 30 分钟，手机又响了。

“继续出发。”鲁马尼说，“等你过境以后，你会收到新坐标。”

“那么去卢布尔雅那的过程中余下那几个地点呢？”

“计划有变。我们绕过那个城市。”

“为什么？”

他挂了电话，芒罗暗暗咒骂了一句。假如她有可能和布拉德福取得联系，她就需要找到机会进入文明地带，需要了解她们在短期内的前进方向，这样就可以安排下一步计划，制定有效战略，设法摆脱这个梦魇。鲁马尼一下子就剥夺了她有望获得的这个小小的机会。

芒罗转动点火钥匙，启动了汽车，然后转向普拉弗迪那——在地图上那个最接近的地点——然后驶向边境。

边境线是一条跨越一座桥梁的双车道公路，克罗地亚在一侧，斯洛文尼亚在另一侧。一个如风景明信片般优美的乡村，经由一条带状水域和两个岗亭（一边一个）分隔开来，每个岗亭旁边，都毗连着一个相当于车棚一样的建筑设施。

简单、整洁、古雅、安静。

她们顺利地离开了克罗地亚，岗哨甚至没有看第二眼。如果那个边境警卫走得更近些，看见了坐在车里的妮瓦，那就可能会出问题。仅仅是可能。但她们是使用斯洛文尼亚的车牌离开克罗地亚去往斯洛文尼亚——有什么可看的呢?

过了桥，芒罗停在那个车棚屋顶下方，那个穿制服的年轻男子从办公室里走出来，瞥了一眼汽车，然后径直转身回到里面。

手机响了。

芒罗接听了电话。

“继续出发，”鲁马尼说。

芒罗检查了车窗，检查了后视镜。他是在什么地方监视，他必然可以看到——有人必然可以看到——所以他才能够不失时机地发出指令。“然后呢？”她说，但他已经挂了电话，几秒钟后手机开始震动，那是收到短信的提醒。

芒罗开始慢悠悠地行驶，又过了一个钟头四十分钟，绕过了一些丘陵地带，偶尔经过风景如画的小城镇。继续保持沉默的妮瓦突然说，“我要上厕所。”

这句话让芒罗的脑海里产生了思考某种策略的冲动，各种可行的手段，以及风险因素的反复拼接和组合。

见她没有说什么，妮瓦补充说，“真的，真的非常想上厕所。”

自从为准备这趟旅行而对她下药以来，除了饼干，妮瓦没吃任何东西，而且虽然可能给她喝过什么东西，那也必定是极少量的。妮瓦知道这一点。妮瓦知道芒罗知道这一点，所以就灌下了整整一升水。一个人无须是演员，甚至无须去看电视都会知道，利用解手的机会逃生，是有记载的最古老的逃生策略，所以要么妮瓦是把她当成一个傻瓜，要么是她认为她的演技无与伦比。

芒罗说，“你应该在我们离开之前先去厕所。”

妮瓦的声音由于气管之前受到挤压而仍旧沙哑，但却提高了几个分贝。“你一定是在开玩笑吧，”她说，“一个被绑架者在运输途中，也应该有权利使用真正的厕所，对吗？”

芒罗没有回应。

在妮瓦的小算盘里蕴藏着机会。除非鲁马尼会把他这个珍贵包裹视为一个训练场，冒险让她弄脏衣服，不然的话，这就是把车停在至少是一个文明边缘范围内的正当理由。导航仪显示，她们距离下一个城镇还有数百公里，而且车速限制让行程进展缓慢。

妮瓦说，“不管怎么说，他们把那个水桶拿走了，所以我要想解手，只能弄到衣服上，再说我也不想让它们有臭味。”

“我不能那么做。”芒罗说。

妮瓦深吸了一口气。“我一定得去，”她说，“如果你不停车，我就只能使用这辆车的座位。相信我，我不是没做过这种破烂事，我过去几个星期都扛过来了，我一点儿都不在乎。”

“这不是我的车，”芒罗说，“何况我又不需要穿那件衣服，所以你随便吧。”

又过了令人感到煎熬的一分钟，妮瓦再次开口，这一次声音更轻，而且同样很难判断她究竟是在演戏，还是在说实话。“这身衣服一定很重要，”她说，“否则，他们就不会让我饿肚子，还把那个水桶拿走，也不会花那么大力气把我打扮起来，还要我穿上它。”她停顿了一下，“你真的确定，你想让我穿着这件衣服撒尿吗？”

芒罗说，“如果我们停车，如果你想要逃跑，如果你发生了什么事，我所爱的一个人就会死，那样的话，你就成了导致那种情况的原因。”

“我的膀胱就是要上厕所。”妮瓦说。

芒罗把视线从路面掉转过来，瞥了一眼妮瓦。“假如因为你的原因导致另一个人死亡，那么我就没有理由让你活着。”

“我就是想要解手。”

芒罗拿起手机。拨打了这部手机只允许拨打的两个号码之一，并且用英语和对方通话，转述了刚才的对话，虽然她宁愿不打这个电话并由此让妮瓦感到烦躁。

“你能控制她吗？”鲁马尼问道。

“这种事我别无选择，”芒罗说，“但如果说最好不停车的话，那么她就在汽车座椅上解决，对我也不是什么问题。我不能确定的是那种气味。即使你有换洗衣服，也只有你可以说，你的客户对于臭烘烘的商品会做何反应。”

长时间的沉默，然后对方回答：“过一会儿给你电话。”

这是一场心理的赌博，也是良知的对抗：芒罗的生存本能，使她需要利用妮瓦的对抗决心找到她自己的出路。倘若她能够把握好时机，从长远来看，眼前的情形就可能把她们两个都解救出来，尽管这个过程可能不乏痛苦。

芒罗放下电话，妮瓦问，“怎么样？”

“我们继续出发，等着回话。”

妮瓦转头盯着窗外，而芒罗开始查看导航仪。距离下一个城镇不到半公里。这时，手机响了。

17 裤子

德克萨斯州，达拉斯

布拉德福把“探索者”开进了凯普斯通的停车位，却意外地停在交界线上，这意味着他的车门很容易被其他汽车磨损或刮伤。肾上腺素时起时落而且周而复始，睡眠严重不足，过量的糖和咖啡因，这一系列因素结合在一起，把他带到了眼下这样的地步：颇具危险性的调查过程，而且实际上对于做出理性决定并无多少参考价值，更不要说汇总和提炼过去几天获得的大量信息所需的从量到质的飞跃。

沃克的状态也没有好到哪里去。

时间飞逝，希望也在快速消失。

总体而言，过去的几个钟头一无所获，这是机会的浪费和时间的损失，除了有两个地方可从他们那张潜在的藏身之所的清单上勾掉，并且准备转向下一个目标。从那个运输公司的仓库那里，他们又行驶了 35 分钟到了另一处仓库，同样没有罗根的踪迹，没有任何线索，他们见到的只是一个黑黢黢的荒芜的地产，没有监控设施，没有车辆，也无生命的迹象。

现在，在凯普斯通接待区这个避风港内，他把正在发出嗡嗡声的控制门打开，然后指着沃克的方向。“去办公室。睡觉，”他说，“这是命令。我们 11 点再次开会。”

沃克感到沮丧，但没有提出异议，而是低着头，跟着他进了大厅。她绕过作战室，到衣柜那里把防弹背心藏好。

当布拉德福走进来时，贾汉转过身，四目相对，他摇了摇头。

“我需要睡觉，”布拉德福说，“除非有紧急情况，不然的话别叫我。萨姆去后面办公室了，她的情况和我一样。你熬了一个通宵吧？”

“我是两点钟睡的，”贾汉说，“只要准备好了，我随时可以行动。”

“给我四个钟头。”布拉德福说，然后一边走开，一边补充说，“你能再打一个电话，问一下罗伯逊关于那些模糊的指印的情况吗？看看他们是否从罗根住所的指纹和样品当中发现了什么新线索。那小子欠我的，他得留下点儿什么东西才说得过去。”他停顿一下，随即返回作战室，站在门口。“有什么电话吗？”

贾汉又摇了摇头。

“你确定电话都好使？没出问题吧？”

“一切正常。有什么事我会告诉你的。我发誓。”

布拉德福点点头，再次转身离开。睡眠不足加剧了他的焦虑感，整个上午他竭力将其丢到脑后的那种恐惧感，又渐渐向他袭来。

72 小时过去了，他们仍然没有像样的进展。假如罗根还活着，他们却没有证据。假如芒罗正被迫协助玩偶大亨及其手下做什么事，他也没有看到这方面的任何迹象。那么妮瓦 · 艾克里奇呢？到了撕掉那份与蒂斯代尔家族的合约的时候了，并且告诉对方，他一直未能联系上那个女孩的父母想要找到的追踪者——瓦内萨 · 迈克尔 · 芒罗。

布拉德福再次察看了手机，这是他问过贾汉那个问题之后的一种紧张的反应。作为一个国际性公司，凯普斯通具有覆盖六个大洲和将近 20 个国家的语音包裹系统，记录信息并通过数字传输将其发回作战室的电话线，以及为可能陷入困境或者无法打国际电话的工作人员提供的一种故障安全防护装置和备份系统。

布拉德福解开铺盖的系带，铺在办公桌下面。

芒罗会打电话的。如果她还活着，如果她需要帮助，如果她有机会打电话，她就一定会打给他，这个念头在他的脑海里不断浮现，并伴随着他进入梦乡。

当贾汉叫醒布拉德福时，他感觉好像刚刚过去两分钟，他艰难地抬起犹如压着千斤重物的眼睑。他最终用手指强行把它们分开，忍受着氧气带来的刺痛感眯缝起眼睛。太长时间的清醒，少而又少的睡眠，而且他的年纪太他妈的大了，没法保持十年前那种惊人的工作节奏。

贾汉离他的头有几英尺，他蹲在那里，递过来一杯咖啡。

"四个钟头了，"他说。

布拉德福抱怨地嘟哝起来。

"你想让我过十个钟头再来叫你？"

布拉德福去摸他的手机，眼睛半睁半闭地抱着一线希望察看着。时间又过去了六个钟头，还是没有她发出的信号。

"我这就起来，"他接过咖啡，"有新情况吗？"

"只有一个：沃克已经在作战室了。除非你想让那个女孩过来，不然你就最好自己过去。"

布拉德福从办公桌下钻出来，向上举着那杯咖啡使之保持平衡，并将那个铺盖卷留在地板上。

"你看起来糟透了。"贾汉微笑着说。

"谢谢。"布拉德福抿了一口咖啡，因为感到烫而畏缩了一下。

贾汉紧盯着布拉德福的面孔，他的笑容变得更接近于精神科医生对于一个患者的自杀监视。

布拉德福朝他伸开一只手掌。"够了，妈咪，我眼下不需要你给我来这个。"

贾汉说，"你有访客。"

"访客？"

“是的，是个女孩，她不说她叫什么，也不说她为什么来这儿，只说是来找你的，说她知道你，而且你会明白的。她还带着一个婴儿。”

“婴儿？”

“是在一辆婴儿车里，大概有两岁。”

他一下子想起来了。

当他去监狱探访凯特·布里登时，他错过了亚莉克丝——塔比瑟的女儿的电话。他曾委派沃克去调查她那边的情况，但没有特意去回电话。他需要进行损害控制，让亚莉克丝尽可能远离这个烂摊子。

她一直在凯普斯通接待区的沙发上等他，当他穿过那道门时，她微笑着站起来。与其说是感到喜悦，不如说是如释重负。“我试着打过电话。”她说。

在亚莉克丝身上很容易看到芒罗的影子，虽然头发没有后者那么厚，身高似乎接近于五英尺八英寸，不过亚莉克丝并没有芒罗那么高。除了身高，她们有同样瘦长的体形，棱角分明的颧骨，特别是眼睛，而且由于这些相似之处，乍看到她，不由得令人感到揪心。但是，她们的相似点也仅仅限于外表。与在刀尖上生活而且性格另类、至少在世界四大洲杀过人的芒罗不同，亚莉克丝性情柔和温顺，并在某些方面仍很单纯。

“我一直在做一项艰巨的工作，错过了很多电话。”布拉德福说。他在那辆婴儿车前面蹲下来，胳肢着普雷斯顿逗他笑起来，然后站起身，一边带着亚莉克丝走向那扇门，一边说，“我们到大厅里谈谈吧。”

大多数在社交层面认识芒罗的人，从她闪烁其辞的答案——有时是断然的否认——当中可以推断出，她是一个孤儿，或者充其量与一些有血缘关系的人保持着疏远的联系，而且多年来的确如此。自从离开她的非洲诞生地以来，她还没有同父母说过话，但在上次去阿根廷的几个月期间，她已经设法和她不怎么了解的妹妹重新取得了联系。布拉德福不太了解详情，但他也知道，对于芒罗而言，亚莉克丝是一个能够让她感到亲近的人，是她非常关心的近亲属中唯一的一个。

“我没法联系上埃萨，”亚莉克丝说，“我们本来约好前天一起吃午饭，但她一直没有出现，而且她的电话直接转到语音信箱。她曾经告诉过我，如果我什么时候找不到她，我就应该联系罗根或者是你，但你们都没有接电话。你知道她在哪里吗？”

布拉德福忍住叹息，并且通过大脑的迷宫搜索合理的措辞和适当的谎言，以便既能够给亚莉克丝以警告，又不致使她受到惊吓。“我有好几天没有她的消息了，”他说，“但我相信她会出现的。”

“你是这么认为的？”

“她是个牛人，我觉得她会没事的。”

亚莉克丝露出笑容，几乎变得脸红了。“我原以为也许我惹到她了，所以她不想再和我说话了呢。”

布拉德福带着她走向电梯，并按下下降按钮。“哦，至少我可以肯定这不是事实。”

“她没有说清楚我为什么一定要联系你，这让我现在很紧张。我知道，有些事情我一无所知。”

布拉德福从钱包里掏出一张名片并递给她。“我不知道我在接下来的一周能否正常接听手机，”他说，“这是办公室电话号码。你觉得你一天能打几次电话？”

她接过名片，看着上面的企业标识，但是他一眼就能够看出，她这样做是为了争取时间，以便斟酌恰当的字眼，提出在脑海里盘桓已久的问题。

“你不要对我的话感到紧张，只是为了安全起见，”他说，“我想知道，你和普雷斯顿有没有可能出城待上一周左右？有没有什么地方是你们可以去的？”

电梯到了，亚莉克丝并没有动，只是盯着他。

门开始关闭。布拉德福用手抵住门扇，使其没有闭合。

“她遇到什么麻烦了？”亚莉克丝说。

布拉德福把婴儿车一点点地推进电梯里。她跟进去。

“我不知道，”他说，“我真的不知道，不过我有点儿担心，谨慎总归不是坏事，对吗？”

他退后一步，抱着双臂的亚莉克丝继续盯着他，直到电梯门开始关闭。

“记得打电话。”他说。当对方从视线中消失以后，他的肩膀垂下来。因为是凯特·布里登向玩偶大亨提供的情报，所以亚莉克丝的安危极大地困扰着他。

当布拉德福回到接待区时，贾汉正在等待。

“那是谁？”他问道。

“迈克尔的侄女。”

“看上去就像是她妹妹。”

布拉德福点点头，刷了钥匙卡，那道控制门嗡嗡地打开了，他说，“她们分开好多年了。”贾汉歪着头，似乎是在捉摸一道算术题，然后跟着他进入室内。

在作战室，萨曼莎·沃克坐在贾汉的椅子上，一只手放在鼠标上，另一只手握着她的那只咖啡杯，同时抬头看着一面平板显示器。

她拖动鼠标，检索威尔斯运输公司的货运清单。

他们站在那张椅子后面，看着她工作。从她搜索的数据来看，她显然发现了布拉德福已经注意到的威尔斯运输厂那个仓库的问题。

“你的分析是什么？”他问道。

沃克没有转头，一面继续操纵鼠标一面说，“如果我们不认为这当中涉及人口贩运，那么它就具有一家貌似正当的洗钱机构的所有特征。”

“他们必然有办法集中获取运送那些女孩的运费，并且使其合法化，”他说，“货运是一种完美的幌子，特别是当他们本身就从事这方面业务的话。”

“可是如此多的货运量，”沃克说，“他们不大可能把那么多人运出这个国家。我们的失踪人员数据库也会显示出那些数字。有人会注意到其中的模式和关联性，并且着手调查。而且我们现在看到的经营情况，并不是把黑口袋套在女孩的头上，然后把她拖向墨西哥边境。这是正规的组织和正规的投资。”

此前一直沉默的贾汉说，“在仓库那边没有货物吗？”

“有，但不是很多，”布拉德福回答道，“不像清单列出的那么多，即便考虑到他们可能不大使用那个仓库，90%的货物都是直接送货到门的，那里的货物也少得可怜。”

“表面的货运量可能是个幌子，”贾汉说，“他们也许是在运输女孩，但可能并非每趟旅行都在这样做。为了建立一个合法业务文件，他们需要里程数、日志和货运清单，然后把现金注入公司——也就是洗钱。也许某些清单是合法的。”

沃克说，“这个过程似乎太蹩脚了。低效率，不是吗？仅仅是为了掩盖贩运，就维系这样一种业务的运转。”

“是的，但它是完美的，”贾汉说，“谁会认真注意这样一种东西呢？如果不是因为我们走到了这一步，就连我们也不会注意。这是一种在光天化日下操作几十年也不会引起关注的业务，而且从合法业务中可能就会获得足够多的收入，所以，即便没有那些非法收入来源，对他们也没有任何影响。”

布拉德福耸耸肩。“这种设置有利于洗钱，也有利于运输被贩卖人口。或许两者都有。”他两只胳膊放在椅背上，注意力焦点从一个屏幕切换到另一个屏幕。如果他对于罗根的下落的看法是正确的，也即将后者作为人质是为了控制迈克尔，那么在此过程中，她就会要求看到人质还活着的证据。为了解除这种受到挟制的局面以便她能够实现自救，他们需要找到罗根，找到藏匿人质的地方，而时间和机会正在一点一点地流失。他说，“不管业务是否合法，问题是，那些被劫持人员都藏在哪里？”

“应该还有其他业务办公室和仓库。”

“我看不出这么做有什么价值。我们的方向不对头。”贾汉说，“我们目前的搜索就像是大海捞针。如果就这么找下去，我对前景不抱任何希望。”

蜂鸣器发出的声响中断了他们的谈话——提示有人已经跨过接待区的门槛。沃克转过身要站起来，贾汉说，“我知道是怎么回事。”

他离开了房间。沃克又转向显示器，而布拉德福闭上眼睛，回味着他们刚才的谈话。贾汉带着两袋外卖食物返回来，熟食发出的气味盖过了房间里的咖啡或者电子器材的气味。他对沃克点头说，“那是我的办公桌，我要把它收回来了。”他把一袋食物递给她，“让位吧，先去吃东西。”

他将第二个袋子递给布拉德福。“边吃边说，而且要快点儿说，因为我需要知道你知道的一切，每一个环节都说清楚，然后，我们决定下一步怎么做。”

他们一面吃东西，一面轮流说给贾汉，布拉德福和沃克重温了凌晨的细节，说出了自己的推测和理论，贾汉在白板上记下他们所知道的事实，列出一个个相对模糊、难以指向具体地点的线索，直到他们吃完食物，布拉德福起身对贾汉说，“穿上正装。”

根据公开记录，那个办公楼归阿克曼有限责任公司所有，不过该公司的实际经营宗旨如同它的名字一样模糊不清。进出口生意是作战室目前的最佳猜测，尽管关于这一点仍存在争议。阿克曼三个大股东的名字同威尔斯运输厂所谓的业主当中任何一个都没有关联，虽然根据货运清单，阿克曼与威尔斯之间的确有合作业务而且业务量很大。即便这本身不足以构成对其进行调查的理由，但凯特·布里登的名字毕竟隐藏在过去的企业记录当中，由此就会得到那种基本共识：阿克曼只是那个同样的洗钱和贩运人口业务的另一张面孔。

阿克曼的办公地点在欧文市北部边缘的拉斯柯林纳斯开发区，与南面的威尔斯运输厂有 20 分钟的车程，但无论从哪个角度观察，二者之间看起来都毫无相似点。在这里，石砌筑墙围裹住一块块齐整的草地，表面明亮如镜的办公塔楼令人眩目，具有高尔夫球场质量的草坪和小小的人造池塘，风格古朴的步行街和商业大楼，使这里成为优质写字楼房地产所在地。

总而言之，拉斯柯林纳斯干净整洁，层次分明，充满可敬的现代气息。

绝对可敬。

在距目的地有一个街区时，穿着西装革履、坐在方向盘后面的贾汉，用肘轻推了一下沉沉睡去的布拉德福。他已经学会了抓紧一切机会补觉，因为他无法预测何时才能逆转目前的失眠状态。贾汉刚碰了他的肩膀，他就醒过来了。他抓起背包走出去。

贾汉在路边等待了几分钟，让布拉德福先行出发。他们通过耳机保持联系，布拉德福任由其他路人的眼睛注视着他的背影，他像一只流浪狗那样孤零零地迈步前进，一辆辆汽车从他身边飞驰而过。

那个共有两组、每组有三栋单层建筑物相连的办公建筑群，其整体形状如同数字“8”，中间隔着修剪齐整的树篱和车道。阿克曼所属的办公单元在右后方的位置。虽然这家企业前面有足够大的空间停放车辆，不过贾汉还是把车停在两道单元门以外的地方。

布拉德福继续向前走并从远端靠近，他拉开里面放着 MP5 冲锋枪的背包的拉链，枪托隐约鼓突出来。他做了一个不起眼的手势。贾汉从车里下来，走近阿克曼的大门。

试了门把手。

敲门。

等待。

没有回应，于是布拉德福放慢了行进速度。

贾汉返回到车里，关上车门，掏出手机准备对话。

布拉德福继续迈步向前，走向同阿克曼共用一个墙面空间的那家企业。门口的牌子是“大成电子公司”，下面印着办公时间。

布拉德福打开门，走了进去。

内部是一个大房间，左侧的一条浅走廊似乎通向另一个较小的房间。五张办公桌占据了地板的空间；两张在使用：一个男人，一个女人，都很年轻，穿着休闲装。当他走进来时，他们都从文件和键盘那里抬起头来。

“我要找阿克曼有限责任公司。”布拉德福说。

“隔壁。”那个小伙子说，他的头示意地朝那边的墙壁歪了一下。

“是的，我去找过了。门是锁着的，没人应答。我不知道是不是走错了。”

“哦，你没走错。”那个人说。他那不屑和轻蔑的语气，就像是一个住户对在他家草坪上屙屎的狗的主人说话似的。“那就是阿克曼。”

“我要交付一个快递而且需要签字，”布拉德福说，“知道他们怎么接收包裹吗？”

“通常都是放在门口台阶上。”他回答道，那个女子补充说，“大概每星期收一次，据说是业主收的。其实我从来没有见过他们。”

“谢谢。”布拉德福说。就在布拉德福转身准备离开之前，那个小伙子已经重新把脸埋在他的文书工作中了。那个女子对他微笑了一下。“祝你好运。”她说。

即使从大成电子公司的前门那里，布拉德福也可以看到阿克曼的门口没有包裹，这意味着要么是近期没有送过任何包裹，要么是有人过来把它们取走了。

布拉德福弯下腰系鞋带。

作为回应，贾汉从车里走出来，从布拉德福旁边经过，又回到阿克曼的门口那里，他把手伸进口袋。布拉德福站起来，大步朝他那里走过去。几秒钟后，贾汉打开了门锁，布拉德福来到他的身边，然后从旁边过去，首先进入那所房子。他手里拿着枪，快速地搜索着威胁，然后是报警系统，接着是摄像头，什么也没有发现。

布拉德福推了推略微打开的门，并且继续向里面移动，而穿成商人模样的贾汉也闪身进去，并站到他的旁边。

内部和隔壁的办公室几乎相同：一个大房间，左侧有一条可能连接着第二个房间的浅走廊。右侧墙壁那里多出了几个窗口，这是一个作为拐角处办公单元的好处。这个地方的混乱景象，就像是一个被迅速抛弃的营地：打开的食品容器，使用过的塑料餐具，一个装满被打开过的炸薯条袋和饮料瓶的纸箱，以及一个尚未开封的两升容量的瓶装可乐。

家具很少：百叶窗前的一对落地灯，房间右侧靠近窗户的一张折叠桌。上面放着一只加热灯，胶带，还有一个装着保鲜袋包的箱子，但是引起布拉德福注意而且让他心跳加速的，是那只靠在桌子旁边的墙壁处的棒球棒。

他朝那块长木头点头示意，贾汉也看到了。一根很像是罗根的监控录像里的棒球棒。也许是巧合。

如果一个人倾向于相信这是巧合的话。

去他妈的巧合。

在铺着地毯的地板上，数不清的褐色小点构成了一道几乎难以看清的痕迹，从门口一路延伸到桌子那里。布拉德福跟着朝里面走了几步，那种踪迹在距离那面墙壁大约十英尺的地方突然消失了。在这个区域以外的两面白色墙壁上，有更多模糊的小点，从上面的条纹明显看得出来，有人使用一块海绵或者破布之类的东西，擦掉了其中的大部分痕迹。

布拉德福发出信号，手指指向大厅，于是贾汉走向第二个房间，用胳膊肘把那扇已经打开的门继续向里推开。他示意布拉德福朝里面看一眼。仍旧没有任何家具，只有一套复印机。贾汉退出来，布拉德福继续走到大厅尽头，走到最后一扇打开的、里面是一间浴室的房门那里。在那个满是血渍和裂口的水槽里面，他看到了与他们拿到的监控录像的内容相匹配的东西：罗根的裤子。

18 认可

斯洛文尼亚，米伦 - 科斯塔涅维察

当那辆灰色汽车靠近时，鲁马尼的步枪始终跟踪着它。

那辆车从路上开进那个小加油站，步枪的准星开始对着挡风玻璃，对着那个司机。在容量有限的停车区范围内，那辆车等待另一辆车开走。后者开走了，那辆欧宝占据了空出来的车位。位置很理想，就和鲁马尼所指示的一样：在那座建筑物较远的边缘，而且尽可能远离那些可以作为遮挡物的油箱。作为一个射击手，他能够覆盖最大射击区域。

在车里，座位上的人在活动。只见迈克尔弯下腰，鲁马尼看得出来，她似乎在使用一种工具或者一个金属物——也许是一只手工刀——割断胶带，并把它从那个玩偶的脚踝上取下来。

鲁马尼的脑子里响起了警铃声。

出人意料的情况，永远都是货运的一部分。他考虑到了这一点。他做好了规划。他确信任何有能力做这种工作的人，都必然对自己改变局面的能力深信不疑，所以对于未知的突发事件，他未雨绸缪地做好了一系列安排。鲁马尼在管理发送货物方面从未失手过，因为归根到底，无论对方怎么老练或者如何奋起反击，在某个关键环节所承受的压力，甚至能让那些最强大的人最终选择放弃。

但是这个人呢？他观察过她，研究过她。他注意到了可能就连叔叔那种能够看透别人心理的人也不曾留意的方面。这个人表面上已经选择了放弃，但她只是在为蓄势待发做准备，她卷土重来的力量，要比一般人更加强大。

手指放在扳机护圈外面，一只眼睛搜索着瞄准范围内的细节，另一只眼睛观察着周边状况，他在等待。如果可以按个人意愿做出选择，鲁马尼就不会允许她们停下来，而是让她们继续越过边境，并且尽快通过意大利。只是因为叔叔坚持维护玩偶的完美性，以便满足一个挑剔的客户的意愿，才有了这个暂停过程——这个决定无视企图逃跑的必然性。

可是他又能怎样呢？叔叔的话是一言九鼎的。鲁马尼的职责，就是确保这个任务顺利完成：他在这里的目的，是要清理这种缺乏理性的决定可能导致的混乱局面。和往常一样，鲁马尼需要承担可能由于另一个人的决定而引起的失败，而且那个人总是将成功视为理所当然，并且惩罚哪怕是无关紧要的失败。

在车内，只见迈克尔把毯子扔到后座上。预感到接下来会发生的情况，鲁马尼的紧张感开始缓慢而持续升级，变成了一种挥之不去的隐隐的焦虑，这是对他的每一个念头和直觉的考验。他竭力控制呼吸，摒除杂念，把注意力集中在眼下这一刻。

迈克尔打开驾驶员一侧的车门。将脚放在路面上，又把头转回车内。鲁马尼通过耳机，清楚地听见了她的声音。“不要动，”她说，“一丝一毫都不行，我现在就去打开你那边的车门。”

狙击步枪的高倍放大功能，使他能够跟踪她身体的轮廓。他看见了放在她后面口袋里的手机的轮廓，以及她手里的车钥匙，而且虽然他永远无法肯定，但那个女人似乎的确把全部车辆文件都留在了车里，这是好事。她打算返回到车内，而这意味着少了一种不确定性。

迈克尔打开乘客车门，割断那个玩偶女孩手腕的胶带，抓住她的一只手，并把她向上拉起来。那个女孩刚刚站直，迈克尔的一条胳膊就搂住她的肩膀，完全是那种善于精心照顾生病的女朋友的男孩的举动。就管理一个包裹而不致引起别人注意而言，这是一种娴熟的策略。

她们迈着较大的步幅，一起走向那座建筑物后面。鲁马尼调整角度，用步枪跟随，等待迈克尔做出错误选择的第一个迹象。

他还没有在任务完成之前，就不得不杀死一个司机的经历，他宁愿这种高风险运输不会迫使他第一次坐到那个司机的座位上，并亲自运送那件商品。

在离那座建筑物还剩下一半路程时，她停了下来，手臂仍然紧紧搭在那个女孩的肩膀上，同时转过身来，这样她们都面对着他的方向。她的嘴角微微地翕动，音量极低，语速极慢。那个女孩朝他这边抬起头来，他能够肯定，对方是在直接看着他。

鲁马尼僵住了。移动，任何移动，只会让她们对于眼里可能看到的东西确信无疑。然后，迈克尔朝他的方向微妙地点点头，或者没有点头，似乎是在表明她心知肚明，但更多的是在表示她接受和认同这种做法。这种接受和认同让他瞬间感到了一种温暖，这与他的本能不符，与理性以及职业技能不符，与对这个女人的仇恨和妒忌不符，与她偷走了叔叔的微笑不符。

那种温暖来得快，去得也快。

她将那个女孩转过去，她们背对着鲁马尼，继续走向他告诉过她的那座建筑物的侧面，那里的公共厕所的门上有标记。她们一起走进一个没有窗户的单人房间的门内，鲁马尼知道那扇门不会锁住，因为他已经确保了这一点。

他计算着时间，在这种中断联系的情况下，每一分钟都显得那样漫长，也让他变得越来越烦躁。他知道，女人上厕所花的时间总是要长一点儿，但这么长时间呢？在那小小的瓷砖房间里放大和回荡的声音，就像是一系列毫无意义的音符传入耳内。必须要通过一种新的规定校正这种状况：手机要时刻开启，而且务必随身携带。

在那个街区附近的拐角处，阿尔潘的汽车等在那里，准备继续跟踪她们将要再次上路的车辆。

鲁马尼指示他把车开得更近点儿。

厕所的门开了。

鲁马尼取消了这个命令。

迈克尔首先从厕所出来，就和之前一样，胳膊搂住那个女孩的肩膀。她们照例一起大步走向那辆汽车。鲁马尼充满渴望地等待她们再次抬头，几乎是在祈祷能够被看见并再次得到认同，但她推着女孩一直向前走。

接下来情况就发生了：那种移动如此之快，鲁马尼在大脑里回顾了一遍，才理解到底是什么回事。不是那个司机开始狂奔以获得自由，而是那个女孩率先采取了行动。

她猛然动了一下。

胳膊肘打在迈克尔的脸上。

她由此挣脱开来，趁迈克尔还没有恢复过来，那个女孩转眼间就跑出去了。远离了加油站，速度不断加快。虽然迈克尔开始追赶，试图跟上她，但还是落在后面。女孩跑得很快。

鲁马尼的枪口对准她。他不能开枪，不能损坏商品，只要还能把她抓回来，他就不能那样做。他焦虑地喘不过气来，又将是一种不完美的符咒，失败和无价值的标志，这种想法再次在他的脑海里闪现。

女孩改变方向，顺着远离阿尔潘的一条较小的辅路跑去，而且很快就要跑出鲁马尼的瞄准范围之外。鲁马尼原地倒退，步枪挎在后背上，手脚并用地穿过屋顶瓦片来到另一个屋顶处，然后向上爬到一个垂直的顶点位置，再次把枪对准目标。

女孩全速奔跑，头发飘起来，衣服鼓胀，迈克尔仍落后好几大步的距离。鲁马尼通知阿尔潘过去拦截，把坐标告诉他，接着女孩再次改变方向，冲向另一条街道，那条街上的人较多，她现在奔向一个餐馆的庭院，那里的人正三个一群、四个一组地聚在一起，享受着午后的阳光。

有太多潜在的关注的眼睛。

如果阿尔潘现在逼近她，关注的焦点就会转向叔叔的这笔业务。女孩是那个司机的问题。她会抓住和控制这个疯狂的动物，而且这个动物值那么多钱，已经带来了无休止的麻烦。在经过迅速分析之后，瞬间做出了果断的决定。被叔叔多年操纵的事实，强化了这一策略，于是仅仅在几秒钟之后，鲁马尼对阿尔潘取消了这个命令。“让那个女孩逃跑吧。”他说。

女孩有点儿跑不动了。迈克尔感到振奋，步伐更快，虽然按照这个速度，她会和餐厅里的什么人撞个满怀。鲁马尼开始从屋顶下来，然后犹豫了一下。他需要看到最后的情况，因为叔叔肯定想要知道全部过程。

跑动和叫声让食客们纷纷转头，他们张开下巴，瞪大眼睛，看着女孩一边冲向他们，一边喊叫着——当然是用英语。鲁马尼并不需要听到它，就知道那是什么语言——美国人，他们的世界霸主地位如此强大，以至于他们很少有掌握一门以上语言的能力或者需求。不过，既然讲英语如此普遍，在这个小镇的这群人当中有人会听懂的，那么这当然是她的幸运，也是他的不幸。

迈克尔现在也大叫起来，鲁马尼能够听到她的叫声，尽管迅速移动的脚步踩踏人行道的声音带来了某种干扰。

她是在用意大利语大叫。

鲁马尼胸部的紧张感略有回落。

在如此靠近边境的这个小镇的这个地方，人们能够听到意大利的概率远远大于英语。

碰撞过程是在霎那间以慢动作发生的。

食客们都挣扎着要站起来，脸上写满了惊讶的表情。他们的椅子被挪动。桌子被猛然推开。啤酒和葡萄酒酒杯倒在桌子上，衣服被溅湿，这大大转移了人们对混乱局面的关注力，又增加了现场本身的混乱程度。

女孩碰倒了一张桌子，并且就要跟着摔倒在那个露天庭院里。这时迈克尔就在她旁边，以极快的速度抓住她，使她没有完全倒下去。

接下来，只见那个司机把那件商品搂在怀里，紧紧地抱住她，尽管后者在不停地挣扎。她用盖过那个女孩的叫声清晰而平静地解释着。最初感到惊恐的旁观者开始变得放松和释然。表情改变。嘴巴活动。有人为其他人作了翻译，于是人们明白她在说什么。

更多的空间倒出来。服务生端上酒水。

女孩仍在挣扎和搏斗，用英语尖叫，她是那样大声地求救，以至于鲁马尼没有窃听器、而且是从这么远的距离之外，也能够听见那种苦苦哀求；在使人惊奇的沉寂中，声音——即便不是确切的字眼——从墙壁反弹过来并传至耳内。迈克尔俯身向前，把她的嘴贴到女孩的耳朵上，于是在几秒钟之后，挣扎和叫喊声就停止了。她抚摸女孩的头发，继续紧紧地搂住她，低声安慰着。有人递过来一杯水，她接过来并端给她喝，然后在人们鼓励性的注视下，她缓慢而温柔地让女孩站直身体，并且把她领走。

在一片混乱中出现的这种完美进程，加剧了鲁马尼的焦虑感，让他的身体大汗淋漓，在大脑和内心荡起别样的情感涟漪，那是另一层次的恐惧和希冀：他想要听到那些话语。他不知道迈克尔说了什么，便由此扑灭了火焰，控制了局面。

他贪婪地大口吸气，那不可思议的一幕让他着了迷，他现在意识到，他一直都在屏住呼吸。随着吸气一同到来的，是距离脸部不过几英寸的陈年瓦片散发出的发霉的泥土气息，这是一种明白无误的香味：同样的气味，不一样的屋顶，相对温馨的回忆——如果回忆可以令人感到温馨的话——他想起了自由地游荡于杜布罗夫尼克[19]的城市街头之时。那是一段无所事事的时光，是童年时期的一个奇特阶段，及至后来，他才不断地从一个安保培训专家那里被送到另一个安保培训专家那里：这是一个偶然的延迟——因为叔叔不想让他在自己跟前晃悠，这意味着后来的大多数时间直至眼下，他不得不和一个不太关心他如何打发时间的亲人待在一起。

在那个似乎总是充满夏季喧嚣的城市进入梦乡之后，直到黑暗的凌

19. 克罗地亚东南部港口城市，最大旅游中心和疗养胜地。

晨，他仍旧和那些比他大的男孩满街乱蹿。他们攀爬沿海要塞的古城墙，跳上屋顶溜进圣芳济会修道院的庭院，从树上偷吃禁果。鲁马尼年纪更轻，身材更小，那些青少年都允许他跟着他们，因为他更快也更灵活。他们亲切地称他是“*Shipak*”——石榴。这是克罗地亚青少年的幽默，它利用了阿尔巴尼亚人的“*Shiptari*”这个自称，而他对于这种接纳、对于拥有某种标签不胜喜悦——他得到了一种归属感——无论这种归属感是否真实，所以他从来都没有费心去纠正他们。

当感到疲惫的其他男孩开始睡觉时，鲁马尼经常一个人踟蹰在狭窄的街巷，他像这个城市的许多野猫一样徘徊游荡，窥视着一个个窗户，观察着核心家庭错综复杂的景象，而在其他时间，他会踩着一块又一块石头爬进上层住宅偷他们的东西。那两个月的时光，是他第一次、也是唯一的一次理解了作为一个孩子意味着什么，不过也是在那时，在九岁的年纪，在充分感受到宁静的凌晨街道的年纪，他已经是一个有着孩子皮囊的成年人了。

鲁马尼再次呼吸着泥土的气息，然后停止了回忆。

那种自由的滋味是很久以前的事了。

在一分钟前还陷入到一阵恐慌的庭院那里，客人们重新放置好家具。有些人回到座位上继续吃喝，其他人开始热烈地交谈，一切又恢复了常态，所以鲁马尼从原地绕开向下移动，又向上返回到不到五分钟前所在的位置，不过从他抱着步枪藏在这里，大概过去三个钟头了。

他平静而稳妥地移动，让呼吸和脉搏恢复正常状态。司机知道他在屋顶上，知道他必然会转移位置以跟踪那种混乱，鉴于这一局面造成的分心和正常进程的中断，如果她计划逃跑并将那个包裹丢掉，现在就是一个好时机。

他决不会允许那种事发生。

她很聪明。她很狡猾。她有超强的能力。但他确信他比她更出色。

当她带着那个女孩更加靠近那辆汽车时，他把枪架到肩上并调整了角度，同时注视着她的面孔。她的表情发生了变化，仿佛是一种柔情的面具已被甩到一边，取而代之的是愤怒和恼火。当她们两个接近加油站时，她的那双被迫加速的长腿迈开的步伐变得更快，女孩几乎要跑步才能跟上她。

接着那个司机突然停住脚步并且蹲下来，迫使那个女孩几乎跟着她一同倒下。她捡起一只鞋递给女孩，接着又去捡第二只鞋。

鲁马尼这时注意到，不管那套衣服剩余的部分是否幸免于难，那件紧身衣已经撕破了——完全毁掉了——女孩的鞋底以上的部位，出现了几个大洞和零散的丝线。

他们有替换的衣服，但这无关叔叔的看法。失败，无论是大是小，无论当时情况如何，或者接下来会有怎样的成功，总归是失败。

鲁马尼叹了口气，想到这一点使他的胃部一时间感到难受，他最好对叔叔隐瞒这个细节。

然而，他很快就沮丧地意识到，这样做没有任何意义。

当得到阿尔潘或者塔马斯的报告以后，叔叔就会知道真相，鲁马尼就会因为保持沉默而受折磨。最好现在就告诉他，然后让这件事过去。

他突然莫名其妙地感到难受，而且在记忆里，这是他第一次不是为他自己，而是为另一个人感到难受：为了那个叫迈克尔的女人，为了那个既让他感到痛恨，同时又从对方那里得到认可的女人。他为她必然会遭受的那种痛苦感到难受，因为她的失败是注定的，而这将给她带来惩罚。

19 噪声

德克萨斯州，拉斯柯林纳斯

终于发现了罗根的线索这一实物证据，就像在战区第一次交火一样，让他们的肾上腺素骤然蹿升。

迈尔斯·布拉德福从浴室门口退出去。

贾汉点了一下头，表示他看到了这一切，他们一道小心地离开这所房子，没有碰任何东西，在出门时也没有花时间把门重新锁上。

在汽车里，在不会引起关注的前提下尽可能快速地离开那家公司的贾汉说，“搞什么名堂？为什么不怕麻烦地擦拭了墙壁，却单单把裤子留在浴室内？”

“可能是因为匆忙，或者是因为他们还可以回来取那条裤子，因而无需担心留下永久的DNA证据。”

“也许是他们忘记了，”贾汉说，“无能的白痴，虽然他们在地板上铺了篷布之类的东西。”

布拉德福用手掌擦擦眼睛。尽管他和沃克刚刚调查过威尔斯运输厂和附近的仓库，不过此前罗根有可能就被藏在那家公司，而他们只是晚到了几个钟头。

贾汉说，“如果罗根正在不断地被转移，我们就算是花上几天时间去找那些藏身之地，还是来不及。”

布拉德福吸了一口气，大脑里的那台分析仪器开始倒带。从头开始。回顾一个个事实，一条条线索，让它们自行拼接和组合。过了好长一会儿，他说，“根据视频片段，他当时的情况，是不便于他们把他四处转移的。我觉得他们只是临时把他关在那个办公室。”

“那干吗要把他带到那里呢？”

“我不知道。可能是后勤保障更方便？”布拉德福指着右侧，“在那个加油站停一下好吗？那里有一个公用电话。”公用电话。在一个到处都是手机和无线通讯网络的世界里，它们可比过去难找多了。

就跟在找到罗根那个被捣毁而且血迹斑斑的住处一样，布拉德福打了一个匿名举报电话。确认阿克曼与此事有牵连的概率，此时的确要比在罗根的住所更高，但仍然前景难测。至少血型应该是相配的——即便在阿克曼办公室没有任何明显的行凶迹象，两个城市的警察部门，也会首先把这两个重点联系起来。

贾汉好像是看出布拉德福的想法似的，说，“我们当中有一个人可以给他们带路，协助他们一起办案，同时看看他们得到了什么结论。”

布拉德福摇了摇头。“我不能再缺少任何人手了，而且即便指纹的结果出来，知道它们是属于谁的，也不会让我们更快地找到罗根。”

“我们应该去查一下那所房子？”贾汉说。

布拉德福点点头。有可能找到罗根的最后一个地方，就是那所四居室的房子，需要再向北开 15 分钟的汽车。直觉告诉他，去那里将是浪费时间，因为不管那些受害者在转移过程中被藏在哪里，那个地方都不会是一所常规的房子——至少不是他们前去的那种小区。但是，持续工作带来的疲惫感意味着他不可能有条理地思考，所以暂时需要把直觉丢到一边，找到更多的线索才是关键。

与作为办公区域的拉斯柯林纳斯不同，“牧场谷”是一个居住区，一个有着总体规划的开发区，崭新、干净、不落俗套，距离主要公路更远，完全不同于接近威尔斯运输厂的那些建筑物和光秃秃的院落。贾汉在两侧是两层楼高的砖墙之间的街道上七歪八拐地行进，又经过了一块块修剪齐整的草坪，伸展出新生的细长枝条的树木——它们在几年之后，便可为这个地区对抗灼热的夏季热浪提供某种调剂——的院落。

在距离目标有一个街区时，贾汉放慢速度。“你觉得他们在那里吗？”

“我拿不准。”

贾汉说，“前门，还是后门？”

“你穿了西装，”布拉德福说，“你得走前门。你可以成为耶和华见证人[20]。”

贾汉迅速地盯了他一眼，掉头回到主路那里，并且说，“这很好，但我们接下来要是去一个靠近舞蹈培训教室之类的地方，你就要穿上芭蕾舞短裙。”听了他这句调侃性的话，内心承受着压力的布拉德福只是撇了撇嘴角。

贾汉把车停在那个小巷入口处。布拉德福走出来。

“半路上见。”他说，然后长时间盯着那辆SUV，确定了它驶向的位置，这样他就能够在需要时，迅速找到这辆用于逃跑的汽车。接着，他转过身，在那条小巷里一路慢跑到那所房子后面，在那里，一个八英尺高的双排木板栅栏，挡住了向院子里窥探的眼睛。

布拉德福随意地敲着栅栏，看看是否有狗叫，或者是其他物种的一声咆哮，某种能够表明这里有人看守的迹象，不出所料，回答他的只有沉默。威尔斯运输厂、阿克曼、卡车、奴隶贩卖，这一切所指向的，完全不是一伙过着稳定生活的人——他们会提供哪怕是所需的基本营养，以便让院子里的狗活下来。这里也看不出将饥饿的动物留在外面，任由其因饥肠辘辘而悲鸣嚎叫，并且不必要地引起社区成员注意的任何迹象。

布拉德福试着推开栅栏的门。

20. 接受基督教的某些观点，相信世界末日在即的教派成员。

它是锁着的。

从栅栏木板后面，他没有看到树木或者灌木，只能看到那个双车辆车库的门是关闭的。他使用后排栅栏作为支撑，把身体拉直，眼睛与车库的玻璃窄缝平齐。里面是空的，没有储藏物，没有车辆。

从他的耳机里传来贾汉的声音，确认他已经到位了。

布拉德福等待着敲门声传来，随即撑起身子翻过栅栏，利用栅栏的凹口作为立足点。他跳下去摆出蹲伏姿势，并再次等待耳机里的声音。院子里长满了草，在那个露天平台处，摆放着一张饱经风吹日晒、有遮阳蓬的桌子和两把椅子。在那里，烟头散落了一地。房子的窗户和后门面对着院子，遮挡着封闭得很严实的百叶窗。

布拉德福的耳机里又传来几下敲门声。

寂静。

如果选择正确的做法，他本应该不仅仅是将耳朵贴住门玻璃，探听里面是否有居住者，不过在心情激动而且大脑紧张，既需要争分夺秒，又将罗根带血的裤子视为一种深刻的个人侮辱的情况下，布拉德福选择尽可能快速行动，准备进入擅自闯入他人住宅这一灰色区域。

他推了推房门。

很结实。

等待着贾汉的第三次敲门声，当声音传来，而且从里面没有任何声音或者其他回应时，他把靴子对准那道门，把它一脚踢开。

他没有贾汉那种开锁的技能，但这有什么关系呢？控制罗根的人知道他在追查，所以这不是多大的秘密。他刚刚进入这所房子，贾汉就打开了前门。

当布拉德福搜查这个巢穴时，贾汉首先持枪确保了门厅里面没有威胁。

在房子里的某处，传来“哔哔”的响声，这是一个装备了面板键盘等待输入数字的信号。在主报警器启动之前，还有 40 到 60 秒。在报警公司开始通知警察来查看这所房子之后，充其量还有两分钟时间。

“你负责左边，”布拉德福低声说，“我负责右边。”

贾汉从视线里消失了。

布拉德福一扇门一扇门地在房子里展开搜查。

这个地方不久前有人住过，每一个房间都被使用过，所有的物件既具有功能性，也具有敷衍性，缺少那种久居于此的味道，更像是一个过渡性的住所或是真正的宿舍。布拉德福顺着大厅朝前走，并通过两间卧室，这时报警器尖叫起来，那种震耳欲聋的哀号，肯定会被附近几家邻居听到。

千钧一发的时刻。

布拉德福经过主卧室进入浴室并继续搜索，这时，这所房子的电话响起来：报警公司的第一次呼叫。

他从原地退回，扫描了地板和墙壁，目光在那几件家具上掠过，脑子里在倒数秒数。

到警察的巡逻车抵达时，他可不想出现在这个地方附近的任何区域。

就像在威尔斯运输厂一样，这里看不到罗根或曾作为中途站的痕迹，倍感沮丧的布拉德福说，“我们撤。”当他走向房子后部时，贾汉的脚步声向他这里靠近，就在贾汉关上前门的同时，他从后门退出来。在外面，仍然可以听到房子的报警声，但不像之前那样震耳欲聋。

布拉德福从门冲到露天平台、后院直到栅栏，翻过了那道双排木板栅栏。他没有选择奔跑，而是低着头徜徉于那条小巷，好像倘有哪个邻居被要求指出是否见过某个肌肉男时，只要没有看到他的脸，就会有所帮助似的。

他从那条道路转弯并远离那所房子，继续朝前走，眼睛盯着人行道，直至发动机加速的声音传入耳内。

布拉德福爬进那辆 SUV 并扣上安全带。贾汉把一个皮革物扔到他的膝盖上。“他们似乎喜欢钱包。”他说。

布拉德福把钱包打开，看到了罗根的身份证件，上面有他的本名、父名和家族姓氏组合的名字，然后又把它合上。

利比 · 高斯帕 · 罗根。

“所有东西都在，”贾汉说，“除了现金，如果有的话，而且我估计里面有现金——可能这就是为什么他们最初会把它拿走的原因。”

“他们总是拿现金，”布拉德福说，“我的猜测是，那个笑得很得意的家伙坐飞机走了，而我们现在是在对付几个地位较低的人。更有可能是打手，而不是有想法的负责人。”

“你仍然认为他们还是会把他关在哪个固定的地方？”贾汉说，“因为如果他是我的战利品，也知道有人正在找我——而且我大概 4 分钟前就知道了——我就会再次把他转移。”

“要是你把他关在哪个固定的地方，而且肯定他不会被发现呢？你之所以肯定，是因为你多年来一直隐藏在众目睽睽之下，却没有被任何人真正注意到呢？”

贾汉耸耸肩。“这可能就不同了。这要取决于那是个什么地方。到目前为止，我们还没有碰到过那样的地方。”

“因为我们仍然是在瞎碰，”布拉德福说，“我不认为他曾被关在那所房子里。只是钱包被送到了那里而已。”他摇摇头，试图让大脑清醒一点儿，但感觉到的仍是那种让人痛苦的沮丧感，从凌晨时的突袭以来，这种感觉就一直纠缠着他。他也感觉到忽略了某种东西，却不能确切地说出那到底是什么——那是在脑海中的一个红色大圆圈内某种明确而又简单的未知之物，在他的意识思维边缘跳跃，等待着被注意到，可是，疲惫的阴霾让他无法发现它的形迹。

布拉德福抓起突然发出声音和振动的手机。在和沃克联系之前，他首先盯着来自作战室的未接电话和短信的清单。他强忍住让内心感到惊惧的兴奋感，声音因为过于紧张而发颤，“从意大利那边有电话讯息。”

“什么时候？”贾汉说，“是她吗？有什么消息？”

布拉德福没有理会他的话，而是先拨了沃克的号码。“继续开车，”

他说，“回公司。”贾汉还没来得及踩油门，他就接通了作战室。

布拉德福的拇指塞住一只耳朵，电话放在另一只耳朵上，屏蔽掉贾汉驱车冲入车流时的轰响声，以及随之而来的一阵喇叭的嘶鸣。在远处的某个地方，警笛大作。

“你他妈的慢点儿。”布拉德福说。他是在向贾汉下命令，不过沃克也慢了下来，尽管她那显得支离破碎的话语让他听得很吃力，但他还是很高兴。

她是在说英语，但用的词句很古怪。他让她整个重复了一遍，然后说，“我们30分钟后就到。”

他的手指甚至还没来得及按掉“结束”按钮，贾汉就说，“是她吗？”

“整整三分钟的录音记录，”布拉德福说，“然后就关闭了。没有说话，只是环境噪声。”

“是数字传输形式？”

布拉德福点点头。“好像是。她说过，似乎不是任何技术问题。”

“环境噪声？”

“是的。”

“她是这么描述的？”

“是的，风声和嗡嗡声，偶尔还有心律失常的怦怦的心跳声，就像是通过减速带的声音。她认为电话是从一辆行驶的汽车内拨打的。”

贾汉眼睛盯着前方的道路，自言自语地说，“减速带。”停顿了一下。微笑起来。然后，他“噗噗”地笑起来。那是一种强行抑制的笑声，是他那被压抑的大笑的前奏，就好像他是在分享一个私人笑话似的，是那种忽略他人感受、但同时并不令人感到恼火——尤其是考虑到他们消耗了过多的咖啡因和肾上腺素这一前提——的欢快的声音。

布拉德福怒目而视。贾汉并未在意，而且再次轻声笑起来。直至遇到红灯暂停下来时，他才转过脸，注视着布拉德福的眼睛，看到了那种情绪，于是笑声停止了。“你没有注意到，是吗？”

沉默。

“噢，伙计。”贾汉叹了口气，“你需要睡眠。OK，考虑一下吧，”他说，“你等待着迈克尔的回音，而她却不方便说话。她会做什么？”

布拉德福没有回答，贾汉用拇指轻叩了一下方向盘。嘭，嘭，嘭。

“哦，该死。”布拉德福说，随即情不自禁地露出笑容——几乎是咧嘴笑了起来。他再次拿起电话，并对贾汉说，“你这个该死的混蛋。你早就听出来了，是不是？”

贾汉点点头。“别客气。”

布拉德福重拨了沃克的电话。

“莫尔斯，”他说，“那个节奏不是什么减速带之类的声音，是莫尔斯电码。不，我不在意是否很难把它和背景音区分开来，那就是莫尔斯电码。把录音做一下分解和过滤。你能做到哪一步就到哪一步，等我们赶回去，杰克就会接着做。”

由于更多地把注意力放在他的手机而不是走路上，两天来堆在凯普斯通接待区中央的箱子，几乎让布拉德福一头绊倒在上面：那是准备为他在国外的伙计们源源不断地寄出的包裹的一部分。不管这听上去多么像是一种性别歧视，但和其他任何男性相比，沃克把前面的办公室打理得更加井井有条，而且考虑到她在其他方面的特长和能力，这的确是一个善于完成多重任务的不可多得的人才。

布拉德福用脚把那个很占地方的最大的箱子推到一边，然后绕过它，走到贾汉已经穿过的墙壁开口处。

那道门发出清脆的“咔嗒”声，在他身后关上了。

沃克正等在另一侧的走廊里，手里拿着一张纸，周身上下都散发出一种紧张的气息，她那没有洗过的蓬乱的头发和眼睛周围的黑眼圈，让人感到怜惜而又好笑。

“是她，”沃克说，“一定是她。如果我的捕捉过程无误的话，是迈克尔，肯定是！肯定是！”

布拉德福接过那张纸。“还有现成的咖啡吗？”他说，但是他的心脏跳得那么快，那么剧烈，他觉得皮肤可能会爆裂似的。他的双手有些颤抖，他竭力让自己稳住。他的头靠住墙壁，不得不首先用两只手捏住那张纸使之稳定，然后才能阅读沃克提供的这张雕版似的印刷品：活着……办公室……或住宅……找罗根……救罗根。

布拉德福缓慢而平稳地吸了一口气，直到肺部不能再吸入更多空气为止。盯着那张纸，一遍又一遍地阅读。屏住呼吸，直到他的肺部产生灼痛感，然后慢慢地呼出去。贾汉走过来，从他手里拿过那张纸，又在布拉德福的肩膀上轻戳了一下。接着，他和沃克一言不发地一起转过身，朝作战室那里走过去，留下他独自站在那里，盯着接待区墙壁，脑海里一遍遍地回放着那页纸上的几个字。

这疯狂的三天是那样短暂而又漫长，一个行动跟着一个行动，最终让时间成了一种笑柄。直到那扇门变得模糊，布拉德福用双手搓搓眼睛，发现手背已经变湿的时候，他才真正意识到，他哭了。

压力得到了释放。

知道她还活着，让他如释重负。

她找到了一种沟通方法。

仍然有希望。那台时钟仍在滴答作响。

她见到了罗根活着的证据。

他把精力用于追踪罗根的做法是正确的。

布拉德福把衬衫向上拉起擦了擦脸，又朝天花板假想地吐了一口香烟的烟雾，同时等待了一会儿，让那种异样的感觉渐渐消失，然后挺直身体，跟在他们两个之后走进了作战室。

贾汉坐在办公桌前，头戴耳机，沃克抱着双臂站在他身旁。贾汉手里握着一支钢笔，一边移动着鼠标，一边快速地在便笺上记着笔记。他使用的是另一种符号。他很快放下手中的笔，把那个便笺递给沃克，随后注意到布拉德福，就摘下了耳机。“这对于我们是个好消息，”他说，“还有其他的东西，但是我也分辨不出来。”

“你能查出那个号码吗？”

“是的，不过那对我们有什么好处吗？她显然不在一个可以方便说话的地方，所以没有理由打回去。而且可以假定，她在欧洲。”

布拉德福耸耸肩。“只是怕万一用得着。”他说，随即叹了口气，一屁股坐到沙发上，盯着那张白板，而贾汉和沃克小声的讨论成了背景的白噪声。

找到罗根，救出罗根。

办公室或者住宅。

正如他所预料的那样，芒罗受制于罗根的命运，但在过去的三个钟头里，她看到的活人的证据，并没有在他们眼前出现。无论她是在一所住宅、还是一个办公室里面看到他的。

办公室。

阿克曼。

必然去过那里。

那张桌子和胶带，那支木头球棒和那些保鲜袋。

这可以解释为什么他们首先把他带到那里。他们需要一个地方录像，同时要确保不会暴露任何指向临时性中途站的信息。

中途站。

罗根。

布拉德福侧身躺倒在沙发上，头放在一侧，两只脚在另一侧，迫使自己用意志力摆脱疲劳感的折磨，试图抓住他错过的那种无形的东西，那种在脑海里发出低声嘲讽的无名之物。

运输厂。

仓库。

办公室。

住宅。

他们搜索过的这些地方，都没有发现额外的线索。那个中途站是否可能被掩藏得如此之深，以至于凯特·布里登以前从未接触过它呢？是否可能因为它和其他地方中断了一切关联，所以对于作战室而言，它基本上成了一种无形之物呢？

无形之物。

布拉德福把两条腿从长沙发上甩下去，坐直了身体。

无形之物。

沃克和贾汉停止了交谈，并转身面对他。

"监控摄像头。"他说。

贾汉皱起了眉头，脸上又浮现出精神科医生对待有自杀倾向的病人的那种神情。

"唯一有摄像头、或者有稍微正规点儿的安保装置的地方，是在威尔斯运输厂，"布拉德福说，"而且那些摄像头不是冲内，而是指向外围的。"

沃克的嘴张开又再次闭上。她的脑海里产生了疑问，并且正在形成反驳的理由，不过她控制住了。

"那里就是中途站。"布拉德福说，他站起来，大步走向白板那里。他强调性地敲着那个线索，开始解释他的思路。"我们一直未能发现它，因为没有其他任何地方。我们仍然没有找到他们的藏身地点，因为它就在我们面前——基本上可以这么说。"

他像是胡言乱语。他从他们的脸上看到了这种结论。

"听着，"他说，"我们见到的有可能配备任何像样的安保系统的地方，就是在威尔斯，而在那里，监控摄像头是指向外围而不是内部。里面什么都没有，一切都是对外的。那里的安保不是为了监视货物，它是为了监视那个场地。我们还没有找到中途站，因为它是移动的。"布拉德福抓起一支笔，涂掉白板上的一个线索，填充了其他字样。

“我们要寻找至少一辆专用卡车，也许更多。那个场地有好几辆车，但安保很松懈，因为那辆卡车此前并不在那里。”

沃克把抱着的双臂放下去。

贾汉往后靠在椅子上，脚仍旧有力地踩着地板，上身开始旋转。他的大脑在思考和加工。

沃克说，“如果罗根在那里，如果那里有什么违禁品，我们就应该看到一大堆人。更严格的安保措施。”

“没错，”布拉德福说，“他不在那里，他们把他关在那个办公室。我们已经得到了证明，他曾经出现在办公室，我们只是不知道，他们是在多久之后，或者是在什么时候把他转移的。”他停顿了一下。“我可以打赌，”他说，“我们返回威尔斯，那个场地就会有另一辆卡车。那就是我们的目标。”

贾汉说，“那如果它不在那里呢？”

“那么它就在移动中，我们需要调一下车辆记录。查一下他们拥有的所有车辆，接着，我们就要追查它们当中的每一辆，因为其中一辆卡车就是中途站。”

若非贾汉的椅子发出的“吱呀”的声音，整个房间完全陷入了沉默。

沃克以她特有的表示赞同的方式说，“那道门和铁丝格栅，本身就足以让破坏者远离那些卡车。除非他们在那个场地保留了某种值得保护的东西，不然的话，他们没有其他任何理由在那里安装安保设施。”

“我接受这一点，”贾汉说，“而且我们好像也没有别的线索可以追踪了。”

“谁想去？”布拉德福说。

沃克看着贾汉，后者也看着她。她对布拉德福说，“我们都去。”

20 擅长

意大利，普诺瓦市

芒罗手握方向盘，盗来的手机藏在她的大腿底下，她一边思考，两个大拇指一边随意而有节奏地敲击，随着太阳即将消失在地平线后面，她在沉默中分析着里程数，估算着过去的每一分钟时间。

在申根区内部，她们从斯洛文尼亚转移到意大利，在丝毫未被察觉的情况下，从一个国家进入下一个国家，基本上沿着与E70主干道平行的路径蜿蜒行进。E70这条洲际道路始于格鲁吉亚，中断于土耳其的黑海地区，在保加利亚再度接续起来，然后延伸到克罗地亚和斯洛文尼亚，并进入意大利和法国，最终是西班牙。

无论那条主要公路是什么情况，她自己被迫选择的这段行程，是由双车道的乡村道路构成的，通常车流极少。不过，当汽车通过不规则的小城镇边缘，或者完全从它们中间穿过时，一度让她进入到不乏宪兵和军警的道路上，也一度险些遭遇身背冲锋枪的地区警察和州警察，而且谁都知道，他们随时会让车辆停在路边接受检查。现在，担忧这一点没有任何意义。如果灾难来袭，那就只能面对，她没有选择。

乡村、田野、山丘、乡镇和路牌相继出现和消失，车牌也早就从斯洛文尼亚的车牌转换成意大利的车牌，建筑物和沿途景观发生的微妙变化，暗示着新的边界和新的领地。当脑海里不断浮现起罗根这个如兄长一般的朋友，以及正在面临死神威胁的灵魂伴侣时，她看到的景象都开始变得模糊不清，取而代之的是他被毒打而且满身是血的形象。这样的场面就像从噩梦中伸出的一条条魔爪，接连不断地抓向她眼前的挡风玻璃，她以为内心深处已趋平静的那些低沉而又可怕的喧嚣，似乎正在蠢蠢欲动。

芒罗瞥了一眼全球定位系统。很快就会有另一个道路交叉点，而那个专横而又知情的女性[21]的声音就会突然发出通知，提供另一个掩盖她拨打那个盗来的宝贝的机会。

她们现在在意大利普诺瓦市境内有两个钟头了，尽管芒罗做了几次尝试，但在她最后一次成功地建立连接之后，已经是半个钟头之前的事了。电池最终会耗尽的，盗窃最终会被发现，与布拉德福脆弱的联系将被永久切断，她所能指望的只有所剩不多的宝贵时间。

她到目前为止发出了五个讯息，它们都很明确——如果莫尔斯电码能够通过背景噪声而被破译的话。她需要把缠住脖颈的那条让她窒息的锁链卸掉，需要他们找到并救出罗根，她也向作战室发出了警告：除非罗根已经安全获救，不然就不要回复她的电话。不过，假如布拉德福无法从噪声中辨别出讯息，一切都将变得毫无意义。

妮瓦的声音从后排座位传来，“我饿了。”自从几个钟头前芒罗在加油站把她推进车里以后，就一直没有理会她。尽管芒罗现在有了那部手机，或者说，她让妮瓦有机会逃跑，才使她得到了那部手机，不过在接下来必然到来的惩罚方面，那个女孩显然并不是无辜的。

当时，让她如此接近一个人群是很冒险的，但因为她们一直远离城市，这是弄到一部手机的唯一办法。芒罗充分利用了人性特征，那就是人们总是具有相信凄美的人生遭遇的心理倾向，习惯于屏蔽掉不祥的心理预期，并且用另一种方式填补空白——他们更容易接受一个听到情人自杀消息的

21. 指全球定位系统发出的有关行进位置等信息的语音通报。

悲伤的妹妹的故事，而不是想到那个在他们眼前尖叫、并且被一个帅气的年轻男子安慰的女孩，是一个性贩运受害者。

人性归人性，但逃跑是她能够忍受的极限。为了防止她再次逃跑，芒罗把一条膝盖顶住妮瓦的腹部，控制住她的身体，并将两个拇指压在她的颈动脉处，直到那个女孩昏迷过去。坚持搏斗和还击，以便给对手施加某种损害——不管那种伤害有多么微不足道——以便补偿你自己所受的痛苦，是一回事；让对方不由自主地被迫进入失去意识的状态，则完全是另一回事。这种在心理上可能导致的可怕的差别，是芒罗来之不易的生存经历的一个教训。她重新绑住妮瓦，让她侧躺着，并把那条毛毯给她紧紧地掖好，所有这些，都是在女孩完全重新恢复意识之前的时间内完成的。

几个钟头过去了，还没有鲁马尼的指令，甚至在她对妮瓦指出他在那个房顶上的踪迹之后，后者也不再有任何动静，此外，从玩偶大亨那里得到的只有沉默。她不知道那究竟是在什么时候，但是，他的那种承诺——如果她失败了，就会遭到惩罚——一定会兑现。

在车轮与道路摩擦发出的具有催眠效果的嗡嗡声当中，罗根的身影再次从挡风玻璃上经过，拿起一根球杆，面带笑容地招呼她出发；推门而出并走进夜色中，骑上了一辆杜卡迪；在一次极限飞行跳伞中，和她一起从新河峡大桥上俯冲而下；当用药物自我麻醉似乎成了对抗那种将她从赤道非洲带到美国的心理创伤的唯一方式时，罗根从她手里夺过那瓶奥施康定丸[22]，这些都是很多年以前的事情了。

她的眼前出现了一幅鲜活的幻影：被殴打得鲜血淋淋的罗根靠在那块挡风玻璃上，他拒绝申辩或者求饶。她看见罗根点点头，确认了将一个被遗弃者与另一个被遗弃者连接起来的那种纽带。接着，芒罗的眼睛一边看着全球定位系统，前面的道路，以及附近地平线上的那座小城镇，一边把手指探进大腿和座椅之间去摸那部手机。

---

22. 一种据说会让服用者上瘾的强力长效止痛药。

在几英里范围内，终于出现的第一辆汽车开始靠近，并且亮着车前灯从旁边经过，黄昏正在快速接近。除非玩偶大亨的人发出什么指令，不然的话，她们就会在夜色中进入最终目的地，不管那个目的地是哪里。

芒罗从导航屏幕上衡量距离，把她的脚从油门上放下来，开始踩着拍子计算接近道路交叉点的时间。将那部手机从一条腿下面挪到两条大腿根之间，等待着那个机械女声，而当它响起来时，她按下了她被要求记住的、作为联系凯普斯通的引导过程一部分的数字键。她更多的是凭借感觉而非视力操作，她的眼睛偏离道路，只是为了偶尔瞥上一眼，确保她输入数字正确。

芒罗点击发送，又快速地把那条腿压在手机上，这只是为了消除随后传来的录音结束的提示音，在数了几下秒数之后，又轻轻地把手机向外推出来，用指甲弹了弹手机外壳侧面，她每次使用这部手机，都会故意用这种同样的手法。这种预防手段乏味而又耗时，但在间歇性拨号的这几个钟头里，这种做法似乎可以防止被察觉。

妮瓦从后面说，“我真的饿了。一天多才吃了一包饼干，这也太减肥了。”芒罗此前将女孩的头部放在座椅正后面，这样她就看不到电话，因此也不会——因为无知或者任性——毁掉她们微乎其微的生存机会，这也使得她更容易忽视女孩偶尔对于饮食的要求。

芒罗暂停了敲击，瞥了一眼手机。“我不能给你拿吃的。”她说，不过她这样说是为了布拉德福那边方便。“没有许可，我们不能停车，而且如果在屋顶上的那个狙击手没有告诉你什么事情的话，那么我要告诉你，我们正在被跟踪和监视。”

回答她的是沉默。

芒罗的手紧握住方向盘，内心希望妮瓦接着说话，随便说什么都可以，这样就可以提供一个正常的背景音，让她有机会传递更多的细节。

事实上，她听到的是抽鼻子的声音。

芒罗的大脑快速转动，拿出了她自己的备份方案，准备开始说话，但妮瓦首先开口了。女孩带着抽泣的声音说，“你至少问一下总行吧？”

不管她是不是在演戏，这都无关紧要，重要的是这句话很有价值。

“少吃点儿东西不会要了你的命，”芒罗说，“如果我们在晚上不停车一直前进，我觉得用不了五六个钟头就可以到，我们要是停下来休息，时间就会拖到明天上午。在这之后，你就不再是我的问题了，你到时候怎么哭闹向那个接你的人要吃的都可以。”

芒罗又偷看了一眼手机。两分五十秒。随着这句话结束，录音时间长达三分钟，然后切断。她中断了连接信号，又把手机滑到她的腿下面。这几分钟的交流，掩护了她自己原本需要通过更长时间拨号才能表达的一切。

这将是她在罗根获救或者女孩被交付之前最后一次尝试联系，而且这也肯定会有助于延长电池寿命。

从座位后面，妮瓦低沉的啜泣变成了哭泣，自从那种考验开始以来，她的泪水第一次真正不可遏止地流淌下来，每一声哭泣都是那样真切而且令人心痛，发自内心的同情很快就要超越了理智。芒罗压制着情感，手掌握成拳头，直到那种同情心的疙瘩开始变小，并且更容易控制为止。

妮瓦抽鼻子的声音变得更响亮，更疯狂，芒罗感觉到更沮丧，更恼火。这个旅程的目的，就是必须停止人身伤害。她眼睛看着前面，屏住了呼吸。

就优先次序而言，首先是罗根，这就是一切。

妮瓦的哭泣又增加了一个等级。芒罗去摸手机——鲁马尼的手机——并且拨打了号码。

刚响了一声，他就接听了。

“我要停下来五六分钟，”她说，“我需要把那个包裹转移到前排座位上，让她吃东西。”

鲁马尼说，“不行。”

“别逼我。”

“如果你这样做，”他说，“而且她又跑了，罗根就要死。”她感觉到了他的声音里的忧虑。

“她不会跑的。”芒罗说。

长时间的停顿，鲁马尼说，“后果自负。”

“明白。”她说，从鲁马尼的话语中，她知道了对方可能有意识掩盖的东西：玩偶大亨的手下人当中最出色的一个，就是这个链条最薄弱的环节。

妮瓦继续翕动着鼓胀的鼻子，任由泪水顺着浮肿的面孔滚落。芒罗放慢速度，把车停靠田野与公路相连的路肩地带。她打开应急灯，从车里走出去，绕过汽车前部来到乘客一侧的后门处。

她打开车门，拉掉妮瓦身上的毛毯并且说，“把你的手递给我。”

妮瓦活动了一下身体，在一个肩膀扭曲的情况下，把两个手腕伸到前面，并且尽可能举高。

芒罗使用那个临时性的金属刀片把胶带割断，抓住一只手，把她拉起来。“你把身体靠过来，”她说，“不要乱动，而且不管你做什么，都不要用袖口擦鼻子。”

仍在抽鼻子的妮瓦无言地点点头。芒罗把毯子递给她。“用这个擦。”她说，妮瓦抓起毯子，在脸上擦了擦，不过在擦眼睛和擤鼻涕的过程中，她弄污了睫毛膏，抹掉了大部分化妆品。

芒罗叹了口气。

又是一个不可避免的失败之举，而且有人将为此付出代价。

她在地板上摸索着在以前的对抗过程中，被她扔到一边的那些东西，抓到那个装有食物和水的口袋的扣带，把它从车里拉出来，把一只手伸给妮瓦，说，“过来。”

妮瓦紧攥着后面一截拖在地上的毛毯，动作蹒跚地顺着座椅移到车门处，然后把两条腿踩到地面上。芒罗扶着她进入前排座位，并将那个食品袋递给她。

“你自己吃吧，别弄脏了，”她说，“还有，不要喝任何东西，因为我们不可能再停下车去找厕所。”

妮瓦点点头，还在抽鼻子，不过泪水基本上已经止住了。

芒罗还没有关上车门，女孩就已经开始在掏那个袋子了，从里面拿出一小袋干果。芒罗再次走到车轮后面检查了后视镜。在后面40米的地方，在朦胧的暮色中，另一辆车停在路边。没有打开车灯，而且几乎很难看见。

他们已经停了四分钟了。

她研究着那个镜面反射物，试图确定汽车的形状，想要由此知道它的制造商、型号和颜色。事实上，她发现的只有大致的轮廓。

芒罗关闭了应急灯，把车开回到路面上。在后视镜里，第二辆车完全消失了，车前灯从未启动，她也从未发现它跟在后面。

妮瓦吃完了那袋干果，摸出一些饼干，把它们也吃光了，然后接着吃，直到袋子基本被清空为止。她喝了一大口水，只是一大口，重新盖上瓶盖，把所有东西都放回到那个袋子里，然后推到她脚旁的车垫上。

“谢谢你。”她说，芒罗点点头。

她双手交叠，膝盖上盖着那条粘着碎屑和水渍的毛毯，像一位娴静的大家闺秀。她说，“还要多久？”

“我不知道，”芒罗说，“如果一直顺着这些道路走，大概还有一个钟头就能到维罗纳，但在那之后我就不确定了。”

“你知道，”妮瓦说，她的声音降了一个八度，又变成了她那种标志性的低沉的沙哑声，“也许我们可以一起跑掉。”她的手指温柔地抚摸着那条毯子，又调整了衣服领子，抚平胸前的衣服皱褶。“或者，至少可以在一个加油站停下来——这样我们就有机会了。我们已经开了相当长时间的车了——他们至少应该让我们给车加油，对吗？”

如果换成是其他情况，妮瓦的花招当然很有趣。“我可不是你的朋友，”芒罗说，“把你的乳房收起来，我不感兴趣。”

“你不觉得我很有魅力吗？”

“你是一个迷人的女孩，妮瓦，可是，不，你并不吸引我。”

当她们经过一个小村庄，并且继续沿着一条在白天必然是景色优美的路面行驶时，导航视频不停地显示着转弯的画面。妮瓦终于脱口而出。

“你是同性恋吗？”她问。

芒罗看了一下后视镜。“不，”她说，“不是同性恋。”

妮瓦身体靠向芒罗，食指抚摸着芒罗的手背。芒罗忍住拍她一巴掌的冲动，她抿紧嘴唇严厉地说，“把它拿开，妮瓦，我不感兴趣。”

妮瓦带着一副受伤的孩子的表情眨巴着眼睫毛，由于遭到芒罗那样斩钉截铁的拒绝，她双臂交叉地重新在她的座位上坐好。她的胳膊紧紧贴住胸膛，把头斜靠在车窗上，最终说道，“我什么地方让你觉得没有吸引力？”

芒罗忍不住想要大笑，但还是克制住了。她宁愿不喜欢这个女孩，宁愿把她看成脆弱和蠢笨的人，因为那样一来，就能够使内心的怨气在感情上变得更容易接受，但她在后者身上找不到那种东西。

“你只不过不是我喜欢的类型。”

妮瓦面露愠色。“我以前从未听到一个正常男人说这种话。你喜欢什么类型的？”

“皮肤黝黑，相貌英俊，有男人味道，是那种真正的男人。”芒罗说，随即把目光从路面那里移开，瞥了她一眼。她看见妮瓦沉下脸来。

“你说过你不是同性恋。”

“我不是。”然后，芒罗带着一种近乎邪恶的满足感笑着说，“我是个女人，所以我喜欢男人。”

女孩的双手垂落到膝盖处，她盯着芒罗，嘴变成了清晰的“O”型，与此同时，在这女孩的眼里，整个世界似乎都发生了改变。就像一条展开盘卷的身体的蛇一样，妮瓦整个人立刻放松下来，仿佛尽管她自己身处险境，但她不能把一个女人看成是敌人，她现在知道的事情改变了一切——好像因为这一发现，她的敌意已经完全消失了似的。

在经过几公里的沉默之后，妮瓦说，“为什么？”

“什么为什么？”

“这一切是为什么？”

“我没心思玩游戏，”芒罗说，“你想知道什么就说，但最好不说。我喜欢安静。”

“你为什么穿戴得像个男人？”妮瓦说，“为什么你表现得像……”她停顿了一下，“为什么你表现得像……像和他们是一伙儿的？”

她的声音提高了，带有挑战和指责的意味。“他们，那些人。”她又说了一遍。“在他们眼里，女人不是人，只是东西，是物品。”她用拇指指了一下后车窗方向，那里肯定有玩偶大亨的一个人跟在后面而且未被发现。“他们就会向你展示什么是真正的男人，因为他们会把你变成一个真正的女人。他们会狠狠地干你，他们认为你想要被他们干，但你真正想要的，从来都无关紧要，因为这一切都是为了他们舒服，自己痛快。”妮瓦停下来吸了一口气，一个长长的、贪婪的吸气。“为什么？”她说，“为什么你——一个女人，”她吐出了那个字眼，“只是因为表达了一个观点，你就被叫做骚货、婊子还有妓女，为了让你的观点变得毫无价值，他们会告诉你说，你很胖或者很丑，说你自我感觉良好，说你有抑郁症，他们完全不顾你的真实感受，当你听到那些令人作呕的话时，你应该知道那是什么感觉。为什么你会是他们当中的一个？你算是怎么回事？”

妮瓦的话，增加了那个女孩永远不会知道的一个情感伤疤的重量，而且它极大地缩短了时间和空间的距离，将芒罗拉向她丝毫不想回顾的往事。见她没有回答，妮瓦扭头看着车窗外面。

在路上又行驶了几公里之后，芒罗说，“我和他们不是一伙儿的。我过去不是，将来也绝不可能是。我来这里，只是为了挽救一条生命。”

“我就是一条生命。”

“这是一个叫人头痛的选择，是不是？”接着，为了改变话题，以免谈话逐渐靠近那个长期蛰伏的、让理性和野蛮之间的界限变得模糊的精神领域，芒罗说，“你干嘛不休息一会儿呢？”

妮瓦没有买账。“为什么要伪装成男人？”

“一个男人和一个女人一起旅行，不像两个女人那样容易引起关注，”她说，“伪装成一个男人，我可以让我们不太显眼。”

妮瓦假笑了一声，双手交叠地放在腿上，脑袋仍靠着车窗，说，“既然是那样，为什么不直接派一个男人送呢？”

芒罗不由自主地露出了笑容。她既感到好笑。又感到遗憾。她是在笑让她成为今天的自己的本能和生存历史，而且，那些既是天生也是人造的独特技能一旦结合起来，对她而言既是一种恩赐，也几乎摧毁了她的生活。“他们当中，没有哪个人能做我擅长做的事。”她说。

21 细线

意大利，维罗纳西部

在加油站悬挂的日光灯下面，芒罗为那辆欧宝汽车的油箱重新加满了油。那个业主抱着胳膊，从加油站便利店的玻璃窗后面望着她，仿佛他本人是狱警，而她是这个原本空荡荡的加油站唯一的罪犯似的。

她没有现金，没有信用卡，没有任何东西用来支付她正在给车加的燃油，她有的只是鲁马尼这个名字，还有他提前打电话发出的指令。她完全按照那些细节操作。从她到达这个位置，并将加油枪管口接上油箱口的那一刻起，她就确信那个成人男孩就在那里，就躲在某个黑暗处，通过步枪瞄准器观察着她的一举一动。

芒罗朝那个业主瞥了一眼，然后转身面对加油泵，看着上面点击式显示屏上的数字。

当她们停下车时，在一个钟头前已经睡过去的妮瓦还没有醒来，这就使她在办理加油时，无须防范可能再次出现的暴力场面。自从那次奔向自由的努力受挫之后，那个女孩睡了很多觉，而且如果幸运的话，她在一段时间内会很老实的。

加油枪关闭了，油箱灌满了油，芒罗把管口复位。

在那个窗户里面，加油站老板仍然盯着她。芒罗拧紧油箱盖，也回头盯着他。他放下抱着的手臂，挥手示意她离开。她知道那种表情的含义：他不想让她到里面去，不想冒险和她谈话或者回答她的问题；希望她越快离开越好；就和她一样，他也受制于那种武器的威胁，也因为要挟和威逼而被迫就范。

她绕到司机一侧的车门前面，然后打开车门坐进去，在感受到外面的凉爽空气和自由的味道之后，她不得不再次体验这个四轮监狱的陈腐气息。她再次转动点火钥匙，妮瓦仍在睡觉；再次返回到黑暗的道路上，车轮继续在路面上摩擦，并发出令人昏昏欲睡的嗡嗡声。

在沉默了几公里之后，在从一个地址进入另一个地址，从一个沉睡的小镇进入到下一个小镇之后，妮瓦又开始说话了。

关于她们的命运的抱怨。

她显然受过一种自我保护的训练。

即便是在被战胜的情况下，她也表现出坚决拒绝屈服的劲头。

当那个女孩意识到，她不是在和一个男人打交道时，一切都发生了改变。

所有这些，作为档案资料的一部分，都不曾出现在蒂斯代尔家族转交到布拉德福的办公室的文件中，而且芒罗很想知道，当女孩还是格蕾丝·蒂斯代尔或者在她成为妮瓦·艾克里奇之后，她是否也像这样对别人直抒胸臆。

然后，她把这些想法丢到了一边。不想知道，不愿关心。

要去战斗，要获胜，要求得生存的那种原始冲动，仍然活跃而且十分强烈，但那种黑暗的冲动同样如此，它们舔舐着大脑边缘，想要再次冲出来并且肆虐。

她真的不关心。

此时此刻，内心情绪的河流，仍和以前一样，被搅得足够激荡而浑浊。

芒罗抓起玩偶大亨的手机，轻弹一下点开屏幕，瞥了一眼，然后又关上了。

仍无任何消息。

从妮瓦跑向那家餐厅以后的几个钟头里，与鲁马尼唯一的联系，就是给车加油的指令，尽管芒罗从他的声音里听到了某种暗示，某种她可能遭受的对于背叛的惩罚，但目前还没有任何这方面的迹象。

当那种冲击终于到来时，那并不是对方打来的一个电话，而是下载到手机里的一个图像。当那个提示音响起来时，它是如此刺耳，以至于妮瓦抽搐了一下醒转过来。芒罗不由自主地把眼睛长时间离开路面，减弱了油门，然后盯着背光屏幕。妮瓦打了个哈欠，活动一下身体，首先扭头看着芒罗的脸，随即循着芒罗的视线，望着那部发出微光的电话。芒罗稳定一下心情，准备好面对罗根可能受到的伤害。

她盯着充满整个屏幕的画面，注视着那双无神的眼睛。头部两枪，相隔一英寸的红色小花苞，那是从未开放的死亡之花，事实上，它们是顺着苍白的面孔流下的红色血痕。

时间放慢了。

然后完全停止下来。

黑暗降临。

空气颤抖。

断裂的感觉。

而内心的声音，那种沉默将近两年的邪恶之火，那种被抑制和抚平的暴力冲动，如狂流般滚滚而来。

在远处的某个地方，汽车前灯灯光划破了黑暗，从她身边尖叫着冲过去，响亮而且野蛮，那种像猫爪似的无形之物，正在拉扯和撕裂她的右臂。

接着，一切都静止不动了。

芒罗抓挠车门，摸索着门把手，直至那个障碍物让位于这个寒冷之夜，而她跌跌撞撞地走到沥青路面上。她从引擎盖那里摇晃着绕到汽车另一侧，感到两条膝盖发软。她的身体剧烈地抽动着，不停地呕吐。腹内空空如也，吐出的只有胆汁，各种声音，一些无意义的话语，在她的脑海里翻滚碰撞，过了好一会儿，它们才重新排列为有形状、有意义的东西，并且归结为一句话：

作恶者必受罚[23]。

她身后的车门打开了。

芒罗没有睁开眼睛。她清晰地听见了妮瓦的脚步声，即便是在模糊的意识当中，她也知道那个女孩仍然步履蹒跚。

内心的黑暗仍然像漩涡一样在打转，闭着眼睛的芒罗把她的脸短暂地转向汽车，只是为了让对方听见她的声音。她说，“你要是跑，我会杀了你。”

妮瓦没有回答，那个女孩的双手摸索着芒罗身后的地面。

他们无视和平，他们不屑于公正。

妮瓦坐在芒罗旁边，她的呼吸短暂而急促，皮肤散发出恐惧的气味。芒罗睁了一下眼睛，瞥见了她手里的那部手机，瞥见了她盯着的那个仍留在屏幕图像的眼神，然后再一次闭上眼睛。

妮瓦说，“这就是他们对你的威胁吗？”她的声音发抖，仿佛尽管迄今为止，她已经忍受了非人的一切，但直到现在她才由衷地体会到，那个玩偶人如何紧紧控制着生命的丝线。“这就是那个要挟吗？”

芒罗的手放在大腿上，脸冲路面，摇了摇头。不。当她在这种疯狂的过程中，盘算着他们可以操纵什么样的抵押品时，这是一种她从来不曾想到过的死亡，是她无法想象或者预见的死亡。

诺亚·约翰逊。一个在摩洛哥出生的美国人，两年前的巧遇，变成

23. 引自《旧约圣经·以赛亚书》第59章（以下同）

了持续六个月、直到结束都充满温情的两性关系。那是在长达九个月时间里，她没有见过、也不曾与其说过话的情人，而一旦知道他的近况，却是一种与她的当前生活相隔遥远的死亡。这种死亡带给她的冲击是那样独特，与她面对罗根的死亡、布拉德福的死亡，或是她的哪个家人的死亡相比，更加让她始料不及。

他们选择邪恶，他们拒绝和平。

难以缓解的难言之痛。

公平远离我们，正义慢待我们。

“这个人是谁？”妮瓦低声说。

“是我的朋友。”芒罗说，并用袖子擦了擦嘴。“我爱过他。”

无论诺亚有什么样的缺陷，他都是一个好人，他爱她，就和她爱他一样强烈，而且她离开他，就是为了使其免受她自己的伤害。他继续过自己的生活，并且找到了另一个伴侣，尽管如此，他还是死了。

这种冲击将永远伴随着她，这是她不得不面对的事实。

芒罗挣扎着站起来，在她旁边的妮瓦也跟着站起来。

我们在强者当中，就如死人一般。

芒罗把那部手机从妮瓦的手里拿过来。

我们想要公平，却得不到公平。

关掉屏幕，又把它递回去。

“他们为什么要杀死他？”妮瓦说。

那个画面在芒罗的脑海里燃烧：头部的两枪，血从伤口处滴落下来。被抛弃在混凝土路面上的尸体。“为了控制我。”她说。

他们还不能杀死罗根，因为他们需要这个包裹安全交付。但是，出于一种惩罚和必须遵从指令的动机，他们能够制造真正的痛苦。所以，他们找到了她所爱的其他人，另一个有价值的目标。

无辜的生命。

他们还在跟踪什么人呢？

假如凯特·布里登就是那个指引这一进程的人，假如她还在为他们提供情报，他们迟早会找到芒罗的所有家人，不管她这些年来多么小心。

他们的行为都是罪孽，他们所热衷的都是暴力。

他们会搜索到她关心的每一个人，以最快的速度对付她最爱的人。凯特曾经是她的朋友。她真应该利用那次机会，把一颗子弹打进那个女人的脑袋。

布拉德福没有尝试回复她发出的编码呼叫讯息，这种在此前一直让人感到心安的沉默，变成了死亡和冷酷的不祥之音，变成了令人作呕的未知因素。他们把他也抓住了？伴随着这种恐惧，在脑海里盘旋的那种黑暗之物不断变厚加粗，成了一条令人窒息的毛毯。芒罗将一条胳膊勾住妮瓦的脖子，并把她拉近自己。她亲吻了一下女孩的额头。低声说，“对不起。”妮瓦还没有来得及做出反应，她就把这个女孩猛然向前面一拉。

在心灵之外的某个黑暗角落，愤怒之火和肾上腺素产生的力量，把芒罗的手指变成了虎钳，将她自己的身体变成了被头脑里的怪物控制住的一台机器。芒罗没有感觉到、也并不在意妮瓦的抓挠和尖叫，她拖着这个脚踝被束缚住的女孩通过沥青路面，拖到道路中央。

芒罗停下来，并将妮瓦的一条手臂举高。从口袋里拿出那个金属条——妮瓦曾经试图用来砍杀她的那只临时匕首——然后顶在那个女孩的手臂上。

在夜色中，朝着鲁马尼必然潜藏在那里，而且一定能够听到的地方，芒罗尖叫着索要罗根还活着的证据。“把它给我！”她大叫道，“否则我向上帝发誓，我会在这里而且就是现在，把你们这个珍贵的包裹划破，并且让她的血流干！”

道路那边的车前灯闪了一下，然后又灭了，就一次。接着，那部仍攥在妮瓦手里——芒罗控制住了那只手的手腕——的那部手机，开始响起来。芒罗并未松开手，拿过那部手机并贴到耳边，她现在意识到，对方的抓挠和击打已经停止了，虽然那个女孩还在流泪，身体仍在颤抖。

“罗根还活着，”鲁马尼说，“我可以向你保证，没有其他人被杀掉。离开那里。回到车上，继续出发。”

“除非有活着的证据。没有例外，没有借口。”

芒罗不等对方说什么，就挂断了电话。手机再次响起。芒罗把它放在口袋里。妮瓦被抑制的泪水和颤抖的身体，开始让她完全冷静下来，她现在察觉到自己仍在紧抓着那只手腕，她下意识地、而且几乎是带着一种关切和温情把手指松开了一点儿。“我很抱歉。”她低声说，然后亲吻了一下妮瓦的那只手，并把它松开。

妮瓦跳着朝后面退了一步，芒罗抓住她使之保持平衡。她轻轻地扶住女孩的胳膊肘。“对不起。”她再次说道，这时，在道路中间，凝视着妮瓦在月光下反射出乳白色光晕的完美无瑕的肌肤，看着胳膊上那条她原本有可能将其割破、任凭生命的液体流尽直至带来死亡的暗色长线，她但愿自己能够替对方承受曾经忍受过的所有的心痛和折磨，她但愿自己能够对抗那些愚蠢的规则和客户的需求，对抗这次旅行所代表的所有的恐惧，用迷药让妮瓦昏迷过去，这样就可以使她们两个同时免受这个过于漫长的折磨。而且，就在这瞬间的思索中，在瞬间的黑暗之物诱发的清醒状态中，注视着妮瓦美丽的肌肤，品味到她呼吸里的恐惧，看见了她眼里的惊恐，芒罗理解了那些规则背后的原因。

没有瘀伤。没有下药。

又一阵恶心感攫住了她。

通常说来，一个只想获得和独占像妮瓦这样一个女孩的客户，对于为了加快交货把她的嘴堵住而且下迷药，不会有任何异议。只要可以提前送达，他不会介意他的包裹有轻微划伤或者迷药产生的微不足道的后果。对于那种堕落的人而言，损伤是可以愈合的，药性是可以消失的。

这些规则，这些指令，与芒罗自己的历史有一个共同的源点——它们源于相同的虐待狂式的心理变态的冲动。恰恰是经由当初那个折磨者长期的、系统性的残害，这种冲动把芒罗变成了今天的自我：狩猎，永远都在狩猎，和大多数人的生存世界格格不入，除了极少数情况以外，她对于大多数人体接触都有些过敏。

没有瘀伤。没有下药。

她现在知道在每个规则背后的原因，以及让旅程的每一步走到今天这个地步的推动力：客户享受制造恐惧的快感，想要妮瓦知道，她的命是他的，所以指示要让她完全清醒，意识清晰；想要那张模板整洁而且不受损伤，这样当他雕刻时，他的工具既是最完美的，也将是独一无二的。

芒罗盯着天空。诅咒她的弱点，诅咒她无力摆脱的那种可怕的结果。她知道把这个无辜者送进那个催生了她今天的生活的那座同样的地狱意味着什么。在这个决策时刻，她判决了那个她愿意付出一定的代价去挽救的人的死刑。对着黑夜，芒罗低声说了再见。她已经打开了通向地狱、那个收容死者的邪恶之地的大门，而且就在这个荒芜的地点，她埋葬了她那慈悲的、对于恶人给予宽宥的灵魂。

芒罗把妮瓦带进车里，一直等到她坐好，然后摸到她的双腿，把那个胶带割断，将它们握成粘稠的一团，然后扔到黑暗中。

芒罗再次坐到方向盘后面，斜靠在座位上，把车窗开了一条缝，释放出陈腐的空气。

她低声对妮瓦说，“是什么时候发生的？”

“什么什么时候发生的？”

“你知道我在说什么。”

妮瓦看着她的手，拇指按摩着芒罗紧攥过的手腕，盯着那条代表伤害的细线。“当你看上去像我这个样子时，有时候男人会迷上你。”她说，“他们相信前面有某种东西，看到并不存在的东西，从中读出他们本不该读出的含义，并且投射到你身上，然后期待你给予回报。你不按他们的要求去做，他们就会发疯，而且认为你是故意折磨他们的。”

“当它变成暴力时，你那时有多大？”

妮瓦沉默了很长一会儿。“14 岁。”她终于说道。

“你的父母知道吗？”

“是的，”她低声说，“我们一直很亲密。我有什么话都敢对他们说，哪怕是他威胁我要是告诉他们，他就要杀死我。”

14 岁。正是在同样的年龄，芒罗参与了一个走私商人的事业，经历了一系列事件，于是就像河流改道一样，它们永远改变了她对世界的看法，把她塑造成今天的猎人和捕食者。

“我的父母——”妮瓦说，但她还没来得及接着讲述，芒罗就举起一只手阻止了她。

车外的动静吸引了她的注意，但尽管车窗开着一条缝，她也更多地是感觉到——而非听到或看到——有什么东西在那里。多年来在黑暗中的捕猎和被捕猎的经历，强化了这种直觉。

过了片刻。

接着，阿尔潘的脸压在乘客一侧的车窗上，妮瓦尖叫起来。他发出凶狠的、虐待狂似的笑声，然后敲打着车窗，示意把车窗降下来。

芒罗抚摸着在手指间紧攥着那个小小金属物并不锋利的边缘。“不要把它降到超过四分之一。”她说。

妮瓦把车窗降下几英寸。停下来。

阿尔潘等待着，示意再向下降一点儿，妮瓦摇摇头，他把手伸到里面，将一个小包和一个袋子丢到她的腿上：一件新的紧身衣和一个小化妆工具包。

“你的好日子，”他用匈牙利语说，“别把自己弄得像一头脏猪。”

然后他又笑了。

这是芒罗第一次听他说话，而且她现在明白了，为什么他们选定匈牙利语而不是其他几十种语言当中任何一种作为她的被动语言环境。他的话本来是故意要刺激她，但妮瓦率先做出了回应，仿佛她听懂了他的话似的，对他竖起中指，说，“吸吧，混蛋。”然后准备关上车窗。

阿尔潘的胳膊还在车内，他快速袭击。

妮瓦刚把车窗向上拉起一英寸，对方就抓住她的头发，他的那只肉鼓鼓的手把抓起的头发握在拳头里，向他那边猛拉，使她的头碰撞在车窗上。

即便妮瓦大声尖叫，芒罗也听不到。

血液在她的耳边轰鸣，那种冲击淹没了一切。就像堤坝断裂开来一样，此前一直被阻挡而需要宣泄的压力、痛苦和欲望喷涌而出。

她走出车门，绕过引擎罩，阿尔潘还没有完全松开妮瓦，她就站到了他的面前。他刚刚从车门那里退开，芒罗就和他撞到一起，愤怒和疯狂从她的脑海里进入四肢。

阿尔潘高大，强壮，携带武器。而这些是他的强项，也是他最大的弱点。通过恐惧和威胁而控制他人的蛮力，会使男人变得懒惰，自负，缓慢。

她决不会和子弹一样快，但在近距离接触的情况下，她总是比那只拔枪的手更快。速度是生命。速度是生存。速度来自活下去的意志，来源于先发制人的必要性，速度让持续和疯狂的进攻成为她的血液的一部分。一直以来，那种没有杀掉她的力量，使她变得更快。

芒罗和阿尔潘展开了肉搏战，她的手抓住后者的喉咙，与此同时，她头部的一侧感到一阵疼痛，而随着这种疼痛到来的是一种释放感，是一次宣泄，是一种笑声。

芒罗一拳跟着一拳地还击，那并非像多年前的无数个夜晚一样，是出于一种如烈火般燃烧、永不满足的杀戮的激情——正是那样的激情，使她没有流血而死，而是活到了另一个黎明。眼下，她只想要使他痛苦。她想要这个男人活着，而且以他们想要妮瓦那样活着的方式活着。

他们顺着道路旁边的陡坡搏斗，她适应了对方的呼吸，她的本能和听觉填补了有限的视力留下的空白。她向前移动一步，向侧面跨出一步，寻找着他最薄弱的环节和出击的空当：下巴，膝盖，眼睛，腹股沟，每一个动作都在发泄着她的仇恨，都转化为阿尔潘的肉体感受到的痛苦。

他撞到了她的胸部，使她倒退了好几步远。

随着疼痛和窒息感的到来，她再次笑起来。在他继续冲过来之前，她迅速移开身体，跟踪着他的呼吸和脚步声，指缝之间攥紧了那个临时性的刀片。

她用他对她说过的同样的匈牙利语，带着嘲讽意味而且抑扬顿挫地对他喊起来。"*Gyere ide*[24]，"她说，"拿出你的本事。"

他朝她的声音扑过来，挥拳袭击。

他的拳头打在她的颧骨上，就在她的头因这一击而开始轰鸣的同时，她的刀片划开了他的前臂，一个长长的锯齿状切口。

阿尔潘咆哮起来，那种愤怒的声音在黑夜里格外响亮。他再次扑过来，挥舞着拳头，击打着空气。专业训练使她善于采用一切必要的手段，使对方没有能力进入一种防范姿态。

阿尔潘再次猛冲过来。在本可一招制敌地结果其性命的地方，她后退了一步，同时划开了另一只手臂。

他转身面对她，一边大声咒骂着，一边去掏那支一直没来得及掏出的枪。芒罗朝他跟前快速移动，就在对方举起手枪，在她的刀片接触到他的喉咙之前，鲁马尼的步枪在夜色里砰地响了一声，让一场刚刚开始的战斗瞬间中断了。

24. 来，到这里来。

22 派对

德克萨斯州，欧文市

布拉德福利用导航仪在街道中穿行，驶向威尔斯运输厂。他进入了那个区域，进入了那个行动计划以及行动本身成为唯一关注点的地方。

在几家街区之外，贾汉和沃克驾车跟在后面而且不在视线范围内。作为一个团队，他们在这一刻所知道的，无非是当布拉德福第一次从沙发上起身走到白板跟前，开始描述的从停车场到安保摄像头到卡车这一脆弱的逻辑线索的情况。

卡车，是他们现在的全部目标。

他们为了这个重大突袭做出了战略部署，考虑到了各种可能性，做了最坏的打算，才离开了凯普斯通办公室。他们今晚的每一个决定，每一个行动，都是基于这样的认识：如果他们在这个环节失败，罗根就会永远消失，而这也意味着芒罗的永远消失。

琥珀色街灯的反光点缀着车行道，由于刚刚下过一场倾盆大雨，湿滑的路面上光影闪烁，这是典型的德州天气：大雨来得快，去得也快，只留下过后的影响作为证据——这也是布拉德福将在计划今晚予以实现的过程和效果。

再经过一个路口，就可以看见那个运输厂。很快到达那里，右边是那个场地，它被灯光照亮了，而这是以前不曾有过的情形。那些小卡车已被重新安排，在中间空出的地方接纳了一台“18 轮大卡”[25]。两个人从卡车车头那里大步穿过，走向仓库门口，一个在前面领路，另一个像一条恶狗似的跟在后面，还有另外两双腿奔向那辆卡车的后部。

战略进入启动状态，肌肉的记忆受到诱发。

如果幸运之神垂青，他会发现罗根还活着，他会把他安全地带回家中，并在这里留下一个难以追查的烂摊子。

就像德州那种天气一样。

布拉德福通过运输厂，开进隔壁的那个办公楼群。停在阴影处，关闭了点火装置，抓起那个鼓囊囊的背包，然后走进夜色中。

今晚的战略会导致两个非常普遍的情况：如果在那个场地上没什么动静，他们会割开轮胎，捣毁车门，进入卡车车体内部，直至找到他们要找到的目标为止，而如果场地上有人，他们就会寻找任何看护最严密的目标。

这意味着它就是那个 18 轮大卡。

他继续穿过阴影朝它的方向奔去，在那个楼群后面的建筑物之间绕过，那里的一系列办公室，毗邻着运输厂光线最黑暗的一面。钢丝钳是布拉德福通过那个环状钢丝铁门的钥匙。

从他个人的立场来说，与其说他担心将在他眼前被炸碎的那些坏人和物件会让他承担罪责，不如说他更担心其他两个战友受到牵连。如果今晚的事件最终追踪到他，他自己的国家会把他钉上十字架，不过布拉德福对亲手处理罗根被绑架事件没有任何顾虑。他多年来经历过各种险境，接触过多个贫穷和腐败的国家，在那里，生命和死亡受到生存法则的控制，而公正充其量是随意的，你永远不知道你的生命是否会在这一天戛然而止，而那样的心理体验，必然会改变一个人看待世界的方式。

---

25. 拖车的八个轮胎和牵引车的十个轮胎结合在一起的一种大型卡车。

他停顿了一下。倾听。继续前进。

他顺着没有窗户的仓库外墙匍匐行进，测量着步数，朝向那个水泥预制板搭建的办公室方向移动。

他蹲下来，从背包里掏出那些砖头一样的爆炸物当中的一个。他在墙壁处放好爆炸物，把一个起爆器插到里面。由于没有足够多的可以延伸至整个建筑物的爆破线，他只能利用从军械库拿来的这几个遥控雷管。

这个塑料爆炸制品是沃克建议使用的。他本来不打算炸毁建筑物，但现在既然是这种局面，他真希望他原本能带来更多的东西：更多的炸药，更多的爆破线，更多的起爆器，以便造成一次足够像样的破坏，而不仅仅是为了转移对手的注意力。

在布拉德福的耳机里传来沃克的低语声，“老板，你到了吗？”

“到了，在参加派对。”他回答道。

贾汉说，“僚机[26]也到了。”

接着沃克又说道：“音乐准备好了。”

布拉德福又向前爬了几码，把另一个塑料爆炸制品放到墙上。设置了雷管，然后继续前进。

无论将来发生什么情况，他都会引爆这些爆炸物。这是送给那些坏蛋的一份小礼物，这些在美国土地上过得太舒服的家伙，并没有充分考虑到同一些只要长时间没感受到肾上腺素流动，就会变得相当忧郁的枪手作对的后果。

而且，或许这也是玩偶大亨的计划的一部分：诱敌深入并予以摧毁。

放在那块场地上的18轮大卡可能是一个目标，也很可能是一个陷阱——或是其他什么东西。但是，要想发现罗根是否在那里只有一个渠道，那就是——愿者上钩。

又前进了几码，布拉德福放好最后几个爆炸物，沃克说，“我认为

---

26. 原指编队飞行中跟随长机执行任务的飞机。僚机应保持在编队中规定的位置，观察空中情况，执行长机的命令。

那辆车的发动机就要运转了。”

布拉德福说，“僚机准备好了吗？”

“两分钟。”贾汉回答道。

两分钟后，手机和互联网将会减少使用，沃克将会掐断街道和这里的安保照明。他们会捣毁电力，让场地周围陷入混乱中，而且希望能够在不引起注意的情况下保持联络，但那只能取决于运气了。

布拉德福现在移动得更快。如果卡车发动机开始运转，这里所有的一切都不会长时间逗留。他正要绕过仓库的那个角落到达场地内部，这时贾汉说，“准备，派对开始。”

于是狙击步枪突突地喷着火舌，“大屠杀”开始了。仓库的那些监控摄像首当其冲，多次小爆炸产生的玻璃和金属碎片，像闪光的纸屑一样洒落下来，接着是卤素监控灯，最后是路灯，一个紧跟着一个，整个场地陷入到相对的黑暗中。

威尔斯运输厂迅速做出了反应。听到枪声，那些男人不约而同地冲向 18 轮大卡的后部，边跑边掏出手枪。他们不断变换方向，寻找射击方向——这不是对于遭到伏击的快速反应或者快速部署，他们的反应，更容易让人联想到一些被警告过要注意潜在的意外情况，但事实上他们并不相信，因此只是作了半心半意的准备的人。

黑暗带来了全面的沉默。没有枪声，没有喊声，没有在路面上行驶的汽车。没有任何动静。仿佛意识到袭击真的到来一样，所有人都愣住了，并准备重新集结。接着，仓库的门打开了，进入到里面的两个人当中的一个再次现身，仿佛他抽到那根倒霉的下下签一样被推了出来。那人穿着牛仔裤和 T 恤衫，腰围很粗，大概 30 多岁，而且因为他是唯一没有武器的人，布拉德福猜想他是那个卡车司机。

布拉德福脱离一辆卡车的掩护冲向下一辆卡车，继续靠近那辆 18 轮大卡。围墙附近车辆的轮胎相继发出“嘶嘶”的声音，然后瘪了下去，就像之前被打碎的那些路灯一样。

在大卡车旁边，那些阴影处的人带着浓重的外国口音，对仓库门口的那个人大喊着。他们要他坐到那辆卡车里，他们希望卡车现在就离开。

在仓库近端，一扇小门部分地被推开了。两个人从下面滚出来，从那个平台跳到地面上。里面逸出的光线，拉长了他们映照在路面上的阴影，突击步枪的剪影，增加了他们四肢的长度，让他们的头部轮廓发生了扭曲。

沃克说，“老大，派对客人九点到。”

在屋顶上带有红外线瞄准器的狙击步枪，意味着假使他们想要杀人，这个过程在几分钟内就会结束。但是，这种私刑惩罚的难题在于很难区分雇员和罪犯。他们的直接目标就是救出罗根，同时不会杀害无辜者，或者因为其他事情遭到杀人指控。冷血的复仇，可以留待以后再说。

在场地对面，卡车另一侧的那几个人，继续朝那个司机喊叫。每当他开始移动时，沃克就会朝他的脚下开上几枪。在布拉德福左侧，那几个带着步枪的人从仓库爬向围墙，爬到了视线范围之外，估计是要继续爬向靠近狙击手的位置。

由于地面上有五个敌人，靠近18轮大卡并冲到里面，必然伴随着嘈杂、凌乱和风险，但不管里面有什么，它显然对于威尔斯运输厂的人很重要，而且无论罗根是否在里面，里面的东西都可以被用作一个讨价还价的筹码。

由于玩偶大亨的人马不顾一切地想要让18轮大卡离开，布拉德福有了另一个替代性的计划，他迅速下达命令，改变了战略部署。

狙击枪停止了射击。

那个仍站在原地不敢动弹的司机，拒绝听从那些人的要求，所以他自己的人开始朝他的方向开枪，强迫他按照他们的吩咐做。

布拉德福绕过最后几辆卡车，匍匐前进到他和大卡车之间的空地上。又向前靠近了几英寸，一阵步枪“啪啪”的射击声划破了夜空。他头顶上方的挡风玻璃被打碎了，金属对金属的撞击，让卡车两侧出现了很多凹痕。

他忽略了寻求掩护的本能，快速冲向驾驶室。

每一步都引来一阵步枪的射击，那是对着他的方向的一阵连续的短促射击，它先是被司机的尖叫声打断，然后是一阵沉寂，最后是从旁边那所房子里面的两支步枪的扫射。

自动步枪的加入，让卡车旁边的地面上尘土飞扬。布拉德福在到达那辆大卡车时没有停顿，与其说是爬上去，不如说是他一跃跳上那个阶梯状侧面，把驾驶室车门向外猛拉，然后冲了进去。

在另一侧打开的车门旁边的空地上，那个卡车司机看到他，一下子僵住了。

布拉德福把他的枪对准那个人，说，“我现在是你最好的朋友，你马上上车，带我们离开这里，而且我向上帝发誓，我是不会伤害你的。”

那个司机张开了嘴巴，好像要说什么，但他没动。

23 代价

意大利，蒙特布鲁诺市外围

妮瓦盯着车窗外，努力地想要辨清那些阴影的动作，那些混成一团、离汽车越来越远的纷乱的拳脚和击打过程，直到在一团黑暗中，她分不清谁是谁，或者什么是什么。

她的手掌变得潮湿，额头感到一阵灼热的刺痛。

一切都发生得这样快。她被暴力展开的速度惊呆了，她瞪大眼睛看着车外的情景，接着，一阵恐惧感突然袭来，她关上车窗，锁上车门，带着一线希望察看了点火装置，也许在匆忙之中，迈克尔会把钥匙留在上面。

但她没有看到钥匙。

在随之而来的激动和恐惧中，妮瓦没有了时间概念，现在，她的心脏怦怦直跳，催促她步行逃离，恐惧却把她牢牢固定在座位上。在这条道路上，两边都是被星星点点的灯光点缀着的无尽的黑暗，好像她们恰恰选择这个地方停下来，只是因为它最大程度地远离了自出发以来，妮瓦能够回忆起来的一切，而且在那里，在夜色下某个空荡荡的地方，一只来自监牢的魔爪正准备伸向她。

她不知道朝哪个方向跑，才能够避开那个人，但她知道他是什么类型的人——他以伤害他人为乐。如果他能够找到她，那么毫无疑问，他是会那样做的。妮瓦的脑海里出现了各种类似于恐怖电影的画面，而那个死者和迈克尔呕吐的场景作为背景蒙太奇而浮现出来，这进一步增加了她的恐惧感。

那个人死了，因为妮瓦逃跑过。假如她真的逃掉了，他们会怎么做？他们一定会杀死她所爱的某个人，也许他们已经那样做了。

她的内心感到痛苦。

她的胃部感到难受。

妮瓦抑制住这种疼痛感，竭力向窗外看去。除了黑漆漆的夜色和一团模糊的动作，什么也没看到。她必须逃跑。她双手颤抖地去摸索车顶灯，然后关闭了开关，这样当她打开车门时，灯光就不会亮起来，随后低着头，慢慢地从乘客座位滑到司机座位上，她的动作很小，以防万一。外面有人喊了一声。

妮瓦哆嗦了一下。

枪声打破了沉默，妮瓦摸索着门锁。

迈克尔是唯一没有带枪的人，这意味着迈克尔是唯一可能被射中的人，这意味着迈克尔已经死了，而且现在那只魔爪离她更近了。

车门没有上锁，妮瓦去摸把手。没有摸到，接着，车门奇迹般地自行打开了。

妮瓦差点儿叫出声来。

她的眼睛从地面向上移动，搜索着站在车门外那个人的面孔，接着，就像是某个神奇的幽灵一样，从黑暗中传来迈克尔的声音，“离开我的座位。”

恐惧、欣慰、紧张和恼火掺杂在一起，让妮瓦笑起来。紧张的笑声。疯狂的笑声。

迈克尔蹲下身来，这样她们的面孔平齐而接近。从这个位置，即便没有开车顶灯，妮瓦也能够看见迈克尔的眼睛，看见它们正在仔细打量着她，似乎是在搜索她是否受损的证据似的；她还可以看到，迈克尔的嘴唇肿胀而且有伤口，左颧骨上的皮肤有个裂口正在出血。

“你没死。”妮瓦说，她感觉自己的嘴里好像塞了棉花似的。

“没死。”迈克尔说，然后去摸妮瓦的头发。妮瓦退缩了一下，啪地一巴掌打开迈克尔的手，接着，她惊恐地意识到她做了什么，并等待着从未有过的报复性还击。

“我不会伤害你的，”迈克尔说，“你再把灯重新打开好吗？”

妮瓦愣了一下。

这不是此前面对那个人的死亡时的迈克尔，也不是把正在尖叫的她拖到路中央的那个迈克尔。声音还是一样地单调平静，但这当中有某种不一样的奇特的东西。妮瓦一边小心地把脸伸向前面，一边向后去摸那个按钮，她摸到了它，随即推了一下，昏暗的灯光打开了，在黑暗中令人难受。

这一次，当迈克尔把手伸到妮瓦的脸上时，妮瓦没有动，她谨慎而戒备，迈克尔摸到她脖子上的头发，把它抬起来，检查了那个魔爪把她撞到车窗上的部位。“疼吗？”她问道。

“不疼。”妮瓦低声说，身体仍然僵硬，眼睛密切地注视着迈克尔，极力想要找到那个不一样的东西——脸上或者眼睛里的某种东西——呆滞，也许是茫然，就像是迈克尔自己都从未察觉的某种东西：眼睛的外表尚有活力，眼睛的后面是死亡。

迈克尔把头发放下来，轻轻地推了她一下。“到那边去。”她说，妮瓦的脑海里权衡着在她眼前的迈克尔的危险性和黑暗中那个魔爪的危险性，一边退回到她刚才从那里爬开的座位上。

“既然你还活着，”妮瓦说，“那个家伙是不是死了？”

“早晚有一天。”迈克尔说，然后把手伸到座椅后面去摸那条毯子。

“也就是说，他还活着？还在外面？”

“暂时活着。”她说。

“我听见枪声了。”

迈克尔再次点点头，擦了擦淌到下巴的鲜血。“一个警告。”她说，随即坐到方向盘后面。

她关上车门，车顶灯关闭了。然后，尽可能大角度地放倒座椅，并且闭上眼睛。

“现在我们该怎么办？”妮瓦说。

“等着。”

“等什么？”

“我要知道我的朋友还活着。”迈克尔说，这句话让妮瓦的后脖颈感到一阵灼热。那个朋友是迈克尔在这里的原因，而且就连一个傻瓜都会知道，如果那个朋友还活着——妮瓦不愿再想下去。迈克尔把头转过来并睁开眼睛，一眨不眨地注视着她，那是一种令人恐惧的呆滞的凝视，就好像她有蓄积了100年的话要说，却没有任何生命力把它们说出来似的。妮瓦嗫嚅地说，“我想，也许，你是知道的。我的意思是，我发现你是一个女人，我只是……”

“我并不想这样做，”迈克尔说，“我必须选择。如果不这样做，我不知道有多少人会因我而死。”她再次把脸转向天花板并且闭上眼睛。“不仅仅是我所爱的那些人。我也很惊讶，他们没有用你的家人威胁你。”

“他们有过，”妮瓦说，“但我不相信他们有那样的能力。”

“我觉得你一点儿也不傻。”

“我的父母都是有权势的人，”妮瓦说，“不是什么人都可以接触到他们，而且他们正在找我，他们肯定在找我。”

“没错，”迈克尔说，“而且那些家伙——”她手指在空中划了一个圆圈，“他们现在知道这一点。我觉得他们一开始就知道，这就是为什么我会在这里。”她停顿了一下，睁开眼睛，直视着妮瓦。“你骗过了所有人，因为你改变了名字，隐瞒了过去。大概正是这一点现在救了你，每个人都在猜测你，还有你那样做的原因。但现在这些不再有多少意义了。如果你不按他们的要求做，他们还是会找到并且杀掉其他人。也许不是你的爸爸妈妈，而是你的姐妹，你的表兄妹。”

妮瓦试图逼退所有这一切噩梦、疯狂、混乱和没有意义的言辞。“那我呢？”她说，“谁来救我呢？”她的声音提高了一点儿，随即带着更大的困惑补充说，“你知道我的家人吗？”

“如果我知道，他们就会知道的。”迈克尔说，然后叹了口气。“你没有想到这一点，是吗？这几个星期发生了什么？”

这几个星期。

妮瓦说出了这个词。她的手掌抱住了头，试图推开正在脑海内部开始封闭的墙壁。在那个冰冷的石头囚室里，她失去了时间的概念，因为那里没有黑夜和白天，她只能根据睡眠间隔、饭食供应、看守的变更和侵犯她的那些混蛋的到来计算时间。如此多宝贵的时间被盗走了。

这几个星期。

她无法用言语或声音——也没有能力——去表达那种令人作呕的焦虑感。她的父母会以为她已经死了，也许以为她的消息将永远石沉大海，再也不可能知道——没有遗言，没有道别或者“我爱你”之类的表白。就是这样。被别人生生抢走，与这个世界脱离联系，没有办法发送消息，告诉他们她还活着，正在不惜一切代价地想要回到他们身边。她不可能做出多么礼貌而完整的回应，所以对于迈克尔的问题，她只是回答说，“我是被关着的，所以我又能知道什么呢，对吧？”

时间一分一秒地过去，随着沉寂时间的延长，妮瓦的焦虑感跟着增加。她不能确定在迈克尔那种蛮横的捕猎者的本性回归之前，她能够说什么或者能够做到哪一步，她最终小声地说，“到底发生了什么？”

迈克尔只是摇摇头，说，“你应该把紧身衣穿上，把你的脸弄干净。不要给他回来的借口。”

妮瓦踢掉鞋子，最大限度地发泄着她眼下敢于发泄的沮丧之情。伸手去够掉到车垫上的那个袋子，把它抓出来并将塑料撕开。“说真的，”她说，“我想知道。”

“没什么。”迈克尔说，并把她的手指放在嘴唇上，指了指仪表板，又再次用手指在空气中划了一个圈，然后指着她的耳朵，于是妮瓦就明白了，她们不仅一直被跟踪，而且她们的对话也被监听。

芒罗断断续续地打瞌睡，一个钟头，也许是两个钟头，这段时间的沉默和停工以及减压，几乎很难平息遭到报复的恐惧感，就像是一种猜谜游戏一样，她不知道在她所爱的几个人当中，哪一个人会成为玩偶大亨的下一个目标，她无法回避在最近十年里，她从未得到过的第一次真正的平静被夺走的事实，她再次被推到深渊的边缘，她在整个成年时期，一直试图避免的那种疯狂的处境。

与阿尔潘的搏斗以及随之而来的疼痛感，让她得到了一种释放，让暴力和内心那些声音的压力获得了暂时性的平息,但它们很快再次出现了，它们强化了她的愤怒之情，弱化了她的怜悯之心。

突然响起的电话刺耳的声音划破了静寂，妮瓦几乎跳了起来，然后喃喃自语，“不，不要再有了。”

芒罗拿起电话，检查显示屏，然后对惊慌失措地凝视着她的妮瓦低声说，“我们现在应该没事了。”

屏幕上显示的号码不是鲁马尼的号码，这意味着打电话的人必然是玩偶大亨，而且如果说过去这几天所发生的事情预示着接下来的情况会如何发展，那么即便这个电话可能是另一场战斗的预兆，它也不大可能宣布另一个人的死亡，因为玩偶大亨宁愿打发他的爪牙和步兵来传达坏消息。

芒罗一声不吭地接了电话，过了好一会儿，玩偶大亨说，“我的朋友，你在听吗？”他的声音温和而友善，溢满了他在那被玩偶充斥的办公室里每一个举动所具有的意味。

“我在听。”芒罗说。

“我不能满足你的要求。”

“既然这样，我看不到我有什么理由继续走下去了。”

“实际上，”他说，“这只是时间问题。你的朋友，他还活着，这是肯定的，问题是选择什么时机向你证明这一点。接着出发吧。再前进一段距离，用不了多久，你就会看到你想要看的东西。”

“你无缘无故地杀人，”她说，“你没有任何损失，却仍然要夺走他的性命。”

“无缘无故这种话是没有意义的，”他说，“你要为你导致的每一个局面承担责任。不管发生什么事故，你都必须承担代价。我从一开始就说得够清楚了。”

事故。

因为妮瓦逃跑过。

诺亚的生命被用来补偿紧身衣和睫毛膏。

“那个死去的人，”芒罗说，“他有什么责任？”

“那是你的责任，是对你出现事故的惩罚，所以你如何处理问题都要考虑到后果。你接受了一个任务但却出了问题，所以就要付出代价。你现在可以纠正，这样就能避免更多的痛苦。”

他的回答完全不相关。她追问的是人的生命价值，他关心的是对服装的损坏。“你说过这个任务和我自己有关，说我欠你的。你已经把罗根作为人质了，但是，你却结束了另一个与这件事毫无关联的人的生命。”

“真的很不幸，”他说，“你现在必须继续上路了。”

芒罗吸了一口气，对抗着脑海里的战鼓声，说，“如果你不能向我证明罗根活着，那我就没什么怕失去的，所以，不，我不会继续出发。见不到他活着的证据，我就不会继续出发。”

“还有其他人，”玩偶大亨说，“还有其他对你很重要的人，所以明智的做法是听从我的安排，避免更多的不幸。”

她能够听到他的声音里的窃笑和幸灾乐祸，他的威胁仿佛让她的头部又挨了一记重拳。

她浑身一颤。

策略就在那里，模糊难辨。

正如他说的，还有其他人。在她到达目的地之前，他们都会被用来要挟她，操纵她。除非他得到他想要的结果，不然一切都不会停止，而且当他赢得了这场较量之后，她注定会死，还有罗根，最终还包括妮瓦等人。

内心深处的那些声音再次响起，变成了越来越响亮的喧嚣和呐喊。

终有复仇之日，他必须为他所做的每一件事情付出代价。

不管她的脑海里设想出什么样的计划，结局总是死亡。脱离他的控制，为了救出一个人而牺牲另一个人，她就会失去一切。他似乎拥有更大的力量，控制着细节和全局。接受这种疯狂的唯一办法，就是颠覆这个游戏，让它的组件散落。

“我已经没什么怕失去的，”她说，“我也不会害怕你会做的事情，它们休想伤害我，因为我已经死了。”

“无辜者会跟着遭殃。”

“那就让他们遭殃吧！”她说，然后挂断电话。

24 镶板

德克萨斯州，欧文市

那个卡车司机一动不动地站在驾驶室门口旁边的空地上，那种进退两难的表情，清楚无误地浮现在他的脸上：要么掉头跑回到可能朝他开枪的场地上那些人那里，要么面对正指着他的脑袋的那支枪，以及一旦开车到达目的地，就可能将他射杀的这个陌生人。

布拉德福重复了他的指令，缓慢而明确地要求他坐进车里，将卡车开动起来，在这似乎显得无比漫长的几秒钟里，面对司机持续的犹豫，他重复了他的承诺。“这是你眼下唯一正确的选择。”

司机把注意力焦点从前面转向侧面，并且扭头看了一下，似乎是准备逃跑似的，于是布拉德福把枪口降低并对准他的胸口。他的眼睛始终盯着那个司机，一边从背心里掏出那个遥控器按了一下，引爆了爆炸装置。

仓库的爆炸声划破了夜空，这是自动步枪绝不可能达到的一种效果：它摇撼着整个地面，甚至让驾驶室颠簸了一下，布拉德福感觉到了那种力量。不管那个司机有过什么样的犹豫，不管他原本准备做出什么决定，它们都被那巨大的爆炸声和随即产生的反光解决了。那个司机猛然跳上来并一头冲进驾驶室，砰地关上车门，考虑到他的腰围，其速度之快是布拉德福所无法想象的。

坐到方向盘后面以后，那个司机就放开了制动闸，卡车开始朝那个仍然关闭的铁丝网大门驶去。那些正在射击的人就跟在卡车后面。布拉德福可以从侧视镜看到他们，仓库那里传来的又一次爆炸声，让他们全部卧倒在地。

“把前灯打开，”布拉德福说，“还有，不要停，直接朝门冲出去。”

司机一言不发，只是伸出手打开了灯，继续向前开，卡车前面的金属格架碰到大门并继续前进，就连坐在驾驶室内部的布拉德福都能够听见和感觉到金属在压力下扭曲而产生的尖锐的声音，然后车头通过了大门，车轮行驶在街道上。

“向北开。”布拉德福说，接着，这个装载了大量负荷而显得难以控制的庞然大物开始缓慢地转向，这是一种只有这种超大型卡车才能产生的令人震颤的移动效果，尤其是在密集的枪声里，它的转向就像通过一个个泥坑似的显得格外笨重而迟缓。

接着远处出现了蓝、红和白三色闪光——布拉德福没有听到警笛声，甚至不能清楚地看到那些巡逻警车，但它们正在驶来。他对着话筒说，“老爸快回来了。派对结束。”

司机转头盯着他，停顿了很长一会儿，说，“去哪里，老板？”这是一个问题，去哪里呢？欧文市的麻烦在于，这个城市几乎正好处于达拉斯和沃斯堡之间，这是一个被密集的文明所包围的地带，无论朝哪个方向，都没有离开这座城市的快速出路。北方是最好的选择，但如果罗根不在卡车里，布拉德福就不想浪费时间陪着这个庞然大物出城。

“顺着I−35州级公路朝丹顿市开，”布拉德福说，“开快点儿。”

司机点点头，他改变了档位，卡车开始加速。

三辆鸣着警笛的巡逻车从旁边快速驶过，透过反光镜，布拉德福看到那几辆车在那个运输厂围墙外面停下来，而且车门迅速打开。他没有从贾汉和沃克那里得到无线电反馈，这是一个好消息。只有当出现麻烦时，他才会听到他们的报告。如果他们安然脱身，接下来的联系方式是打电话。

“卡车后面是什么？”布拉德福说。

“那个纸夹板上有货物清单，如果你想看看的话。”

“我问的不是这个问题。”

司机再次瞥了布拉德福一眼，起初感到茫然，既而露出领悟的表情。“你是说我拉的不在购物清单上的东西？”

“没错。”

司机暂停一下，然后说，“你认为我还会拉什么呢？毒品？”

“人。”

司机微微笑出了声，那更多的是如释重负而不是感到好笑。“噢，伙计，不，那是不可能的，”他说，“我们不是从墨西哥过来的。有时候会南下，但是货物只跑单程。”

“我说的不是非法移民。”

布拉德福只说到这里，因为和一个小卒进行这样的谈话是没有意义的。“你知不知道有什么偏僻的地方可以停下来，距离大都会区外围不远的什么地方，而且不会引起别人注意？”

“应该没问题，”司机说，“但是你的那个玩意儿让我真的很紧张。我需要你确保你不会使用它。”

“如果我打算杀人，在运输厂的那些有枪的家伙早就没命了。”

司机再次切换了档位。“我相信你说话算数。”

他说，不过身体显示出躁动不安的迹象，那是布拉德福在一个想要战还是逃二者之间做出选择的人身上看到的迹象。

“你原本要把这些货送到哪里？”布拉德福问道。

“休斯敦，和往常一样。”

布拉德福重复了后面半句话。“和往常一样？”接着，“你只去那个地方？”

“我开小点儿的卡车会跑全国各地，但是开这辆大卡，是的，只去休斯敦。不过在卡特里娜[27]到来之前，我跑的是新奥尔良。”

“那不会有什么问题吗？”

那人耸耸肩。“我做我的工作，从不过问更多的东西。”

“你叫什么名字？”

“戴夫·洛克里德。”

“OK，戴夫，听着。我现在就想进入这辆卡车的后部。我不想伤害任何人，我也绝对不想杀死任何人，而且我没打算拿走任何东西。我确信有一个人在后面，我到这里就是为这件事的。我想要速战速决，我需要你做的，就是不要给我增加难度。你能在这件事上和我合作吗？”

当贾汉打来电话时，他们刚刚离开路易斯维尔，他们简单地交换了一下基本信息，于是布拉德福知道他的团队是安全的，并确认了如何会合的细节。解决了这件事之后，在向北行驶的余下的路途中，他通过三言两语的交流，从那个司机嘴里探听到更多的信息。

洛克里德虽然语速缓慢而且出言谨慎，而且由于情绪紧张的缘故，纯粹是为了谈话而谈话，但还是随着情绪的逐渐放松，不自觉地向布拉德福透露了远比后者设想得更多的情况。事实上，在休斯敦，有威尔斯经营的第二个卡车运输厂，那是在作战室的挖掘过程中从未出现的一个地点。一个就洛克里德目前所知，从事进出口业务的小型办事处，一个非常符合布拉德福对于威尔斯运营方式所作的推断的地点，加之休斯敦的海运和空运都很方便，布拉德福怀疑在玩偶大亨的经营网络中，这个相对隐秘的小型运输场所，是将其产品输入和输出于这个国家的主要渠道。

团队会合地点是在丹顿外围那条州际公路不远处的一个公园：那里有树木和草地，附近有一个冷清的停车场以及棒球场和足球场，这是一个相对安静而且人烟稀少的区域。

27. 飓风卡特里娜是2005年8月出现的一个五级飓风，在濒临美国墨西哥湾沿岸的新奥尔良造成了严重破坏，被认为是美国历史上损失最大的自然灾害之一。

制动器发出嘶嘶的声音，布拉德福从驾驶室跳下来，绕到卡车后面，洛克里德也从驾驶室另一侧跟上来。在卡车车尾处，他们注视着那道门和门上的两只双螺栓挂锁。“你有钥匙吗？”布拉德福问道。

“我倒是希望我带在身上了，平时都会有。因为开枪，我没顾得上这件事。”

“仍然不知道里面有什么吗？”

司机摇摇头。“我只知道有供货单上的东西。”

“你通常到休斯敦以后会怎么做？”

“把卡车停到指定的地方，交出文件和钥匙，拿到收据，然后离开。”

“到哪里去？怎么离开？”

“通常情况下，公司会派车送我离开。我在当地的汽车旅馆过夜，早上回去，把车开回来，有时拉货，有时空车。”

“但总是拉着这一个拖车？”

洛克里德点点头。

“没觉得有什么奇怪的地方？”

司机两手一摊。“这就是一份工作，”他说，“我不会考虑那么多。”

他们在沉默中等了几分钟，直到沃克开着那辆日本五十铃“骑兵”车赶过来，并把车停在大卡车旁边。贾汉也随即赶来了。

他们关掉了灯光和引擎，从车上跳下来，站在布拉德福旁边。他指着挂锁。“司机没有钥匙。你们有谁还有起爆药没用吗？”

贾汉从背包里掏出起爆药，将系索缠住每一只挂锁锁环并且打上结，然后把引信拉出来。接着四个人都退后了几步。就像刀切黄油一样，炸药瞬间切断了那个金属物，一些碎片散落下来。布拉德福去掉剩余的物件，推开螺栓，把门向外拉开。借着手电筒的亮光，他们一起朝这个黑洞洞的、摆满了几乎高至车顶的大号包装箱的容器里望去。

沃克叹了口气。“他们不可能让我们那么容易得手，对不对？”

布拉德福踏上卡车，沃克跟在他后面上去。

贾汉说，“需要我把这个家伙铐起来吗？”

布拉德福说，“不用，他没地方可去，”然后盯了那些箱子一会儿，“嗨，戴夫，你上来，帮我们把这里清空。”

沃克说，“这当中肯定有某种机关，进到里面的某种途径。每次都把所有东西装卸一遍是没有意义的。”

“有可能，”布拉德福说，“你看到了吗？”

沃克摇摇头。

“杰克？”

“我眼前都是纸箱子。我们把它们搬下去好不好？”

布拉德福抓住一个大箱子，向那个司机的方向推过去。箱子很重，只能用手推动。“检查一下里面有什么，”他说，“看看是否符合你的供货单。”

文件上写的是孩子使用的家具，而且那些笨重的箱子装着各种木头包装材料：看上去都是正品货，并可能真正用于出口。四个人沉默而又气喘吁吁地开始卸货，在车厢内部倒出足够大的空间，以便可以把箱子从一个位置挪到另一个位置，同时怀着希望寻找着目标。

布拉德福向车前走到一半时，第一次听到了几乎无法察觉的微弱的敲击声，这引起了他的注意。他伸出一只手让他们停止动作，在寂静中，其他人也听到了那种声音，虽然声音并无明显的来源，而且微弱到会使人觉得，这种敲击是想象出来的声音。

那个噪音——如果可以这么说的话——似乎在靠近车前的方向最突出，所以，布拉德福把注意力从挪动箱子转向直接清理出一条通路，然后走到车厢前部，不过，他在车厢尽头处没有发现任何东西。

敲击声再次传来，比之前的声音更大，不过声音来源并不比他们第一次听到时更清晰。贾汉通过狭窄的通道挤到布拉德福前面，蹲下来，把手掌和耳朵贴在车厢上，等待着再次敲击。当它到来时，贾汉摇了摇头，没有任何振动。

在令人失望的沉默中，每次吸气和呼气，产生的回音足以淹没他们与希望之间微弱的联系，直到敲击声再次传来，这一次更大，而且无疑是一个“SOS”求救信号，它似乎无处不在，又似乎没有任何来源。

最后，洛克里德道出了那个明显的事实。“它不可能是从哪个箱子里传来的，”他说，“它们都没大到可以装下一个人。”

“假车厢，假的地板，假天花板，”沃克说，“只能是这种情况。”他们暂停了片刻，没有进一步的讨论或咨询，再次开始挪动货物，速度更快，也比此前少了一些谨慎，把箱子推到后部，又从车上推下去，并不在乎商品是否掉落出来或者包装是否破裂，只有一件事让他们感到振奋——在这个卡车的某个地方，很可能有他们寻找的目标。

当车厢最终被清空，车外的地面上堆满货物时，布拉德福用手电筒光束搜索着每一个角落和缝隙，而贾汉用手指关节敲打墙壁和地板，试图找到有助于发现隐藏空间的某种模式的变化。

求救信号再次重复，这一次，他们每个人都自然而然地转头看着天花板，声音似乎是从那个方向传来的。“不可能在那里，”沃克低声说，“一定是在前面。”

她让布拉德福把手电筒对准她的指尖方向，她的一只手顺着从地板到天花板的前角缝隙向上摸索。摇摇头，又返回再次尝试。她终于暂停下来，说，“我好像找到了。杰克，帮一个忙。”

沃克把几英尺外的一个点指给他。“按住那里，”她说，当两人在同样的水平线上施加压力时，那块镶板“咔嗒”一声，向内移动了一英寸，然后向侧面滑动几英尺。

卡车里陷入了沉默，就好像一台真空吸尘器吸光了所有空气似的。

布拉德福抑制着挤到前面的冲动。他待在原地，让理所当然地赢得这一时刻的沃克自行处理，看着她把手电筒光亮照进那个开口里面时的面部表情，并且感觉到了那种失望，因为被照亮的地方并不是一个隐藏点，而是紧贴着曾是车厢墙壁所在位置的另一面墙壁。那是一个狭窄的小门。

通过几英寸厚的绝缘材料，一个藏在那面假墙后面的隐蔽的小房间，与这辆大卡车的实际墙壁和地板分开。

沃克示意贾汉过来把锁打开，说，“还用起爆药吗？”然后退到一边，给他倒出地方。就像对付卡车外面的挂锁一样，他再次把系索缠到锁头上。

锁头的组件分离开来。一半落到地板上。沃克走到前面，打开小门，把手电筒的光芒朝里照去。她脸上的表情告诉了布拉德福想要知道的一切，他感到喉咙发紧。

沃克进入那个可说是浑然天成的小房间，从他们的视线里消失了。洛克里德挤到贾汉前面，把他推到一边，这几乎使后者原地转了一圈，并且冲向卡车后部。

他伸出头开始呕吐。

贾汉跟在沃克后面朝里面看去，朝布拉德福的方向谨慎地瞥了一眼，然后让到一边，让布拉德福挤进一个具有卡车车厢宽度、但深度不到3英尺的区域内部——几乎相当于一个爬行空间。这个空间顶层的通风口贯穿到卡车车厢顶部，即便有轻微的空气流动，里面仍然散发着腐败变质的体液的恶臭。

沃克把手电筒照在那具蜷缩在一张垫子上的躯体上，它以可怕的非人的姿态扭曲着。脓液从粗略包扎过而且感染的伤口渗出来。

“哦，上帝！”沃克低声说，实际上，她的确无法再多说什么。由于药物导致的眩晕状态，罗根的眼睛呆滞而失神。他倚靠在墙壁上，如果不是因为头部裹缠着肮脏的绷带，他的下巴就会和眼神一样无力并耷拉下来。他的手腕伸向后面，指关节敲打墙壁，继续发出凄婉的、和第一次提醒他们他的存在同样的“SOS”求救信号。

找到罗根并发现他还活着——虽然看上去只剩一口气了——的兴奋感，很快转换成一种梦魇：如何设法把他安全转移。他需要立即被送到一个设施齐全、能够处理外伤及并发症的机构就医，而且考虑到在运输厂发生的一切，他们不能冒险把卡车直接开向一个急诊室。

布拉德福忍受着令人作呕的恶臭气，绕过尿液、粪便和血液走到罗根后面蹲下来，这样他的嘴就贴近罗根的耳朵，胸部支撑住罗根的头，就像父母安慰在夜里惊醒的孩子那样，低声说着使其平静下来的话：他们会带他离开这里，他会没事的——他一定会没事的。

那张肮脏的垫子，成了一种运输工具。

罗根从未喊叫过，从未说过什么，但是，当他们把他慢慢移出这个小房间——尽可能小心而且动作轻微地沿着地板缓慢前进——的时候，他那呆滞的目光里混杂的痛苦和感激之情，足以代替所有不曾说出口的话。

当他们终于吃力地让垫子和他受损的肢体通过那道小门，进入到卡车车厢这个更大的空间里，进入到能够正常呼吸空气的地方时，他们可以暂停下来商量下一步的策略。凯普斯通的团队围聚在一起，这样就不会被洛克里德偷听到，不过此举是完全不必要的。那个司机挤到前面进入那个小空间，看到了这个特殊的货物，然后再次冲出去，此后便有意识地与他们保持着距离。

在其背后，他们低声做出了决定，制定了计划。

布拉德福离开卡车，将那辆“探索者”开到卡车车厢后面，这样就更容易将罗根从卡车转移到汽车里。沃克将所有武器弹药都转移到她开的汽车里。她将返回凯普斯通去处理办公室事务，而贾汉和布拉德福将继续带着罗根跨越州的边界。

他们会带他去俄克拉荷马的一家医院，在这个地点，到达那里的距离并不比达拉斯的医院远多少，而且在那里，人们也更难以把罗根和德克萨斯州的事件联系起来。他们不能长时间逗留，尤其是在如此多的问题尚未解决的情况下。

贾汉使用“探索者”原有的一张毯子和地面上的箱子里的包装材料，在那辆 SUV 后面搭建了一个有弹性的平台，当他和沃克一起把罗根安顿好时，布拉德福为了掩饰他们的行踪，把洛克里德带到了一边。

那个司机在卡车旁边踱步，缓慢地朝前走上几步，然后又折回来，两只手插在口袋里，一遍又一遍地重复同样的问题，不是对布拉德福说话，而是在喃喃自语，“我该怎么办？我该怎么办？”

一时间不知该说什么的布拉德福没有理会他，直到他终于对这种缺乏理性的姿态感到恼火，并且说，“听我说，你真的没有更多选择。”

洛克里德停止了踱步，转身面对着布拉德福。

“首先，你在枪战现场出现过。其次，你已经看到了这个——看到了你这么长时间运送的东西。你的雇主会知道的，他们有可能杀人灭口。即便他们不杀你，官方也可能会把你看成是帮凶。”布拉德福顿了顿，“实际上，你最好的选择是去报案。把情况说清楚，告诉他们今晚究竟发生了什么。”

洛克里德把手从口袋里拿出来，然后又插进去。“可是如果他们对我问起你怎么办？你是谁，你去哪里了？你不会也打算杀我吧？”

布拉德福摇摇头。“我不会找你的，”他说，“告诉他们实情。”他直起腰来，朝“探索者”走去。“告诉他们你不知道。”

25 该做的事

意大利，蒙特布鲁诺

活着的证明，就像死亡的消息一样到来了：一声噪音打破了宁静，手机屏幕发出提示性的亮光。芒罗将手机盯了很长一会儿，既没有去碰它，也没有眨眼睛。玩偶大亨走了一步棋，现在轮到她了。

信号很弱，鲁马尼的短信提供的链接网站，缓慢而渐进地加载，加载状态圆圈不断旋转，正在缓冲，正在缓冲……与此同时，在芒罗的胸口处，仿佛有两只手将其抓得越来越紧，另外两只手抓着她的脊椎，挤压着她的心脏，这种疼痛感让她的呼吸变得困难。而且那些声音——永远都是那些声音——呼应着她的脉搏疯狂的悸动，敦促她使用暴力，直到那个视频文件最终下载完毕，静止在那里，等待着播放。

罗根。

他的确还活着。

整个剪辑只有 1 分钟，但毫无疑问，他还活着——或者至少在拍摄这个镜头时还活着——他被打得不成人形，但仍有呼吸：乱蓬蓬的金发满是干燥的血迹，面部肿胀而斑驳，绿色的眼睛就像被番茄汁浸泡过的橄榄。由于摄像机的角度所致，她不能看到他身下那张坐垫以外的大部分房间，但很容易看出那个空间很狭窄，而且墙壁——如果那种声音可以信任的话——很高，不是用石膏板做成的。

罗根的身体被扭曲成奇怪的角度，面对着镜头，但眼睛并没在盯着它。“迈克尔。”他艰难地喘息了一下，好像是想到了什么似的再次开口。“这是给你的消息。”他说。他的话含糊不清，传输效果使其听起来更加断断续续。“他们说你在意大利，不在达拉斯，”他说，“说你在一条乡村公路的一辆车里，说你打了一个人，而且把他伤害得比他伤害你更重。你带着一个女孩。他们说，这些细节是你需要的证据。”

他再次暂停，眼神中透露出似乎是药物作用而导致的茫然和呆滞。他把脑袋从摄像头那里移开，注视着那帧图像框架以外的什么东西，直到一个可能是有人在说话的噪音吸引他的注意力，于是他再次开口。“他们说，如果你不照他们的要求去做，他们就会杀死更多的人。”他吃力地扭过头面对摄像机，尽可能直视着镜头，说，“迈克尔，听着。做你该做的事。”

剪辑变黑了，与罗根的联系，变成了一个等待重播的静止图像。芒罗盯着手机，然后关掉屏幕，闭上了眼睛。情感像山洪一样在她的血管里翻滚涌动：仇恨、悲伤、痛苦、还有爱。

即使是在面对酷刑和他自己的死亡的时候，罗根也依旧那样理解她。

做你该做的事。

她的决心变得越来越难以阻挡。那是一种彻底摧毁邪恶力量的决心。

罗根还活着。

她仍然有机会完成这项任务——交付包裹，救出罗根。

不。如果说罗根可以重获自由，那也应该是布拉德福——倘若他还活着——去救他。她中断了思考，把痛苦推到一边。当这一切结束时，她将有足够多的时间去伤心。

做你该做的事。

芒罗呼出了一口气。再次深吸了一口气，长时间的屏住它。随着每一次深深地吸气，她一点一点地摆脱目前的痛苦和悲愤，把注意力集中在她的任务上。如果牺牲罗根是为保全妮瓦需要付出的代价，那么仅仅拯救她是不够的。相对于每一个具有雄厚的家庭背景并被媒体猎犬不断追踪的妮瓦，都有被这个世界所忽略或者完全忘记——要么是出于无知，要么是因为漠然——其他成千上万的被拐卖的女孩和妇女。

不，如果罗根是那种代价，那么他的鲜血换来的，不应当仅仅是一条生命，而且不管面对什么样该死的牺牲，她都要尽可能耐心地等待，尽可能靠近那个交货点，并从那里找到属于她的机会。

在早晨五点钟，意大利热那亚市的街道，和黎明前许多城市的街道没有什么分别：相对安静而又冷清。鲁马尼安排的路线，是她们要从农村公路直接进入人口稠密地区，最终驶入与海洋平行的路面——不是穿过山脉之间的隧道，并且直线抵达法国边境的快速公路，而是不收过路费的规模较小而又蜿蜒曲折的沿岸省级公路。

不远处的海洋闪烁着光点，大小不等的船只和游艇，停泊在一个个港口与海湾那里，随时准备再次出发。

芒罗的脑海里开始闪现出一种新的策略：将妮瓦从旱地转移到一艘游艇的内部，这样一来，就再也不会有人听见那个女孩的声音。

当她们经过文蒂米利亚[28]时，黎明已经到来，太阳刚刚跳出地平线，海洋的蓝色已然能够与天空的蓝色区别开来。街道仍然安静，不过用不了太长时间，文明的气象就会开始躁动，而且幸运的是妮瓦再次入睡了。根据一系列短信的指示，她们距离法国边境有几公里之遥。

芒罗到达了那个检查点，一个挂有一面指示牌、类似于她们从克罗地亚进入斯洛文尼亚时经过的那种小型地区性前哨。她放慢了车速，如果必须停车的话，鲁马尼提供的文件就在手边，不过管理出入境的岗亭无人值守，于是，就像穿过一条普通街道似的，她们轻松自在地进入了法国。

28. 意大利利因佩里亚省的一座城市，靠近意大利与法国边界，被意大利人称之为“意大利的西大门”。

放在控制台上的手机开始震动。芒罗把它拿起来，打开短信，盯着最新一轮前进方向的指示。把她的脚从油门踏板上挪开，换成低速档，减缓速度，在路边寻找到一个空旷的地点。她拉下紧急制动闸，关闭了发动机。妮瓦还在睡觉，她取下钥匙，从车里走出来。

她挑衅性地拨打了号码，在响过第二声时鲁马尼接了电话。她没打任何招呼，没有说“你好”，或者是“你的脑子是不是他妈的有病”。她只是说，“把她送到那里没有任何意义，这种做法完全不合理。”

“你在这件事上没有资格提任何意见，”鲁马尼回答道，“你只需要完成任务，你要遵照指示，就这么简单。”

芒罗吸了一口气，捏了一下鼻梁，让自己缓解一下超负荷的疲惫感和压抑的情绪。与鲁马尼进行直接沟通的机会少而又少，每一秒钟都很重要。

芒罗需要稳住他。

“你说得对，”她说，声音更柔和，也多了忏悔的意味。“你说得对，我同意你的话——我只需要完成任务。其实我和你一样，只希望把这件事做好。不过请你告诉我，巴朗，从一个专业立场上来说，你感觉这样做对吗？已经走了这么远，难道我们应该冒险在最后一分钟把一切搞砸吗？”

“这么做不太理想。”他说。

芒罗俯身察看了一下妮瓦并接着说，“你也没有选择，对吗？”

“从来都是客户制定的规则，”鲁马尼回答，“我们只能去那里，没什么好说的。当我们到达目的地时，还会有更多的指示。”

“但是你要承担失败的代价。”

“是的。”他说，这个字眼就像是低沉的耳语。

她揣测着他的想法和情绪。

“是我的拖延才导致了这种局面吗？”她说。

“是的，因为现在只能在白天交货了。”他说。

“那么如果因为我的缘故，而不得不在白天把车开进那里而导致失败，那就是你的失败了？”

“也是你的失败。”他补充说。

“因为别人的原因而付出代价，那就太叫人泄气了，”她说，“要是因为我的缘故对你产生了影响，我要向你表示歉意。如果这次交货搞砸了，你会跟着遭殃吗？”

长时间的沉默，然后他结束了通话。

芒罗眼睛盯着地面，思考着。他已经给了她需要知道的东西，她相应地撒下了可能会让他选择休耕的种子，或者说，如果她幸运的话，这些种子最终会长成茁壮的、足以让这个玩偶大亨的马前卒脚下的那种硬化的表土发生松动和破裂的树苗。

芒罗一边沉思，一边用手指轻敲着引擎盖。

她们正在进入不到一平方公里的摩纳哥公国，这是世界上第二小的国家（仅次于梵蒂冈），也是人口最稠密的国家，是富人的避税天堂和游乐场，这个城邦国家最出名的是赌城蒙特卡洛和一级方程式大奖赛：一平方公里的山腰地带；蜿蜒而拥挤的小型公路，拥有地下停车场而且星罗棋布的高楼大厦，它们距离这条沿海路线的路程不超过 20 分钟。

倘若在夜幕的掩护下，进入那个地带可能是有意义的，但是在凌晨这个时间，载着妮瓦进入这个城邦国家的中心会引起注意，从而把一个简单的交接和送货上门的服务变成某种轰动性的自杀式的任务。

摩纳哥。

疯狂之举。

即便是一个在青少年时期，并没有将枪支和毒品多次带出无人盯防的边界的经历的人也会知道，目前的安排，并不是一个想要确保任务成功的个人或者组织制定的那种规划。这是一个嘲弄并挑战权威机构关注、发现并阻止它的举动。

这缘于客户的规定。

这是毫无疑问的。

一个富有、无聊、聪明、有虐待倾向的客户：因为交易拖延而感到恼火，因为要捉弄其合作伙伴——那些犯罪分子，同他们玩游戏，在提高了赌注的同时，也为他们设置了失败的陷阱。

指示的交货地点，靠近摩纳哥的深水港海克力斯港，那里也是世界上许多最大的私人游艇停泊或访问之处。不过值得一提的是，相比于在光天化日之下，带着一个极易被认出的被拐卖女人进入这个犯罪率最低和人均警力最高的国家，然后再悄悄地把她转移走，那里是否也更适合捉弄你的马前卒，或者更容易以过分自负的姿态嘲讽当地管理部门的效力？就如同一只狐狸大摇大摆地走进鸡舍，并且故意刺激农夫去追赶它？

芒罗把手伸进口袋，掏出那只偷来的手机。

她的行程是被设定的，但在继续出发之前，她希望来自达拉斯的消息能够让内心的声音静止下来，让她可以完全投身到任务中。

她启动了屏幕，然后愣了一下。电池——即便还剩下一点点——却没有任何信号。芒罗关掉了手机，她因为不了解达拉斯那边的情况而感到焦虑。在接受将把她带到客户那里的最后指令之前，需要得到所有关键性的信息并做出相应安排。

她返回到司机座位上。在相对寂静中显得很响亮的发动机运转声让妮瓦醒过来了。当芒罗刚刚把车从停车场开出时，从睡梦中醒来的她慢慢地睁开眼睛，立刻陷入了彻头彻尾的恐慌。妮瓦把视线从芒罗转向公路，然后是人行道，接着再次转向公路，好像这几个钟头她在脑海里一直都在盘算逃生计划，而且刚刚醒来，就发现时间和机会已经溜走了。这个仍然处于半梦半醒状态的女孩开始挣扎，同时去抓车门和安全带，她的身体绷得紧紧的并且想要逃走。

芒罗猛然伸出一只手，按住她的手臂。“不要动。”她说。接着，当睁大眼睛的妮瓦开始怒目而视地准备搏斗时，芒罗把她按得更紧了，并且拉近自己。她咬紧牙关说，“不要那样做。我会帮你想办法的。”

不论这句话对于妮瓦是否有影响，女孩都在用力地向后猛拉，将那只挣脱开来的手握住车门闩，又啪地按下门把手；车门打开了一条缝。芒罗无法在控制妮瓦的同时继续开车，所以她伸出两只手试图按住妮瓦，而且一秒钟后，不得不使用整个上身压住她。

她松开了离合器和制动闸。

汽车向前蹿了一下，撞到了前面那辆汽车。

她调整了身体的姿势，将第二只手抓住妮瓦另一侧肩膀，从方向盘下面抽出一条膝盖，膝头用力撞了妮瓦的骨盆，相对于妮瓦相对较小的体型而言，她的体重和身高具有压倒性优势，不过妮瓦仍未停止下来。在这令人窒息的瞬间，女孩又踢又打，又抓又咬，最后撕心裂肺地尖叫起来，令人汗毛倒竖。

街上行人很少，但只要被一个人发现，情况就会完全改变。打开窗子的房屋，敞开大门的庭院，只需要一个好奇的旁观者，这一切结束了。芒罗迅速地把身体靠在椅背上，打了妮瓦一记响亮的耳光。

突然遭到击打的妮瓦睁大了眼睛，变得目瞪口呆并安静下来。“闭上嘴，”芒罗小声说，“待着别动。我会想办法的，OK？”

26 注定

她们在摩纳哥公国最北端边境进入了这个国家，并且感受到了街道标牌的显著变化和建筑密度的突然密集。

全球定位系统引领她们沿着海滨向南行进，经过两边是树木、而且逐渐被早上的车流所充斥的古朴而优美的街道；经过该国东北方向的拉沃托海滩地区；经过一系列高大宏伟的写字楼建筑物和公寓式住宅；经过安装了大量监控摄像头的街道，并驶向日本公园所在的地区，尤其是距离最终目的地不远处的那个地下停车场。

对于鲁马尼而言，将她们打发到那里必然是无奈之举——哪怕是他在那里有进行监控所必需的联络人——毕竟在那个地下停车场里面，有那么多会让他的神经变得紧张的角落、水泥支柱和汽车。然而，在一个每一小块的地面都价值万金的城邦国家，在街头停车几乎是不可能实现的，而且，进入地下车库是丢掉这辆汽车并继续送货的唯一途径。

芒罗进入入口车道，拿了一张停车单，那根横木抬升起来。汽车继续下行，进入到一个经由填海建造的地下世界，里面灯光明亮，尚未充满大量车辆进出的喧嚣。

就在这时，手机不失时机地发来了第二条提示性的消息。

她瞥了一眼短信，把电话放到腿上，将汽车开过了几排长距离零星分布的车辆，转入下一个坡道，驶过了许多停车空位，进入到离其他司机都会首先占据的那些停车位最远的区域。

如同街道上的监控摄像头一样，这里的摄像头也同样在监测着室内的情况，所以芒罗一边缓慢前进，一边搜索盲点，最终把车开进靠近一辆三菱“帕杰罗”的区域，那辆车的高度至少可以起到某种遮掩作用。

她关闭了点火装置。这是驾车旅程的终点。

最后的指示是要求步行，在公开场合，在光天化日之下。芒罗按要求把停车单留在手套箱里，钥匙放在遮阳板下面。当妮瓦坐在那里盯着她的举动，显然是在等待某种建议或者消息时，她从后座上抓起背包，将全球定位系统从仪表台面上卸下来，塞到仪表台里面去。她暂停了一会儿，打量着妮瓦。

在通向热那亚的路上，被撕破的紧身衣已经作了更换，尽管妮瓦眼睛浮肿，眼睛周围开始有黑眼圈，不过理想的化妆效果——不是因为受到折磨后通过化妆弥补的那种效果——足以让她看上去很迷人，也会让人忍不住多看上几眼。芒罗伸手去摸妮瓦的头发，女孩畏缩了一下，她停住了手，说，“可以吗？”

妮瓦呆立不动。

芒罗抚弄着她的头发，把几绺缠在一起的卷发弄直。与身上其他地方不同，就像尼龙娃娃的头发一样，她的头发依然完美，这身装束固然会吸引注意力，不过它也会起到一种分心的作用——人的天性会使观察者首先注意到服装，然后才是关注它的主人。

“你看起来很不错。”芒罗说，妮瓦转动了一下眼珠。

芒罗俯下身，啪地打开引擎罩，从座位底下摸到了多个钟头之前藏在那里的那只轮胎扳手，放在双脚之间的车垫上。接着，她故意动作缓慢地把鲁马尼的手机放在控制台上，以便让妮瓦注意到她的举动，并且打开驾驶员一侧的车门，说，“我们走吧。”

在妮瓦双脚完全着地之前，她从前面绕过去，抓住妮瓦的手，把她带离了那扇车门，随即关上它。芒罗用胳膊搂住妮瓦的肩膀，带着她走出了几步远，说，“我们没有很多时间说话，但我真的需要你认真听着，OK？我和他们不是一伙的。我会想办法让我们摆脱这个烂摊子，但你必须照我说的做。不要想着逃跑，因为如果你那样做，他们就会发现你，我也就没办法救你了，你明白吗？”

“可是你的朋友呢，他会死的吧？”

“那是我的问题。”芒罗的声音像是一种耳语，而且语速很快，试图把需要更长时间说完的话压缩在50秒范围内。“眼下，我们需要一心想着活下来。我可以让我们离开这里，但前提是，你要按我教你的去做。”

妮瓦的头向下点了一下，只是一下。

“那个狙击手正在什么地方监视着我们，而且我们还在被那个昨晚打你的人跟踪。我需要知道他在哪里，然后我们才能做其他事。我会把手机、鞋子和背包给你。我把它们交给你时，你就要首先离开。”

芒罗转向妮瓦，根据她在收起全球定位系统之前看到的情况让她看清方位，使她面对着出口。“那边是一个楼梯。从那里上到地面上。出口处面对的那条街道通向一座海堤。顺着海边走——你会看到一家大酒店和从酒店下面通过的一条隧道。只要看到道路分叉，就靠左走并尽可能接近海洋——一定要顺着海边走。走慢一点儿，不要停下来，直到我找到你为止。”

“如果你不来呢？”

“那么我就是死了。只管走，不要和任何人说话，不要与别人目光接触。要是有人认出了你，那就假装你是个替身。”

女孩再次点了一下头。

“还有，我不是在开玩笑，妮瓦，如果你逃跑，或者试图从我眼前溜走，那你就是在帮我的忙，因为你让我甩掉了你这个包袱，但那些人会再次抓住你。不管你打算向什么人求助，对方都会死掉。你并不比他们更聪明，更快，更强大。只有我可以救你。听懂了吗？”

“我懂了。”妮瓦说，于是芒罗慢慢地放松了按着女孩肩膀的手，把她转过来，她们四目相对。芒罗探究她的脸，她的表情，她的身体语言，想要读懂在那张面具后面真实的想法，然后完全放开妮瓦。脱下她的鞋，把它们放在背包里，然后递给她。即便在这之后，女孩依旧选择逃离，她也是在完全意识到这种代价的情况下那样做的，芒罗也对得起自己的良心。

“如果我没有在 15 分钟以内找到你，”芒罗说，“那么你就自己逃生吧。”

妮瓦盯着芒罗的袜子，再次抬起头看着她的脸。

“谢谢你。”她说。

芒罗转向汽车，抬起引擎盖，迅速取出她曾经用来擦机油的那块破布，然后轻轻地把引擎罩盖上。打开驾驶员一侧的车门，取出那只正在响起铃声的手机。

她按下通话键，在鲁马尼还未开口之前就说，“这是个意外，我不会再忘了。”

“你们该动身了。”他说。因为这句话所透露的信息，她顿感如释重负。他没有看到她所做的一切，不知道她刚才做了什么，而阿尔潘或者其他某个打手很快就会赶到。

“我们正要出发。”芒罗说，然后停顿一下，将声音压低，带着一种接近于密谋的口吻说，“巴朗，有什么我需要知道的吗？我可以把所有线索串起来。事情并不会总按你的计划进行。如果这当中有什么欺骗，如果你正在被陷害——或者如果我正在被陷害——那么我愿意站在你一边，我们可以一起把问题解决。”

正如到目前为止这个成人男孩的典型特征一样，他等了很长一会儿，但这一次他没有挂断电话。“我不能那样做，”他终于说道，“那是不可能的。”

于是，她结束了通话。

在最后一次关上车门之前，她把手伸向地板掏出了那只扳手。把它放在地上，接着转向正在安静等待着的妮瓦。芒罗把手机塞进妮瓦的手里，将一根手指放在她自己的嘴唇上。指指她的眼睛，然后指向出口，轻微地摆摆手，示意女孩离开。

妮瓦犹豫地走了几步，经过一个空着的停车位，既而走过最近处停放的那辆汽车，然后转过身来，似乎是在乞求对方的确认和鼓励似的。

芒罗挥手示意她接着走。

妮瓦点了点头，作了一个模拟的敬礼：出于同志般的情谊——或者是斯德哥尔摩综合征[29]。无论女孩的脑子里想的是什么，现在已经完全超出芒罗的控制范围了。尽管把妮瓦放走让她在本能上感到纠结，但是，当女孩晃动着身体慢慢走向停车库另一侧，并且在视线中逐渐消失时，芒罗始终待在原地，静静地注视着她离开的背影。

芒罗转向邻近的"帕杰罗"汽车，滑到下面，胳膊肘挨着地面，头部与一个后轮胎侧面保持着角度，稳住身体等待着。

不到一分钟，阿尔潘就驾驶着一辆黑色帕萨特赶来了，轮胎慢慢地滚过去，而且从车窗可以看到他的头从一侧摆向另一侧，好像是在寻找那辆欧宝。他开始刹车，略微倒退，然后开进他的目标车辆另一侧正对着的停车位。

阿尔潘打开车门，从芒罗躺倒的地方，只能看见他移动的脚步。如果他足够聪明和专业的话，如果他相信凯特·布里登会告诉玩偶人的某些事情，他就会俯身检查车底盘下面的情况。至少那样一来，他可能还有一个战斗的机会。

事实上，他从车上下来就径直走向欧宝，打开了驾驶员一侧的车门，根据接下来的声音判断，他正在把那串钥匙从遮阳板下面取出来放进手掌里，大概也拿走了那张停车单。他暂停的时间之长，足够他把它们放到一个衣兜或者小袋子里，然后关上车门，返回到他自己的汽车里。

---

29. 又称斯德哥尔摩症候群、人质情结或者人质综合征，是指犯罪的被害者对于犯罪者产生情感，甚至反过来帮助犯罪者的一种情结。这个情感造成被害人对加害人产生好感、依赖心，甚至协助对方加害他人。

芒罗蹲伏着从两辆汽车的后轴之间滑出来，借助于轮胎和后备箱空间遮掩住身体，把头抬到能够透过车窗观察到他为止。

他坐在驾驶员座位上打手机，显然是在接听一个电话。

芒罗手掌按着地面，做出前进的姿态，并且闭上了眼睛。阿尔潘将要步行跟踪，但考虑到妮瓦走得很慢，并假定她们两个人是在一起的，所以他会等待一会儿，让他的目标先稍微走出一段距离。她的手心感觉到一股冷气，这是准备捕猎的前奏。在过去几个钟头内，作为背景音不断响起的那些声音和内心的怒火，转化成了一种平静的等待。

阿尔潘将车门打开。

她拿起扳手和破布。

他的脚碰到了水泥地面。

她恢复了蹲伏姿势。

他从车里走出来，转身背对着她。

她站起来，快速移到他的身后。

好像是出于一种本能的反应，或者是因为她的衣服摩擦的响动或是脚步接触地面的声音，他开始转身。

但是，从他到达车库的那一刻起，他的死亡就是注定的。

从他把手放到妮瓦身上的那一刻起，他的死亡就是注定的。

从他最初去碰芒罗的那一刻起，他的死亡就是注定的。

对于玩偶大亨的所有的愤怒和仇恨，对于诺亚的死亡和罗根的失踪的痛苦，都通过那一记用力的挥动而表现出来。

就在阿尔潘的脸转向她的同时，那只单头扳手的钳口就接触到了他的太阳穴。摆动的力量和金属的打击，让他的脑袋转成了不自然的角度，他的身体面对芒罗的方向稍作停顿，继而略微旋转一下，就趴倒在他的汽车侧面，而且一动不动了。

不管他是死是活，她都不关心，也没有去查看。他至少因为头部钝伤而失去了知觉，没有流多少血。她把扳手放到地面上，双手抓住阿尔潘的衣领，把他拖到更靠近汽车的位置，并剥掉他的夹克外衣。

芒罗找到了他的武器，把它取下来。查看了弹夹和已经固定好的消音器，将它藏在身上。

接着找到了他的手机，欧宝的钥匙，还有那张停车单，都放到她的口袋里。翻遍了他的钱包，掏出了70欧元现金。不是很多，但聊胜于无。又找到他的钥匙，打开了车门。

放开驾驶员座位的杠杆，椅背几乎被完全放倒。她把手伸到他的腋下，蹲伏着将其拖到驾驶员一侧的车门前，然后把他扶起来。将那件夹克、那块破布和扳手扔进汽车里。然后爬进汽车，接着，在座位上半蹲半跪，两只手再次伸进他的腋下，一点点地拖进汽车里。死者身体的重量和拖到车里所花的时间，让她感到了压力。妮瓦走出了多远的距离，以及接下来需要做的事情，让她感到了压力。

27 客户

芒罗把阿尔潘的躯干拖到帕萨特的驾驶座上，将他的两条腿挪到方向盘下面，关上车门，让他斜躺在椅子上。把他的头扭转方向，使脸部朝向车窗窗口。把那支枪塞到他的手里，他的头被致命地重击的那一侧。芒罗将那块破布缠在她的手指和手枪之间，然后扣动了扳机。

随着一声低沉的闷响，骨头被击碎，鲜血汩汩流出。

她并未暂停下来做更多的检查。如果她幸运的话，被弃置在车里的武器和自杀的暂时性的假象，有可能为她争取一点儿时间。她带着阿尔潘的那件夹克和她的两个“罪证”，从乘客一侧的车门离开。

芒罗仍然俯身在汽车之间的地面前进，打开了欧宝没有上锁的车门，擦掉了留在那只扳手上的痕迹，把它塞到座位下面，然后关上车门。如果说摩纳哥的视频监控原本是为了预防犯罪的，那么这个城市已经不幸地遭到了失败，但这个事件是否被实时注意到仍有待争议。在这个地下世界陷入到噪音和骚动之前，调查者得到的答案，将决定她能够走多远。

芒罗掏出阿尔潘的手机，翻阅了他最近使用过的应用程序。在混杂着几款游戏的清单当中，她找到了她想要的东西，把它打开。

果然，那里面有妮瓦，一个小小的红色信号，顺着一幅小小的地图缓慢行进，就像是一款射击游戏的靶子，也许这款游戏还应当配上独立式浮动标签，表明在跟着她移动过程中涉及到的美元符号。

肾上腺素仍在流动的芒罗向出口方向移动，尽可能在车辆之间穿过，尽己所能地全力避开摄像头，直至最终来到街道上，跟随着妮瓦走过的道路，或者是至少跟着那个不断跳动的红色信号指示的方向快速移动，但没有快到容易引起别人关注的程度，毕竟，一个穿着夹克和宽松裤、脸上有瘀伤的年轻人，脚上没穿鞋并在路上跑着，必然会给人留下很深的印象。

芒罗到达海堤，朝着港口方向顺着弯曲的海岸线行进，在那个如此之小的空间里，是全世界最昂贵的水上房地产建筑群。当她瞥见了妮瓦的衣服而且不再需要电子眼的帮助时，她才放慢速度。

在清晨的这个时候，虽然道路上满是车辆，但行人很少。不仅穿着那身衣服的妮瓦很显眼，在靠南 50 英尺处的海堤上——那是鲁马尼在最后发出的短信中指示芒罗交货的地点——坐着的那个男人同样如此。

妮瓦很好地拖延了时间，不过她现在正在随便溜达，偶尔暂停下来凝视着海面，似乎是一个在附近拥有公寓或者属于前面的游艇上的人。那个坐在海堤上，把头从道路一端慢慢地转向另一端的男人瞥见了那身衣服，目不转睛地盯着妮瓦的方向，注意力聚焦在她的身上。

妮瓦没有注意到，而是继续向前走。

那是一个中年男子，细皮嫩肉，紧张兮兮，狐疑不定。

另一个走卒。

芒罗加快了步伐，搜索着一个个公寓阳台和开近的汽车，一边继续向前移动，随机地伸缩她和妮瓦之间的距离。不管鲁马尼躲在哪里，他必然在海洋西侧，而且仍在天空中呈弧形上升的太阳，显然会对他的监视角度产生不利影响。

一边观察着细节，一边数着秒数的芒罗冒险进入了捕猎区域和鲁马尼的步枪射程。

她需要见到那个客户。观察他。记住他。

他就在这里。

某个位置。

那种安排了这一系列过程的人，不会满足于在没有他参与的情况下让一切尘埃落定。他希望来到现场观看，陶醉于自己的精彩之作，因为克服了一切不利因素并依旧稳操胜券而津津自得——即便出了意外情况，他也要确保自己安然抽身，因为他已经安排好了其他人承担后果。

妮瓦继续往前走。如果芒罗不能马上阻止她，她就会接近海堤上的那个人，由此陷入等待她的某种圈套。

芒罗加快步伐以便缩小差距，接着，她突然发现了什么，犹豫了一下。

他就在那里。

她注意到，那个人穿着平底布鞋和一件毛衣，浑身一尘不染，姿态悠闲地从一个岔路走向人行道，牵着一条小狗朝妮瓦的方向走来。只要他愿意的话，就可以与妮瓦走得足够近，并且挡住她的去路。看到那个人，海堤上的那个男子半站起来，接着，仿佛是意识到他有些失态，可能由此暴露他的主人似的坐下来，动作显得很生硬，既而将注意力转回到妮瓦身上。

那个牵狗的男人没有任何过于明显的特征：50 岁出头，大概中等身高，一副健美的身材，和许多富有的男人一样，留着很短的金色或银色直发，皮肤黝黑，长着雀斑。他的出现，并不能清楚地表明他的真实身份。即便他是海滨附近为数不多的几个人之一，即便他带着奇怪的傻笑打量着妮瓦（任何路人都有可能如此），他的姿势或者步伐也并不具有明显的提示性特征。那种既明显又微妙的外部特征，是他那厚颜无耻的表情，它使得那种熟悉的感觉变得格外强烈。

他的形象深深地刻在芒罗的脑海里：体型，步态，四肢与躯干的比例，所有这一切，都蚀刻在一张心理画布上。她审视着他的眼睛，而现在他注意到了她。她一边观察他，一边避开他的目光，与此同时，他的身体语言发生了变化，嘴唇露出充满邪恶的狞笑，似乎是在说："我知道你是谁，而且我赢了！游戏结束！"

与他那种嘲弄的姿态一道而来的，是将杀戮变成一种渴望的欣悦感，那些蠢蠢欲动而且被制服的魔鬼，又从死者身上站起来了。眼前渐渐变成了灰色，将目标罩上了鲜艳的色彩，各种声音在体内发出喧嚣，心跳加快，变成战鼓的敲击声，催促她展开猎杀。血腥的欲望，让她的杀戮冲动变得无法忍受。

芒罗开始喘息和深呼吸，以便对抗那种巨大的压力，她把两只手掌压在太阳穴上，有意识地抑制体内的冲动。

逻辑对抗欲望。

策略先于行动。

现在，在无数摄像头的监控下把它们释放出来，意味着要把她的命运与对方的命运联系在一起。那个客户从她旁边经过时，他们四目相对，那人仍在露齿狞笑，他的表情仍在讲述着那个故事。他知道她，出于某种原因，他知道她。

芒罗走到妮瓦跟前，她仍然对抗着那种需求和渴望，保护性地伸出手臂，搂住女孩的腰部。妮瓦把手机递给芒罗，又瞪着眼睛指了指它，仿佛在说：你不在的时候它响过。

芒罗点点头。放开女孩，接过手机，然后带着客户从旁边经过时所有未予使用而被压抑的情感能量，把手机远远抛向了大海。

芒罗从妮瓦的肩上拿起那个背包，把阿尔潘的夹克递给她。“你做得很好，”她说，“把这个穿上，这样你的衣服看起来就不太显眼。”

妮瓦微微昂起头，“我很怀疑。”她说。但还是接过夹克，当芒罗后退一步开始穿鞋时，妮瓦穿上了那件袖子盖过她的双手的夹克。这种尺寸为她的装束增加了滑稽的意味，但普通的海军蓝也遮盖住了妮瓦衣服的大部分，以至于所有鲜艳的颜色差不多都消失了。

海堤上那个人开始站起来，暂停一下，又再次坐下来，他显然对于与他可能的预计毫无关联的场面感到困惑。

阿尔潘的手机响了。

芒罗没有理会手机的震动，而是移动到妮瓦和海堤之间，在这个位置，她可以观察到那个目标，并且心满意足地注视着他的反应，因为后者扭过头来观察她们的行进方向时，发现计划发生了改变。当她的胳膊搂着妮瓦的腰，准备通过车流穿梭的街道时，那个时刻到来了。

客户停住脚步并转过身来，他脸上迅速掠过的惊讶表情变成了敌意。芒罗等待着车流暂时中断。当那些声音和嗜血的欲望催促她把他干掉时，她露出了迷人的笑容，盼望他走过来，这样她就可以找到一个可行的借口，一个为了避开经过的汽车而被迫制造一起意外事故的幌子，以便把情绪洪流的闸门完全打开，让她所受的折磨得到补偿。

但客户没有动。在这个有那么多监控摄像头和较高能见度，原本可用来嘲笑管理当局——甚至有可能让玩偶大亨的发财计划栽跟头——的位置，现在却有可能导致他自己的毁灭，他怎么可能乱动呢？他目露凶光，双唇紧闭，那只手紧握着那条狗绳，以至于指关节都开始发白了。

阿尔潘的电话又响了，这表明仍在那里的鲁马尼意识到情况不对。不论出于何种原因，他还没有开枪。

芒罗说，“我们需要移动，靠近点儿。”

她们一起离开人行道走到街上。芒罗引领着女孩，在车流延续或中断的过程中一边闪避，一边穿过车道。手机第三次响起来，芒罗还是没有理会。

从道路另一侧，她再次对那个客户露出笑容，也再次记住了他的面孔。他会死掉的，在芒罗的有生之年，她一定要确保他死掉，但是眼下，她只是夺走了原本可能属于他的战利品。

芒罗转过身，推着妮瓦走向那条隧道。

她们使用公路旁边的那条行人通道，迅速返回她们来时的方向。

在停车场入口，芒罗观察着周围的情况，倾听着警报声，搜索着鲁马尼或者其他任何可能带来威胁的人。在她们离开的这几分钟，较低的一层车库已经增加了许多车辆。芒罗没有理会经过者的目光，手臂仍然搂着妮瓦的腰部，推着女孩向前走，直至来到欧宝跟前。

芒罗把车从停车位开出来，经过一条条车道蜿蜒驶向出口。从街头传来第一声警笛。他们来得太迟了，以至于未能及时地从监控摄像头里找到阿尔潘被谋杀的信息，而且也显然未能及时发现他的尸体。

停车单投进机器，既而是现金投进机器，机械手臂抬向天空。

警笛声越来越响亮，时间一分一秒地过去。

芒罗没有理会提醒她赶快离开的那种皮肤的痒痛感。摩纳哥公国直线距离最长不超过 3 公里，而她们从北边进入这里约有一半距离。用不了 10 分钟，她们就可以越过这个城邦国家的法定边界。

相关通知将会传达给法国警察，但一旦处于每平方英尺土地都被利用和监视的市区外围，她们就可以找到隐藏的机会。

"那些警报是因为我们吗？"妮瓦问道。

芒罗点点头。

"噢，我的上帝，"她说，"迈克尔，停车！快停车！他们可以帮我们。"当芒罗的反应是查看后视镜，绕过一辆开得更慢的汽车时，妮瓦抓住芒罗的前臂并用力拉扯。

对这种身体接触的反应是即时和残酷的，芒罗不加思索地打了她一下，但没有使多大力气，尽管如此，妮瓦仍然睁大眼睛盯着芒罗的手，呆愣在那里，一时间说不出话来。

"你要注意不要乱摸。"芒罗说。

她把视线从路面移开，瞥了一眼妮瓦并补充说，"我只是不习惯这样。"

"请把车停下来，"妮瓦说，"你为什么不停车呢？"

"眼下，警方不是我们的朋友。"

"他们当然是。"妮瓦说。她的语气从激动和恐慌变成了恳求。"他们会知道我是谁，他们能够把我送回家。"

后视镜里闪烁着光亮，其他汽车开始开到两侧。"是那个狙击手通知他们来的。"芒罗说。

她们前面的那辆汽车放缓速度让到一旁，芒罗加速开到前面。

就像是在一个休闲购物广场的人群中逃窜一样，她原本会引起其他人的追逐。但现在警报声让道路变得畅通无阻。芒罗把脚踩在车内脚垫上，于是欧宝不情愿地放弃了加速。

身边是一个被绑架的女孩，在她身后有一个死者，鲁马尼必然知道她需要避开法律部门。他是在强迫她在两种困境之间作出选择：她可以允许自己被逮捕并被羁押上几年，等待官方调查出实际情况，而在此期间，妮瓦将会被抓获并交给客户。或者是从隐藏状态被驱赶出来，陷入一张等待她的大网中。

芒罗又检查了一下后视镜，再次确认妮瓦系牢了安全带。布局紧密的空间和路线清晰的道路，对于她们是个不利因素，好在这个城市不止一条出路。

28 战场

倍感沮丧和焦虑的鲁马尼从步枪上取下瞄准器。

他坐起身来。呼吸。打包。思考。

如果说他什么时候恨叔叔，恨得咬牙切齿，眼下就是那个时刻。只差一步。原本在一分钟内整个考验就会结束，而就在这一分钟里，一切突然发生了改变。

这种安排是无懈可击的，巴朗，这个计划是完美的。如果最终失败了，那么原因只能是你执行不力。

叔叔是计划的制定者，鲁马尼是计划的执行人。

很显然，计划并不是完美的，因为那个司机刚刚做了叔叔说过的无法想象、不可能发生的事情。

鲁马尼从他的伏击地点溜下来。

他本来不希望接手这个任务，他措辞恳切地推辞过。

捕获那个司机，可以。尽管有过各种警告，他还是能够把她送到萨格勒布并交给叔叔处理。但是，把那件商品交给买家这一责任，他压根儿就不想接手。此前的几次交付过程就充满了复杂性，因为那个客户似乎总在捉弄他们，一场名副其实的斗智斗勇的比赛，而叔叔已经有两次几乎彻底栽了跟头。

现在，这第三次是一场灾难。

至少要有两个以上的帮手，叔叔。至少要增加一辆汽车，拜托了。

不。答案是否定的，而且这个要求不恰当地挑战了叔叔的无过失性，暗示出对那个大人物提前预测出多个行动步骤的能力的怀疑。叔叔总是对的。

总是——到目前为止。

鲁马尼没有任何拒绝的余地。

叔叔不会听什么逻辑或者理由——可笑的借口，他这样描述它们——而且不顾鲁马尼的反对，把这个一旦失败就会付出高昂代价的任务压到他的肩上。“你是那个最薄弱的环节。”叔叔说。像玻璃碎片一样锋利的嘲弄，像是对阳光下腐烂的垃圾一样的厌恶。“你，巴朗。你要永远记住。你。”然后把那些玻璃碎片扎进鲁马尼的皮肤：“做好这件事，我才会放你走。你可以带走属于你的钱和你的生活，去找你的狐朋狗友和你的妓女。不要以为我会放过你，如果你拒绝我的要求的话。”

当他有些机械地慢步跑向他的汽车时，怨恨之火在内心里闷烧，功亏一篑的挫折使他越来越难以忍受。

他再次给阿尔潘打了电话，这是第三次了，对方仍然没有接听，这意味着那个人已经死了，而他对此没有任何感觉。

过于自信和傲慢的阿尔潘没有听从警告，这也导致他自取灭亡。鲁马尼给迈克尔留了一个语音邮件，也许她有可能抽时间听到。他用遥控器打开汽车，把手提箱丢到后座上。

不管叔叔怎么评价，失败都不在于执行。

失败在于计划，在于了解，在于预测。

你不需要额外增加人手或者汽车，巴朗，我们有人质，她只能选择顺从。

可是，就在交货前的那一刻，迈克尔推翻了叔叔的预测，并且改变了行进方向。

这是不该由他承担后果的失败。

鲁马尼坐到方向盘后面。启动发动机，带着不必要的更多的噪音离开那个停车位。

需要冷静。需要思考。

她知道罗根被救走了吗？她不可能知道。他没有窃听到她获得了某种沟通手段的情况，他既没有听见、也没有看到这方面的任何信号。她不可能知道……她可能知道吗？鲁马尼产生了自我怀疑。怀疑他的判断，怀疑他的能力。

叔叔的声音在脑海里一遍又一遍地回响：你是那个最薄弱的环节，巴朗。

当时，她在黑暗中停在乡村道路旁边，而且在救援发生之前，为了那个镜头，她足足等待了两个钟头——这是一个幸运的时间差，视频是在那几个雇佣兵赶来救援之前拍摄的，虽然重建链接和上传剪辑需要时间。可是，如果她知道她的朋友是安全的，如果她想要逃跑，她干嘛不早点儿行动呢？

鲁马尼把车开进了车流中。远处传来警报器的嘶鸣声，他从中感受到了一阵愉悦。计划的这一部分——是由他自己在实际进程中制定的——将比叔叔的所谓洞察力更加管用：当那辆欧宝被驱赶出来以后，他就会等待它送上门来。

那辆汽车未被伏击，司机仍然活着，是一个不可饶恕的失败。他原本应当做出报复性的杀戮，然而就在那决定性的瞬间，他选择了放弃。即便在一个钟头以前，车辆和行人也不在少数这一事实，意味着他没有清晰的视线。他承担不起由于误差而导致失败的代价。

全都是借口，叔叔会说。在数不清的指责和一系列混乱的推论过程中，逻辑将转向荒谬，犯错的人总是鲁马尼。

不公和愤怒的感觉像火炭一样燃烧。

即便他把这件事情处理得非常妥善，他还是要承担责任——为一个本不属于他的失败而负责，为了不属于他的决定而负责，为了不属于他的行动而负责。

鲁马尼拨打塔马斯的号码。大声下了一句命令，随即挂断了电话。

一个人的力量，是由他的敌人的实力定义和证明的。他要向自己证明，他不会被击败。

去他妈的叔叔。

在乘客座位上，那个平板电脑开始闪烁，那是那辆欧宝的跟踪器、那个玩偶和那个司机的跟踪器的红灯，它们合在一起，就像是一个快乐的混杂的大家庭。鲁马尼注意到距离并且计算着时间。

他那此前一直沉默的耳机，响起安装在欧宝内部的窃听器传来的声音。“我知道你能听到我，巴朗，我知道你在听。”

他将汽车转向，避开一辆汇入车流的汽车。他正在靠近城市边境，仍然在她前面并且有一段距离。“我知道你的计划，因为我就是你，”她说，“我在你的大脑里。你以为你知道我接下来的计划，但你不知道。你不可能考虑得比我更深入，而且你别想抓到我。”

鲁马尼笑了，他感到高兴。一个人的力量，是由他的对手的力量定义的。他察看了一下平板电脑。塔马斯正在从城市另一端逼近。她在他们之间，在朝他的方向移动，然后，就像她在交货过程中所做的那样，她迅速转变了路径，向北行驶。朝山丘方向出发，避开了那个计划，好像她猜到了他的心思似的。她可以转向如此多个方向，他没有足够多的人手困住她。

他会让她继续前进，让她自我消耗。当她筋疲力尽，并且因为感觉安全而稍微慢下来时，他就会逼近。

德克萨斯，达拉斯

布拉德福按了呼叫按钮再次尝试。这大概是四个钟头内第 50 次了，一个不必要的、没有价值的重复动作，因为这在某种程度上能让他感觉更好点儿。

第一次是顺利的，那是在他离开那辆大卡并且爬进“探索者”之后。那次呼叫较直接转入了语音信箱。

他留了语音，发了短信，没有回应。继续尝试，直至听到一个机械化的声音，于是他立刻就知道，那个号码已被切断。

芒罗的镣铐卸掉了，而他却没有办法把消息告诉她，甚至无法知道她是否还活着，无法知道他们的团队所做的一切是否无关紧要或者来得太迟。

他把这个念头丢到一边。罗根是安全的。不管其他环节如何发展，这件事本身就很重要，而且尽管他对于可能发生的意外情况感到恐惧，他也同样把它丢到了一边。

如果她还活着，最有可能的情况是，她会设法弄到另一部手机，并且再次向他们发出信号，虽然他频繁地向沃克询问过，得到的结果却让他失望。

当布拉德福赶回公司时，已经接近凌晨四点了。在把罗根送到那个急诊室以后，他和贾汉在里面打了瞌睡，在等待了足够长的时间，确认他情况稳定以后，他们才经过三个小时行程回到达拉斯。布拉德福承担起开车的任务，而现在，缺少睡眠的他睡眼惺忪地赶到办公室。

当他们穿过大门时，光线不足的凯普斯通的接待区空无一人，三天来堆积的快递纸箱和包裹仍旧堆在一边，破坏了本应保持整洁的前厅的形象。

贾汉刷了他的进门卡，随着一阵嗡嗡声，他们通过了那个特制的机关。

沃克在作战室等待。布拉德福还未提出那个问题，她就摇摇头：仍然没有来自欧洲的任何消息。

“亚当斯有消息吗？冈萨雷斯呢？”他问道。

“有凯特受审的开庭日期，但没有更新。目前看一切照常。”

“亚当斯还在休斯敦吗？”

“正在花钱，到处转悠，说自己是无用的闲人。”

“凯特·布里登会有行动的，”布拉德福说，“相信我，这个时机并不是巧合。”他停顿了一下，“亚莉克丝怎么样？塔比瑟呢？你后来查过她们那边的情况了吗？”

“其中一个我敲了门，假装找错了地方。给另一个打了电话，一样的借口。大概在两个钟头前，亚莉克丝把电话打到了办公室。一切正常。”

“但愿如此。”

“你去睡会儿吧，”她说，“日程上有几件小事情，都不需要你马上处理，而且眼下也没什么可做的——除非有进一步的消息。”

布拉德福点点头，朝他的办公室走去，走向他的铺盖卷，他要趁着这暂时的安静抓紧时间休息，因为即便罗根被藏起来而且脱离了险境，这件事也还未结束，远远没有结束。

在桌子下面，他很快就进入了另一个世界，他睡得很沉，完全陷入了一个混沌的黑暗空间，在那里，他体验到了沉默和忘却，疲惫和放松的感觉，将他牢牢地围裹起来。

不知过了多长时间，他突然惊醒过来，而且发现自己被抛到了一个战场上：爆炸，摇晃和巨响，碎裂的玻璃，嘎吱作响的金属，还有那种气味——那是非正常死亡的那种典型的燃烧和刺鼻的腥臭味。

因经历过多次战火而具有强烈生存意志的大脑，使他开始沿着走廊爬行，一边准备应对第二次爆炸，一边朝呼救的声音靠近，那是战斗中的呼叫，流血受伤者的呼叫。他一面前进，一面拨打了911，因为当顺着走廊行进到一半时，他开始完全意识到：这不是一个战区，而是凯普斯通办公室，房间并不是黑的，而是充满了白天的光亮。

爆炸之后是寂静，像黑洞一样吸引和吞噬了一切的寂静。布拉德福喊着贾汉的名字，喊着沃克的名字。

听到她的悲鸣和求救的叫声，循着声音过去，走向从里向外被炸碎的接待区镶板门，那里的墙壁已被炸开而且发生扭曲。绕过从房间内部飞溅出来、散落在地毯上的玻璃片。

外面传来了警笛声。

沃克求救的声音越来越清晰，他穿过碎片，躲过火焰，一刻不停地艰难地接近接待区的门槛，发现她就在门口不远处的地板上，脑袋倚靠在办公桌的侧面。

血，这么多的血。

他跪在那里，把手伸向她，温柔而又急切，试图找到出血点。

“是快递包裹。”她低声说。

“不要说话——”他阻止了她。

他撕开她的衬衫，她的皮肤裸露出来。他目瞪口呆。把撕下的布料塞进那个最大的伤口。

不管用，他无能为力。

她的皮肤又湿又粘。他抓起她的手腕，查看她的脉搏。

“是快递包裹。”她再次说。

他轻轻地让她平躺下来。这样可以减缓流血的速度。“坚持住，”他说，“救护车就要到了。”

他俯身向前，从那张办公桌后面搜寻贾汉。

他向后靠在椅背上，人形俱无；那种惨状无法形容，那是被烧焦和分解的肢体。痛苦的战斗记忆应该被丢到一边而且最好遗忘。汗水与情感浸满了他的每一个毛孔。变得面目全非的贾汉，剩下的贾汉，在办公桌前值班的贾汉，将成为他记忆中的又一个噩梦。

气味。鲜血。残骸。

贾汉承受了全部的爆炸力，当场死亡。

布拉德福脱下他的夹克，盖在沃克的胸口处。放松她的工装裤腰部的结扣和系带。她的血液沾满他的手，他的牛仔裤。她的眼睛闭着，他拍了拍她的脸颊。捧起她的下巴，把她的脸扭向他。他在心里和口中同时呼唤她的名字。“萨曼莎。”

她的眼皮慢慢抬起。

“你听我说。”他说。

她眨了一下眼。

“警笛声就在楼下。你听见了吗？你听啊！”

楼下——他们现在必须在楼下。

救护人员马上就要到了。他们必须马上赶到。

“包裹……，”她低声说，牙齿打战。

“求求你，”他说，“他们就要到了。求你坚持下去。”

“杰克……”她说，“包裹……”

“嘘——”他说，传来了一阵嘈杂声，眼前的色彩发生了变化。靴子的声音打破了寂静，救援到了。

他们把他的双手从沃克那里推开，他抗拒着他们。“身份证件！”他喊起来，“需要看身份证件！”虽然口头回复并不让人满意，但它们足以让他放开手，沃克被抬到一副担架上。

布拉德福跟着出了门。在救护车里，他坐在她旁边，医务人员在忙碌着，匆忙而又有条不紊地采取一切措施保住她的性命。从救护车到急诊室，他始终要与她待在一起，直到最终再次被推出去。他盯着不能跨越的急诊室大门，心急如焚。他被领到仅仅在四天前的那个上午，他和沃克为寻找芒罗而一起进入的同样的等候室。

这些还不是他经历过的最可怕的伤亡。在逻辑规模、视觉规模和感官规模上，今天的情形还远远无法同更多腐烂的尸体、被肢解的孩子或简易爆炸装置和燃烧的运兵车形成的“万人坑”相提并论。然而，他们是他所爱的人，是他愿意为其流血牺牲的人，这是他自己的土地，那个办公室是他的家外之家。那里没有陌生人，那不是战场。

布拉德福找了个座位。与其说是坐在上面，不如说是跌倒在上面，他一动不动地盯着地板，呼吸一次比一次急促而又深沉。他不会返回办公室，当等待他的只有屠杀时，他不会返回那里。现在，这个房间是他的一切：没有地方可去，没有需要完成的使命。在过去的四天里，他身边的每一个人都被夺走了，留给他的只有空洞、麻木和茫然。

他需要走出去，这样才不至于崩溃。必须回到车库，在调查机构深入挖掘他们希望找到的线索之前，要把那辆装着武器的“骑兵”车开走。

布拉德福与其说是有针对性、不如说是漫无目的地离开了等候室，走到外面的世界里。叫了一辆出租车，然后再次拨打芒罗的手机，他是多么渴望听到她的声音，多么渴望见到黑暗中的一线光芒，但倘若她真的接了电话，他又会感到害怕，因为他不知道该说什么，他害怕他自己，害怕他内心深处那汹涌澎湃、远比他所感受到的愤怒更具杀伤力的声音。

29 预兆

法国，尼斯

离开摩纳哥并不断迂回进入山丘地带的芒罗，越来越远离了海岸。从后视镜里没有瞥见鲁马尼的踪迹，但她并不需要看到他就知道，就像是跟踪着灯塔的船舶阴影和围绕鲜血游动的鲨鱼一样，他就在那里。

危险不在于移动，危险在于停止，而最终她将不得不停下来。

如果她们先行一步，哪怕只是一小会儿的时间，她们就可以找到避难所。在摩纳哥领地以外的法国尼斯市这个范围相当可观的文明区域，有一个美国领事馆。尽管它能够提供的保护无法和作为外国土地上的主权区域、拥有海军陆战队员和高度安保设施的大使馆相提并论，但仍然是一个安全区域。在尼斯，妮瓦可以联系她的父母，获得护照并且回家。在尼斯，芒罗可以联系布拉德福，询问罗根的情况。稍作安顿，做下一步的打算。睡觉。上帝，她需要睡眠。在尼斯有一个避难所，一个在一段时间内她可以停下来休整的地方，不过她开着欧宝不可能到达那里。带着这个把她和摩纳哥那起谋杀案联系在一起的证据，她无法实现自己的计划，她也不愿为了这宗谋杀让自己的后半生处于逃亡当中。

芒罗进行观察和搜索，开始探究这个地区的情况，与此同时，那台时钟在脑海里滴答作响。在每一个拐弯处，每一个交叉点，她都会观察地名标牌，选择较小的道路，直到她们完全进入乡村。修葺整齐的田野随着地形起伏而忽高忽低。农舍紧靠着道路，只能偶尔见到零星的车辆。

眼前闪过的一道红色吸引了她的注意力，她将欧宝驶离了那条道路，顺着 15 米以外的一条石子山路向前开去，经过了在一排排晾衣绳上晾晒的衣服、精心种植的蔬菜以及在这个早春阶段的几处小花园，驶向处于一座三层农舍与一个要么是谷仓、要么是仓库的建筑物之间的庭院。她停在那辆攫住她的注意力的摩托车旁边：在那面白色石灰墙壁的映衬下，它的色彩显得格外耀眼。

芒罗关闭了发动机。她等待着房内有人的迹象，没有窗帘的簌簌抖动，没有从门窗窥视的面孔，也没有冲出来迎接她的狗，于是她走出汽车。

在那条道路两侧，大自然安静的嗡嗡声代替了车流的噪音。栖息在自己领地上的鸟儿，从附近一个浆果灌木丛中鸣叫着飞起来，所有这一切构成的一种相对沉寂，使这里的人很容易听到远处驶来的汽车声音，这意味着听到欧宝马达声的邻居会从窗口向外瞥视；意味着不管由这几栋房屋构成的特殊区域多么封闭，有人必然看到她把车开进来，并且感到好奇。

她需要在最短时间内找到她想找到的东西。

芒罗俯身靠向车窗，把手指放在嘴唇上，并示意妮瓦跟随。大步跨过碎石铺就的停车区，走上那座农舍门前的台阶。

通过玻璃向里面凝视，叩打着门框，得到的回答是沉默。

人性的可预测性表明，摩托车的钥匙在里面。应该放在某个熟悉和常规的地方：办公桌，厨房抽屉，钥匙挂架，或是在一只装饰碗里——一个房屋主人无须忍受四处翻找它的折磨的地方。

芒罗尝试扭转门锁，当那扇门向里面打开时，她随之走进去，并示意妮瓦在门外等待。这个决定是为了表明她们的擅入并非出于恶意，但更是为了防止女孩去碰任何东西或者碍手碍脚。

在长长的衬有亚麻布的木制镶板走廊尽头处，那道进入房间的侧门打开着。里面的空气散发出蜡和灰尘的混杂气味。芒罗朝里面瞥了一眼，立刻看见一个挂架上的几串钥匙。她动作很轻地迅速进入房间，把它们取下来并放到口袋里，然后踅向厨房；争分夺秒地搜索橱柜和搁物架，取下她需要的部分物品：一只长柄扫帚，一瓶伏特加酒，一瓶法国白兰地酒，一大桶面粉，一盒火柴，还有一把刀。

她两只胳膊抱着这些东西返回到侧门那里，朝妮瓦点头示意，在她好奇和无助的目光的凝视下，走下了台阶。芒罗把这些东西放到汽车旁边的地面上。“在这里等着。”她说，然后走到晾衣绳那里。扯下一条晾干的床单，把它递给妮瓦。芒罗用一只脚把那把刀拨给女孩。“割成细条，”她说，“顺着割，别割歪了。尽可能动作快点儿。”

妮瓦没有询问原因就开始工作。芒罗大步走向摩托车，检查了轮胎，试了钥匙，直至找到那把能启动这台机器的钥匙。察看了燃料情况，既而关闭了点火，将其余的钥匙放在主人会很容易发现它们的地面上。

芒罗返回到欧宝汽车那里。把那几瓶酒倒在座椅上，然后接过妮瓦撕裂和切割下来的三个长布条，开始将它们打成结。她的手指飞快地移动，转眼之间，这几个布条就变成了一个辫状物。

她再次暂停下来并且倾听：没有车辆的声音、没有鲁马尼的迹象。至少目前还没有。她已经用掉了最初宝贵的5分钟。尽管她了解他的意图，他的策略，知道他乐于停止持续追赶让她继续逃逸，但她也知道，她们在速度和持久性方面处于劣势，接着，他就会开始逼近并准备杀戮。

芒罗拧开欧宝的燃油盖，用扫帚柄把那块布料的大部分浸在油箱里。当那个辫状物浸满液体时，她把它取出来，然后对其另一端重复了同样的过程。从汽车后部取出那个背包，把它扔给妮瓦。将欧宝后面的车窗仅仅降到可将这个火绒塞进车内，并放在那摊酒精上面为止。然后，她走到汽车前面。

从驾驶员座椅那里开始，她把面粉洒在车内，直到它开始在空气中弥漫，接着把它抛撒到车窗上和仪表板上，直到几公斤重的面粉让汽车里面满是粉尘。

她把面粉桶丢到地上并关上车门。“退后几英尺。”她说，当妮瓦照做时，她点燃了一根火柴，把从中间位置开始燃烧的火绒扔到车内那滩酒精上。

芒罗拉着妮瓦的胳膊肘，带她迅速跑向那辆摩托车。

火焰向两个方向蔓延，相比于油箱燃料的缓慢燃烧，在汽车内部的粉尘爆炸声音更大，亮度更高，所有这些，并不足以把汽车迅速变成一个令人兴奋的火球，却足以将其彻底摧毁。纤维和头发不见了，而且燃料会继续燃烧，直到火焰将车内表面温度提升到足以让塑料扭曲，并且清除掉留在上面的任何印迹。

妮瓦张大了嘴，目瞪口呆地注视着那辆汽车。

“面粉能做到这一点？”她说。

芒罗推着她向前走。“我们要抓紧时间，”她说，“我们该出发了。”

同样是两个轮子的车辆却彼此有别。这辆更接近于电动车而非摩托车的小轮摩托车，和被遗弃在达拉斯的那辆纯黑色的、其速度和扭矩会让肾上腺素激增的杜卡迪有着天壤之别，但在眼下，作为一种逃生和有可能结束这种疯狂状态的工具，它已经相当完美了。

随着欧宝冒出滚滚黑烟，芒罗迅速离开那家农舍，从摩托车轮胎后面飞溅出沙砾，针对她熟悉的那种彪悍的驾驶工具和这种玩具似的机器之间的区别，她在驾驶方式上做出了本能的调整。

妮瓦紧紧贴住她，将额头压在芒罗的肩膀上。

接触到沥青路面以后，芒罗获得了速度和牵引优势。顺着通向左侧的道路，朝着她们来时的方向，前面闪现出色彩的晃动。那不是鲁马尼，而是必定会对噪音和烟雾感到好奇的邻居。芒罗做了一个大转弯，妮瓦尖叫起来，她们朝向那团色彩的相反方向前进。

由于没有全球定位系统的指引，没有具体的前进方向，没有这些盘旋曲折的道路的具体方位，所以，指向不熟悉的小城镇的零星指示牌，仅能成为无意义的标记，这迫使她们只能在接近于迷路的情况下盲目行进，直到道路变宽，标牌指向熟悉的地名为止，而且，那个最初像海市蜃楼般消散的尼斯的避难所，已经变成了一个具体和明确的目的地。

进入城镇以后，顺着穿过城市心脏的双车道前进，旅程分割成一个又一个的转弯和连接点。时而从山脊处拐弯，时而穿过隧道，前面移动相对缓慢的车辆，经常让路面出现一段长长的交通堵塞。妮瓦不止一次把额头离开她紧贴住的那个肩膀，但每当芒罗摆脱车流队伍并且横跨公路分割线，以极快的速度冲到其他车辆前面时，又会再次紧贴住她。

她们不可能移动得像鲁马尼一样快，哪怕他驾驶的是类似于阿尔潘的帕萨特之类的交通工具，不过摩托车可以通过不断拐弯和直行的机动特性，使她们获得四轮汽车永远无法实现的一种时间优势。

随着再次下坡和上坡，芒罗额外争取到了几分钟时间，也为妮瓦的安全争取到了更大的保障，直至道路终于变成稳定的下坡路，而她们也开始进入城市范围。在接近海岸的地带，她们感受到了和摩纳哥同样的空气湿度以及略带咸味的微风。

就像美国圣迭戈[30]或者迈阿密滩[31]的木板路一样，尼斯的滨海林荫道两侧长满绿色的棕榈树，尽管是在初春，那里仍然人流如织，既有当地人，也有游客，有的步行，有的骑车，还有的在滑旱冰，全都顺着人行道行进。不过一旦进入城市范围，即便没有地图，芒罗也知道该怎么走，能够找到一般人在不曾来过这里的情况下，就很难确定其位置的那个建筑物。

领事馆距离海滩有一箭之遥，和占据街区一角的一个警察局隔着两个门，而且由于和海洋之间有足够大的间隔，这里的人流相对稀少。它被安置在一家不起眼的办公楼最上面的三层空间里。只有对讲按钮旁边的一个方形小牌匾表明它的存在。没有国旗。没有标志物。什么都没有。

芒罗把摩托车开到人行道上。她按了联系领事馆的对讲按钮，然后

30. 美国加利福尼亚州的一个太平洋沿岸城市。

31. 美国佛罗里达州东南部的一个城市。

完全关闭了点火。“下来吧，”她低声对妮瓦说，接着，当对讲器发出嘶嘶的声音时，她说，“美国公民，护照问题。”

过了一小会儿，那扇门嗡嗡地响起来，芒罗把它拉开并且抓住。“抓紧，别让它关上。”她说，正在从座椅上滑下来的妮瓦伸出手，握住了门把手，并站在门框旁边。

芒罗打开摩托车的支架。把钥匙留在点火装置里，抱着一丝希望期待在警察局附近，有人会敢于把摩托车偷走。她拉着妮瓦的胳膊肘，带着她走到里面，然后把门从身后关上。

伴随着“嘭”的一声，伴随着凉爽而空荡荡的门厅里的沉寂，伴随着眼前出现的办公邮箱和电梯组，一个世界结束了，而另一个世界开始了。芒罗斜靠在墙上，自从她在达拉斯体验到大腿的那种痛楚以来，她第一次感受到了真正的呼吸。

她把妮瓦带到了安全之地。

她清楚地感觉到了这一点，她闭着眼睛，拇指压在鼻梁上，体验着那种从未有过的、在内心深处涌动的如释重负的感觉。从这里开始，她终于能够卸下她的义务，按照她自己的方式实施下一步计划。

当她睁开眼睛时，看上去和芒罗一样疲惫而又乏力的妮瓦，正在聚精会神地打量着她。芒罗直起身来，离开墙壁并朝电梯点点头。“我们上去吧。”她说。

电梯门打开了，映入眼帘的是两侧各有一扇门的窄门厅。一扇通向楼梯井，另一扇门通向领事馆，是金属加固的，装着闭路电视监控。

当她们从电梯走出来时，看到了一个穿制服的女警卫。

在被对方索要护照时，芒罗提供了一个有关真相的修改过的版本，并将妮瓦·艾克里奇这个特殊人物作为护照替代品作了介绍。

警卫离开了，消失在金属门后面。几分钟后返回，把门完全打开。她们从一个小门厅进入一个更小的过道，一台X射线机和一个金属探测器，让它变得异乎寻常地狭窄。在容许她们进入领事馆核心区之前，那个警卫用 X 射线检查了那个背包，并要求她们交出全部电子设备。

芒罗把背包递给她。“所有东西都在这里面了，”她说，“我出来时会把它带走。”

领事馆核心区占据了这个狭窄建筑物的大半个楼层，它本身不过是一个大房间，被夹板墙和有窗户的小房间分割成几部分，这使得在等候区的人很难看见（即便能够听见）里面的情况。

一对年轻夫妇坐在一张沙发上。芒罗从身体语言推断他们是新婚夫妇，而且面部表情表明他们认出了妮瓦。若非因为手机被警卫扣下，她会打赌用不了 30 秒，妮瓦的图像就会轰动性地出现在社交网络上。

领事馆一名工作人员把妮瓦叫到窗前，在经过一阵低声谈话之后，示意她返回安保区，从那里通过安全门进入隔墙另一侧。

妮瓦从那个窗户和窗户后面那个女人那里退出来，转向她被叫过去之前所在的方向，征询似的看了芒罗一眼。

芒罗朝她点点头。

这是理想中的结果。她已经为这个女孩重获新生付出了那么多。眼下，让妮瓦安然无恙地回到父母身边是重中之重。至于她自己，芒罗最需要的就是打一个国际电话。她需要联系上布拉德福，领事馆肯定有这样的条件，但在妮瓦的问题解决之前，在芒罗有可能作为见证人而接受质询之前，她不会急于提出这样的要求。

妮瓦从拐角处走过去，消失了。感到疲惫而且无事可做的芒罗，此时只能被动地等待结果，她转身走向等候区的那些小小的沙发。

她没有理会那对夫妇指责的目光和警卫不赞同的表情，坐在那里，把她的头靠在扶手上，膝盖在沙发边缘晃来晃去，什么都不再去想，让自己进入了半梦半醒的状态。

那对夫妇离开了。其他人走进来，而且也很快离开了。另一名工作人员赶来，完全负责处理妮瓦的事情：在似睡非睡的过程中，芒罗意识到了所有这些过程，但她把它们推到一边，让时间一分一秒地流逝，让一种无梦的黑暗将她包裹起来，直到整个房间变得安静为止。

她请求使用电话。领事馆工作人员将电话听筒从玻璃下面递过来，并在芒罗的复述下，替她按了布拉德福的手机号码。建立了连接，芒罗点头表示谢意，当它响起来时，她的内心涌动着恐惧和渴望的复杂情感。

她比任何时候都渴望布拉德福的声音带来的慰藉，渴望压力和痛苦的下降，渴望摆脱伤害和死亡带来的阴影并归于平静——那是她和他在一起时才能够得到的体验，是在这场噩梦降临之前，她曾经有过的短暂的体验。然而，这次通话也能够让她听到有关罗根的消息——她不敢去听但必须去听的消息。

即便考虑到这种长距离通话，布拉德福也几乎在瞬间接听了电话。

“迈克尔？”他说，而且那个字眼，在他的唇边迸出的她的名字，就像是耗光氧气的火焰一样，阻隔了愤怒和痛苦的肾上腺素，抑制了她的体内震耳欲聋的声音和无休止的震动，她立刻感觉到自己进入到虚无的真空中。

“是我。”她低声说。

“嗨。”他也低声回应。

手里攥着听筒，电话线绷得很紧，她顺着墙壁滑下坐在地板上。

“你们收到了我发出的信息吗？”她说，“你们能找到罗根吗？”

“我们找到他了，而且把他救出来了。”

她长出了一口气。她闭上眼睛，品味着她害怕自己永远都不会听到的这句回答。“谢谢你。”她说。停顿了一下，“谢谢你。”她再次低声说道。然后接着说：“我看到过一个叫人难受的视频片段。他怎么样？”当布拉德福踌躇了一下时，她说，“请告诉我。”

“他们把他折磨得很惨，”布拉德福说，“他现在在住院——暂时打了镇静剂。他在某些环节需要修复性手术，但很难得到确切的消息，因为我不是亲属。”

她长长地连续深吸了几口气。

减压式的吸气。

罗根安全了，这个事实带给她莫大的喜悦。

为了做她不得不做的事情，她已经有了最坏的心理准备，在没有选择的情况下，她硬着头皮并且是以一种碰运气的方式展开行动，最终把妮瓦安全送到了目的地，而且罗根仍然活着。

他的身体机能可能受损，但令人难以置信的是，他活着。

她想大喊，想跳跃，想对鲁马尼大叫"见你的鬼去吧"，那个家伙现在必定隐藏在可以锁定领事馆入口的某个角落。她的反应仍然淡定，她依旧纹丝不动地坐在那里，一只手压在地毯上，手指拨弄着纤维。"如果你们联系查丽蒂，她或许能够提供帮助，"芒罗说，"她能够为他提供别人无法替代的照顾，尤其是在精神层面。"

查丽蒂，罗根昔日生活的秘密守护者，也是他的女儿——芒罗曾经冒着付出生命的代价救出的一个孩子——的母亲。

"你没事吧？"布拉德福问道。

"我没事，"芒罗说，"还是完整的——没有中枪。我在尼斯的领事馆，我把妮瓦·艾克里奇带到了这里。"

布拉德福等待着，然后说，"那你的情况还好吗？"

感受到这种含蓄和深切的关心，她的笑容消失了。她搜索着恰当的字眼，以便确切地回答他真正想知道的东西。

"他们杀了诺亚。"她说，在电话线另一端传来布拉德福含糊不清的咒骂声。她降低声音，并补充说，"说实话，我不太好。"他们都知道，她指的不是对于死者的哀悼。

"在非洲时的那种情况？"他问道。

"没那么糟糕，"她说，稍作停顿，"迈尔斯，我会好起来的，我保证。只要我解决了手上的事情，我就会好起来。"

"在阿根廷时的那种情况？"他问道。

她叹了口气，因为未能使他摆脱这个话题而微微一笑。“还没做噩梦，”她说，“只是黑暗，很快就会过去的。”

“我很担心。”他说。

“我知道。”她低声说。

“你回国需要帮忙吗？”

“可能需要，”她说，“不过我手头还有事情。另外我觉得，也许还有寻索我的下落的全境通告[32]。杰克能去查一下吗，看看有什么情况。”

长时间的停顿，那是即便国际电话线出现严重通信不畅也无法解释的那种停顿。

“杰克死了。”布拉德福终于说道。

她已经预感到有可能出现这类事情，并做好了精神准备，但这个消息仍然是一个重创，而且布拉德福内心深处更大的痛苦并未妨碍他对她的关心，尽管他丝毫没有流露出遭受过残酷打击的迹象。

“是怎么发生的？”她低声说。

“办公室爆炸。”他说。

“那萨曼莎呢？”

“重症监护室。情况很危险。”

“哦，上帝，迈尔斯，”她说，“我很抱歉。”

“我们手头都有未完成的事情。”他说，他的语气变硬了，从情感转向专业，仿佛他正在擦擦眼睛，挺直了腰杆。他说，“你需要什么，迈克尔？”

她踌躇了一下，斟酌着措辞。在一个美国领事馆，涉及到他们的这个通信线路，即便没有被窃听，也仍然是最不可取的用来讨论伪造文件以及枪支弹药的途径之一。“我需要一切，”她说，“你在这边有熟人吗？”

“你在尼斯？”

“是的，”她说，“尼斯。你可以动用我的紧急储备，如果有必要，

---

32. 指发布给许多法律实施机构的警方通告，通常是为了逮捕嫌疑犯。

全部使用都可以——如果我死了，它们对我也没有什么价值了。你能做这件事吗？”

“一个钟头后给我回电话，”他说，“我会把结果告诉你。”

芒罗兀自点点头，她痛恨挂断电话，痛恨和他再次分离的前景，因为她现在比任何时候都渴望爬进他的怀抱，再次感受到和平与宁静，忘记眼下的一切。“一个钟头。”她说，又补充性地说了那句她担心以后没有多少机会说的那句话。“我爱你。”

“我也爱你，”他说，“永远。”然后挂断了电话。

芒罗没有从地板上站起来或者向后倚靠墙壁，而是直接把胳膊伸到办公桌上面，摸索着找到玻璃下面的那个洞口，把话筒推到里面，然后慢慢地站起来。她需要走出去，到大厅里待一会儿，她需要独处。

在那个小小的安保房间里，她拿回了她的物品。“我就到门厅去一下，”她说，“大约 10 分钟后回来。”那个警卫点点头。

芒罗转过身，这时侧门打开了。妮瓦站在门口，仍然穿着那身玩具娃娃似的服装，仍然穿着那件夹克，双脚并拢，两手交叠，看上去比她们刚刚赶到这里时还要憔悴。“你可能不希望被打扰，”她说，“就给我几分钟可以吗？”

芒罗犹豫了一下，既而示意妮瓦在前面走。

金属门在她们身后响亮地关上了。

“是你的男朋友吗？”妮瓦问道，芒罗点点头。不想做详细解释，实际上什么也不想说。

妮瓦抱紧两只手，又把它们分开，两只脚来回挪动着。芒罗理解这种肢体语言。

她们几乎共处了整整 24 个钟头，大部分时间都像是一辆汽车里的囚犯——这种经历会令道别显得尴尬，让人觉得似乎应该有某种正规仪式来确认这一时刻。

芒罗说，“你联系上你的父母了吗？”

妮瓦微笑起来。“他们哭了半天，”她说，“我也哭了半天。大家都说，我真的很幸运。他们说起你时，都觉得你是英雄，不过你自己也有什么麻烦或者特殊情况。”

“大概是这样，”芒罗说，“那么对于你，”顿了顿，“他们现在怎么安排的？”

妮瓦转身望向金属门。“他们给美国联邦调查局打了电话。他们正在安排从法国马赛大使馆提供的签证。在这之后，会有航班和专人过来接。”

“那个有狙击枪的帅哥还在那里。”芒罗说。

“他们知道。他们说，他们可以确保我安全回国。”她叹了口气，“我爸爸说，他们会对我进行保护性监护，但我不知道这样是否就够了。”

芒罗耸耸肩。“很难说。”她顺着墙壁滑下来，伸直两条腿，朝妮瓦的方向抬起头。“只要增加对方的接触难度就管用。”

“那你呢？”妮瓦问道。

“我有几件事要处理，必须有人结束这个烂摊子。不管我去哪里，那种类型的保护对我都没有多大作用。”

“谢谢你。”妮瓦说。

“这不只是为你。”芒罗说。门开了，那个警卫让妮瓦到里面去接电话。

阿尔潘的手机——它一直放在背包里——发出一封短信的提醒音。已经开始朝门口走去的妮瓦僵住了，脸色发白。她无助地看了芒罗一眼。她们都知道那个声音，邪恶的预兆。

妮瓦对警卫说，“就给我一分钟。”

芒罗没动。

“你想看看是什么吗？”妮瓦问。

芒罗从背包里掏出手机，开启了屏幕。短信来自鲁马尼的号码，她的胃部条件反射似的搅动起来。她不想看，不想再受伤害。不管这是什么样的消息，她都想尽可能推迟查看，直至确认这是一个无关紧要的短信为止。

玩偶大亨的话在嘲笑她：还有其他对你而言很重要的人。

那些声音在她的脑海里越来越响，那是对于制造这场混乱者的一个确凿答复。

你们从前若存留他们的性命，我如今就会不杀你们了。[33]

芒罗把经文丢到一边。

那个图像在加载，又有一条生命从她这里被夺走的前景，让她的喉咙发紧，眼睛酸痛。

妮瓦一动不动，面露恐惧。“这一次是谁？”她低声说，芒罗没有回答，只是揭开手机后盖，取下电池，妮瓦说，“他们想要什么？”

芒罗把手机组件丢进背包里，只是抬头瞥了一眼妮瓦。“他们想要你，”芒罗低声说，“就和以前一样。”

33. 引自《旧约圣经 · 士师记》第 8 章。

30 选择

领事馆等候室长时间空荡荡的，芒罗躺在那条较长的沙发上，一只手臂遮住脸，另一只手放在身旁。再过一个小时她才可以联络布拉德福，这是玩偶大亨的最新伎俩，让五脏六腑如同翻江倒海的一个钟头，让刻骨的仇恨将她完全吞噬的一个钟头。

她在精神的深渊之上徘徊，借助于意志力让自己没有倒下。在她等待时间流逝，等待属于自己的机会到来——要么是她自己死，要么是别人死，才能永远结束这种痛苦——的过程中，唯有陷入黑暗的围裹，才能让她与那个残酷的外部世界隔绝开来，让灵魂进入一种近乎冷冻的状态。

妮瓦和办公室工作人员之间的谈话，仍在墙后延续，作为持续不断的更多关注的标志，办公区的人几乎都在窃窃私语，而且很容易想象，随着信息由一个人向另一人传递，一封又一封电子邮件会发出去，有关妮瓦的消息将持续泄露，互联网头条新闻将被这一传言所充斥，每一个情况通报者都会成为一个实时通信专家。

妮瓦可能会恢复她过去的生活，回到某种正常状态，而且这一次，她会格外吸引媒体的眼球，让她的名人地位提升得更高。

芒罗为这个女孩高兴。至少妮瓦的故事有一个幸福的结尾，而她现在可以告别那一章，把精力完全集中在下一步必须做的事情上。在还有 1 分钟就到一个钟头时，她站起来，走到玻璃窗跟前敲了敲，以便引起对方注意。再次请求使用那条电话线，尽管那个工作人员礼貌、职业而热情，但芒罗从细微之处已经觉察到她的在场带来的不便。

即便没有那些窃窃私语和诡秘的眼神，她也知道一个事实：她在把妮瓦带到领事馆的同时，也引发了有关她自身角色的无法回答的问题。所以，既无权扣留她、也无权询问她的工作人员，礼貌地为芒罗提供了她处理个人计划所需要的服务，而且没有打扰她。

那个女士把听筒从玻璃下面伸出来，并拨了号码。

和此前不同，布拉德福没有立即接听，这让芒罗感到不安。一直借助于深深地吸气而得以抑制的那种内心压力，随着每一个电话长音而呈指数级升高。她是多么害怕又失去一个对她而言无比重要的人！她的心脏怦怦跳动，那是一种越来越激烈、让她接近于疯狂边缘的节奏，直至电话线终于接通，而且布拉德福听上去气喘吁吁，好像是跑过来接电话的，说，“我在这儿。”

内部的压力得到了释放，变成了短暂的平静。

“我能弄到你需要的东西，”他说，“但是我能够提供它们的最近地点是米兰。你能进入意大利吗？”

芒罗闭上眼睛，叹了口气。更多的距离。更多的时间浪费。

“是的，”她说，“没问题。”

“我还没找到和你有关的全境通告，”他说，“但这并不意味着它不存在。我会随时把最新情况告诉你。你有机会收发电子邮件吗？”

等候室有一台电脑，如果她需要的话，领事馆工作人员会将它连接到互联网上。“我可以接收邮件。”她说。

“我会把基本情况发给你。这样你就可以着手准备了。你需要从意大利和我联系，我把其余细节告诉你。你不得不先去意大利，对此我很抱歉。”他顿了顿，“你身上有钱吗？”

“大概 70 欧元，”她说，“足够我去米兰的。”

她踌躇了一下。“迈尔斯，他们抓走了亚莉克丝。”

布拉德福沉默了一会儿。“我担心会发生这种事，”他说，“我试过保护她。当你失踪时，我们开始挖掘，并且在伯班克的文件中找到了一些线索。我也去找过凯特，希望从她那里了解一些情况。她仍在背后使力，迈克尔，即便她被关在监狱里，只不过现在她不是在帮你，而是在对付你。她把这个看成是她的杰作。复仇，这是她的目的。她已经提出了上诉——下次开庭是在几天之后——而且虽然在我看来，她会觉得你不可能从她设置的把戏中活下来，但不管上诉结果怎样，我猜想她正在计划消失。我已经安排人手跟踪这件事，这样就可以确保她不会轻易溜掉。”

芒罗斟酌着他的话，一边构思着行动方案，然后说，“他们威胁说，如果我不把妮瓦交还给他们，他们就会用亚莉克丝代替妮瓦。”暂停一下。“但这次会更糟糕。”她交代情况并进行分析，脑海里出现了那个客户的形象，并且推测那个女孩的命运。她闭上眼睛忍住这种痛苦。“他们强迫我选择谁死谁活，”她说，“而且不做选择的结果，就相当于做出了决定。”

“你打算怎么做？”他说。

“坚持到底，”她说，“即便不是妮瓦，不是亚莉克丝，它也会是塔比瑟，或者是你，或者是别人。这件事是不会结束的，迈尔斯，除非有人结束它。”芒罗又深吸了一口气。“他们发给我的图片，是白天在她家门前拍摄的。帮我找到她，迈尔斯——拜托了，如果你能做到的话。这对你是一个不公平的负担，我很抱歉。这是我结束这一切的唯一途径。我需要你让我解放出来，这样我才能去做我需要做的事。”

“我会尽我的全力，”他说，“我的朋友会给你一部手机。你拿到它以后，我希望你打电话给我。”她理解他的潜台词：打电话给他，他们才可以自由地通话。

“我保证。”

“我爱你。”他说。

“永远爱你。”她低声说。

她把听筒从玻璃下塞回去，坐了一会儿，脑子里回顾着这些年来她为保护亚莉克丝所做出的努力，所有这一切都付诸东流了。她几乎能够用一只手数出在不同时期那些与她走得很近的人：罗根、布拉德福、凯特·布里登，还有几个被长期遗忘的男性朋友——在她很难融入美国郊区生活那些最糟糕的日子里，她曾令人尴尬地把后者带到她的姐姐塔比瑟的家中。

在美国的最初几年，她的确过得很艰难。对于她那认为自己不会再生养孩子的传教士父母而言，她的到来是一个意外，父母其实并不想要她这个孩子。她有两个姐姐，当他们的父母搬到喀麦隆时，她们的年龄已经大到足以独自留在达拉斯，直到有一天，还未满 18 岁的芒罗，突然出现在塔比瑟的美国家门口，而在此之前，她们之间存在的家庭纽带，完全基于在她 14 岁之前（在这之后，她和家人没有任何联系）寄来的零星的照片和少量的信件。

芒罗与其说是这个家庭的害群之马，不如说是一个极少主动联系她从不认识的姐姐的不存在的孩子，因为她早就放弃了这样的尝试。她也放弃了为在喀麦隆的土地上让自己立住脚而尝试赢得父母的认可，直到 17 岁时，一场暴力迫使她来到一个除了一张护照之外，她与之没有其他任何关联的国家，来到她称之为家人的几个陌生人中间。

住进塔比瑟的家中，意味着和一个大到可以做她母亲的女人生活在一起，后者愿意接纳她，是因为她是自己的妹妹，后者怨恨她，是因为她完全不像是一个正常人。她的长女亚莉克丝，是和芒罗关系最亲近、乃至接近于亲妹妹的人，而现在，玩偶大亨把她抓走了。

芒罗站起来。与罗根一样，为了做她需要做的事，她会放弃她最想要的东西。她不需要特意去查看布拉德福的电子邮件，她知道她要去哪里，而且不管在领事馆这里能否上网，一旦到了意大利，她还是需要找到一个获得具体信息的途径。

如果妮瓦只是一个人，芒罗会停下来同她道别，但是在目前的情况下，她宁愿不去招惹更多的关注。在安保区，她再次拿回那个背包，里面有地图，那卷胶带，全球定位系统，阿尔潘的手机组件，以及她在放弃欧宝之前丢进里面的其他物品。

她通过那个金属探测器走出去——这是从领事馆离开的唯一出路——但是在她走到门厅之前，侧门打开了，妮瓦出现在那里。

女孩跟着她走到电梯那里。“你要离开了？”她问道。

“是的。”芒罗说，并通过电梯走向楼梯间。

妮瓦没有停下来。“我需要和你谈谈。”她说。

“现在不是一个好时机，妮瓦。”

女孩跟着走下楼梯。“很重要。”

在二层楼梯口，芒罗暂停住脚步。她转过身来，与在后面几步之遥的妮瓦四目相对。“回去吧，”她说，“我会发电子邮件的，你以后可以再和我谈。”

妮瓦走到芒罗身边。“我要和你一起走。”

芒罗再次收住脚，妮瓦的话就像铙钹在她的大脑里碰响一样，那种噪声淹没了其余的一切。她低声说，“你疯了吗？”又朝下走了两个梯级，然后再次停下来，转过身。“我刚刚冒着搭上我自己的性命，还有我所爱的人的性命的危险，才把你送到这个安全的地方。离我远点儿吧。你已经自由了。回家吧。”

在上面一层，通向楼梯间的门开了，那个显然是跟着妮瓦走出来的女警卫俯身向下望去。看到她们两人对峙的场面，那个女人快步向下走了半截楼梯，并且向周围扫视了一眼。“妮瓦？”她问道，“你没事吧？”

那种语气足够友善，但她的面部表情和身体语言暴露出在她们刚刚到来时，芒罗所感觉到的那种戒备性和保护性的敌意。妮瓦把身体转向那个警卫，而不愿忍受这种荒谬对话的芒罗利用这个间隙继续下楼，一次跨过两个梯级。

妮瓦没有理会那个女人的问题，跟着芒罗走下来。

在一楼，芒罗推开门走进前厅，快到楼门口时，妮瓦从她背后冒出来，并且说，“迈克尔，请让我和你一起走。”

芒罗说，“回去。”

妮瓦紧走几步追上来。“我不回去。”她说——还是那同样该死的固执和拒绝妥协的姿态，在离开萨格勒布最初的一半路程中，正是这种态度带来过那么多的麻烦。

芒罗原地转身，几乎和女孩撞个满怀。“你到底是哪里出问题了？你知不知道，我把你送到这里经历了多少风险？有人为你而死，而你终于有机会摆脱这个烂摊子了。走。回去。你自由了。好好生活。”

妮瓦抱起胳膊，说，“不。”

“马上顺着楼梯走回去，不然我会扯着你的头发把你拖回去。”

“你不会的，”妮瓦扬起下巴，挑衅似的说，“你不会那么做的，因为领事馆的人都在那里，都会盯着你，他们会怀疑你和我被绑架有关。你没那么傻。”

“去你妈的，”芒罗说，“我受够了为你的小命负责这种事。”她转过身，从凉爽而沉寂的大厅内部走出去，走到外面吵杂而热闹的街道上。

妮瓦继续跟出来，芒罗心脏的跳动提速到了令人眩晕的节奏。诺亚已经死了，而且她冒着失去罗根的风险，把妮瓦从玩偶大亨那里送到安全之所，安全到她可以卸下所有的责任，切断操纵玩偶的绳索，并终结这种疯狂的局面。

疯狂。

鲁马尼就在外面某个地方——不只是鲁马尼。如果他在当地有任何有势力的熟人，那么她们待在领事馆这几个钟头期间，他就有可能获得增援，会等待和观察一个机会，而现在，当她在光天化日下再次出现时，妮瓦跟着来到街道上，似乎过去 24 个钟头的整个考验，以及死亡和苦难的代价即将化为乌有。

芒罗盯着路边：那辆摩托车已经不见了。无论是被盗还是被收缴，她永远都不可能知道。那种确凿的正在被人监视的感觉，让她的后背感到刺痛。她的目光转移到街道对面的公园，又从那里移到附近的建筑物。她大步流星地远离领事馆，朝着远离海岸的方向前进。在最近的交叉路口，芒罗做了一个急转弯，在下一条街道又做了一个急转弯，她就这样随时变换方向，而她的目光不断扫描屋顶、阳台、窗口和街道，以便寻找那个射击手的踪迹。

无论她的步伐多快，妮瓦都会跟上来。不是跟在芒罗旁边，甚至不是跟在身后一米之距的一个影子，而是以一个持续跟踪者稳定的节奏在身后几英尺跟随，就在她的眼角余光之外。芒罗没有转身，也没有停下来观察她们之间的距离，但是意识思维能够清晰地感觉到她。

这是走向疯狂的道路，是通向死亡的道路。没有任何意义和价值。她的公平感和正义感受到了侵犯。这种做法嘲弄了生命，浪费了机会。她们通过一个空荡荡的公寓门口，芒罗转过身来一把抓住妮瓦，把她推到角落里。她捏住妮瓦的夹克的胸口部位，然后咬紧牙关把她推到墙壁上。“他们会杀了你。”芒罗说。

妮瓦扬起下巴，仍旧以挑衅的姿态说，“我们都要死的，其实只是如何面对最后一击的问题。”

“不！”芒罗说。她更加用力地抓紧妮瓦的衣服，把她更重地推在墙上，以至于她的头被迫后仰。“你他妈的不明白。他们不只是要杀死你。在摩纳哥那个遛狗的人，他是一个心理变态的虐待狂。他会把你切成一片一片的，而且很享受这一过程——他不仅要杀死你，他还会为了他自己的痛快折磨你，让你流血和受苦会让他得到快感。你明白吗？”又推了她一下。这次更加用力，更加恼火。“我现在站在这儿，和你进行这种愚蠢的对话，就是在增加别人像这样死去的概率。”

妮瓦把她推回去。“不，是你不明白，”她说，“我能看到你没有看到的东西。”

芒罗丢下背包，把它踢到一边，降低声音说，“你到底在说什么？”

“我不是你所认为的那种愚蠢、娇气的富二代。”妮瓦说，接着她也降低了音量，不再向外推她，于是芒罗放松了抓紧她的衣领的手。妮瓦顺着墙壁略微滑下来一点儿，再次站直了身体。

“我知道你不喜欢我。”妮瓦说。她的话低沉而急促，仿佛是害怕她没时间说完她走了这么远的路要说的话似的。“你觉得我不明白你为拯救我付出的代价，觉得我是在放弃一条生路。我不傻，我也不是忘恩负义的白眼狼。你救了我，对吗？但是有人死了，因为你救了我。我不知道他们为什么那么想要得到我，可是我看见了你收到那封短信时的表情。你不需要告诉我，可是我知道。因为我，又有人死了或者就要死了。还要死多少人呢？”妮瓦顿了顿，她的声音有些发紧，她抬起头来看着芒罗的脸。“这不合理——一个生命，要用那么多人的生命来交换。”

就像是从沙漠中升起的一个海市蜃楼一样，诺亚的形象，他倒在地上的躯体，他额头上的黑色孔洞，在芒罗的眼前浮现，她咬着牙说，“如果你他妈的能在 20 多个钟头前得出这个结论，那才是真正有用的。”

“20 个钟头以前我不明白，”妮瓦说，“不知道是怎么回事，直到我们进入领事馆，而且他们开始告诉我他们知道的一些情况，然后发来了那封短信，我又看到了你的脸，而且……”妮瓦停下来，用恳求的语气说，“我怎么可能知道呢？”

芒罗抑制着愤怒和怨恨。食物送到了一个饥饿的人的嘴边，她想要得到妮瓦所提供的东西，但却不能去拿它。“你原本是那么不顾一切地想要逃跑，你花了那么大气力才走到现在这一步，”芒罗说，“你想要活着。”

妮瓦的眼里溢满了泪水。“是的，”她低声说，“我是那样渴望活着——我想要活着的愿望，胜过了这个世界上的一切。”

“那你为什么还要这样做？”芒罗说，“我让你安全了。”停顿了一下，喃喃地说，“我他妈的让你安全了。我违背了我的心愿，违背了我的本性。为了把你送到这里，我放弃了一切。可你现在却要把这个机会丢掉？”

“我不知道。我不知道你承担着什么样的代价。我原以为你只是和他们——那些绑架我的人一样。”

“你会情愿再把自己主动交给那种人，那个——”芒罗吐出了那个字眼，“畜生？”

妮瓦满面通红，她摇摇头。“我——我……不。不是那样的，你有你自己的计划。你要回去找他们算账，我知道这一点。那些抓我的人，他们还想要找到我，所以我觉得也许你可以利用我。就像是你的计划中的某个圈套，或者是一种讨价还价的筹码——就当作是诱饵。”

芒罗松开妮瓦的夹克。“上帝，你太天真了，”她说，“你离开安全的领事馆就是为了这个？你年轻、愚蠢而且无知，我鄙视你的想法，不过我也敬佩你的勇气。”

“那我可以吗？你能把我当诱饵吗？这会不会有用呢？”

芒罗朝街道两侧查看了一下。她们停留的时间足够长了，这很危险，需要转移。芒罗抓住妮瓦的胳膊，转身准备把她带向人行道。“你知道当你钓鱼时，鱼饵会怎么样吗？”

妮瓦茫然地注视着她。

芒罗叹了口气，拿起背包。“这不是好莱坞，妮瓦。这不是在拍电影。在现实生活中，诱饵会被吃掉，会没命的。”

“但这一切太乱了，”妮瓦说，“他们会继续绑架妇女并把她们卖掉——他们为所欲为，想干什么就干什么，而且没有人去阻止他们。可是我知道你的想法，你有你的计划，你实际上是想要解决这个问题。我知道这些人有多么危险，我恨他们，而且我有机会做点儿什么，我可以帮助你。”

芒罗盯着她一会儿，这又浪费了宝贵的几秒钟，她试图了解妮瓦的基本思维过程，试图弄清楚妮瓦真正想要达到的目的，但最终她无话可说，因此，她沉默地继续朝前走，而妮瓦跟在她旁边，两只腿快速向前移动，以便跟上芒罗迈出的大步。

不管她是否想让妮瓦跟着她，现在已经不重要了。她没有时间或者意愿把她送回到领事馆，她也不可能把她丢下，让她独自回去，因为那样一来，她很有可能被鲁马尼在路上掳走。“得给你弄一顶帽子，”芒罗说，“和另一套衣服。”她再次把声音降到近乎耳语的程度。“而且我不能百分之百地保证你的安全。我现在还有其他更要紧的事情要做。”

“这是我的决定，”妮瓦低声回答说，“我会为我自己负责。”她迟疑了一下，“但你会尽最大的努力，对吗？”

“是的，”芒罗说，“我会尽最大努力保证你的安全，但你最好做最坏的心理准备。”

“我当然做了最坏的心理准备。”

“很好。至少你没有完全疯掉。我们在明天结束以前，都成为鱼饵的赔率是 10 比 1。”

芒罗扭头朝街道两侧观察了一下，随即穿过街道。妮瓦说，“我觉得，如果你认为你不会成功，那你就不会做你正在做的事。”

芒罗突然收住脚，站在那里盯着妮瓦的眼睛。“你错了。”她说，然后继续朝前走。“我这样做是因为我没有选择。即便所有的事情都很顺利，即便我按照他们的要求把你交给客户，只要我还活着，我所爱的人就永远不可能是安全的。即便我现在用你去交换，他们还是会杀了我——所以不管怎样，我都可能会死的。”

第四部

前方只属于生命

有朝一日，我也将使美丽在残忍的重量中升起

31 游戏开始

芒罗沿着尼斯的人行道搜索着交通工具。这里的行人相对稀少，而注意到她们经过的人更少，但即便在主要街道和繁忙的人行道外围，还是偶尔有路人转头注视着妮瓦和她那奇特的装束，这固然转移了对她的长相的注意力，但也毕竟是一种引人注目的装束。

妮瓦显然忽略了她给芒罗带来的负担，一边继续走，一边挺起胸脯并抬起头来。被女孩的无知激怒的芒罗碰了她一下。“收起你的下巴，眼睛看着人行道，”她说，“除非你想被人认出来并且被拦住。”

妮瓦垂下头，芒罗带着她绕过另一条街道的另一个角落，尽可能让她们的行踪变得随机和不可预测，这样鲁马尼将被迫加速跟进，而且即便有援军，也不可能设下埋伏。

又走过一个街区，绕过一个拐角，最终来到一条狭窄的街道上，那里的汽车只停靠在一边，轮胎都紧贴着路缘，由此留出了一条用于双向交通的单一车道。在那些车辆当中，芒罗找到了她想要的汽车：它普通到几乎不会引起任何关注，结实到看上去不会出什么问题——而且没有上锁。

这是一辆近乎被遗弃的汽车。

透过车窗，芒罗检查了燃油压力表。油箱的四分之三。她从背包里取出那卷胶带，用牙齿扯下来一条，然后把胶带和背包丢给妮瓦。“坐到后面，”芒罗说，“随时留意——要是有人好奇或者生气，并朝这边走过来，就告诉我。”

“我们真的要在大白天偷一辆车吗？”

芒罗打开前排乘客一侧的车门，并朝那边点头示意。“顺着那条路到领事馆大约有一公里。你只管朝前走。那个帅哥很快就会出现，并且捎你一程。”

妮瓦爬进汽车后排座椅。

芒罗检查了紧急制动装置，把汽车挂了空挡。她查看了一下点火装置，随即横躺在车内地板上，头部在方向盘下方，从机械装置下面去掉塑料盖，搜索着可以让点火装置运转的金属丝，并且说，“这样一来，你也会成为共犯——不再是一个无辜的受害者了。领事馆的人都看见你走出来，而且是自愿跟着我，没人强迫你。”

“你为什么老是吓唬我呢？”妮瓦说，“我知道后果。”

芒罗拉出了几根金属丝。“就是想证实一下，”她说，“为了确保你知道自己还可以在死亡和自由之间做出选择，还有就是，我们要去的地方也不见得有多好玩。”

妮瓦鼻子里哼了一声作为回答，芒罗把粘在额头上的那条胶带用指甲和牙齿掐断并撕成细条。如果有更多的经验，她的动作会更快，但自从当初那个年轻而无聊的她和罗根肆意鼓捣别人的汽车以来，已经有相当一些年头了。

芒罗把裸露的金属丝用胶带系在一起。点火装置弄好了，她从座椅下面钻出来，坐到方向盘后面。

她俯过身去，关上乘客一侧的车门，然后给汽车挂上离合器。如果她们幸运的话，就不需要在这里和米兰之间停下来，因此可能就不需要再经历这个过程，另外，沿着这条公路行进（芒罗确定妮瓦不会敲打窗户玻璃，并向过往车辆和收费站工作人员高喊救命，因此，这是她们现在可以选择的一条路线），距离边境仅有 40 分钟，她们很有可能在这辆车报失之前赶到意大利。

芒罗察看了交通情况，把车开到路面上。她对妮瓦说，“你可以把背包丢到后面，坐到前面来。”

妮瓦把背包扔到后排座椅后面，从前排两个座椅之间挤过来，当她把身体向前面挪动时，夹克和那条娃娃裙纠结在一起。“我真的认为该买一件新衣服了。”她说，然后坐下来并扣上安全带。“你为什么总是和那个背包保持距离呢？”

芒罗检查后视镜。鲁马尼在那里，她知道这一点，对方也清楚她知道，而他的持续遁形增加了她头脑中的压力。她转向一条主要街道，凭借本能靠近标牌，然后根据标牌驶向公路。她瞥了一眼妮瓦，发现女孩在盯着她，在等待着什么。

“什么？”

“背包——你为什么总要和它保持距离？”

“那部手机里有跟踪器和窃听器。我取下了电池，但还是为了以防万一。”

妮瓦皱起了眉头，还是那个同样的女孩——即便是在躲避杀手和绑匪的过程中，哪怕是有一丝机会，她也会昂着头，神气活现地走在尼斯的街头上——此刻愤愤地瞪着芒罗，仿佛自己被出卖了似的。“你为什么还要留着它？”她问，“你现在也有什么特殊想法了？”

妮瓦抱起双臂，盯着她自己的腿。

芒罗说，“这是我和他们沟通的唯一工具——在扔掉它之前，我还有几件事要搞清楚。听着，是你自己选择要跟着我的，不是我请你的，所以如果你打算跟着我，就不能给我添麻烦，要听我的指挥。如果你每走一步都要质疑我的做法，那么我就会把你摆脱掉。我现在需要安静。”

“我就是问问而已。”妮瓦说。

“还有，别再烦我了，”芒罗说，“我可不是你的朋友。只是因为我救了你的命，并不意味着我是个多么好的人。我这么做不是为了你，而是为了我自己——正如你现在在这里不是为了我，而是为了你自己一样。因此，既然现在提到了那部手机，我们的计划就是要快速行动，保持领先一步，而且不要说任何让他们可以利用的话。明白了吗？”

妮瓦点点头，“我不傻。”她说。芒罗露出了微笑。“很好，”她说，“等我们弄到一部真正的手机以后，你需要给你父母打电话。”

“对他们说什么？”

“首先，你不是被再次绑架的，因为假如我的脸没有上电视而且就坐在你旁边，那肯定会让我的生活轻松许多。另外，因为你不会坐上他们预定的航班，他们也应该知道原因。”

妮瓦叹了口气。“那种交流肯定不会愉快。”

“我知道你做出的是一种艰难的选择。你是在做一件勇敢的事，妮瓦，但是，只有当你所爱的人知道你是自愿这样做的，它才有价值。”

在离开尼斯的公路以后，她们的行驶路线更接近海岸而不是内陆区域，这是一条直达意大利的风景优美的道路，它绕过边境管制，穿过隧道，避开城镇，而且比朝相反方向行驶更节省时间。

芒罗一直贴着那条公路行驶，直至开始绕道并经过热那亚，于是海岸、山区和隧道的壮美景色逐渐变成了一个地势平坦、枯燥乏味的工业地带。她用阿尔潘的钱支付了过路费，并离开那条公路。更小的道路意味着更慢的速度，但也意味着鲁马尼——无论他驾驶的是多么强大的工具——将无法凭借速度本身超过她们。

妮瓦打破了沉默，“那个大疤脸发生了什么事？”她说。

芒罗斜瞟了她一眼，但没有回答。

“在领事馆你说，那个帅哥还在那里，”妮瓦说，“你说的是他，而不是他们，好像现在就只有一个人似的。那另一个人哪里去了？他当时跟着我们进车库了吗？”

“还有别的更好的话题可以谈。”芒罗说。

妮瓦看着她的手。“我现在做到这一步是自愿的，所以，我也许应该有知情权。”

“他死了。”芒罗说。妮瓦听了，满意地点点头。

她们跟随着通向城市中心的标志从南部靠近米兰，最终完全进入到一个文明区域，接着，芒罗的关注点转向寻找地铁的位置。

她继续通过一个公寓住宅区，到了法马戈斯塔中心车站，这是一个只有一座大的汽车总站和几个停车场的综车站。她把汽车开上一处坡道，找到了一个空车位，关闭了点火，然后把车丢弃在那里。

法马戈斯塔中心车站附近的那个有着很长坡度的地铁站清洁明亮，有几趟频繁进入米兰心脏地带的列车。芒罗从一台自动售票机上购买了车票，单程仅有一欧元的价格低得惊人。从隧道里吹出阵阵热风，散发出烧毁的金属、液压流体和机油的陈腐气味——那是一种普遍的、只属于地下轨道的气味。

她的胳膊紧紧挽住妮瓦，就像是一对男女朋友，而且就如同在摩纳哥和尼斯一样，当经过的人瞥见那身装束时，都会暂停下来多看一眼，但这一次妮瓦始终低着头，而且从那些窃笑以及有时明目张胆地盯着她的表情来看，人们显然更多地把注意力放在衣服上，以至于没有注意穿这身衣服的人。

妮瓦低声说，“他不会跟着我们吧？”

芒罗摇摇头。鲁马尼除非是一个白痴，才会尝试通过地铁跟踪她们，这不仅是因为监控摄像和安保带来的障碍，也因为即便只有一列地铁，他也很容易跟丢她们。她说，“他会等到我们走出地铁站，再从那里继续跟踪。”

她们乘坐这趟地铁到了米兰的中央地铁站，由于现在快到工作日的下班时间，那个建筑设施里面开始出现交通晚高峰即将到来的忙乱迹象。她们在换乘时上了一个楼层，随即上了另一个楼层，来到地铁站的主大厅，一个高穹顶的大厅，它那有着较长通道的一侧，通向长距离行驶的高速列车的轨道，另一侧是地铁站出口。每天都有成千上万本国和国外旅行者通过地铁站这一部分，在这个城市进进出出。

妮瓦扭动着身体向两边张望，她的脸向上面看去，好奇地睁大眼睛，注视着这个据称是全世界最漂亮的地铁站，而且差点儿摔了一跤。芒罗扶住了她。“不要为观光把你的小命丢掉，OK？集中注意力。”

在站外，狭窄的街道上垃圾遍地，车流拥挤，芒罗搜索那些店面，寻找着她知道必然就在附近的目标。她终于看到了那个地方：夹在一排个体店铺之间的一家小商店，窗户玻璃上充斥着色彩艳丽的代售手机卡包装物，以及自诩费用低廉、旅游目的地大多为第三世界国家的旅游广告——这是一个可以拨打便宜的国际电话和提供互联网接入并按分钟计费的经营机构。

在里面，芒罗让妮瓦站在靠近门口处，使她从窗口海报之间的缝隙里可以观察到街道景象，并把背包递给她。“如果你看到熟悉的人，”她说，“不要逞强喊救命。那是很愚蠢的，因为我不会离门口很远，但他们可能很快就会离开。要是有什么意外情况，你就喊‘*fuoco*[34]’。混乱和噪音是你的朋友。”

妮瓦重复了那个词并点点头。

“还有，不要走出门口。如果他就在外面监视，他可以轻而易举地用麻醉枪把你打倒，然后把你带走。”

对方再次点点头。

芒罗转身走到附近的柜台那里，一位老者——显然是这个机构唯一的雇员——接过芒罗的钱，一边不时地朝妮瓦那边瞟上一眼。

最靠近妮瓦的电话亭已被占用，所以芒罗进入另一个空闲的电话亭，当她按下一系列似乎没有尽头的数字和代码，以便拨通布拉德福的电话时，她尽可能留意那个女孩的情况。电话刚响了一声，对方就接听了。

“嗨，”他说，“你在哪里？”

“米兰。”她说。

“你还好吗？”

“还好，但我需要抓紧时间，因为我不但被人跟踪，我还带着妮瓦。”

---

34. 意大利语，着火了！

“你还带着什么？”

“只要我有时间，我会解释的。”

“我需要你的地址。”他说，于是芒罗读了那张收据上的详细信息。

在交流业务的过程中，没有了他们在上次谈话中不时穿插于其间的情感意味，布拉德福详细交代了联络人方位，芒罗用笔记录下来。她不敢把地址输入手机浏览器或者全球定位系统，以防被传输回鲁马尼那里。

“你应该让你的联络人知道我被人跟踪。”芒罗说。

“你能甩掉他们吗？”

“他们就像是一群四处肆虐的臭虫。”

“我会提醒他的。”布拉德福说，接着芒罗听到他声音里的微笑。“注意安全。”

“我爱你。”她说。

当芒罗走过来时，妮瓦依然盯着窗外，而那个老头正在打量妮瓦。

“有什么情况吗？”芒罗问道，妮瓦摇摇头。

在与地铁站隔着三家店铺的一家服装店的橱窗上面，展示着各种服装打折标志，芒罗带着妮瓦走过去并进入店内。她数出阿尔潘的钱余下的大部分，找到一件可以替换阿尔潘的夹克的特大号长袖衬衫，还有一顶时尚的、妮瓦可将头发掖到里面的帽子。虽然这两样东西并不能完全消除那身装束的荒谬效果，但它们结合起来，有助于让她的穿着看上去更得体一点儿，从而不会引起过多的关注。

“以后再给你买其他更像样的衣服，”芒罗说，“眼下这点儿钱，就只能买这个了。”

“这个就可以了。”妮瓦说。

她们回到车站，芒罗搜索储物柜，一个也没有找到，于是循着标志牌找到了一个行李寄存处，一件行李经过扫描检查之后，可以寄存放在那里。当她看到前面有五个人在排队时，她停了下来，原地缓慢地转了一圈，扫视着店铺和人流，搜索着感到好奇而且熟悉的面孔，然后从肩上取下背包，把它打开，迅速从里面取出胶带、手机和旅行证件，把包括那卷胶带在内的所有东西（不管它们是否笨重或者如何叫人不舒服）都一股脑儿地塞进夹克里面，然后微妙地再次察看了周围情况，把那个背包和里面剩余的东西都丢到一个垃圾箱里。

妮瓦张大了嘴巴，显然是想要提出疑问，但话还未出口就停下来。芒罗拉着她的胳膊肘，并对她指着自动扶梯。“继续走。”她说。

如果可以那样做的话，芒罗会把妮瓦留在地铁站，等事情办完以后再回来接她。同伴往往会增加麻烦，因为你必然需要保护对方，而这往往会妨碍你的工作。在目前的情况下，缺乏训练而且没有经验的妮瓦，尤其会成为一个特殊的累赘。

但是，她不能冒险与她分开。

哪怕她是一个移动着的诱饵。

即便鲁马尼像她推断的那样，只是半个捕猎者和四分之一个战略家，他也会知道她们将在这个地铁车站停留，而且另一个跟踪器的突然移动在掩盖她们的踪迹的同时，也会成为他追踪“猎物”的出发点。不过为了确认，他会被迫检查所有线索，而这将花费他的时间，这也是她扔掉那个背包和那些设备的原因：争取时间。

芒罗穿过人流，从上一层楼绕回来，顺着她们离开时的方向，再次从自动扶梯下到她们刚刚使用过的那条轨道那里。当走到月台上的妮瓦背靠一面瓷砖墙以便喘口气时，芒罗一面扫描着一张张面孔，一面等待地铁站的广播通知和沿着铁轨发出的低沉轰响。越来越近的呼啸声和刹车的尖叫声，意味着另一次行进，另一个获得自由的机会。

芒罗等待着乘客靠近车门，然后推着妮瓦挤入密集的人群中，并退到一边让车厢里面的人走出来。在靠近对面月台的楼梯上，芒罗第一次捕捉到熟悉的迹象。那种熟悉感先是来自一种色彩的晃动，然后是一种光亮，就好像是金属或者一只特大型手提箱的反光。

芒罗进入车厢，一只手放在妮瓦的肩膀上，把女孩领到站着的乘客后面，但这个动作没有起到任何作用。鲁马尼透过玻璃窗盯着芒罗，脸上浮现出一副幸灾乐祸的微笑。列车开始移动，他把食指放在额头上，然后又指向她。

“是他吗？”妮瓦说，“那个帅哥？”

芒罗点点头。

芒罗从口袋里取出阿尔潘的手机部件，把电池放进去，然后打开手机。

“你担心吗？”

“还没有。”芒罗低声说，于是妮瓦会意地保持着沉默。

当手机的应用程序完全启动时，另一个短信在等待着。另一张图片，是亚莉克丝，这次她赤身裸体，被蒙住眼睛，四肢伸开地躺在混凝土地板上。芒罗咬紧牙齿，删除了图像。除了眼下这个时刻，把注意力集中在其他任何方面，都将意味着错误，意味着死亡，意味着其他无数个女孩都将陷入与妮瓦和亚莉克丝同样的命运。她将坚持到底。

妮瓦那只温暖的手不请自来地抓住了芒罗的胳膊。

芒罗抽搐了一下。

妮瓦把手撤回来。“对不起，”她说，“我忘了。”

芒罗点点头并勉强露出一丝苦笑，翻阅到手机通讯录，接着用她从那家手机店带出来的纸和笔写下了鲁马尼和玩偶大亨的号码。然后，芒罗将仍然打开的手机放进站在她旁边那个女人的夹克口袋里。

32 补给

她们沉默地乘地铁来到米兰卡多纳地铁站，然后离开地铁站，去往可以找到公共汽车和电车的街道。她们经过附近的一个干净整洁、装饰着各种多姿多彩的雕刻艺术作品的露天广场。在这个游客众多的广场左侧，矗立着宏伟壮观的斯福尔扎城堡的城墙，不过芒罗走向相反的方向，按照布拉德福的指示穿过人流，顺着一条两边是覆盖着鲜绿枝叶的树木的街道走了几分钟。

芒罗核对了那张纸上的地址，在一家冰淇淋店门口停下来，这家店铺的简洁和现代，与其所置身的那座宏伟和古朴的殖民地时期建筑形成了鲜明的对比。在里面，她给妮瓦找了一个座位，把手伸进口袋里，准备掏出剩下的最后几欧元给妮瓦买吃的东西，因为她自己早已饥肠辘辘。她注意到柜台后面那个男人正在看着她。

他看上去很年轻，不过，芒罗估计他至少有三十六七岁，身材不高但很结实，完全不像是她想象中的布拉德福的联络人那种类型。但是他那专注的兴趣，他不愿掉转目光的姿态确凿无疑地表明，从芒罗刚刚进入店门的那一刻，他就认出了她（即便不是妮瓦）。

在没有中断与她的这个新的崇拜者目光对视的同时，芒罗把现金递给妮瓦。“你要是饿了就买点儿吃的吧，”她说，“但不要离开这个店面。如果你看到了帅哥或者其他熟悉的人，还是上次相同的指令。”

妮瓦点点头，于是芒罗走向柜台。那个系着围裙的男子示意一个雇员接替他的位置。他并不引人注意地离开柜台，显然不是走向手里拿着钱、已经靠近冷冻玻璃柜的妮瓦，却足以让芒罗意识到，对方是在邀请她进入里间。

他穿过离柜台不远的一扇旋转门离开房间，芒罗跟在后面。他只是转身看了一眼，确认她跟随走来，便在前面领路，绕过一个冷藏室和一个小厨房，顺着一条“L”型狭窄过道来到另一扇门前，这扇门与店内整体环境似乎格格不入，因为门上有一个小键盘和一个生物识别扫描仪。

他把拇指放在小键盘上，门“咔嗒”一声打开了。

这个不大的房间只有光秃秃的墙壁和一张空无一物的桌子。那扇门在芒罗身后自动关上了，那个系着围裙的男子转身面对她。“我听说你被人跟踪。”他说，他的英语有着明白无误的德克萨斯州小城的口音。

“是的。”她回答道，然后习惯性地扫视了这个无窗户房间的墙壁和接缝，推测着她猜想中的假墙壁与实际房间的连接点。“我至少领先对方五分钟赶到这里，”她说，“为了尽可能甩掉尾巴，我还去了其他几个地方。”

他走到那张裸露的金属桌旁边。拿起一个手提箱，将它平放在桌面上，啪地一声把弹簧锁打开，并将其转向她那一侧。

芒罗察看了里面的东西，两支以色列9毫米口径的“杰里科”手枪。两个备用弹夹。八个用于9毫米口径、各装50发子弹的弹药盒。一个信封。六沓结结实实地捆扎在一起的美元和欧元钞票。手机、充电器和袖珍匕首，还有泰瑟枪[35]。

上帝，她爱死了布拉德福。只有他能够在无需她作任何解释的情况下，提前预见到她的行动计划。芒罗从口袋里取出那卷胶带和鲁马尼的旅行证件，把它们放进那个手提箱里面。

她抬起头来，发现那个系围裙的男子正在像她打量这个房间那样打量着她。“无论你是谁，”他说，“迈尔斯对你都十分关照——你最好值

---

35. 用来发射一束带电刺针，从而使人眩晕或者暂时不能动弹的一种武器。

得他这样做。”

“因为他很了解我，”她说，于是这个不知名的男子把手提箱盖上并锁紧，然后递给她。

“你还有袋子吗？”她说，“那种更容易携带、不会引起太多关注的东西？”

“你是步行的？”

芒罗点点头。

“在员工房间。”他说，一边向外点头示意。她又跟着他再次走到隔壁房间，从一个储物架上取下一个小背包，把里面的东西倒在地板上。“就只有这个了，”他说，“除非——”他再次从头到脚瞥了芒罗一眼，“你需要一个女士手提包。”

“这个就可以。”她说。

他把小背包打开，芒罗把手提箱里的东西转移到里面。“迈尔斯提到你时，用的是‘她’。[36]”他说。

芒罗把手机塞进夹克的口袋。取出一把枪柄露在外面的手枪。去掉弹夹，卸下复进簧和导轨并卸去枪筒，再将弹夹归位以便于携带。倘若有时间，她会把这些枪支悉数拆开，重新安装和装填弹药，但眼下只能如此。

“我是一个女的。”她说。她将那支“杰里科”手枪掖到后腰处的夹克里面。

系围裙的男子说，“我知道了。”接着，他朝门口示意。

“我没有多少时间了，不过有个问题。”她跟着他走出去。“我要找一家服装店，”她说，“远离这个地铁站的，不必很大。”

他们穿过旋转门走进店里。

“出门后朝右拐，然后一直走就可以了。”他说。

“有人可能会过来找我，”她说，“我真的很抱歉。”

他微笑起来——他第一次自发露出的面部表情。

---

36. 与汉语不同，英语里的“他（he）”和“她（she）”可以通过不同发音而加以区分。

“这我并不担心，说不定可能是件好事呢。”

当芒罗返回到主房间时，妮瓦坐在一张桌子旁边，正在吃一个大杯里剩下一半的巧克力冰淇淋。看见芒罗走过来，她暂停下来。

“带上它，”芒罗说，“我们得走了。”

妮瓦的屁股略微离开椅子，手里拿着那只杯子，踌躇了一下。“这不是一次性杯子。”她说。芒罗拉着妮瓦的胳膊肘，带着她向外走，这样一来，妮瓦只好无奈地站起身来。

“走吧，我们需要离开了。”

妮瓦把那个杯子放到桌子上，低着头，乖乖地跟着芒罗走向门口。在那里，芒罗又朝那条街道两边扫视了一眼，开始进入到人流中。

“如果不是为了吃东西，”妮瓦说，“我们干嘛要去那里？”

“为了钱，”芒罗说，“还有别的。”然后就打住了。

她们需要快速移动，把这次停留变成诸多停留当中的一个，唯有这样，知道她正在实施某个计划的鲁马尼，就会被迫检查每一个线索，以便自行尝试把它们串在一起，然后做到先发制人。

又走了几分钟，芒罗看见了一家服装店。虽然可能不完全是那个系围裙的男子印象中的那种店铺，但有它就足够了。

在店里，她从架子上取下一件件衣服，举到妮瓦的跟前比量大小，并将它们搭在妮瓦那条伸开的手臂上，直到她为女孩选好了两套完整的衣服，以及一套给她自己穿的衣服，然后走向收款台——她们没有进入试衣间去试穿，因为她们没有足够的时间，但交完款之后，她就把几件衣服的标签撕下来，让妮瓦进入试衣间。

“把你身上穿的都脱掉，”她说，“包括你的胸罩和内裤——那些坏人给你的，一样也不留——然后都交给我，因为我需要它们。”

妮瓦做着鬼脸。“包括内裤？这个东西我都穿了两天了。”

“全部。”芒罗说。

“那鞋呢？”

"等我们到下一家店再换掉。"

多年来从一种环境顺利融入另一种环境的职业训练，让芒罗在选择服装方面得心应手。人总是会下意识过滤掉熟悉的东西，正因为如此，在任何一个城市让自己隐形的最快的方法，就是按照当地人的风格把自己打扮起来。

妮瓦从更衣室返回，并把一团五颜六色的衣服交给芒罗，芒罗将它们统统塞进购物袋。那身新衣服本身，再加上帽子和太阳镜，有效地把妮瓦变成了人群中一个普通的购物者。芒罗满意地点了点头。

"那你呢？"妮瓦说。

"没时间了，我们要继续走。"

"我还以为你摆脱了跟踪。"

"摆脱了一部分。"芒罗说。她拉着妮瓦的胳膊，轻轻地推着她朝门口走去。

"也就是说，他们还在跟着我们？"

"我希望如此。"芒罗说。后脖颈的热度就像是一种呼吸一样，长期狩猎和隐藏经历所形成的敏锐感告诉她，鲁马尼就在附近。不管是否来自于想象，她都能够感觉到，他在监视她们，她的耳边感受到了他的呼吸。

从店里走出来，挨近那面墙壁并顺着一条辅路移动，芒罗的心脏慢慢回归到缩小目标范围的平静，她等待着，观察着车流和人流，终于看到了一辆车，虽然仅仅是许多车辆当中的一辆，但它的行驶速度特别缓慢。

她看不清面孔，只能看到车前面有两个人影。不可能知道那辆车属于鲁马尼还是他的某个手下，只有那种直觉在起作用，她已经通过长期、艰难的经历学会信任她的本能，从而使得体内的那种节奏进入逻辑到达不了的地方。

她们找到了一家鞋店，重复了刚才的过程，她们没有过多耽搁，在那个鞋店店主的指示下，又走了几分钟找到了一家杂货店，在那里，顺着只有她在达拉斯常去的那家杂货店的十分之一规模的过道，芒罗把各种包装食品和瓶装饮料随机装满了一个购物筐。

在外面，芒罗把两个袋子递给妮瓦。“我知道你很累，但东西太多了，你得帮我拿一点儿，”她说，“再去几个地方，我们就可以休息了。”

最后来到一家同时经营杂货的药店，芒罗找到了所能找到的最接近于发蜡、眼线笔和唇膏的物品。添加了过氧化氢、指甲油和睫毛膏，又从一个圆形货架上取下一个背包——这是一次原本会让大多数男性感到得意的扫货：以惊人的效率选好需要的商品。

妮瓦抓起肥皂、剃须膏和一盒剃须刀片，举到芒罗跟前请求允可，然后把它们添加到那堆东西里。

从药店出来，芒罗带着女孩走了一条锯齿形路线去往最近的电车轨道，并在一辆电车抵达的同一时间，赶到了那个公交汽车站大小的月台。电车去哪里并不要紧，重要的只是相对于一直都在步行，她们可以借此更快地离开这个区域。

车门“嘶嘶”地关上了，芒罗透过车窗观察路人。她看见了一个熟悉的身影——不是鲁马尼，而是阿尔潘二号，那个在地下囚室那里始终和她们在一起的沉默的无名者——他在人群中跑动，那样傻里傻气地跑动，仿佛在说：我就在这里，我注意到你们了！

他显然没有发现她们，因为他已经跑向那条电车轨道，似乎是在按图索骥地追踪她们，似乎他早就知道该去哪里。接着，他错过了那趟电车，便从月台转身走向街道，走向芒罗之前看见的那辆汽车，它开得很慢，一直等到那人爬进乘客座位。

33 承诺

电车在信号灯前停下来，鲁马尼的那辆被引到错误方向的汽车，因被车流所迫只好继续向前行驶。芒罗调出布拉德福提供的手机的在线地图，根据所在的位置搜索附近的酒店。

她观察交通情况，等待电车再次停下来，并在最后一刻碰了一下妮瓦使其走向门口，而且最后离开电车。就在她们下车前，她把妮瓦的那双鞋留在一个老者脚边的地板上，即便有人注意到这个微妙的动作，也没有人说出来并提醒别人关注。

她们只坐了四站地，但由于选择的方向和路线，再加上车流的不断变化，芒罗已经赢得了更多时间。她们再次步行，遵循着手机指示的方向出发。现在街道开始变暗，渐次亮起的路灯开始取代渐渐暗淡的日光。

她找到的那家酒店是一个精美的建筑物，现代、干净和高档，业主欣然接受了那个系围裙的男子提供的现金，以及鲁马尼提供的旅行证件。他并未对她们没有行李这一点提出疑问，把她们领到二楼，顺着一条短走廊来到她们的房间，并且殷勤地打开门。当妮瓦走进去时，芒罗站在门厅那里给了那人小费，但是，更具体地说，她是为了防止她的到来可能导致无辜生命的潜在损失，为了警告他注意安全，为了让他提防必然会来找她的人。那人疑惑地看着她，然后转身离开了。

芒罗走进房间，关上了门。妮瓦不做声地站在那里并扬起了眉毛，似乎是在说“现在怎么办？”，但从嘴里说出来的却是“你会说很多外语。”

芒罗点点头。“是的。”她把那些沉甸甸的包装袋丢到床上，并把那个小背包里面的东西倒出来。

妮瓦瞪大了眼睛，张大了嘴巴，只见芒罗举起一支枪。“你知道怎么使用这种东西吗？”

妮瓦点点头。芒罗取下弹夹，检查了枪膛。把一个空弹夹扔给妮瓦，然后把那支枪递给她。“给我演示一下。我可不想到时候，我的后脑勺挨上一子弹。”

妮瓦啪地将弹夹归位，拉上枪栓，随即两手托举摆出射击姿势，仿佛她在射击练习上曾经花了很多时间似的，把枪对准窗户，并且“咔嗒”一声扣动了一下扳机。

芒罗递给她一盒弹药，然后顺着远端的短墙走向房间的一扇窗户，迅速地朝外面窥视一眼，又很快原路退回，这是对潜在威胁的一个即时评估。这个房间是在二层，前面是一个小花园和一条邻近周围的三层和四层建筑物的宽阔街道。没有太多可供狙击手隐藏之处，不过如果有一个理想狙击点的话，鲁马尼必然会找到它。

芒罗从远离窗口的地方拉上了窗帘。房间变黑了，妮瓦打开了一盏灯。

“把灯关上，”芒罗说，“我们不能让外面的人看到影子。”

“你受过美国中情局的训练？或者是某种特别军事训练之类的吗？”

芒罗微笑起来。“没有。”她拿起第二个空弹夹，在她的眼睛适应黑暗之前，凭着感觉装填子弹。

妮瓦说，“你怎么会说这么多语言，并且知道你知道的那些东西？你是怎么弄到的——”她停顿一下，“这个东西？”

芒罗轻叩着弹夹让子弹坐实，从裤腰取出那把枪，然后更换了弹夹。“说来话长。”她说。她把小背包里的东西放回到那个袋子里，又将所有的东西转移到地板上。

房间里那张特大号的床仿佛正在向她们招手，她挨近床，疲惫感再加上屋内的黑暗，强化了睡眠的吸引力。她拉下床单，把床垫从床上推下去，将它倾斜地靠在浴室门边的墙壁上。“我需要你帮我挪一下这张桌子。”她说。

芒罗一边计算轨迹并思考战略，一边用手指指点和比划着，于是妮瓦就明白了，她们一起对房间进行布置。“他们会来找我们吗？”妮瓦说。

“肯定会的，”芒罗回答道，“我们每次改变方向，都会丢掉一个跟踪器并继续前进。他们知道我们意识到正被跟踪，所以我们停止移动是有悖常理的。不过他们不会知道，我们撒面包屑似的移动路线，是否只是为了让他们进入到一个圈套中，也就是我们只是假装躲躲藏藏，但实际上是要把剩余的跟踪器都丢掉，然后再各走各的路。他们必然会过来弄清楚。”

“你希望他们过来？”

“是的。”

“那他们什么时候会来？”

芒罗没有回答，她把那套卷成球状的娃娃裙和妮瓦其余的衣服从袋子里掏出来，抖落开那件连衣裙，把它完全展开后搭在那个空床架上。“你这是在干嘛？”妮瓦问道。

“戏弄他们。”芒罗说。

她的手指在褶皱和接缝之间摸索着，寻找着她知道最终会发现的那个小小的电子器具。当她捏住那个塑料块儿，并用牙齿切断将那个带状物固定在衣服夹层之间的丝线时，她做了个鬼脸。接着，她取下那个装置，把它递给妮瓦看。“它会发出信号，这样他们就可以找到你。”

当妮瓦将这个小薄片递还给她时，芒罗把它带到浴室里，放水从马桶里冲走了。

她们现在开始等待。可能是半个钟头。也可能是 30 个钟头。这取决于鲁马尼，所以她对他获得的这一优势感到恼恨。她是一个猎人，而不是一个躲藏者，是一个捕食者，而不是猎物。她的位置本来应该是寻找、发现，收集信息，并且控制局面。

绝对不是眼下的这种情况。

而目前她似乎只能被动地等待。

在没有窗户的浴室里，除了保留一个灯泡的照明，芒罗拧下了所有的灯泡，只为她们留下唯一的光源。因为担心攻击比预期提早到来，她不愿关上门从而面对与卧室和门厅切断联系的风险，因此就在浴室里脱掉了玩偶大亨提供的那件有衣领扣的T恤衫，而妮瓦好奇地盯着她，显然无视所有常规的礼仪规则。过了好一会儿，那个女孩才转身离开。

从紧身运动胸罩下面，芒罗扯开包裹住胸部的绷带，把那团塑料揉成球并扔到垃圾桶里。她打开盥洗池的冷水，使用酒店的小肥皂和一条方巾，清洗她的躯干、胳膊、脸、脖子和头发。她需要洗个澡，迫切需要。但是，她不能冒险在捕猎者随时会赶来之际陷入被动，甚至现在都已经是一种轻度冒险了。

芒罗从浴室走出来，毛巾搭在脖子上，妮瓦目瞪口呆地盯着她。芒罗无须跟踪她的视线，就能理解这种反应。那些疤痕是丑陋的，而且涉及到很多她很少会给出忠实解释的提示性的问题。

"如果你想使用浴室，那就抓紧时间，"芒罗说，"我不知道我们要等多久，所以你要是饿了，就抓紧时间吃东西。"

妮瓦点点头，当她翻遍购物袋，从里面掏出几样东西时，沉默代替了对话，回避代替了问题。当她从床边走向浴室门时，目光同样不加掩饰地盯着芒罗的躯干。"我可能得洗一会儿。"她说，芒罗随意地摆摆手作为回答。

妮瓦把自己关在浴室里面，于是芒罗的眼前不再有发呆的旁观者，也不再有照在身上的光亮，她便像妮瓦在那家服装店换掉所有的衣服那样，脱掉了玩偶人提供的每一件衣服，换上她购买的服饰：靴子，黑色工装裤，以及自从离开达拉斯以来，就一直套在那件夹克衫里层的一件黑色吊带背心。只要将夹克衫拉上拉链，这个女性衣物就会被掩藏起来，这就使得她可以根据时机的需要，灵活地变换自己的性别角色。眼下，考虑到在过去

48小时内对她的每一个视觉记录都将把她显示为男性，因此，恢复女儿身应该是更好的选择。

服装、头发、鞋子和饰品：这些都是道具，是视觉线索，人们会使用它们过滤信息，并就随机的关联性做出瞬时评估，从而对他们身边的人进行归类和评价。与这些视觉道具有关的气味、声音以及其他无形的痕迹，也可以使人们读到细微差别和身体语言，从而解释其他感官系统无法立刻捕捉到的内容。各种视觉线索构成的一个画面，促使人们与预期的感觉进行比对、甄别和自我矫正。正是基于这一人性原理，芒罗可以成为她需要扮演的任何角色。

浴室长时间流泻的水声和妮瓦在里面鼓捣的声音，从门缝下渗出来。芒罗从小背包里掏出那只袖珍匕首，坐在床架上，把刀刃弹开，同时盯着她的手。就像她将其拿起的所有匕首一样，这只匕首成了一种活物。当那些声音开始活跃，黑暗开始蚕食理性时，如同她的手接触过的所有刀锋一样，这个刀锋也在恳求得到使用——不是像现在这样被她插进鞋跟处，直到鞋跟被卸掉为止，而是用来插进那些折磨他人的人的体内。用来切割他们的皮肉，就像她的皮肉曾被切割的那样，要让他们经受对别人所施加的同样的痛苦。

芒罗把匕首折叠起来，放进了口袋里。

在每一只鞋的鞋底凹孔里，芒罗又发现了两个跟踪装置。她把它们取出来放在手掌心里。从桌子上取下一张纸，折叠成一个简易信封。将跟踪器塞到里面，然后将这个小纸袋放进口袋里。

这是他们最后的跟踪装置，而当它们被丢掉时，她和妮瓦就能有效地消失。鲁马尼必然知道这一点，必然感到过那种压力。即使他假定，她这次停留在这家酒店是一种伪装，或者就她脑海中那个棋盘而言是一个圈套——一个诱敌深入的招数，他也必然会采取行动，他没有选择，问题只是他什么时候来，而不是是否会来。

浴室里的水仍在流淌，因此芒罗躺在竖起来的床垫旁边。身体一旦放平，疲劳感随之袭来，是那样强烈而沉重，仿佛随时都会使她不情愿地完全进入梦乡。

她从口袋里拿出那部手机，拨打了布拉德福的号码，她要履行诺言，在电话拨号音响起的几秒钟里，她不受控制地闭上了眼睛，只是当对方接听时，才勉强把它们睁开。

“你还好么？”他问道，她从他的声音里，感觉到了与她同样的极度疲劳。

“我很好。”她说。

她的脑海里首先想到的，是关于亚莉克丝、罗根和萨曼莎的问题，但直接询问只会增加布拉德福的负担，所以她没有马上提到它们。“我又收到了亚莉克丝的图像，”她说，“一个水泥地板，一个相当大的空间。”

“多长时间了？”

“大约几个钟头，可是谁知道它是什么时候拍的。”

“我会找到她的，”他说，“现在这件事进展速度较慢。我有帮手，但不多，而且我必须谨慎一些，避免暴露我的踪迹，这样我就不会受到——”他顿了顿，“不必要的牵连。对了，我知道她在哪里。”

这是个好消息。芒罗兴奋不已，立刻坐起来。她抱住膝盖。

“和我说说你的情况，”布拉德福说，“妮瓦和你在一起。你是要和那个人贩子玩抢人游戏吗？”

“听起来是很糟糕，”她说，“不过，是的，相当于是这样。”

她给他讲述了让妮瓦回到她的监护之下的原因，这个女孩自告奋勇的表白，她到目前为止为对付鲁马尼所采取的步骤，以及她现在等待他来找她找上门来的原因。当她说完时，从布拉德福的沉默以及随之而来的叹息中，她听出了他从不说出口的提醒和警告的话语。他的沉默暗示了一切。

“我已经有些眉目了，”她说，“我向你保证，这回和在非洲那次不一样。我需要把他找出来，非常需要，我要为他对我和罗根所做的一切负责，我知道自己该做到哪一步。我的头脑很清楚。”

“你对那个买家了解多少？”布拉德福问道。

“富有，男性，而且是老手。他已经出钱购买了这个贩卖人口组织提供的几个女孩，但这并不是唯一的交易，所以可能还有其他受害者——不那么知名的，你知道我的意思吗？——就是相对廉价的。他可能有一个甚至几个窝点，用来长期藏匿他买来的人，但我认为，更有可能是每个女孩都会代替之前的那一个。”

“在折磨的这一方面呢？”

“我不能确定，”她说，“不过从各方面来看，这是必然的——比如我不得不遵循的那些规则，他捉弄人贩子的方式——他符合这个判断。我可能会犯错误。我可能会把我自己的过去投射到目前的情况上，但这其实无关紧要——即便不是折磨和伤害这些女孩，而是充当皮条客把她们变成性奴隶，或者将她们集中藏起来，他的罪恶也一点儿也不会减少。他不会停止的，迈尔斯。即使我把这个贩卖人口组织完全捣毁，那个家伙也会通过其他合作者来满足他的欲望。”

浴室的水流声暂时停止了，妮瓦仍在里面而且过于安静。芒罗站起来敲了敲门。

“你洗完了吗？”

“还要几分钟。”妮瓦说。

沉默了两秒钟，接着布拉德福又继续开口。“那个客户不可能是唯一的主顾。”

“是的，”她说，“但他是其中的一个，而且是我能找到的一个。”

“有什么办法可以让我说服你再等等吗？只要给我一点儿时间，让我先救出亚莉克丝就行。等我们没有了后顾之忧，我们可以一起处理这个问题。”

“即便这件事从来没有牵连到我，牵连到你和你的人，现在毕竟这么接近，我也知道了我所知道的事……”她的声音开始低沉，布拉德福接过了话头。

“知道了你所知道的事，你就不会袖手旁观或者一走了之，”他说，“但我必须尝试说服你。”

“我知道，”她低声说，“我会结束这一切的，而且我会活下来的。”

“不要做那样的承诺。你只是在冒险，在搏命。”他沉默了片刻，似乎是无奈地放弃了努力。他最终说道，“不管发生什么情况，我都能理解，你为什么必须这样做。”

“谢谢你。”她说。

在把手机放到一边之前，芒罗盯了它很长一会儿，因为担心一躺下来就可能熟睡过去，她从袋子里取出护发品，手指熟练地编结着一绺一绺的短发，将一个男孩的外表变成了接近于中性性别的形象。虽然没有镜子，她依旧继续使用了黑色眼线，又涂了很重的睫毛膏，当妮瓦打开浴室门时，她正在把剪短的指甲涂黑。

34 伤疤

在从浴室透出的昏暗的灯光下，两个女人都盯着对方：妮瓦盯着增加的部分，芒罗盯着缺少的东西。

“你看起来不太一样。”妮瓦说。

“你也是。”

妮瓦显得更年轻，更无助，更弱小——如果这样的事情是可能的。

“把卷发洗直，留下来的就只有那种小丑式的假发，”妮瓦说，“我觉得这样更好，不然我每次照镜子都会想起那些事。”她垂下眼帘。“你觉得呢？”

“这让你看上去，有点儿像是一个瘦弱的集中营幸存者，”芒罗说，“或者——也许像是化疗患者。”

妮瓦微微一笑，脸颊变红了。“这是一种伪装。”

芒罗站起来，把枪别在腰带里。手掌摸着妮瓦几乎剃光的头。“我帮你把没处理好的部位弄干净。”她说。

芒罗把妮瓦的头放到盥洗池上方，拿起剃刀，把有头发茬的部位刮净，一边说，“你为什么在去好莱坞之前要改变身份？你和你父母关系很好，所以你不像是离家出走或者别的什么。”

芒罗关闭了水龙头，递给妮瓦一条毛巾。妮瓦伸出一只手摸了摸脑袋，然后微笑起来。“这样光滑多了。”她说，接着，她的表情改变了。“我母亲其实总是避免让我出风头，不想让我们这些孩子成为她参与政治的绊脚石。”妮瓦把毛巾扔到盥洗池里。“我们不是整个舞台的一部分，不会作为健康家庭形象的一部分到处游说拉选票，但我还是看到，当人们知道你的名字以后会发生什么。他们经常歪曲我妈妈的言行，把观点和预测当作事实看待，但真正要命的是，这影响到了我的其他家人，尽管他们可能和任何事都没有任何关系。”

妮瓦顺着墙壁滑下来，伸展开她的腿，她的脚几乎碰到了芒罗的脚。“没有事实这回事，这就是我学到的东西，”她说，“只有观点——人们想让你相信它们就是事实的观点。”她的手又一次摸了一下头皮，并再次微笑起来。“我知道，一旦我在好莱坞得到了工作，关于我的一切将成为公共财产，而我就不得不处理同样的问题。我不希望我接的电影和角色影响我母亲的职业，我不希望我随意说出的话，或者在深夜开派对，会成为她的政治影响因素，我也担心我自己的才能因为她的影子而被扼杀。我只想在没有外界包袱的情况下成为我自己，所以我改了名字，编造了一个过去，并且希望从头开始。”

“有趣的是，你这个决定还是绕了一大圈。”芒罗说。

“你是什么意思？”

芒罗站起来，伸出手把妮瓦拉起来，将她领回到卧室，离开了那个逼仄的、因为对话而更加难以辨清走廊和街道声音的空间。她聆听了一会儿，确认一切正常，才说，“你试图让你自己和你的家人逃离的那种外界包袱，现在几乎真正帮到了你——所有媒体都在关注，炒作，让你的面孔在全世界所有电视上出现。”

妮瓦坐在床垫旁边的地板上。“也许是吧。”她说，芒罗把一包饼干和一瓶果汁扔给她。

妮瓦碰了一下床垫。“干嘛放在这里？”

“这是为了当开始射击时，我可以把你推进浴室，而床垫可以对你构成另一层保护。”

“我原以为我在这里可以帮你的忙。”

“如果你死了，你就什么也帮不了我。”

“那你呢？”

芒罗坐到妮瓦旁边的地板上。她挡在过道的那扇门和妮瓦之间，同时面对着对面墙壁的一扇窗户。和主要依靠清水墙作为房间隔断并经常使用空心门的美国建筑不同，这家旅馆是欧式的而且年代悠久，这意味着材料是石头和实木，意味着除非鲁马尼或阿尔潘二号——以及与他们同来的其他任何人——打算把这个地方炸毁，不然的话，他们要想造成真正的杀伤力，就必须设法闯进来。

芒罗把那支“杰里科”手枪放在地板上，从妮瓦抱着的那个纸包里拿出一块饼干。“就像我告诉过你的，如果我不能首先解决他们，那么我横竖都要死掉，那就没有多大区别了。”

“这是谁对你这样做的？”妮瓦说，然后伸出手去摸芒罗的躯干，但她的手停在夹克上方的半空中。

胆敢询问那些伤疤的人，必然都会在特定的语言环境下提出这方面的问题，比如这是什么，这是怎么来的，然而，妮瓦单刀直入地直接问到了“谁”的问题。芒罗瞥了她一眼，这是一个暴力受害者对另一个受害者的目光。妮瓦撤回她的手，就像是一个受伤的孩子一样，又接着吃她的曲奇饼干。

“这是很久以前的事了，”芒罗说，“是在几年时间里，一个很像是那个出价买你的人的男人干的。”

“你有没有想过找他算账？”

“他死了。”

妮瓦停止了咀嚼，又慢慢地吞咽下去。“你杀了他？”

“是的，”芒罗说，模仿她那缓慢的讲话，“我杀了他。”

“杀过人的阴影是不是很难摆脱？”

芒罗挪动了一下身体，一只肩膀靠着墙壁，两眼完全盯着女孩，慎重而且下意识地问，“这是很久以前的事了，而且是在一个大多数人并不知道的地方。为什么有这么多问题，妮瓦？”

妮瓦耸耸肩。“有时候，我会想那是什么样的感受。”

“复仇最容易让人充满期待，”芒罗说，“那种感觉可能很好。在现实生活中，你最终可以学会对付痛苦和创伤，起码是在某种程度上，对吗？但你永远无法真正摆脱死亡的阴影，即使你认为他们是罪有应得，杀戮也并不会减轻你的痛苦，只会让你置身于危险的土壤上，而它随时都会从你的脚下裂开。”

“可你做了这样的事。”

芒罗又盯了她更长一会儿，苦笑了一下说，“我是做了这样的事。部分是出于复仇，部分是为了挽救我自己和未来受害者的性命，但即便完全是为了算清旧账，那也并不是容易做的事。”

妮瓦没有看芒罗的眼睛，一边小口咬着饼干，一边说，“如果有可能，你当初会改变想法吗？”

“不会，但这不意味着我没有付出代价。”

妮瓦哼了一声。“不管怎么说，我还是认为，像那个喜欢娃娃的家伙，还有帅哥——像他们这样的人，除非有人去对抗他们，以牙还牙，不然他们永远都不可能学会反思或者罢手，你说呢？必须有人去教训他们。”

“以牙还牙的问题在于，你可能会让自己受伤害，而且有可能变成像他们一样的人。”

“这种情况在你身上发生过？”

“有时会发生。”芒罗说，然后又变换姿势背靠墙壁，枪支放在弯曲的腿上，注视着房间对面被窗帘遮挡住的窗户。

妮瓦把身体侧向一边，头靠在芒罗的肩膀上。“我喜欢你，迈克尔，”她说，“尽管你有时不太像你自己。”

芒罗露出了笑容，俯过身，亲吻了一下妮瓦光滑的头顶。“谢谢你，”她说，随即沉吟了一下，“那个伤害过你的人怎么样了？”

“没人知道，”妮瓦说，“他们从来没有发现他。”

芒罗于是明白，是什么促使妮瓦要离开安全的领事馆。她提出将自己作为诱饵，不只是为了用一条性命交换许多人的生命。妮瓦的举动，是创伤受害者拒绝再次成为受害者的举动——渴望复仇，要在接下来的行动中坚持扮演积极的角色。她把脸颊贴在她亲吻过的光滑的皮肤上面。

“你怎么知道那个牵狗的男人的？”妮瓦问，“他是谁，他有什么计划？”

“我不知道他是谁，”芒罗说，“只知道他代表了什么样的人。”

“所以，你是猜测的？”

芒罗耸了一下肩膀，让妮瓦的头离开肩部，并拉住她的双手，将其叉开的手指放在她的腹部。“这些都是他们的杰作。那个牵狗的人，只是那个使刀的变态狂的另一个版本。”她转向妮瓦，“他出钱叫人绑架你，这样他就可以拥有你，把你作为一个奴隶。至于他为什么这样做，是处于什么目的，这些细节有分别吗？”

“其实没多少分别，”妮瓦说，“我的意思是，只有那么一点点儿。从肉体痛苦和谋杀的概念上来说，它们是没有分别的。像那个贩卖妇女的玩偶人和购买女性的那个牵狗人这样的人，还有其他人，比如强奸妇女的人，或者没有发展到暴力强奸的程度，但像对待物品而不是像对待人那样对待女人的人，没错，他们在犯罪程度上是有区别的，但本质上都是一回事，女性都成了他们宣泄欲望的一张画布，就像是杰克逊·波洛克[37]的风格。”

芒罗说，“对于你这么个小孩来说，这种思考过于深刻了。”

妮瓦皱起了眉头。她闭上了嘴，然后又张开。“这是一个玩笑吗？”

芒罗用手指轻弹了妮瓦的鼻子一下。“是的，”她说，“这就是所谓的冷幽默。你以后应该试着使用。”

妮瓦露出了笑容，又沉重地倚靠到墙壁上。“那个玩偶人的情况，代表了我的人生困境的极端状态，”她说，“因为人们总是相信他们对于我的动机的判断，接着就把那种概念投射到我身上，当我的做法不符合他们那求全责备的想象时，他们就会指责我，诅咒我，就好像我对不起他们，好像他们有权利得到什么似的。玩偶人和那个牵狗的人，还有那些强奸犯，

37. 在20世纪中期颇具影响力的美国画家，同时也是抽象表现主义运动的重要代表人物，以其独特的“滴画”创作方法而闻名于世。

这些危险的家伙只是走得更近一步，采取的做法更极端罢了。更糟糕的是，在很多时候，整个社会都会指责你，说你这也不行，那也不是。”

芒罗伸出胳膊搂住妮瓦，又将女孩的头放到她的肩上。“你太年轻，也太单纯，不该被迫去了解这类事情。”她说。

“我可不像你认为的那样单纯。”

“而且显然完全不像我认为的那样幼稚。”

妮瓦把她的头离开芒罗的肩膀，换了个姿势双膝着地，手放在大腿上，眼里充满快乐，而且绽开笑容，然后握了一下拳头并低声说，“是——的！”

这种微笑和简单的快乐是那样具有感染力，以至于尽管是在目前这种严峻的情况下，芒罗也忍不住报之以微笑，但她的微笑很快就消失了，因为她感觉到了门把手有轻微的震动。不是有人想要拧门把手的震动，而是门闩在其木头夹具内轻微摇晃的那种震动，好像那块木头被用力碰撞或者摩擦似的。

芒罗伸手抓起放在地板上的枪支。战斗或者逃跑反应的本能，原本会让她把子弹射向房门，从而逼退或者消灭袭击者，然而能够为她提供保护的木头和石头，也为对方提供了同样的保护。

她的注意力一刻也没有离开走廊的那道门，一边微微转过身来，伏在妮瓦耳边低声说，“去洗手间。把你自己锁在里面。不管你听到什么，或者你认为外面是什么情况，都不要出来，一直等我叫你为止。”

此前一直毫无察觉的妮瓦，转过身来跟随芒罗的视线，眼睛睁得大大的，小声地说，“他们在那里吗？我想帮你。”

“你到里面去就是在帮我。我需要你活着。去拿你的枪。快去。”

妮瓦摸到那把放在床垫和墙壁之间阴影处的枪，呈卧姿爬到卫生间，随着极其轻微的“咔嗒”一声，她把自己锁在里面，也把光线锁在了里面。芒罗闭上了眼睛，让手指、手掌和感觉代替无法工作的视觉，并且挪动了床垫，使它挡住了卫生间的门。

35 不一样

门把手再次活动，十分轻微。它发出的声音能够被听到，只是因为芒罗预见到了门锁的活动。她把那支“杰里科”手枪瞄准她预计那里会有一具躯体的位置，将两个备用弹夹在腰带里塞紧，然后移动几步来到桌子跟前。桌子厚重的侧面面对着房门，能够最大程度地为她的身体提供保护，遮挡住从房门那里射来的子弹，所以她藏在那件家具后面，一条膝盖跪在地板上，两手放在桌面上控制着枪支。

出现了瞬间的静寂，接着，门闩与金属轻微的摩擦声再次传来。

但门还是没有打开，她现在已经发觉，对面那个人没有一丁点儿的开锁技术。芒罗探出身子扫视了一下地板。倘若是她在房门另一侧，倘若有设备可用，她会把一个微型摄像机放到门下面，确认房间里的人的位置，而如果没有那种设备，她会一直等到深更半夜趁人们熟睡之时，再偷偷潜入房间并展开行动。然而，在门缝下面那条光线的映衬下，没有任何蛇形丝线晃动的剪影，因此，她准备好应对一场尚未到来的爆炸。

又一次轻微的叩击声传来，而且不到 1 分钟，那种噪音再度响起，比之前音量更大也更明显：每一个新的噪音——就像是在抓挠房门一样——都是一种诱惑，会吸引好奇心强的人走过去查看。那是一种旨在鼓励对手过多进行战略分析的小伎俩。如果那个猎手幸运的话，这种叩击声可能会吸引像妮瓦那样没有经验的人进一步靠近，但妮瓦不是一个人，芒罗也不是白痴，而且鲁马尼知道这一点。

又一次叩击。

那个成人男孩派了一个下属来对付她。

以策略对抗策略——芒罗开始思考自己在另一侧的情形：站在面对房门的走廊里，她和猎物之间被障碍物所遮挡，但距离如此之近，她能感觉到对方，她希望听到某种声音，某种可以泄露对方位置的信号，从而避免立刻进入射击火线。每延长一秒钟，都会让她感到紧张，她很可能已经吸引了别人对于这家酒店的关注，因此她不能长时间在走廊里等待。

她意识到了这一点，于是探出身体，抓住一包食品并拉向自己，而右手仍然扶住桌面，掏出了四个果汁小瓶。她用左手把它们接连扔向门口，这是她唯一能够用来模拟脚步声的东西。

无论那个猎手需要什么——噪声，振动，阴影——他已经得到了线索。门向里爆炸开来；一次既非小规模、也未加控制的爆炸。来自走廊的光芒照亮了房间。被炸开的门洞充满了尘霾和烟雾。

时间放慢了。她的脑海里充斥着各种物体运动的信息。房门被炸掉了三分之一，一部分重重地砸在床脚处，其余部分散落在地板各处。耳鸣，眼痛，芒罗对着那个洞口扫射，打光了一半的弹夹，把子弹射向看不见的想象中的敌人。射击产生了回音，这种噪音遮挡了对方还击的枪声。那种射击角度不是一个站立的男人从上向下射击的，而是从地板处自下而上射击的，桌子裂开，碎片飞溅。

他在滚动。在爬行。在向桌子这边移动。

她站起来绕到桌子另一侧，以避开他的射击火线，同时进行还击，只不过为了保护脑袋，她只能选择放弃精确度，希望击中他的腿、腹股沟或脸部，某个不受保护的部位，因为打在他胸口的子弹似乎未能阻止他。

在她身后，石头被震碎，碎屑乱飞。

在她脚下，木块纷纷掉落。

伴随着又一阵噪音和碎片的出现，她慢慢地绕到桌子另一侧。她一边移动一边更换弹夹，同时对准她的目标后面的地板，这种更换弹夹的过程，令人沮丧地浪费了几秒钟时间，并使她减慢了移动速度，但却是以最快速度完成的，这是因为她有过长期实践经验。

再次射击，直到听到子弹打光的“咔嗒”声。

去掉第二个弹夹，装上备用弹夹，这浪费了更多的时间，同时向前爬行。拉动枪闩，将子弹推入枪膛，继续绕着桌子移动，那只握枪的手连续扣动扳机。

接着，经过又一次六连发之后，她才意识到对方的还击已经停止了。

死一般的静寂让她暂停下来，耳朵不管用了。

从她的位置，她能够看见敌人那只靴子的边缘。

她对着那里射击。

没有反应。

膝盖着地，向前移动。一点点靠近空荡荡的门框。

头向前伸出去一次，然后又缩回来。

没有动静。

再次探头，又缩回来。

还是没有动静。

站起身来，进入走廊。

一扇门打开了，激增的肾上腺素，几乎会使她随手开枪。一张干瘪的老脸上那双瞪大的眼睛，看见了她或是那支枪。

那扇门砰地关上了。

白痴，这些白痴。为什么？为什么他们非要冒险看上一眼？

芒罗原地转身，耳朵还是聋的，眼睛还在发痛。

鲁马尼就在附近。也许不在走廊里，但距离不远。

如果他派了阿尔潘二号来对付她，那么他就在这个地方——在某个角落躲藏着，观察着出口或者这家酒店本身。

芒罗退回到房间里，放低身体，避免在窗帘上留下影子。在走向洗手间时，她在那具尸体前面收住脚。

他被击中了几次。两次是在胸部，子弹打穿了他的防护衣（鲜血在他的防护衣上流淌），一次是在小腿上。也许这就是他倒下的原因，但一次随机的射击结果了他，必然是她卧倒在地板上射出的一个子弹所致，打穿了他的下巴并从脑袋旁边射出。他缺了一只眼睛和一部分面孔。

芒罗蹲下来查看他的武器：带消音器的德国 HK-USP 战术型手枪。她很想带走这支枪，但不会那样做，她还想带走他的防护衣，但把这个东西从他身上取下来，也需要更多时间和气力，所以她把床垫推到一边，敲了敲卫生间的门。

“妮瓦，出来吧，”芒罗说，“我们得马上走。”

门开了一条缝，妮瓦从里面探出头来。

“我们走。”芒罗说，一边拿起放在床边的那几个袋子。

妮瓦说，“你被击中了。”并且指着芒罗的大腿，在那里，被撕裂的裤腿浸满血迹，而在那几个洞口周围，鲜血还在渗出来，将布料染成了暗黑色。

芒罗暂停下来并低下头，第一次感觉到在肾上腺素的高峰时期没有感觉到的疼痛。一滴滴鲜血从腿上滴落到地板上。

“还有你的脸。”妮瓦说，于是芒罗把那只空出来的手在额头和脸颊上抹了一下，那只手也沾上了血迹。

“给我几秒钟时间。”芒罗说，随即从妮瓦旁边走进洗手间。没有时间仔细处理伤口。需要在鲁马尼逼近之前离开，不过，倘若她在走到路面上的一刻钟内一直都在流血，那么即便是活着逃离这个酒店，也不会有多大意义。

在妮瓦注视的目光中，她解开拉链，拉下那条裤子。

“那个袋子里有一瓶过氧化氢，还有那卷胶带。”芒罗说。假若妮瓦没有在浴室里待上那么长时间，她原本会把过氧化氢用到她的头发上[38]。"你能帮我拿来吗？麻烦你快点儿。我们得离开。"

妮瓦猛地往后一跳，仿佛突然从发呆状态中清醒过来似的，她打开袋子，在里面翻找着从药店买来的货品。当妮瓦在忙碌时，芒罗检查了伤口：两个伤口系来自两个石头碎片，一个较大的石头尖片，就像匕首似的扎在她的大腿处，还有一个伤口，是擦过她的大腿、并且落到别的地方的一颗子弹留下来的。

她咬着牙，把那个最大的碎片从膝盖上方的大腿处拔出来。打开水龙头，浸湿了毛巾，在有限的时间内尽最大可能洗净伤口，然后把毛巾按压在上面。

时间在一秒一秒地过去。

妮瓦把那些东西放在盖起来的马桶盖上，芒罗撕开了包装。"把那个打开。"她说，当妮瓦把过氧化氢递回来时，芒罗将液体倒在开放性伤口上。拿了一块干燥的面巾，塞住那个流血的最大的伤口处，然后用胶带缠紧。这就足够了，应该可以坚持到她有机会进一步处理为止。

她可以忍住疼痛，这对她不是什么难事，而且这和硬汉品格或意志坚定没有任何关系，而是和当年那把匕首一次又一次地袭来，而她却不得不面对的那些丛林夜晚有着密切关联。

忍住疼痛，忘掉疼痛，然后杀戮。

芒罗把胶带扔给妮瓦。"装起来，"她说，"我们走。"

她的胸部和腹部也被击中了——她能够感觉到，就像是五脏六腑挨了一拳，让她感到窒息的重击似的，而且很有可能留下了瘀伤，这会让她疼痛一段时间——这原本会让她的躯干被打出洞眼，从而导致巨大的、致命的创伤。在这方面她是有优势的。她有理由认为那个猎手会穿防弹衣，因此在交火过程中，她对射击方向作了调整，对方却压根儿就没有考虑到这一点。

---

38. 一种可使头发颜色变浅或将其漂白的化学液体，也可以用来杀菌消毒。

她不会花时间去查看那些让她感到难受的部位，它们可能正在滴血，但不会渗出来，顶多会渗入那层结实的、足以保护重要器官不受突击步枪伤害的皮革和防弹衬里之间。他们让她保留这件夹克——美国米格尔·卡瓦列罗防弹衣公司的杰作——是愚蠢的，现在这种愚蠢让他们付出了代价。

芒罗把裤子拉上去，拉上拉链，从卫生间走出来。从床边抓起那个小背包和其他袋子，把袋子递给妮瓦，然后朝门口走去。战场救护用掉了2分钟。

芒罗在门口处暂停下来。正如她所预料的那样，远处传来了警笛声。假如鲁马尼一直在酒店内部，在交火之后的薄弱时刻，在她有机会辨明情况并再次站立起来之前，他就会发动攻击。然而，即便知道这一点，她的行动也很谨慎，她又探出头朝走廊那里了瞥一眼——一个快速的探头、扫视既而缩头的动作，然后才开始朝外面走。

酒店一楼有两个出口：一个是她们从街道进入正门的出口，另一个在酒店的正对面：顺着一条长长的走廊通向一处餐厅。餐厅背面是一个有围墙的花园。这种布局看似不利于逃生，实际上却可能对她们有利。那个餐厅建筑只有一个出口，鲁马尼只可能带着他的步枪等在那里，并让他的心腹在酒店内独自行动。

芒罗示意妮瓦跟她一起走到楼梯口，然后下了半层楼，在那个很小的楼梯平台处停下来。芒罗打开手机，找到了鲁马尼的预设电话号码。

她拨打了电话。

没有联系到鲁马尼，只有一个女人机械化的法语声音，接着是语音信箱提示。芒罗把电话挂断，再次拨打。她对妮瓦说，“我需要你哭泣。”

妮瓦说，“什么？”

“一个人刚刚想要杀你。你是一个演员，我需要你歇斯底里地发作一阵——但是在我们下楼之前，不要发出任何声音。你能做到吗？”

妮瓦点点头。

芒罗再次拨打鲁马尼的电话。还是法语。

挂断电话。重复这一过程。

再次拨打。

到了第五次，鲁马尼接听了电话。

“你听见射击了吗？”芒罗用英语问。

他没有问她是谁，听上去既没有因为听到是她而感到惊讶，也没有觉得失望。“我听见了，”他说，“既然是你打电话给我，我猜想死的人是塔马斯。”

啊哈，原来那个猎手是阿尔潘二号。

“你听起来并没有生气。”她说。

她能够感觉到对方在耸肩。“我是应该生气，是他的无能导致了我的失败。”

“你的问题，你自己解决。”芒罗说，引用了玩偶大亨的话。

“是的，”他的声音里有一种恶意。“我不止一次为他受过。他死了，我不会难过的。”

“你能看到警察吗？他们离这儿有多远？”

“有车流，大概两分钟。”

“我在流血。”她说。

“太不幸了，我很抱歉。”

“不见得吧，”她说，“这可以帮你省掉不少麻烦。你的计划原本是永远都不让我走掉，只要你的交货任务成功了，你就会杀掉我。”

警笛声更响亮了，警察很快就会赶到酒店。

“你在等着我，巴朗，你和你的步枪。你是来杀我的，还是要收回你的商品？”

“二者都有。”他说，然后暂停一下。“你知不知道罗根的情况？你在逃跑之前，知道他的情况吗？”

“不知道。”她说。

“他对你来说，就一点儿也不重要吗？”

她听到了他声音里的痛苦。

“他对我意味着一切，”芒罗说，“但是你高估了我的承受力。不管我怎么做，我都不可能赢，所以我只能做出适当的选择。”

“我能理解，”他说，“事实上，我们差不多，只不过我没有选择。我只是遵守规则，就像你一样。”

警笛声现在到达了酒店前门外面。

“你和我不一样，”她说，“每个人都有一个选择。即便有一支枪对着你的头，你仍然有一个选择。我做了我的选择，而你，巴朗，并没有人用枪指着你的头。”

芒罗挂断了电话，转向妮瓦。她的脸颊通红，皮肤斑驳而发红，她的眼睛浮肿，泪水从眼角倾泻而出。

“现在你可以尖叫了。”芒罗低声说。

她们近乎小跑地下楼，并走向前门，妮瓦一路歇斯底里地尖叫着，她们两个险些和谨慎而戒备地通过前门的第一个警官撞个满怀。

“在楼上。”芒罗喊叫着说。先是用英语，然后用意大利语。“在楼上，在楼上，那个开枪的男人在楼上。”

36 观点

鲁马尼的目光没有离开他的瞄准范围，同时把那部手机放回到他的口袋里，吸了一口气，试图抑制住那种刺痛感。

他不应该在意，没有理由去在意她说什么。

他需要做的，就是去向他的对手证明：他比对方更强大，更聪明。收回那个包裹，杀掉阻碍他的人，让他的任务获得成功。

这才是要紧的事情。她，还有她的话和她的策略，是一个障碍和挑战。她是猎物。强大的猎物，但终归是猎物。然而，他很高兴和她通话，而这也让他感到困惑。也许这就像是猫捉老鼠：在吃掉老鼠之前先娱乐一番，尽管那个猎物刚刚咬了他，而且他不喜欢这一点。

鲁马尼俯卧在那条木头长椅上，这是他在扔掉上面的坐垫之后，从那个客厅拖来的。他撑起前臂，把步枪架在两脚架上，瞄准器和枪口仍在遮住那座四层建筑物的阳台门、并与那家酒店形成一定角度的几条薄纱窗帘之间移动。他能够清晰地看到入口的情况——这是他的猎物能够走到街道上的唯一途径——而且除非她是一个傻瓜，才会等在里面去面对赶来的警察。

当他自己像一个傻瓜一样等待着她时，她可能已经把最后一个跟踪器丢在了一个空房间里，并且跳出了花园围墙，或者从一个窗口溜走了，不过他的捕猎本能告诉他，她还在那家酒店里。

他感觉到其中可能有诈，所以派了塔马斯过去。现在塔马斯死了，鲁马尼并未如愿地把她驱赶出来，当警察把这里包围时，他只能在那里猜测，观察入口处的情况，被迫在通过吓唬那个老太太——当他敲门时，老太太正在家里休息——而得到的那个藏身之处等待他的本能失去作用。

那个老太太现在就在厨房里，被她自己的台布固定在一张椅子上，因为嘴里塞着一块刚洗过的抹布而无法出声。

他最终可能会杀了她，也许不会。

他不像其他人那样是一个暴徒，不是那种不能适应变化的情况的野兽。他不是那种一无是处、只会从他人的尖叫、哭闹和恐惧中体验到快感，从不相称的尊重中感觉到自己的男性力量、或者什么也感觉不到的肌肉男。他的工作就是抓捕猎物，而且他是一个专业人员，对他来说，杀人有时是工作的一部分：疯狂而混乱，但有时似乎是必要的，尽管他更愿意在不必让双手沾上鲜血的前提下完成任务。

不断嘶鸣的警笛声现在到达了前门门口，来了四辆汽车，发动机运转，车灯闪烁，那些穿着警服的人正在进入前门，看上去一点儿也不像他所认为的那样应该谨慎而警惕。她需要尽快离开酒店，除非她计划让自己因为塔马斯的死而被羁押。

预感到这种可能性的鲁马尼把食指放在扳机护圈边缘，控制自己的呼吸，这样一来，他的心跳就不至于通过脉搏悸动而作用到他的手指、双手和肩膀，从而让他的射击失去准头。

被警笛声吸引的旁观者，就像被活人吸引的僵尸一样，好奇地从公寓和商店那里聚集过来，他们是一群愚蠢的人，只想着用手机摄像头等待捕捉到某个动作画面，并且发送给朋友或者传到网上，他们是一群幸运的人，因为塔马斯在进入楼内以后只是炸掉了门，而不是整座楼。

警笛声，警察，人潮，还是没有他的猎物的任何迹象。

各种疑问和自我怀疑不断渗滤，混合成了一杯烈性鸡尾酒。

他无法承受再次失败的代价。

在他的脑海深处，恐惧的触须在颤动，崩溃感渐渐袭来，因为他长期缺乏睡眠以及成功的感觉。快了，他很快就可以一连几天把自己关在酒店房间，将各种毒素和化学制品倾入体内，让自己从追求完美的压力和遭到排斥以及被人视同无物的痛苦中获得解脱。

但还没到那个时候。

鲁马尼把目光从瞄准器那里移开。

机会正在流逝。他正在面临一系列风险：街道被警方封锁，自己被偶然拍进照片里并发到互联网上，由此导致的结果就是，当警察寻找证人时，目击证据将把他和这些案件联系在一起。

他拖着步枪微微后撤。他突然呆住了。

那个猎物和包裹快速走出前门，她们紧紧相拥，灰头土脸，好像刚刚逃离一个炸弹爆炸现场似的。

鲁马尼又把目光转移到瞄准器上，跟踪着她们的移动方向，并将目标放大：正如迈克尔自己所说的那样，她的脸部和腿上都是血。她一瘸一拐，嘴里喊着“里面有人在开枪”，一会儿用流利的英语，一会儿又用蹩脚的意大利，他从她的唇部动作读出了那些话语。她的衣服不一样了。一切都不一样了。而且那个包裹——啊，上帝——现在已经不值钱了，她显得瘦弱不堪，连头发都没有了。

尚未进入酒店的警官引导着那两个女人走出门，把受害者带到安全地带，而她们刚走出来，好奇的人群就围拢过来，这导致迈克尔的头部被遮挡，影响了他的射击火线。

鲁马尼咬着嘴唇，露出恶意的笑容。她是在等着利用警察和人群为她们提供掩护；她选择的这一时机，限制了他的射击能力。他鼻子哼了一声。好像她真的以为，这会起到什么作用似的。

鲁马尼将瞄准器对准移动的目标，思考，计算，等待。慢慢地呼吸，让心情平静。接着迈克尔转过身来，从那个挡在前面的棕色头发的脑袋旁边斜过身子，直接盯着他。食指指向太阳穴，拇指竖起来，她是在模拟一把枪指着她的头，还做出了扣动扳机的动作。

他的心脏激烈地跳动一下，胸部犹如挨了一拳似的。

再次做深呼吸，然后，他把手指从扳机护圈移到扳机上。杀戮已经不再让他觉得有什么压力了。

但他的手在颤抖。人群微微分开。迈克尔的后背再次对着他，她正带着那个在她身边的光头女孩，慢慢地远离酒店。

没什么压力了。

他可以开枪了。

他能够结束这个人的性命，须知她的存在证明了他自己的无用，她毫不费力地就赢得了叔叔的赏识和认同。

如果他能冷静下来的话。

可是，他的心脏仍在狂跳，他感觉到手指的颤动。无论他呼吸还是控制呼吸，都无法改变这种情况。

他感到困惑和恐惧，这似乎再次证明了他的缺陷。

不。

不是缺陷，这是力量。杀戮不是一种业务，这在记忆里第一次。这是个人行为，这种心跳是情绪作用：他第一次体验到了从别人的死亡中寻求快感的含义。

更多的警笛声从远处的街道传来。

鲁马尼将身体后撤。拆解步枪，把它装起来。回到厨房，一个地板上只能摆下那张小桌子和旁边紧挨的两张椅子的小房间：一个供独居者使用的房间。那个女人在房间中央，当鲁马尼离开她时，她是被绑着的，现在那块布已从她的口中脱落，她设法摆脱了那个填塞物，但并未喊叫或者发出警报——这是一个明智的选择，这样他就不必让她永久保持沉默。

当他站在门口时，她抬起下巴，显然是经过染色以遮盖灰白色头发的短卷发，像光环一样笼罩着她的面孔。他想象到尽管她现在处于独居状态，不过她可能是一个祖母。他想知道，拥有一个据说能够带来温暖、关怀和无私接纳的母亲形象是什么感觉。他羡慕他头脑幻想出的老妇膝下的那些子孙后代。

当他思考着是否该像一个职业者那样，彻底消除这个目击证人时，那个女人带着绝望和痛苦的眼神盯着他。他走进厨房，拍拍老妪的头——他觉得这是对这种类型的母亲表示亲近的一种方式。他的动作生涩而笨拙，完全不像是他所料想的触摸一个老女人应有的动作。

鲁马尼在走出门时，将那间公寓的门打开并固定住，这样当他离开时，她就可以喊救命。这就像是那种犯错的人需要做出……那个词叫什么来着？补偿？是的，对于他们挥霍行为的一种碳排放似的补偿。毕竟，他在负责杀戮的过程中丧失了职业精神。不管看到另一个人死亡的前景现在是否激励着他，他都不同于阿尔潘和塔马斯。为了证明这一观点，他让那个老妪活了下来，而现在，他会去杀死迈克尔。

37 交易

芒罗带着妮瓦，穿过紧随警笛声和车灯赶来并且围观的人群，从警车旁边走过去。现场还有其他人——酒店的长期客人在射击停止而且意识到警察赶到时，也纷纷逃命似的奔出来，这增加了混乱场面和现场人数。

她们离开酒店，继续沿着人行道朝前走，芒罗等待着可能瞬间到来（也可能根本不会到来）的死亡。不管是什么结果，她都不会过多考虑。只要一颗子弹，痛苦就会停止。

然而，死亡并没有到来。

所以，芒罗继续带着妮瓦朝前走，在远离警察之后，她们的脚步变得更快。从另一条街道上传来了警笛声，考虑到第一批到达现场的警力经历了客人从里面倾泻而出的情况，并且看到倒在大厅地板上的酒店业主之后，这无疑是一种增援力量。她不认为那个业主死了，虽然她们从人群中移动得太快，以至于无法证实，不过出于良心的缘故，她希望他还活着。

在芒罗旁边的妮瓦，一边迈动着频率要快上一倍的步伐，以便跟上她的速度，一边继续抽泣着。芒罗说，“你现在可以不用哭了。”随着呼吸节奏的改变，泪水很快干涸了。

就像在过去几个钟头里多次做过的那样，芒罗随机地绕过一条又一条街道，只不过这一次移动速度较慢，这既是确保妮瓦跟得上，也是为了她自己的需要：她现在也感到了虚弱。她偶尔会停下来，向陌生人询问到达最近的地铁的方向，这只是有意识地选择适当的路径，争取尽快到达目的地，同时又要避免让鲁马尼猜测到她的意图，并率先赶到那里。

再经过一段路程，她就可以停下来了。这最后的战略性较量意味着至少在今天晚上，这种持续移动和肾上腺素的长期积聚将会中止，意味着她可以睡上一觉了。

地铁站就在前面的街道不远处。如果鲁马尼跟踪她们——芒罗预计他会那样做的——他会有条不紊并且放慢速度。她已经在一天内干掉了他的两个人，因此他会更加小心，避免战略失误，不过，他为什么在酒店外面没有开枪，不能不让她感到困惑。

列车准时到达，由于高峰期早就过去了，她们很容易就找到了座位。芒罗瞥见了对面两个乘客盯着她们的目光，就抹了一下额头。妮瓦递给她一块毛巾，这显然是她从酒店里拿出来的，于是芒罗擦掉了脸上的血迹。

她对妮瓦说，“你仍然愿意完成你的计划吗——被当作诱饵？”

女孩没有立即回答。芒罗打开了手机。“我不能保证我们一定会成功，”她说，“我们有可能功亏一篑——也就是你最终被抓回去，而我没法把你救出来。我需要知道，你已经认真考虑过了后果，不经你的同意，我不想拿你的生命赌博。”

妮瓦很长一会儿盯着地板，接着抬起头来。“我知道后果可能是什么，”她说，“是的，我仍然愿意。”

芒罗抓住了妮瓦的手，把它握紧。“我会尽我最大的力量让你安全，”她说，当妮瓦报以微笑时，芒罗随即以最快的速度用手机工作，尽管手机的信号并不稳定。她使用了多年来牢记于心的信用卡号码，提前安排好了今晚接下来的步骤。

“OK，就这些。”芒罗低声说，接着，她拨打了鲁马尼的号码。

当对方接听时，她说，“我想和你做个交易。”

一秒钟的暂停，最后鲁马尼说，“你要放弃包裹吗？”

“我不能保护她，”芒罗说，“我在流血，很虚弱。反正你会把她从我这里带走。但是我需要你们按照当初提出的条件，放掉在美国被你们绑架的那个女孩。”

“在你杀死塔马斯之前，你可以说这样的话。”

“我还是希望你答应这个要求。”

“我会尽我所能。”

“尽你所能？就没有任何担保吗？”她说。

“没有。但就像你说的，反正我会把她从你那里带走。”

“你当时为什么没开枪？”她说。

“时机不对。”

“你想要我死。”她说。

“是的，非常想。”

“我会把她留在一家餐厅那里，你去把她接走，”她说，“我不会在那里的。”

“我还是会找到你。”

“有可能，但不是今晚。”

“你会把她留在哪个地方？”他说。

“等我想好了，我会给你打电话。”

当她们赶到那个地铁站时，芒罗预订好的那辆出租车正在那里等待。从地铁走到月台，走上台阶，再坐上出租车，整个过程都安排得天衣无缝。芒罗把在路上订好的那家酒店的名字告诉司机，然后坐在舒服的后座上，对抗着强烈的困意——妮瓦已经很快进入了梦乡。

路边建筑物仿佛是守卫在道路两侧的沉默的哨兵，街灯映照出它们的轮廓，为人头攒动的人行道赋予了一种超凡脱俗的形象。芒罗观察着一家家餐厅，寻找着适合的目标，当她发现它时，便示意司机将车停在路边。

她的要求很简单。接下来，司机至少要绕着这个街区转上一圈，在返回时可以一边打表，一边沿着这条街道闲逛。“等我们离开时，”她说，

“可能要拉上两个昏睡的人，而且我也许需要你的帮助。”她挥动着一叠现金。“假如你觉得没什么问题的话。”

司机满脸微笑并连连点头。“没问题，肯定没问题。”他说。

芒罗用肘轻推妮瓦，女孩勉强醒来。

“我们到了。”她说，于是妮瓦和她一起从出租车上下来。

餐厅在一个角落处，门前灯火通明，似乎充满诱惑，但那条辅路基本被阴影所笼罩，大部分餐桌都摆在外面的遮阳棚下，此时没有什么客人。

芒罗给鲁马尼打了电话，尽管她猜想他就在不远处，还是把具体位置告诉了他。她让妮瓦坐在一个角落里的那张餐桌旁，椅背冲着那家餐厅没有窗户的一侧，并将除那个小背包之外的所有袋子放在她的脚边。

芒罗从口袋里取出那个手工制作的信封和跟踪器。在上面快速地写了一个假地址。妮瓦勉强微笑了一下，但那种压力和疲惫是不言而喻的。芒罗说，“我向你保证。”然后吻了一下女孩的头顶，就走开了。

行程不长。顺着那个建筑物走出几米，就进入了辅路的阴影中。与那个餐厅庭院之间的距离，既可以让她稳妥地隐藏在灯火之外而不被人发现，同时也能够使她看见妮瓦的后脑勺。

两个男人和一个女人朝芒罗的方向走来，芒罗喊住他们，表示愿意拿出100欧元作为报酬——假如他们愿意把那个信封替她投进离这里最近的邮箱的话。

他们的表情混杂着怀疑和好奇，但是钱，这个世界上最通用的语言，显然没给他们带来任何障碍，所以，他们接过那个信封和现金，继续朝前走去，直到笑声和戏谑的谈话与他们一道渐渐消失为止。

芒罗背对着那面墙壁，在阴影中等待。她的目光从妮瓦移向那条辅路，又转向夜色中的大量行人。时间在一分一秒地过去。

她会首先使用泰瑟枪而不是“杰里科”。检查了保险装置，再次确认电池的电量。十几分钟过去了，为了留在座位上，妮瓦被迫要了一份食物，但鲁马尼还是没有露面。

他看到了血。看到了她一瘸一拐的样子。他和她一样焦虑而疲惫，而且他想要那个包裹。他必然会出现。即便他是从很远的地方过来将妮瓦带走，也仍然需要走到她的跟前。即使他开车过来侦查过一次或两次——以便确认妮瓦的确是一个人——芒罗现在也应该瞥见他了。

她整个人已经被沉寂、被鲁马尼的遁形以及疲劳所围裹，注意力完全集中于从街道和人群中发现他的踪迹，乃至忽略了来自身后的线索。没有听到他的声音，没有看见他从相反方向穿过阴影偷偷走近，等到她反应过来时，几乎为时已晚。

她转过身来，看见了他，看见了那支手枪。

疲劳变成了能量。虚弱变成了力量。

他仍处于可能会击中目标，也可能打不中她的范围之内。

当她转过身来时，他突然停住脚步，开始瞄准。她举起了枪。他的枪响了，子弹正好击中了她的胸口。巨大的撞击力让她仰面倒下，当他走过来准备补上一枪时，她将泰瑟枪的准星对准他的脖子。

扣动扳机。

一阵阵电压让他开始痉挛。

芒罗感到疼痛，竭力呼吸，她挣扎着从地上站起来走过去。把那支枪踢开；还是 HK-USP 战术型手枪，和塔马斯以及阿尔潘使用过的那种武器一样。放下泰瑟枪，把那支“杰里科”顶在鲁马尼的前额上。

她把一只靴子踩在他的胸口上，用另一只空出来的手去搜索他肯定会携带的那支注射器。果然找到了它。把它扎到他的大腿上。

用枪逼住他的脑袋，等待着，直到他闭上双眼，下巴松弛。打了他一拳，以便确定药力效果。镇静剂原本应该使用大剂量，起码要结合妮瓦的体重再加上他的一半体重，但在目前的情况下，管它能维持多久呢，够用就可以了。

街道另一侧的几个行人看到了这一幕。芒罗挥手示意他们离开。“这是在执行公务。”她说，不管他们是否相信她，他们还是继续朝前走。人的本性总是倾向于冷漠，倾向于避免惹上麻烦，倾向于把事情看成是别人的问题。人们往往如此。

芒罗开始喊妮瓦，她尝试了几次，每次都比上一次声音更大，才吸引了女孩的注意。妮瓦将全部注意力都放在假装吃东西，并让自己表现得自然上面，同时和芒罗一样仔细观察行人，以至于屏蔽掉了全部声音。当女孩终于听到喊声时，她把钱扔到桌子上并抓起那些袋子。等到她发现倒在地上的鲁马尼，不禁露出了微笑。她完全不知道，因为芒罗一时的疏忽，她们两个距离灾难一度只有咫尺之遥。

芒罗不停地眨眼以对抗疲劳。上帝，她太需要睡觉了。顶多再有一个钟头，她就可能崩溃。

芒罗朝妮瓦勉强一笑。“干得好。”她说，然后拨通了出租车司机的电话。当对方接听时，她让他过来接人。

妮瓦仍然清醒，这是芒罗没有想到过的一个意外之喜，所以她们开始一起把他带到路边，鲁马尼的一条胳膊搭在芒罗的肩上，而妮瓦更多地是用她的头而非肩膀把他架起来。针对那些偶然经过并停下来呆望的过路者，芒罗说，“喝多了。”这不可避免地引来一阵窃笑声。

在出租车里，芒罗给了那个司机一半现金并且说，“剩下的，等我们到了酒店再给你。”她转换成英语对妮瓦说，“我们得把他的衣服脱掉。”

在赶到酒店之前，通过在后座上的一番努力，她们剥掉了鲁马尼的衣服，接着，芒罗确认裤子和衬衫里没有跟踪器，又将它们穿回到他的身上。鞋、夹克、皮带，以及他穿的和带在身上的其他所有东西，都被她卷在一起，并在途中丢掉了。

那个司机在拿到另一半现金之前，并没有对打车人的诸多要求——比如多次转弯和随时停车——提出疑问。他们随机地在一条条街道上漫无目的地行驶。停下来等待。开到一个个停车场。更多次的等待。尽管芒罗估计会被人跟踪，不过她并未发现任何跟踪者。在整个过程中，出租车司机都在留意客人的做法，但当他最终把车停在那家酒店外的路边，而芒罗把剩余的钱交给他时，除了一句“*grazie*”[39]，他什么也没有说。“我还会再给你钱，”芒罗说，“等着我回来。”又对妮瓦说：“我马上回来。”

把昏迷而且穿得很少的鲁马尼带进酒店是一回事，介绍他的身份并护送他通过前台是另一回事，所以她独自进入酒店，观察了大厅和电梯区域，找到了监控摄像和安保系统的位置，然后返回到前台，拿到了钥匙。

回到出租车那里，芒罗和妮瓦把鲁马尼一点一点地转移出来。当他的胳膊搭在芒罗的肩膀上而且身体下垂时，芒罗又给了那个司机一些报酬。“不要去拿我们扔掉的任何东西，”她说，“哪怕是电话或者手表——有危险的坏人正在找这些东西。即便你只是拿走其中的一样，你和你的家人都会面临死亡的危险。”

司机疑惑地盯着她，她说，“你拿到的那么多钱，足以弥补你回去拿那些东西换来的好处。请相信我好吗？”

他点点头。

“我记住你的号码了，”她说，“我可能还会需要你的帮助。”

于是，他微笑着挥手，然后开车离去。她目送着他离开，希望他的确能做到——不只是为他自己，也是为了她。

芒罗的目光从渐趋暗淡的汽车尾灯转向明亮的酒店门口。在妮瓦的帮助下，她尽力携带上那些袋子，并且架着鲁马尼通过前门。相比于把他从那家餐厅附近挪进出租车里，这是一个更加略微引人关注的过程。

和此前的那家高档酒店不同，这家酒店是一家具有欧洲风格的美国连锁酒店，这使得它更具融入性和隐蔽性。提供 24 小时服务的前台人员轮流换岗，员工和客人总是进进出出，这足以使得更多的人将好奇的目光望向他们。从大厅到电梯，在从这些颇为好奇的酒店工作人员和宾客旁边通过时，芒罗偶尔抛出取笑鲁马尼的挖苦性评论，并引来对方的发笑，与

39. 意大利语，谢谢。

此同时，他们继续上楼，在走过几段楼梯之后，最终顺着一条走廊进入那个偏僻的房间。

芒罗重新安置了家具的位置，当清理出所需的空间以后，她再次脱掉鲁马尼的衣服，把他放在卡在角落处那张桌子旁边的椅子上。她用那卷胶带把他缠起来——脚踝、膝盖、手腕、肘、肩和躯干——这样他就具有了那张椅子的形状，无论他怎样挣扎或者出现何种意外情况，也不会与椅子一道翻倒下去。镇静剂的剂量有限，并不足以使他昏睡很长时间，但他和她一样严重缺觉，因此她预计他还会昏睡一段时间。她没有用胶带贴住他的嘴，因为担心这会使他窒息，也因为不管他弄出什么声音，都必然会首先惊醒她而非其他人。

胶带，完美的武器，有如此多的用途。随着工作结束，芒罗向后退了一步，把剩下的那点儿胶带扔到桌子上。

芒罗叹了口气。她瞥了一眼妮瓦，当芒罗把鲁马尼放到椅子上时，她就睡着了。她坐在房间的一张床上，脱掉鞋。躺倒在床上，眼前陷入了黑暗。

轻微的叩击声将芒罗从睡梦中惊醒。微弱的时断时续的撞击显得急切而疯狂，只是偶尔暂停下来。她没有活动身体，没有改变呼吸节奏，她睁开眼睛观察了一下，又一动不动地躺了一两分钟。与此同时，想要挣脱束缚的鲁马尼在椅子上扭曲着身体，拼命向前挪动，间或使椅子一点点离开墙壁。

妮瓦仍在熟睡。

芒罗完全睁开了眼睛，等到鲁马尼结束了挣扎，才微笑地看着他脸上的震惊之色。当后者的目光落在她的脸上，并且意识到她一直在看着他的时候，他的表情凝固了。

“你想把我怎么样？”他说。

芒罗坐起来，抻了一下身体。桌子上的时钟告诉她，她已经睡了六个钟头，而窗帘另一侧的黑暗告诉她，黎明还未到来。

她站起身来。从食品袋里拿出最后一瓶水。把它打开，站在他的前面，盯着他，大口地喝了很长一会儿。

她抬手擦了擦嘴。把那瓶水放在一张距离他足够近的茶几上，假若他没有被固定在椅子上，他伸手就可以够到它。

从那个背包里取出泰瑟枪，重新上紧了她在从街道上把他弄进出租车的过程中无暇处理的电极丝。在把刺针归位之后，她将泰瑟枪放在他眼前的那张小桌子上。

他目不转睛地看着她。

她从小背包里找出另一个高压氮气盒，在他跟前摇了摇让他看清楚，然后故意慢慢地把用过的气压盒更换过来，每一个动作都具有夸张的表演效果。她面对他，拿着一盒电极“子弹”坐在床边，把子弹装进两个空弹夹里，又把剩余子弹装进她一直没有时间填装的其他备用弹夹里。

“你的步枪在哪儿？”她说。

“在我的车里。”

“你的车在哪里？”

“离我本来要去接那个女孩的那家餐厅不远。”

“啊，是的，”她说，“你在这里，显然是那个受伤的一方。”

装好了最后一个弹夹。“你的口袋里没有钥匙。”

“我有司机。”

她扬起了眉毛。“还有一个人？”

他耸耸肩。

芒罗再次站起来。拿起泰瑟枪，随意而又冷漠地对准他的胸脯开了一枪。

38 规则

在日出和日落之前，电极第二次发挥了威力。鲁马尼疯狂地抽搐和痉挛，这一次是赤裸而且被绑着，这原本应该带给芒罗小小的满足，但她并未感觉到任何宣泄的快感。

当电流结束时，她俯过身去取下电极刺针。当鲁马尼屏住呼吸时，她低头盯着他的大腿，用泰瑟枪指着他的腹股沟。“下一次是这里。”她说。

“你想从我这里得到什么？”他说。她没有回答，他开始狂躁地扯拽束缚住他的胶带。椅子开始摇晃，椅子后腿脱离了地面，当他终于精疲力竭时，他说，“你为什么不杀了我？”

“我有可能杀了你，”她说，“但现在，你活着对我更有价值。我不能断定这种价值体现在哪里：是把你和美国那个女孩交换，还是从你这里得到信息。”

“我可以穿上衣服吗？”他说，“这样太不人道了。”

芒罗走进他。蹲下来，盯着他的眼睛，用泰瑟枪拍打了一下她自己的大腿。“当我把冷水浇到你身上让你不能呼吸时，当我把粗大的物体塞进你的屁股时，当你被牢牢绑着没法动弹，而我用鞭子抽打你，或者别人这样做，而我在旁边大笑时，当我拔掉你的牙齿，杀掉你的全家人时，我们就可以说说什么是不人道了。”

鲁马尼再次对抗胶带和椅子的束缚。扭曲，晃动。面部扭歪，长吟低啸，最终气喘吁吁地瞪着她。“我可不会做那样的事。”他说。

芒罗起身退后几步。在她身后，传来窸窣的床单抖动声，她不用回头就知道妮瓦醒了，已经坐起来并看着这一切。“你会做这些事情，”芒罗说，“每当你把一个女孩交给你叔叔的时候，你都是在做这些事情。”她顿了顿，“谁杀了诺亚？是你吗？”

他说，“诺亚？”

“那个摩洛哥人。当妮瓦逃跑以后，你们采取的报复。”

“不是我，”鲁马尼说，“是我的同行。”

“你们是怎么找到他的——那个摩洛哥人？”

“和我们当初找到你，用的是同样的方法。”他说。

“通过监狱里的那个女人？”

鲁马尼点点头，他的确认使她产生的感觉，就像是在注射止痛药之后，被一把锋利的匕首刺中一般。她深吸了一口气，用那种精神吗啡——她早就想到了实情，因此心理早有准备——缓解了疼痛：不管怎样，罗根都没有因为被要求提供信息而遭受折磨，但布里登则不然——即使被关押在监狱里并且与外界隔绝，她还是找到了一种方式来挖掘和跟踪芒罗的行动，除了等待，无休止的等待，一个人还能有其他理由和动机策划这种复仇吗？

芒罗诅咒她自己的弱点，因为她没有预见到这一点，她没有提防那个女人。如果说在这件事上有谁应当担责，那么这个人就是她。她早就应该想到这种可能性。

她抬头看着鲁马尼。“诺亚是从一开始就死了吗？”她说，“是不是在交货之前，你们就事先杀了他，并且拍下了那个图像，以便在需要时用它来控制我？”

鲁马尼对她抬起眼睛。“我不知道，”他说，“有可能，但我真的不知道。这个问题应该由别人来回答。”

“你有多少同行？”她说。

“我们有三个人，”他说，“但我是……”他的嗓音哽住了，没有说下去。

“最好的？”芒罗替他作了补充，“你应该感到自豪。”她转向妮瓦。“你想报复吗？想知道那是什么样的感觉吗？你不能杀他，但你要是认为可以修理修理他，那就动手吧。”

妮瓦从床上跳下来，芒罗在那个小背包里翻找着，掏出了那把小刀。啪地弹开刀刃，和刀柄连在一起有四英寸长。尽管重量很轻，但这种金属一旦接触到手掌，就给她带来了一种慰藉和舒适感：一种熟悉的、让内心归于平静的死亡摇篮曲。

妮瓦说，“就用这个？”

芒罗说，“是的。”

“用泰瑟枪怎么样？”妮瓦说，“或者是用那把枪。我可以打他的腿。”

“不行，”芒罗说，“如果你想知道那是什么感觉，那你就要近距离亲自去感受它。除此以外，都没有多少价值。”

妮瓦小心而谨慎地拿起那把匕首。就像是不知道怎样使用枪的人第一次抓起它一样：两个手指捏住刀刃底部，似乎它可能变成蛇一样，随时会卷曲和咬人。

接着，妮瓦把头一甩，挺直身体，牢牢抓住刀柄，绕过那张床大步走到鲁马尼跟前，在他面前站了好一会儿，视线从匕首移到他的身上，又再次盯着匕首，好像是在分析她真正感受到的东西，并且确定她将要采取的做法。

鲁马尼收紧下巴，死死地盯着她，仿佛是在准备承受一种即将到来、而他是那样为之骄傲，乃至不会乞求对方罢手的疼痛似的。

“是你绑架我的，对吗？”妮瓦说。

鲁马尼面色凝重，没有回答。

“我可以砍你，”妮瓦说，“我不害怕，而且我愿意看到你受苦，不过，我想和你谈谈。所以，你选择吧。想让我砍你，还是想和我谈谈？”

“我是其中之一。”鲁马尼说。

“这就是你的生存手段吗？绑架女孩？”

他猛地抬起头。“这不是为了生存，”他说，“这是一个任务，而且我从来不碰那些女孩。”

“啊，因此这就会让你觉得，你比其他人更好？”妮瓦扭头盯着那把刀，把刀刃伸向鲁马尼的大腿，刀尖碰在上面。她接着问，“谁会死？”

“我不明白。”

“如果你不按要求做，谁会死？”

他垂下眼睛。

“你是个混蛋，”妮瓦说，“你把无辜的女孩变成了连牲口都不如的人，而你仍然可以找到一种方式来为自己辩护。你应该感到内疚，而不是找借口说那不是你的错。”

妮瓦更加用力地握紧了匕首，直到她的指关节变得发白。接着，她将刀刃扎进鲁马尼的大腿并猛地一划：扎进了四分之三英寸——实在是轻而易举。

也许是一英寸。扎的是大腿侧面，没有扎在骨头上，而是破坏了软组织。

那必然十分疼痛。

鲁马尼惨叫一声，妮瓦把匕首拔出来。当伤口开始流血时，她站在那里盯着刀刃上的血迹。芒罗走上前，慢慢地，几乎是温柔地从妮瓦手里拿过那把匕首。“你觉得好点儿了吗？”她说。

“一点点。”

鲁马尼一边咒骂，一边晃动椅子，他咬紧牙关，握紧了放在椅子扶手末端的拳头。

“你还想要再来几下吗？”芒罗说。

“告诉他，他是个混蛋，比用刀扎他感觉更好。”

芒罗又把匕首递给她。“去拿一块毛巾给我，然后把刀洗干净，”她说，“确保做好这件事——这上面都是你的指纹和他的血迹，别忘了我们是在意大利，不是美国。”

妮瓦用两个手指握住刀柄，去了洗手间，又很快带回了那条毛巾，随即再次离开。

芒罗从桌上拿起胶带，把毛巾压在鲁马尼的伤口处，用剩下的最后一点儿胶带把它缠紧。她蹲下来，再次与他四目相对。“我想知道你的同行的名字，”她说，“而且我希望你对我解释一下，你所知道的有关你叔叔的业务运作方式，包括在这里以及在美国的情况。我想知道那些客户，我也想知道那个组织结构。”

鲁马尼做了一下浅呼吸，避开她的视线，盯着地板。

芒罗站起来回到床边，坐在上面打量着他，从卫生间传来持续的流水声。

疼痛和死亡的威胁，甚至包括妮瓦使用的那把匕首，并没有让他胆怯。他不怕这些东西，它们永远都不足以压倒他的驱动力。

浴室的水龙头关闭了，妮瓦返回来，匕首裹在一条毛巾里。“把它放在那个背包里就行。”芒罗说，然后掏出手机，拨打了玩偶大亨的电话，将通话设置改为“扬声器”。

在早上六点，她并没指望对方会立即接听，尤其是当对方第一次看到一个陌生号码时，但电话立刻就接通了，那个人——显然是从睡梦中惊醒并且无疑就是他——的声音传入耳内，“*Kush*[40]”

“你失踪的朋友。”芒罗回答道，为了照顾到妮瓦而使用英语。她听到了对方起身并抓紧电话的声音。

“多么棘手的局面啊！”玩偶大亨说，“你应该处理好的问题，却让它变得更糟。”

“你的惩罚手段，和你的那种犯罪行为不匹配，因此，我就只好自己来处理这件事。”

“我的哲学再简单不过了，”他说，语调轻快，不再困倦，而且显然饶有兴味。“你打破了规则，你就要付出代价。”

“所以，恭喜你，我打破了规则，”她说，“而现在由于这一点，

---

40. 阿尔巴尼亚语，谁？

很多东西都被打破了。你打算怎么做？毁灭整个世界？”

“你给我打电话，”他说，“是有什么建议吗，还是说，你是要把时间浪费在无用的唠叨上？”

“我会用你的巴朗交换你在德克萨斯绑架的那个女孩。”

那种不由自主的大笑声传遍了整个房间，鲁马尼随之抬起了眼睛。

“如果你控制了他——我确定一定是这样，因为他失踪好几个钟头了——那么你可以帮我一个忙，把他处理掉。那个女孩在德克萨斯，她有价值，可能会卖个好价钱，但巴朗是一个废物，他对我而言一钱不值。”

“你绝对肯定吗？”芒罗说，“因为这不是你可以虚张声势的时机，话说出口，就休想再反悔。如果你对我很了解，你就会知道我和你一样，想要杀死谁，不会有任何犹豫，也不会受良心谴责。他给我造成了相当多的痛苦，所以，你不愿意用他做交易的话，那么他对我而言同样一钱不值，我就会杀掉他。”

“你想怎么做，就怎么做吧。”玩偶大亨说。

“既然如此，我愿意把你的那个价值数百万美元的包裹交给你，交换一个没人会惦记的女孩，”芒罗说，“这应该是一笔有吸引力的交易。”

“我已经看过那件商品的状态了，”他说，“她破损了。不值钱了。”

“那么好吧，”芒罗说，“我知道我们是在和谁打交道，把货物交给谁，我在摩纳哥见过他。我受伤了，我需要住院，罗根已经自由了，因此我不需要再保留你的商品了。我要摆脱对我不利的证据，而且我敢肯定，他会很高兴以很低的价格把她带走。头发会很快长出来。我会自己去和他做交易，然后钱将归我所有，这意味着你以后就别再指望靠巴朗替你抓其他女孩了，别再指望拿到那笔货款——甚至都不够弥补你的损失——另外，你也没有机会再利用我了。你输了，你输了，你输了。”

玩偶大亨沉默了很长一会儿，然后又开口了。

“那么，我的朋友，”他说，“你要是把那个玩偶交给我，对你会有什么好处吗？”

“这样我的手上就不必沾更多鲜血了。”

“啊，那你说到底还是在乎她们的，”他说，“那么好吧，我要那个玩偶，并把你的侄女交给你。把她给我带来。”

“我需要时间和我的人沟通，确保你能最终交人。”

“我是说话算数的。”

“那么，你应该对我的安排不会有什么问题。我会把货带给你，我准备好了，就给你打电话。对了，你希望我怎么处理巴朗？”

“你想怎么做，就怎么做吧，”他说，“我不需要他了。”

芒罗放下电话，并转向鲁马尼。她猜想过对话将会发展的方向，但从未想到过这种极端的结果，而且看上去，鲁马尼脸上的表情比妮瓦用刀扎他还要痛苦。尽管是眼下的情况，芒罗还是替他感到难过。

她起身抓起那瓶水。把盖子打开，将塑料瓶口伸到鲁马尼嘴边。他喝起来，一直喝到瓶子变空为止。水沿着他的下巴滚落，虽然他试图控制住它，但还是无济于事，只是这一次，水是从他的眼里流出来的。

芒罗返回去坐到床上，然后身体前倾并面对着他。什么也没有说，他也同样如此，直至房间里的沉默似乎变得触手可及。妮瓦从后面一点点靠近芒罗，说，“我们要杀死他吗？”

“我不认为我们必须那样做。”芒罗说。

妮瓦没有注意到推动这种沉默的暗流以及没有言传的想法，说，“唉，我们不能拿他做交易，他也不会愿意说出我们想知道的东西。他只会制造噪音，让我们被人盯上。他是一个杀手，一个罪犯，一个彻头彻尾的混球。让他活着有什么用呢？”

“你能说说吗，”芒罗对鲁马尼说，“他给了你什么你在别的地方得不到的东西？他永远都不会爱你——不管他承诺过什么。他并不能给你所渴望的东西。”

“他有时会那样做的。”鲁马尼说。

“对他来说，一切只是一场游戏。一个娱乐，一种控制你的方法。”

鲁马尼垂下眼睛，于是，为了让他摆脱内在的无价值感及其耻辱可能导致的精神崩溃，芒罗说，“他是靠什么控制你的？”

“如果没有他，我就没有生活可言，”鲁马尼说，“因为我四岁时，他就负责照顾我，花了几年时间，拿出不少钱培训我。我欠他的钱，因此，为了我自己的自由，我就必须做出偿还。”

“那些钱你已经赚回来了，但你仍然为他工作。”

“他在某个地方有一个银行账户，我赚的钱都——”

“血腥钱！”妮瓦打断了他。

芒罗抬起一只手让她安静。

“我见过结算单，”他说，“那不是小数目。他多次承诺过会把钱给我。他总是说做完最后一件事，我就可以自由了。实际上，即便那些钱真的本该属于我，我想他也一直在用那个账户支付他的交易涉及的费用，”鲁马尼暂停下来，然后低声说，“而且最终也不会把钱给我。”

“你不需要那些钱，”芒罗说，“你还年轻。见多识广。会讲几种语言。也许你不像你自己认为的那样聪明或者出色，但你足够聪明，足够出色。你几乎在任何地方都可以白手起家。”

“靠什么？我的枪？”

“不一定，”芒罗说，“但人人都要从某个地方起步。我也是白手起家的。这并不容易，但只要你有强烈的生存愿望，你就能够成功。”

“你是一个杀手，”他说，“不比我好多少。”

“我不知道我们之间是否可以做比较，”她说，“而且坦率地说，像‘好’和‘坏’这样的措辞，对于像我们这样的人是毫无意义的。”她把一根手指戳向他的胸部，他退缩了一下。“不过，我的确会为我自己的行动负责，而不是把责任归咎于别人，除非你能够想明白这一点，不然的话，你就只能是一个愚蠢的傻瓜。你有潜力，巴朗。你可以去过更好的生活。不要浪费你的资本，不要活在幻觉中。”她意味深长地停顿一下。“你有选择机会，如果你压根儿就不考虑这些，那你就是个白痴。”

他耸耸肩，面无表情。“你想知道什么？”他说，“如果你的问题是合理的，我会告诉你的。”

芒罗头也不回地说，“妮瓦，你看一下还有什么吃的好吗？”

妮瓦开始在袋子里翻找。芒罗对鲁马尼说，“你现在还有赶来的帮手吗？”

“他们昨晚就到了。”

“几个人？”

“不少于两个。”

“是在你去接妮瓦之前还是之后？”

“之后，”他说，又迟疑地补充说，“他们当时正在途中，在交接之前不可能赶到我这里。我本该返回到我的汽车那里，再安排和他们会合。他们要是能早点儿进城，我们现在就不会在这里。”

芒罗耸耸肩。“也许不会，也许会。他们现在在找你吗？”

鲁马尼盯着地板，沉吟良久，终于说，“如果他们在找我，我相信那只是为了了结这一切。他们肯定是来找她的，来找你。要杀掉你。”

“你的司机呢？”

“我刚才撒谎了，”他说，“我把钥匙放在汽车底盘下面的一个磁力座里。这是我们做这种事的一个规则，这样的话，如果我们有谁不能回去开车的话，其他人就可以去把它开走。我的钱包也在那里，还有身份证件。”

妮瓦站在芒罗旁边，手里拿着最后一小包饼干。

芒罗接过那个小包，把它打开，将一块饼干放到鲁马尼的口中。他咀嚼起来。她把现金递给妮瓦。“你觉得在楼下那家礼品店能买到止痛药吗？另外，还需要买几瓶水。”

“我这就出去，”妮瓦说，“我可以把零头花掉吧？”

芒罗点点头，并没有扭头看她，说，“戴上墨镜和帽子。”

“知道了。”妮瓦说，然后就离开了。

39 动机

房间里只剩下他们两个人。芒罗走进洗手间，带着一块毛巾返回，把它敷在他的腿上。她再次蹲下来，看着他的眼睛，这一次鲁马尼并没有挑战或者避开她的视线，不过注意力焦点从她的脸上逐渐移向她的躯干，他盯着那件夹克。

“我开枪打了你，”他说，“而你没什么事。”

她站起来，将那件夹克拉直。她的手沿着皮革滑动，并暂停在靠近心脏的那个孔洞处。让他看到它，然后摊开手指，在整个胸前滑动，指着她被塔马斯打中的每个部位。

“很棒的盔甲，”他说，“这种东西很昂贵。”

她点点头。

“我真该从一开始就要求拿到这件夹克，”他说，“包括其他所有东西。”

“你应该从一开始就杀了我。”她说。随着刚才的表演秀告一段落，她蹲下来并且低声说，“巴朗，告诉我你所知道的有关那个组织的情况——还有购买妮瓦的那个客户的情况。”

“我可以先吃点儿东西吗？”他说。

“说完再吃。我希望在妮瓦回来之前，听到你需要说的一切。”

“他们正在寻找她，”他说，“她可能再也回不来了。”

“你身上没了跟踪器，我们也没有被跟踪。”

他愣了一下，叹了口气。“作为一种交换，我希望你能帮我个忙。”他说。

“你想让我帮你什么？”

“某种东西……随便什么都行——一个可以去的地方，或者是一条生路。我的那身衣服是我的全部。我现在没有银行账户，而且无家可归，什么都没有。在这一点上，我和街头乞丐没什么不同。”

她点点头。“我会尽我所能。”

“先告诉我一件事，”他说，“我想知道你对她说过什么。当时那个女孩跑了，你追她追到餐厅那里。她紧接着就开始尖叫和厮打，然后立刻就安静了，这么容易就被控制了。你用了什么咒语，你说了什么？”

“我告诉她真相。”芒罗说。

鲁马尼疑惑地盯着她。“真相？”

“是的，真相。我相当生动地描述了如果她真的要设法从我这里逃掉，接下来会发生什么，我还告诉她，和另一个魔鬼相比，我还没那么邪恶。”

鲁马尼微笑起来，几乎脸红了。“好吧。”他说，然后就开始了他的独白：从蒙罗维亚开始，向西穿过欧洲，进入美国，然后再返回。一张与在萨格勒布编织的同样复杂而稳妥的网络，一个交通路线和时间表，一种可以源源不断地把年轻女孩从贫穷的东欧国家——有的来自南美洲——输出，并提供给有意向的买家的体系。一项需求总是很高、商品成本总是很低的业务。而且总有来自上流社会的客户，鲁马尼以及与其能力差不多的同行会被指派为他们服务，确保得到特定目标，那个牵狗人只是这类客户中的一个，他们挑选女孩，就像从一个商品目录中挑选衣服一样，并为这种特权提供可观的报酬。鲁马尼提到他时，称他是好莱坞先生，这并非因为客户的长相，而是在于他喜欢女演员的癖好——宝莱坞、中国香港的女演员，而现在妮瓦是来自美国。他挑选的目标总是处于上升期的女电影演员，而且总是很性感，总是娇小和长着娃娃脸的一类。

这些都是不相干的细节，其本身都不足以构建起有关那个组织的一个完整画面，或者了解使得玩偶大亨能够长期开展这项业务的那些客户究竟是什么人，但它足以作为一个调查的起点。芒罗在酒店的信笺上做着记录，偶尔提出问题打断他，事实上，一旦开始讲述，鲁马尼几乎不需要任何督促，他们的问答过程，持续到走廊的脚步声吸引了芒罗的注意。她站起身来，从桌旁走到门前，手放在她的枪上，等待敲门声，当感受到熟悉的节奏时，芒罗打开门，让妮瓦进来。

妮瓦把一包东西丢在床上，瞥了一眼鲁马尼，说，“他告诉你什么有用的东西了吗？”

“有一些。”芒罗回答道，然后去找扑热息痛药的小盒。从那堆物品当中拿起一瓶水。捏碎那一板药片上四粒药的包装膜，把药片取出来咽下去，又取出四粒药给鲁马尼。他主动张开嘴。她让他吃下药片，喝了水，然后喂他饼干，直到她之前打开的那个饼干包变空为止。

芒罗对妮瓦说，“我要出去几分钟。在我们走之前，你需要做什么，现在就做。”对鲁马尼的方向点点头，“你可以跟他说话，也可以不理他，怎么都行，就是不要靠近他，OK？当我出去时，如果你有杀他的冲动，不要那么做，否则我会消失，并且把你丢在这里，让你承担一切后果。”

妮瓦眨巴了一下眼睛。“我不会杀他的。”她说。

芒罗走进走廊，关上了门。大步经过几扇房门和壁灯到达大厅尽头，在那里，她背靠墙壁，滑坐到地板上，向前伸开双腿，把头抬向天花板。

排毒。

安静。

孤独。

尝试获得平静，努力摆脱活着的痛苦和脑海里那些尽管已经平息、但自从诺亚死后就蠢蠢欲动的声音。在黑暗将她吞噬、而她有机会正常呼吸之前，把这些痛苦和声音真正屏蔽掉，需要很长时间。

罗根活下来了，但他永远不可能和过去一样了。

萨曼莎活着……目前还活着。

诺亚死了。

杰克死了。

亚莉克丝也可能会死，或者被卖为奴隶。

还有，她目前和布拉德福的关系——它使他们尽力应付了两个人的职业差异，让她忘却了对于美国当地生活的不适应，从而使她在一段时间内的确感受到了平静——从现实意义上说，不可能持续下去。他们可能永远不会回到过去那种状态，虽然这既不是他的错，也不是她的错。

接受这么多现实，是一种真正的难言之痛，以至于芒罗第一次强烈地感觉到自己不愿继续战斗，而是要通过一种自我保护行动养精蓄锐。她要到外面走一走，走到真正只有她一个人的地方，在那里所有人性的罪恶都不复存在。在空荡荡的寂静的大厅里，芒罗无法再像过去那样关闭情感的闸门，所以，她允许那种悲伤、那种啃噬她的痛苦慢慢袭来，渐渐退去。

她不知道自己坐了多久，她呼吸着，感受着，让自己忍受各种情感的煎熬，与此同时，酒店的客人进进出出，偶尔还会奇怪地多看上她一眼。最终，当她感觉到自己又恢复了强大的力量，能够再一次从地板上站起来，并且继续做她必须做的事情时，她从口袋里掏出手机，拨打了布拉德福的号码。

当芒罗打开门走进来时，鲁马尼把下巴从胸口处抬起来，而妮瓦坐在床上看电视。

“有关于我们的报道吗？”芒罗说。

“有很多关于我的报道，但我还没看到任何和你有关的，”妮瓦回答道，“你出去了很长时间，你去哪儿啦？”

芒罗把手机丢给她。“给你父母打电话，拜托了。如果你觉得不方便，可以到走廊里去打，但就待在门外，OK？”

妮瓦盯着那部手机，从床头柜上一把抓起那个钥匙卡，然后下了床，走出门。在鲁马尼的注视下，芒罗解开裤子拉链，把裤子脱掉。她检查了腿上最深的伤口。那个部位又红又肿，不过还没有严重感染的迹象。她需要把伤口清洗干净并缝合起来，但恐怕要等到这场考验结束之后，才能安心做这件事。

芒罗再次用过氧化氢漂洗了那个部位，敷上一块干净的方巾，又使用原来的胶带把那个部位固定住。

芒罗把裤子拉上去，又过了 5 分钟，她站起来，敲敲走廊的门。

鲁马尼说，“疼不疼？那个伤口，疼吗？”

芒罗没有回头看他。“你怎样？”她问。

“很疼，”他回答道，“但我宁愿选择肉体的痛苦。我很感谢它帮我转移了注意力。”

芒罗测试了泰瑟枪的电池，又扭头瞥了他一眼。“内心的疼痛会让你感觉到人性，”她说，“永远不要忘记这一点。”

在等待妮瓦的过程中，她卸下并重装了那几个弹夹，压实了子弹。最后，她把这些东西和大部分欧元纸币塞满了工装裤口袋，这样一来，剩下的东西就很容易分装在那个小背包和肩背包里。

妮瓦刷了钥匙卡，走进房间，她的眼睛红红的，而且有些浮肿。她把手机还给芒罗，后者等待了一下，看看自己是否需要充当心理治疗师的角色，但妮瓦什么也没有说，于是芒罗把那个小背包递给她。“给我三分钟时间。”她说。

妮瓦扬起了一条眉毛，不过没有询问原因，当她再次离开房间以后，芒罗转向鲁马尼。“我会给你留下一些钱、食品和水，还有你的衣服，”她说，“我希望能在 36 个小时内回来。最多 48 个小时，但我估计在那之前，你就已经自由了。”

鲁马尼说，“你会用我给你的信息去杀我的叔叔吗？”

“也许吧。”

“如果你不那样做，他就会杀了你，或者叫人杀了你。”

“让我感到担心的是你，”她说，“你有追杀我的理由吗？”

“是的。”他盯着地板，盯着她的脚。“我有一个理由。”他看着她的脸。“但是，没有动机。”

“你可能有一天会找到动机。”她说，然后蹲下来，这样就可以更好地看到他的脸。“即便你成功地找到我，杀了我，这也不会让你更像个男人，不会让你得到你所希望的认可——从他那里得不到，从你自己那里也得不到。”

“我从未爱过他，从未崇拜过他。”他说。

她站起来，大步走到门口，转过头来，以他能够听到的耳语般的声音说，“在我从别人那里赢得认同和欣赏之前，我也曾过着被人操纵的生活。你未来的生活有各种选择机会，一切都取决于你自己。”

芒罗走到走廊里，把“请勿打扰”的标志牌挂在门把手上，然后关上了门。在她返回之前——如果她选择返回的话——鲁马尼就会离开，她对此没有任何怀疑。

生活具有一种混乱的、无法预测的随机性。让他活着这个决定，是一种抛硬币似的赌博。正如她正在竭力摆脱她当初放过凯特·布里登这一决定带来的重压一样，将来有一天，她也许还会再次发现自己成为鲁马尼的瞄准器锁定的目标。她所能做的，就是在本能和良心之间走钢丝，并希望实现最好的结果。

40 弹孔

德克萨斯州，休斯敦

布拉德福把他的夹克衫换成了一件技术服务人员的衬衫：一个灰色的脏兮兮的物件，而且仍有另一个男人的汗臭味，至少他推测那种臭味是属于“罗杰”的——这个名字用红色丝线缝在他的胸口处。他穿上另一个男人的衬衫，展示出另一个男人的信息素，为的是制造一个简单的错觉，执行一个简单的计划：他会进入前门，找到那个女孩，然后把她带出来。

布拉德福把“探索者”的钥匙交给安德烈·亚当斯，用它们交换了亚当斯已停在他后面的那辆厢式货车的钥匙。这个一得到通知，就交付给他的耐用型车辆是白色的，车身很脏，顶部略呈阶梯形。此时此刻，这个金属大家伙将能够很好地派上用场。

现在是傍晚六点，在接到芒罗的电话以后，布拉德福迅速做了必要的安排。他将和助手在萨格勒布时间早晨八点钟、本地时间凌晨一点钟在一个停车场会合，但由于这个地区就像七月四日[41]一样灯火通明，卡车全天候来来往往，在任何时间段都有货物进出港口，所以，钟点其实并不代表什么，并没有所谓真正的夜晚这种事情。

41. 美国国庆日。

在做出安排时，如果布拉德福在达拉斯，他就会利用这几个钟头的宝贵时间制定某种具体战略，但他当时并不在达拉斯，他在休斯敦。毫无疑问，玩偶大亨的人知道布拉德福还活着，知道他对报复性狩猎充满饥饿感，因此他们需要把亚莉克丝藏在他熟悉的达拉斯之外的某个地方，从而避开他的追踪。布拉德福考虑到了这一点，他知道如何利用现有的熟悉和方便的条件对付敌手。

当芒罗请求他帮助时，他马上给已在休斯敦的亚当斯打了电话，后者一直在一边花钱，一边观望凯特·布里登可能采取的下一步计划。布拉德福把从那辆 18 轮大卡的货物清单上得到的地址告诉他，然后大胆地把里克·冈萨雷斯从德克萨斯州盖茨维尔市调来，暂时负责管理凯普斯通办公室事务，随即自己就出城了。当亚当斯打电话汇报了对敌手巢穴的调查和评估，并发回拍摄的相关图片时，他已经在德州哈里斯县范围内走了一半路程。当那些人口贩运者还在等待进一步通知时，他已经进入了他们的巢穴周围。这一次，他首先到达了战场；这一次，他知道他要对付什么；这一次，他不用担心雇员的安危，他面对的只有罪犯。

他的内心曾纠结过是否要给警察局打电话，尤其是是否需要警察局出动特警队，以便增强救援力量，但在这场由他参与导致的混乱局面中，他想不出如何让自己不受牵连，也无法确保突袭行动不会来得太早，抑或是来得太晚或者根本就不会来。

不，他不需要警察力量。他自己就会救出亚莉克丝。他不能让杰克——也可能是萨姆——白白送命，因为一旦警察参与进来，那些社会渣滓在被关押一天之后，就会获得保释并且消失，而且会和过去一样，在北方实施报复性的爆炸行动。比赛场地现在改变了，赌注也已改变了，确保在这场较量中获胜的唯一途径，就是由他自己来做这件事。

那个地产是四四方方的仓库式建筑风格，主体建筑是用混凝土和波纹金属板盖造的，并且几乎占据了整个地块的长度。相比之下，威尔斯公司从事生产链条上最终环节的业务，而这座楼里的其他部门负责的项目，从轻工制造到仓储管理不等。和其他地址不同，这个地址是租赁的而非业主私产，这就可以解释为什么这个位置在作战室的搜索过程中从未出现过。

地产后面部分的范围比仓库更大，那是一个周围装有栅栏、基本上堆满了集装箱的地块，是一个众多卡车装卸货物的地方，它紧靠 I-10 国道南部的一个工业地带，稍北的地方便是沿休斯敦港航道 25 英里范围内的主要工业区。

那种似乎更适合威尔斯公司的运输业务安排模式，在这里完全消失了。

布拉德福把那辆货车倒着开进面向那座建筑物的几个停车点之一，然后跳下车。他感受到了温暖而潮湿的春天空气，也嗅到了化学品和石油的味道，这是由该地区的炼油厂导致的。那辆“探索者”从他前面经过：亚当斯正在进入这个区域的另一端，驶向后面那个有一道大门的开放区域，一个玩偶大亨的人不能予以保护——因为这里不是他们的地产——的区域。布拉德福从车里把一个粗呢袋拎出来，接着拿出一个工具箱，胳膊底下夹着一块有纸夹的笔记板，写着“罗杰”的身份卡片别在衣服口袋上。他带着这些沉重的物件，大步走向前门。

不需要去查看它是否上锁，它是锁着的。

从那块玻璃后面不远处，传来了一阵震颤声——亚当斯炸开了后门。接着是半分钟的停顿，这个时间足够用来组织一场防御，用来发起一轮射击。然后，从对面传来了布拉德福即便从这里也能听到的那种震动：那是通过门洞扔进去的一系列声光手榴弹的第一次爆炸。

在这个巨大的屋顶的下方，破坏性效果不会像在一个客厅或者卧室里那样明显，但如果亚当斯能够把那几颗手榴弹扔到靠近里面那些人的任何地方，对方就会觉得好像是变形金刚刚刚闯进大门，并把两只手在他们耳朵旁边用力拍打，因此他们的脑子里就如同感受到十辆汽车发生连环相撞一样。眩晕，恶心，痛苦。

布拉德福把那个工具箱砸向前门。

他累了，他怒了，他是来复仇的。

他从那个玻璃洞口穿过去。

接着，他放下工具箱，拽出一件战术背心套在身上，从粗呢袋里取出一支 MP5 冲锋枪。把那件背心迅速套在身上，肾上腺素随之激增。他将 100 发双室型弹鼓顶上膛，与此同时，他感觉到了另一颗手榴弹产生的震荡，他听到了那种令人难以置信的巨大的轰响声。

他数着秒数。

又一颗手榴弹爆炸了。

他的脑海里浮现出主房间的构造。他大步向前，穿过一个标准的工业地毯门厅，经过配有标准的办公设备和家具的办公室，走到不具备任何工业标准的建筑物后端：在高高的天花板下面，有三个空置的隔音和绝缘的预制板建筑结构。它们是用空心砖搭建起来的没有窗户的棚舍，是他们在卡车里找到罗根时的那个爬行空间的较大版本。

布拉德福绕过走廊一角进入仓库。有两个人一边慌乱地从靠近门洞以及有光线和声音的地方撤退，一边用带有消音装置的半自动武器朝建筑物后面大范围射击。他们正在无谓地浪费着子弹，同时跌跌撞撞地奔向那几个棚舍，他们本能地奔向布拉德福预料中的那个求生之所。

他的嗓子感到一阵灼烧的刺痛，因为他认出了他以前见过并将其打破的一张面孔，一张当他侦察这个地方时，并未在这里见到过的一张面孔。他从来没有忘记他对于沃克的承诺：当他们救出罗根以后，就会把这里的垃圾清除掉。布拉德福向前迈进，手指按在扳机上，打出了一连串控制性的连发子弹。

那个仓库看守员和他的同伙倒了下去，在地上滚动。布拉德福把那个弹夹对着他打光，就精准度的需要而言，这个距离仍然太远，因此又使用了备用弹夹。布拉德福继续前进，直至将那个弹鼓打空，而房间变得死一般地寂静。

战争的气味充满了他的呼吸道。烟火，恐惧，死亡。两具躺倒在地板上的尸体，身上布满了弹孔。

即便他的敌人可能有战斗机会，即便他们有超前思考的能力，制定战略的能力，以及为他可能到来而做好准备的能力，也无法预知他使用的是何等强大的武器。

就正面交锋而言，谁拥有最强大的武器，谁将获胜。

布拉德福走到最靠近他的那个男人。踢了他一下。死了。

他走到那个看守仓库的家伙跟前，他的身下是一大摊鲜血。曾经在他手里的那支枪被甩出一英尺远，布拉德福把它踢到了那人完全够不到的地方——倘若那个家伙愿意做垂死挣扎的话，他还是能够拿到它。

布拉德福低头盯着他，宝贵的时间正在迅速溜走，他转过身，大步走向中间那个棚舍，那个他从爬行空间里观察过的那种囚室。检查了一下房门，看上面是否有金属导线，寻找任何爆炸装置的迹象，什么也没有发现。于是，他从那件战术背心里取出一段爆破线，熟练而迅速地缠绕和打结，然后猛地一拉，将其引爆。

在一张褥垫上，被胶带绑住手腕和脚踝、穿着又脏又破的衣服的亚莉克丝·詹姆森——一个兼职医疗录入员，一个两岁孩子的单亲母亲——躺在那里，由于痛苦和恐惧而呻吟着，她似乎为了避开光线而把头掉转过去。

她没有罗根遭到那种残害的任何征兆——没有布拉德福可以看到的断骨的情形，虽然从那些瘀伤和其他迹象来看，她显然受到了其他方式的摧残。准备战斗的火焰再次燃起，他的无情之火将继续烧向敌人，对于他们的恶行不会有任何宽恕。

他朝里面走了一步并暂停下来。他想到了会在这个囚室里找到亚莉克丝，但没有想到会在对面发现另一个人，后者正恐惧地抬头盯着他。她一头金发，棕色眼睛，样子很年轻——大概十六七岁——没有被绑缚住，身体状况要好得多。她胳膊抱住膝盖，上身微微摇晃着。

布拉德福走向亚莉克丝，她的哭泣变成了尖叫，而且转身避开光线，不顾一切地想要逃离他，好像看不出他或者不记得他是谁。“嗨，”他低声说，而她说，“不，不，不。”

他蹲下来。“我不是来伤害你的，”他低声说，“我保证，我不会伤害你。我是来带你离开这里，把你送到安全的地方。”

即便没有认出他，亚莉克丝也对于这种声音和话语做出了回应：不再试图爬开，没有动弹。

“你会没事的。”他低语道，并更加靠近她。“我会碰到你的，”他说，“我会把手放在你的胳膊和腿上，这样我才可以帮你。我不会伤害你，我保证。”

亚莉克丝畏缩了一下，但没有反抗，于是布拉德福把她拉近自己。扶她站起来，把她带到外面并进入那个仓库。那个金发女孩跟在后面，揪着他的袖子，叽哩咕噜地说着一些他听不懂的话，直到最终通过身体语言、泪水和蹩脚的英语告诉他，那些棚舍囚室里还有其他人。

布拉德福踌躇了一下。咒骂了一句，这不在计划之内。

因为挽救其他女孩并帮助她们找到一条出路而造成的耽搁，可能意味着他会被抓住，并且因涉嫌谋杀而被捕。然而出于良心，他不能把她们丢在这里不管。

他大声喊着亚当斯的名字。

通过后墙洞口进来的那个前海军陆战队队员出现了。当他看到那个金发碧眼的女孩时，他也愣住了。布拉德福走向他。“带她走。”他说，然后把亚莉克丝移交给他，就像是把一个孩子从一个人的手里交到另一双更强大的手掌中。

倒出手来的布拉德福从战术背心里取出纸，快速写下塔比瑟的已婚名字和她的电话号码。“这是她母亲，”他说，“给她打电话。我不管你怎么解释，只要确保她知道，她女儿有精神创伤就行。弄清楚她想要怎么做。”他停顿了一下，“然后打电话告诉我。不，不要等那么久。只要你们安全了，就给我打电话，再给她母亲打电话。”

亚当斯点点头，随即就离开了。

包括那个金发女孩在内，在预制板棚舍中总共关着三个外国女孩，她们都年轻漂亮，长着一双长腿和充满青春气息的面孔，每个人都是传说中那只下金蛋的鹅的现代版本：给她们提供食物和住所，然后提供给嫖客，金钱就会滚滚而来。她们很快就会出现在 Craigslist[42] 和其他在线约会网站上，并且在其拥有者的胁迫下，夸耀式地展示她们的年轻和美貌，说自己是本地的新来者，需要找到一个安身立命的机会，用魅惑的微笑、生动的谎言和捏造的历史，把自己打扮成可怜的妓女和应召女郎。

布拉德福不知道自己还能做些什么，他示意那些女孩到办公区，示意她们暂时等待一下，他觉得她们不明白他的意思，就转身从她们那里离开，走到那个更靠近他的倒下的敌人跟前，抓住那具沉重的尸体，把他拖进中间那个棚舍。

那个仓库看守员仍然活着，只不过剩下了最后一口气，随着每次呼吸，他的嗓子都会跟着发出轻微的咕噜声。布拉德福站在他的脚前低头盯着他，注视着这个人像战场上通常的垂死者那样颤抖，疼痛，惊恐。等待了一会儿，等到那个人的眼睛看清自己，便对他露齿而笑，这是报复性的微笑。他抓住那个人的胳膊，带着身后留下的一道长长的血迹，把他也拖进那个棚舍，然后丢在那里。

那几个女孩都站在过道里，像几只受惊的绵羊一样，彼此紧紧地簇拥在一起，睁大双眼盯着他走过来。布拉德福想让自己感觉到那种同情和怜悯，但是战斗过程导致的情感麻木以及后勤工作导致的疲惫感，阻碍了他给予关怀的能力。他在仓库已经待了 6 分钟了，时间太长了。他从她们

42. 商人克雷格·纽马克于1995年在美国加利福尼亚州旧金山湾区地带创立的一个网上大型免费分类广告网站。

旁边大步走向建筑物前部，把那件战术背心、枪和弹鼓丢进粗呢袋里，拿起工具箱，穿过那个破损的玻璃门，女孩们跟在后面。

他原本打算用那辆货车运送亚莉克丝，而且因为不确定她的情况，还在车后放了一个床垫。现在，那几个女孩坐在床垫上。布拉德福把她们关在里面。

他将货车驶离了那座建筑物，在沿着那条道路开出很远一段距离，确定他没有被跟踪之后，就把车停在路边。

他的手机响了起来。

是亚当斯。一切安全。正在去达拉斯的途中。

在跟上亚当斯之前，他需要想办法来帮助这些无助者，他不能只是把女孩们丢在大街上并祝她们好运。他离开驾驶室，进入到后面的车厢里。这用去了他一点儿时间。借助于手机互联网地图，他逐渐了解到她们来自摩尔多瓦，前苏联独立出来的诸多共和国之一。

他再次搜索互联网，尽了最大努力，在当地找到了一家俄罗斯联邦领事馆的位置。他不知道把她们送到那里，是否相当于把一个在泰国受困的美国人丢到加拿大使馆门口，但至少在那家领事馆，她们可以得到更好的求生机会：有人会理解她们的语言，她们的故事，并且替她们联系上能够为其提供帮助的人。不算是太大的帮助，但他只能做到这一步了，所以他把货车挂上档，继续开动起来。

现在——至少就这一时刻而言，他赢了。

警察会赶来的，他们会发现尸体，他们会找到充足的证据。他们必然会发掘真相，并且有望发现作战室已经找到的线索。执法机构最终无法解决的问题，布拉德福迟早会去解决的。

但是，他眼下还有更关心的事情。他替沃克清除了垃圾，他已经找到了亚莉克丝，而她现在正在通往安全之地。现在，他可以把重点放在迈克尔身上了。

41 黎明

意大利，米兰

芒罗双手插在夹克口袋里，从那家小酒馆走出来，朝米兰中央地铁站下面的大厅扫视了一眼，搜索着她即便看到、却可能并未真正察觉的某种危险。

她把妮瓦留在后面，让她藏在背对房间的一张后排桌子旁边，这就使得别人不能在瞬间认出这个女孩，也使得妮瓦很难通过目光接触和神经质的行为，暴露她自己的紧张情绪。两千欧元外加那部手机，以及一系列要求，是芒罗针对自己万一发生意外时留给妮瓦的一笔保险。

芒罗最后朝人群望了一眼，顺着台阶走下去，通过喧闹的地铁站大厅走向售票处，一边竭力隐藏那种有些一瘸一拐、显示出身体有异常情况的走路姿态。

根据鲁马尼提供的信息——假定他说了实话——他还有两个同伴昨晚已经进城，他们会展开搜索。可能有两个人或者更多，或者一个也没有，但不管怎样，玩偶大亨知道她和妮瓦在回萨格勒布的路上。而且事实上，不管她这个针有多么小，米兰这座大海有多么大，到达那里并没有太多可供选择的途径，想追踪到她们，未必是一件困难到如同大海捞针的事。

对于摆脱追踪而言，公路旅行原本是很理想的选择，倘若芒罗是一个人，她会给随便哪个司机一些现金，并且搭他的顺风车，但需要与妮瓦同行的事实，让这种做法并不可行。在没有适当的文件的前提下，再去偷一辆汽车并设法穿越意大利和申根区边界外围，同样是不可行的，另外，携带武器也排除了坐飞机旅行这种可能性。即便玩偶大亨的人的能力不值一文，他们也必然会考虑到这些可能性。

芒罗排队等候，等候有哪个人抬起头来，并细心观察她的警告性的迹象，但没有任何异常情况。距离下一班车还有几个钟头，于是她手里捏着票，返回到妮瓦那里。

她们在那个小酒馆有一搭没一搭地对话，打发等待时间：芒罗背靠墙壁，面对门口，喝下了太多的咖啡因；妮瓦小口吃着食物，假装很有食欲而且面带微笑，以此掩盖比前一天更大的疲劳感，直至出发时间到来，她们必须再次移动为止。

芒罗逗留到上车前最后一刻，她守在月台上，搜索着某种不对劲的地方，那种与真正的旅行者姿态不符的表情，那种只是注意其他人，而不是关注旅行日程提示和车厢号码的面孔。她需要搜索的是那种单独出行、并且显然没有明确方向性的人。她没有看见这方面的任何情况，才带着妮瓦走进列车，走过了许多节车厢，来到她们的头等卧铺车厢。

如果她是追逐者，她就会跳过这种不确定性，而是把人手侧重于到达目的地的那一刻，因为知道她最终必然会在那里出现。这就是被猎杀者的不利条件：永远都在逃亡，在躲避来自阴影处的怪物，永远都不能够安心休息，或者预测出袭击会从哪个方向发起。

在卧铺车厢里，芒罗背靠窗口坐着，两只腿伸开，放在没有人的座位上，手里握着的那支“杰里科”手枪藏在一条腿和坐垫之间。时间慢慢地过去，刺客从未出现过。在威尼斯顺利换乘以后，她放松下来，甚至打起了瞌睡，直到布拉德福打来电话。

她们在克罗地亚边境通过了移民入境，而列车在凌晨到了萨格勒布，此时街道仍然黑暗，城市处于沉睡之中。当她们下车时，有几个人等在月台上，而在他们当中，有两个人的姿态本能地引起了芒罗的警觉。

芒罗紧挨着下车的乘客，警惕地预防任何埋伏，一言不发地用身体护住妮瓦，并把女孩塞入其他人中间。当她们从月台走入到萨格勒布中心火车站时，她继续利用人数优势作为有效的掩护。

与米兰中央地铁站的范围和规模相比，这个建筑物相对较小而且几乎有些土气，不过仍然延续了其自身宏伟的历史建筑风格，它让人联想起当年的萨格勒布就和贝尔格莱德、布拉格和布达佩斯一样，曾经作为“东方快车”[43]沿线停靠站时的荣耀。

这个并非全然冷清的火车站此时很是安静，而凌晨时的黑暗和车站外围广阔的空旷地带，使得那种威胁感陡然增加。

芒罗克制着加速奔跑的冲动，用肘轻推着妮瓦，使她稍微加快速度。

追踪的声音也在跟着增加，但不管是谁跟在后面，始终没有拉近与她们之间的距离。

在外面，几辆排成一排的出租车正在等待拉客。那个人影似乎距离她们足够远，以至于芒罗突然转身朝那个方向看去时，也无法确切地看见他的踪迹。

他是一个侦察者。他来这里不是为了杀戮，而是为了报告。

当她们在换乘期间，布拉德福打来的电话和通报的消息——确认救出了亚莉克丝——已经改变了进程。玩偶大亨需要知道她是否会出现，需要知道即便她本人会送上门，那么妮瓦是否也会跟随同来。他需要知道这一点以便设计策略，并重新安排他的走卒。

所以，他现在知道了结果。

到那家酒店只有很短的车程，在前台那里，芒罗出示了证件，填写登记表，支付现金，然后拿到了房间钥匙。她们走进电梯，不过电梯刚刚

---

43. 在19世纪后期，由狂热的火车爱好者乔治纳杰麦克推动的从巴黎抵达伊斯坦布尔的一条火车旅行路线，旨在提供全面而奢华的服务，让“东方快车”成为名副其实的“移动宫殿”。

上升到六层，她们便从电梯里走出来，转弯顺着楼梯向下走进大堂。芒罗的胳膊搂住妮瓦的肩膀，带着女孩通过酒店侧门出口，沿着人行道随意前行。

这里的街道非常类似于不到一周前，她在玩偶大亨的那座建筑物外围所感受过的街道样式。她们此时是在老城区，也是他的老巢所属的一个城市区域，在这里，整齐的街道，以及具有精心设计的石材外墙和拱门并通向封闭式庭院的三四层小楼——就如同玩偶大亨的那座建筑物一样——构成了一个庞大的街区矩阵。

“这是怎么回事？”妮瓦问。

“我们不能待在那里，那里不安全。”

玩偶大亨知道她来到了这里，知道她必然会在某个地方住下来，而且掌握了她携带证件上的名字，可能还掌握了那辆出租车的车牌号以及汽车的详细信息。现在他有了具体目标，也有了某种计划并且正在实施。

“那我们去哪里？”

芒罗暂停一下，轻推着妮瓦进入一个拱形门洞，然后转向她。“我们会等到今晚过去，”她说，“在那之后，就没有什么‘我们’了。我会把你送到美国大使馆，这样你就可以回家了。”

“那不成，”妮瓦说，“我来这里是要帮你的。”

“你已经是在帮我了。你帮了我很大的忙。你跟我来的原因只有一个，那就是把你自己用作筹码，你已经完成了使命，但是现在，我不必再用你做其他交易了。”

“那个人怎么样了？”妮瓦的声音提高了一点儿，“短信里的那个人？”

“她被救出来了。”

妮瓦盯着地面。“OK，”她说，“我理解了。但接下来无论发生什么事，我还是想参与进去。”

“那有什么意义呢？你用你的生命做赌注——你很勇敢——可现在

这都结束了，你可以回家了，开始新的生活。”

“我会打枪。我有眼睛。我可以在后面保护你。”

芒罗笑着摇了摇头。“有你在，我就多了一个需要操心的人。”

妮瓦倔强地抱起双臂，原来的那个妮瓦，那个朝她吐口水并且扑过来的妮瓦，那个咒骂、厮打和逃跑的妮瓦，那个在这个小女孩身体里的“坏”孩子，又出现了。“那你就把我一直拖到大使馆好了，我会又踢又叫的，而且我敢肯定，那会给你带来很大的麻烦，而不是方便。”

“拜托了，”芒罗说，“我们一起经历了这么多，你还要这么干？别捣乱了。你明白我为什么要这么做。你可能不喜欢这样，但如果你站在我的立场上，你也会这么做的。”

“我跟你走了这么远的路，不只是为了让自己作交易的，”妮瓦说，“这只是其中一部分。”她抬起头来，直视着芒罗的眼睛。“没错，你有你的理由，但既然我们一起经历了那么多，你就没有权利把它从我这里夺走。”

“把什么从你那里夺走？”

“报仇。”

“真该死！我想到过你可能有这个目的，妮瓦。”

“这是我换来的，”妮瓦说，“我一直很忠诚，没有提出质疑，我也很安静，而且你叫我做什么，我就做什么。我没有造成任何问题，它是我赢来的。”

“什么是你赢来的？你到底以为我会做什么？”

“杀掉那个领头的，”妮瓦说，“我知道你要做这件事。”

“然后呢？”

“我想参与。我想看到他死。”

“不行。”

“你不可以把这个机会从我这里拿走。”

“我当然可以，而且我会那样做的。”

“我会紧跟着你。”

“你气死我了。”芒罗说。

“你听我说，”妮瓦说，“我多少年来都在靠执法部门，我的治疗师，某个人，任何人，帮助我解决这个那个的。我受够了这种无助的感觉。”她停顿了一下，深吸了一口气。“而且我厌倦了被别人吓唬。你要么让我一起去，成为你的搭档，这样我就可以证明自己，而且我能帮你什么就帮你什么，就像我到目前为止所做的那样，要么你就和我较量，浪费你自己的时间、精力和资源。”

“要么我可以杀掉你，现在就甩掉你这个包袱，也给他省了麻烦。”

妮瓦翻了翻白眼。“无所谓。”

“你为什么那么需要报仇？就算看着他死，对于你又有多少意义？我可以拍一张照片。你可以把它贴在你的卧室天花板上，每天晚上看着它入眠。”

“你忽略了关键的一点，”妮瓦说，“你别忘了你的伤疤，你也杀过人，你应该比任何人都清楚，可你看上去却像是在装傻。你完全知道我想要什么，也完全知道为什么。”

“妮瓦，这是毫无意义的。我要做这件事，是因为我知道我可能不会活着出来，我甚至可能无法杀掉那个人，但我必须这样做，我别无选择。你有更好的选择，不要白白送命。”

“我想，我终于能够对某个伤害过我的人做点儿什么了。我想要做这件事的愿望，比做其他任何事都强烈。”

“他们可能会杀了我，并且把你抓住。你有没有想过这一点？那样的话，你不但不能报仇，而且不得不忍受你的愚蠢导致的后果？”

妮瓦耸耸肩。

“你跟着我会妨碍我，”芒罗说，“我不想在这里和你浪费口舌。”芒罗挺直身体。“你是一个累赘，妮瓦。如果你现在没和我在一起，他早就死了。”

妮瓦踮起脚尖，让自己站得更高。“如果不是因为我现在和你在一起，你所爱的人已经死了。”

芒罗叹了口气。她退后了一步，从拱形门洞出来并走向人行道。“我没有精力和你争辩了。”她说。她从口袋里取出手机，转过身来，开始步行。“既然你那么不明智，不懂得保护自己的生命，我也没必要浪费时间说服你别去做一个傻瓜。”

芒罗没有那个黄金制品作坊建筑物的地址，但是从那条车道出来以后，她对于那个地址和这个地区的位置关系，已经有了一种感觉。她知道她要寻找什么，对于她想要去的地方有了大致概念，而且借助于一个出租车司机的导航，要找到回来的路不是难事。

当那个司机把她们放在距离目的地不远的一条街道上时，一直黑暗的天空已经开始从黑色变为深紫色。芒罗一边等待黎明到来，一边沿着那个街区行走，在路灯璀璨、气氛安静，而且散发出小城镇的古朴感和安全感的人行道上向前踱步。

始终沉默着的妮瓦紧跟在她旁边。没有提出问题，没有任何交谈，她们就这样朝前走，直到芒罗转了一大圈，在位于一个拱门两侧的那两家珠宝店对面暂停下来。当时正是在这个拱门那里，她从汽车后视镜里看到鲁马尼站在那儿窃笑。

她一直走到那个街区的尽头，找到了一个门口下面的隐蔽处。当她坐下来并等待太阳出来时，妮瓦也跟着坐下来。“当我走动时，”芒罗终于说道，“我不会有时间解释什么。你要么跟着我，要么别跟着我，但如果你落在后面，那你想去哪儿就去哪儿吧。”

“我会没事的。”妮瓦说。芒罗注意力完全集中于玩偶大亨的那个建筑物和店面窗口，因此并没有回应。

在长时间的等待中，芒罗后脖颈的皮肤不止一次感到发痒和刺痛，因为她清楚地感觉到自己在被人监视，但尽管她的目光扫过了那些窗户、屋顶，并且顺着街道搜索某种可见证据，却还是没有发现任何结果来验证那种感觉。如果那个人是鲁马尼，如果他已经获得自由，而且这么快就赶到了这里，如果他现在通过瞄准器看到了她，她欢迎他打出他在米兰没有打出的那一枪，欢迎他永远结束这一切。然而，时间仍在一分一秒地过去，什么也没有发生。

太阳已经完全越过了地平线，开始在天空中上升，此时，进入玩偶大亨的建筑物的第一个机会到来了：那是进入视线的一个宽肩膀、穿着舒适便鞋的中年女人。当她刚刚出现时，乍看上去只不过是越来越多的赶去上班的行人之一，不过，她在最近的那家珠宝店前面放慢脚步，并且把手伸进手提包里。

在那个女人把手完全收回来之前，芒罗已经站起来并走下台阶，当她的手摸到钥匙的时候，芒罗穿过了马路。当钥匙插入锁头时，她已经站在那个女人身后，而且就在门打开的一刹那，那支“杰里科”顶在了那个女人的头上。

42 累赘

那个攥着钥匙的女人张开嘴想要喊叫，就在她的惊恐和发声之间的间隙中，芒罗的一只手捂住了她的脸。尖叫发出来了，而且正在尖叫，但被瞬间捂住了，与此同时，那个女人去咬芒罗的手指，去扒她的指甲，而肾上腺素再次激增的芒罗用枪打了她一下——重重地砸在那个女人的脑袋上。

那个女人暂时停止了挣扎，芒罗转过身来，背对着房间里面，眼睛朝着街道，同时将那个女人拉进店内。妮瓦若无其事地穿过那条单车道，仿佛她就是这家店铺的业主似的，而且就在门完全关闭之前抓住门把手，然后跟着她们进到里面，不等芒罗开口，就拔出了钥匙，重新锁上门，并从那个小背包里掏出了一把手枪。

她动作夸张地在那个女人面前挥舞着武器。意识到目前是两个对一个，就像许多面对压力和被恐惧所吞噬的人一样，那个宽肩膀的女人出于自我保护的本能而老实下来。

在芒罗的手掌后面，她哇啦哇啦地说着什么，然后就小便失禁了。

妮瓦盯着地板上那滩水迹。

芒罗说，“你去看看能不能找到后门的钥匙。”

妮瓦晃动着那串钥匙，轻声地说，“是的，她可能有用。”

芒罗没有理睬她，在那个女人的耳边低声说着什么，她使用了各种语言，直至发现她对匈牙利语做出了反应。

鉴于她的脑子里那种奇怪的布线模式和她被强行灌输的那些录音，她对于这种语言具有充分的认识和有限的口语能力，于是便尽可能传达了她无意伤害对方的意图。

那个女人疯狂地点头，但芒罗不能冒险松开她的嘴，而且懊丧感随之而来——即便芒罗想让这个女人活着，她也会是一个问题。

从店铺后面传来妮瓦的声音，“找到了。”

“别去打开它，”芒罗说，“到这里来，帮我找到什么东西堵住她的嘴。”

“我原以为你一个人就能搞定呢。”妮瓦说。

“闭嘴就好，抓紧时间吧。”芒罗说。妮瓦假笑一下，然后走到柜台后面，在货架上和地上的几个纸箱里翻找着。

芒罗示意那个女人到另一个柜台后面坐下来。“*Nem akarlak bántani*[44]，”她说，“而且我想让你活着。”这是事实。她是来杀玩偶大亨的，要切断这个组织的脑袋、胳膊或者可能是腿脚。可是她不可能知道这个女人是否像正房里许多从事金器工作的人一样，只是一个旁观者，也即她到这里来，可能并非出于她自己的选择，抑或是在这个游戏中扮演了某个角色。

妮瓦说，“我找到了纸箱包装材料和一些报纸。”

“这就足够了。”

那个女人按照要求坐在那里。芒罗把报纸握成一团，塞进她的嘴里，然后用一圈绳索把她束缚住：在她的手腕上缠了厚厚的“8”字形，并把绳索一端从手腕向下拉到脚踝处，在那里重复了同样的程序。这并不足以让她彻底失去反抗能力，但这种束缚可以争取时间，避免让其发出某种警报，也可以使芒罗不会因为没有选择而不必要地杀人。

4 分钟过去了，店内仍然很安静。

芒罗直起腰来，从柜台后面走出去，经过妮瓦身边走到后门那里。她检查了门框，看看是否有安保设施的迹象，比如打开它就可能触发的任

44. 我不想伤害你。

何警报。没有发现什么问题，就转动了钥匙。把门向里一点一点地推开，观察着周围的情况。

大房间里同样很安静，空无一人，她估计那些工匠很快就会到这里开始一天的苦差事。从玩偶大亨的房间没有渗出灯光，这似乎有些不协调而且令人奇怪。过去每次芒罗通过正屋时，他的灯都会亮着，让他看上去几乎像是一个神秘的、住在那个摆满玩偶的办公室的隐士。

在房子后侧的远端，那扇钢制大门敞开着，而在那扇门旁边，一名警卫坐在一张金属折叠椅上，虽然人是醒着的而且睁着眼睛，但显然是因为坐得太久的缘故，整个人都在走神。芒罗示意妮瓦走过来，暗示她让那扇门保持敞开状态。

倘若没有警卫，芒罗就会带着妮瓦进入里面，到下面的囚室快速看上一眼，然后返回，在玩偶大亨的办公室设伏。但是，有警卫就意味着这里有囚犯，而囚犯是无辜的生命，会被邪恶之人用来作为交易品，或者更糟糕的是，会被用作一种抵押品抑或是控制机制。

芒罗把那支“杰里科”藏起来，从那个最大的工装裤口袋里掏出那把袖珍匕首。皮肤接触到金属，肾上腺素随之激增，两只手开始发热，就像新鲜血液从静脉流出一样。她潜入里面，四肢着地，在桌子以及它们构成的狭窄过道之间匍匐前进。偶尔暂停下来，向上伸手搜寻零散的物件，摸到了几样有用的东西：铅笔，陶瓷杯，块状蜡。她把它们抓在手里并继续移动，直到完全通过工作台面，停在一面形成半个小房间、与坐在那里的警卫距离很近的胶合板墙的后面。仅仅借着从窗户渗入的微弱的晨曦，她也能够看到他脸颊上那些明显的痤疮疤痕。

芒罗把那个不规则的蜡球扔过空荡荡的过道，使它撞到一间办公室的墙壁上。声音很微弱，所以，那个警卫没有注意到那个沉闷的、原本会让一个更警惕的人迅速竖起耳朵的撞击声。

她用铅笔再次尝试。木条撞在墙壁上，发出“咔嗒”一声，他的头抬起来，他的肩膀挺直了——她等着他走上前。不一定需要他与她擦肩而过，只是想让他从那张椅子上站起来，并且离开那面墙壁，这样她就不必像一个近乎手无寸铁的人那样，对一个全副武装的目标展开自杀似的袭击。

但那个警卫没有动，他在浪费她宝贵的时间。

芒罗把那个杯子握在手中。如果这个也不能把那人引到前面，她就会被迫向他开枪，而在此过程中，就会引来这所建筑物里其他安保系统——要么是在上面的公寓房间，要么是在楼下的囚室——的注意。

她像扔保龄球那样，让那个杯子顺着身后的水泥地板朝前滚动，这时，那个警卫终于站起来了。他拍了拍那扇金属门，她猜测这是对留在下面的什么人传达一个信号。

他手里拿着武器，一支HK-USP战术型手枪，正如玩偶大亨手下其他人携带的武器一样，好像这种东西是这些事实上的坏人的某种标准配置一样。他迈步朝前面走去，搜索着声音的来源，开始从芒罗身后那面胶合板墙旁边通过，而她仍然蹲在一张桌子下面，根据他的脚步、他的呼吸衡量距离和时间。

芒罗数着他的步数，一直等到他完全通过，然后改变了蹲伏姿势，并准备直接面对他。她集中注意力，身体充满野性，克服了慈悲的弱点，回归到捕食者的本能。她闭上眼睛，作了长长的深呼吸，让压抑了几天的原始本性开始释放，让在热带丛林里无数个夜晚逐步形成的那种本能占据了上风。

他在地板上踩踏出的轻微的脚步声，代表着他在她脑海里那张地图上的位置。她在桌子腿下面移动，一步一步地跟上他。

警卫弯腰去拿那个杯子，他那只可以用来扣动扳机的手漫不经心地伸向地板。芒罗从那张桌子下面钻出来，就像在昔日丛林里那种沉默而冷酷的非洲曼巴蛇——在所有毒蛇中动作最敏捷的蛇——一样，她击中了他的手腕。那只手腕被扭转和切割，皮肤、静脉和肌腱被瞬间割开。

他的枪掉到地上。

警卫人员嚎叫一声。

她伸手去抓枪。

他转身扑过来。

她站起来并且开枪。

两枪爆头，枪声被消音器所抑制，就像是一声低沉的哽咽。

那人的嚎叫还未完全发出就止住了。他倒在地上。

她暂停了一会儿，凝视着那双睁开而又渐渐失去生气的眼睛，那具在石头地板上微微扭曲和颤动的躯体，就像是丢在那里的一个垃圾袋——从一个淡粉色额头上开出两个花苞的垃圾袋，手腕流出的鲜血，在地上形成一个小水洼：诺亚之死的一个丑陋的复制品。

从下面传来某人用阿尔巴尼亚语提出的一个问题。芒罗把声音降了一个八度，利用在很长时间之前掌握的一种语言，对对方喊道，“*Minjtë*[45]！”假如使用过多的单词，再加上方言和口音，就很可能会出错。但如果不回答，他就会上来查看。

从下面传来一声大笑。

彼此距离相当近。

芒罗带着那个死者的枪，开始走回到妮瓦那里，两手握住武器，瞄向空荡荡的监狱楼梯。

当芒罗接近妮瓦时，就低声叫了她一声，让她把门打开并用东西塞住，然后跟着自己进入正屋。不是因为她欠妮瓦什么，不是因为她需要对方的帮助，而是因为她不能把女孩丢在那里，让她有可能再次沦为囚徒，就像楼下那些囚犯一样。

芒罗再次经过那处面积很大的地面，这次动作很快，不用担心被人发现，她要赶在那个死者的同伙感到好奇、并上来查看之前走向楼梯并且下楼。她不想让妮瓦看到那个死者，就远远地绕过那具尸体，走到楼梯口那里，就在这时，妮瓦一下子僵住了。

芒罗开始下楼，妮瓦的踌躇让她暂停下来，并示意她跟上来。但女孩没有动。她面无血色，并且摇摇头。芒罗抑制住那种恼火。

累赘。

有时候，世界上所有的勇敢行为，都不能补偿精神的创伤和记忆的

---

45. 阿尔巴尼亚语，（一般指体形较大的）老鼠，耗子。

闪回。

累赘。

顺着这些楼梯下去，再次感受漂白剂和霉菌的味道，的确不是那么容易的事。知道她可能会像过去那样被锁在下面，无助地面对那扇金属门，甚至永远处于被囚禁状态，要走下去的确不是容易的事。芒罗必须这样做，尽管独自下去让她感到不祥，但妮瓦却坚持留在上面。

累赘。

芒罗把两个手指指指她自己的眼睛，然后又指着那个大房间，示意妮瓦在这里守候。指指她手里的那支枪，随即再次指指那个房间。

必要时，一定要开枪自卫。

妮瓦点点头。

芒罗抑制住沮丧和恼火之情。必须把注意力集中在眼前的任务上。下了几截楼梯，尽量放轻脚步，不被看守发现。倾听是否有脚步声，呼吸声，衣服的摩擦声，钥匙的叮当响，但什么也没听到。

她不需要朝那个角落周围窥探，就知道他在哪里。她被关在这个地狱里面时，已经多次见过那个地方。无须担心流弹会击中无辜者，因为不管是谁被关押在这个地牢里，都将被锁在石头和铁门后面。

芒罗转身迅速查看了一眼妮瓦，后者背对着她，两手握紧“杰里科”手枪并指向地板。

她深吸了一口气，跑下剩余的楼梯，绕开那个角落，开枪射击，一边数着连发次数，一边稳步靠近，直到那支战术型手枪的那个弹夹全部打光。她拔出那支“杰里科”，开始冲击剩余的距离。

那个警卫竭力把武器从皮套中拔出来。勉强开了三枪，但从未来得及从坐姿变成完全的站姿。他半个身子倒在椅子和墙壁之间，想要举枪继续射击。芒罗的脚用力踩住他的手，握住他的枪，把他自己的枪一下子扭向他的额头，然后扣动了扳机。她把那支“杰里科”放回自己的裤腰里，从对方的钥匙环上扯下那串钥匙。

43 平静

芒罗的手里攥着那个死去的看守的钥匙，走向这座地下监狱里面离她最近的囚室。她逐一试验，找到了能够打开它的那把钥匙。打开锁头，拉开那扇铁门。囚室里空无一人，空气里散发着妮瓦当初被关在里面时同样的恶臭气息。

她大步走向下一个囚室。将门锁打开，把门拉到一边。在垫子上蜷缩着一个形容凄惨的九岁左右的小女孩，衣衫褴褛，正在朝远离门的方向拼命爬动，似乎有可能以某种方式成为墙壁的一部分似的。

在芒罗的脑海里，各种声音开始鸣响并且急欲逃逸而出。愤怒之火摆脱了束缚，自我控制力占据了下风，她的心脏激烈地跳动着，这完全不同于战斗中肾上腺素的激增。那种血腥的欲望和暴力的渴求既无法遏制，也难以言传：那个杀手完全从沉睡中苏醒过来了。内体的那些狂暴的声音不断攀升，在反复而又有节奏地喊叫，争先恐后地提出杀戮的要求。

我挪移列国之地界。[46]

芒罗转身从门口出来，找到第三个囚室的钥匙，把门打开。

46. 引自《旧约圣经·以赛亚书》第10章（以下同）。

我抢夺他们积蓄之财宝。

这里面还有两个女孩，十五六岁的年龄，坐在那张被当作床的污秽的垫子上，沉默地呆望着她，胳膊抱住膝盖。

我像无畏的勇士，将邪恶之人赶下宝座。

芒罗依次使用各种语言与两个女孩对话，用了她掌握的欧洲人可能理解的所有语言，最后只能切换到手势，示意女孩跟着她走。

她们没有动。

她把枪放到地板上，举起两只手，再次示意。

其中一个离开垫子，并且朝前面移动。芒罗用后脚跟把那支枪轻轻推到门外，继续举着两只手，并退出了房间。那个女孩跟过来。

我所成就的事，是凭借我的双手之力。

芒罗指着走廊那边那个死去看守的尸体，然后指着她自己，又指向枪。那个女孩的脸上突然露出欢喜的笑容，她转向另一个女孩，嘴里兴奋地说着什么。第二个女孩站起来，而且几乎是跑到了门外。芒罗把她们带到那个小女孩仍蜷缩在垫子上的另一个囚室那里。那个更勇敢的女孩走进去，蹲下来，开始和那个小女孩交谈，当语言再次成为障碍时，她试图把那个孩子拉起来，不料那个小女孩尖叫起来。

就在这时，芒罗第一次听到上面的噪音：另一声尖叫，这次是来自一个年龄更大、也更成熟的女孩，紧跟着喊了芒罗的名字，并传来了枪声。她从地上抓起第二个看守的那支战术型手枪，快速冲向楼梯。

尖叫声。打斗声。金属门的关闭声。

她每次登上三个梯级。在门关闭之前全力撞门，竭力把它推开了一些，尽管她的冲力被上坡的角度所减缓。她继续用力猛退，对面的人放开手，门完全打开了。

芒罗站在门口，对任何想要开枪的人而言，她都成了一个明确的目标，但没有人开枪。玩偶大亨坐在最靠近那张桌子旁边的椅子上，身体斜靠在椅背上，面带微笑。他对芒罗摇摇手指。“啊，我狡猾的朋友，”他说，“谢谢你带给我的这份礼物。”

在芒罗左侧的门边，站着一个她以前没有见过的男子，就像阿尔潘和塔马斯一样，似乎也不过是玩偶大亨操作的那台看不见的机器可以替换的零件。在玩偶大亨旁边是妮瓦，一支手枪对着她的头，胳膊被反剪在背面，被机器的另一个零件控制住。

累赘。

自从妮瓦坚持要跟她离开那个领事馆的一刻起，她在脑海里就上百次地浮现出这一场面。十多次的争论和数不清的精力，都在致力于让这个女孩与这一场景隔绝开来，而它此刻就发生在眼前。

妮瓦的表情绝望而惊恐，嘴里不住地说着“对不起”。

芒罗从门口撤出一步。假如这里还有更多的机械零件，她必须选择更好的位置，而且就力量对比而言，目前这几个人，就已经占据了上风。

当她迅速冲上来的时候，那两个仍待在下面走廊里的女孩跟在她后面爬上楼梯，仿佛她们意识到有一个逃生的机会，而她就是那个机会一样。她们现在几乎就站在她的旁边。

芒罗右手握着那个死去看守的枪支，从后腰处拔出那支“杰里科”。她把一支枪对准玩偶大亨，另一支对准门边那个暴徒。她完全退离了门口，并且侧身倚靠住墙壁。

玩偶大亨朝门边那个歹徒轻弹了一下手指，于是那人扑过来，抓住一个女孩的手腕，猛然把她向外拉进房间。那个女孩尖叫起来，她开始哭喊并试图搏斗。他把枪顶到她的头上，就像另一个人用枪顶住妮瓦一样，于是那个女孩站在那里，因为恐惧而屈服下来，不停地抽泣着。

“把枪放下，”玩偶大亨说，“像你这种聪明人一定知道，你是逃不掉的。”

“也许吧，”芒罗说，“但我不会一个人死。”

他耸耸肩。“所以，你也许会杀了我。也许会杀掉我的一个人。你肯定会让两个无辜者送命。你又能得到什么呢？”

芒罗从那面墙壁退开，不过仍旧让后背处于安全位置。开始靠近他，一边评估获胜的概率、袭击的速度和对方的人数优势。

“你是不会杀她们的，”芒罗说，“她们太值钱了。比你活着都值钱，和你的这几头大猩猩相比，她们更是不可替代的。”

玩偶大亨扭头注视了妮瓦半秒钟。“这一个，没错，”他说，“但是这两个，还有下面房间里那个小的，她们都很便宜，很容易找到替代品。明天还有更多的货会送过来。”

他站起来，走到妮瓦旁边，与几乎是在俯视妮瓦的打手的高大身材相比，更显示出他身高的不足。

他从上到下地瞥了妮瓦一眼，然后扭头对芒罗说，“我觉得，这几个女孩对你比对我而言更值钱。”

当他转身时，芒罗又朝他走了一步，就在那一瞬间，玩偶人抓住妮瓦并把她拉向自己。他从他的人那里拿过那支枪，对准了妮瓦的太阳穴。他捏住女孩的脸颊，让她转身面对着芒罗。她的眼里满是泪水，她的嘴唇不停地说：对不起，对不起。

他说，“如果我死了，她们对我来说就一文不值了，所以，是的，如果有必要，我连这一个都会杀掉。不要再朝前走一步。”

芒罗停止了移动。

玩偶大亨对刚才控制着妮瓦的男子点点头，于是后者走下楼梯，抓住另一个因为恐惧而呆若木鸡的女孩。她转过身，一边尖叫，一边顺着原路往回跑。他追上去抓住她，薅住她的头发把她朝楼梯上面拉。她拼命地挥动两只手。当混凝土和石头摩擦着她的衣服和皮肤时，被磨损部位流出了鲜血。他一次又一次地踢她，而她蜷缩成胎儿的姿势，一面哭喊一面哀求，试图护住她的脑袋和腹部。

时间变慢了，近于停滞，若非因为芒罗的耳朵里感受到强烈的心跳，声音也似乎不复存在。伴随着脉搏激烈跳动的一个又一个瞬间，她的脑海里闪过各种可能的选择和策略。

要杀掉那个踢打女孩的男人并结束这种疯狂的场面，她就会开上一枪，并要被迫使用她的左手，这不是一个理想的选择。

紧张地思考。

随着第一轮枪声，那个女孩会死，妮瓦可能也会死。

他们的枪口都会对准她。她会死。然后是另一个女孩，紧接着是在囚室里的那个孩子，天知道还会有谁。

血液在她的耳根处疯狂地奔流。决定。选择。

我宁肯拼搏而死，胜似保全我这身骨头。[47]

她走到这一步，便已知道她落入了一个陷阱。走到这一步，便已清楚她的生存机会并不完全由自己掌握，倘若现在她的生命将告结束，她能够接受这一事实。她大声说，“住手。”

玩偶大亨笑了，用阿尔巴尼亚语喊了一句，于是那人停住了脚，那个女孩倒在地板上抽泣着，乱蓬蓬的头发遮住了脸。妮瓦咬着嘴唇，她的表情变得僵硬，面部紧绷而专注，似乎她和芒罗思考着同样的策略，盘算着同样的处境，并且得出了相同的结论。

玩偶大亨再次嘿嘿地笑起来，仿佛他终于取得了胜利似的。“你不行，”他说，“你不是我的对手，只有当你占据控制地位时，你才是一个危险因

47. 引自《旧约圣经·约伯记》第7章（以下同）。

素——要读懂你并且操纵你太容易了，因为你缺乏做出艰难决定的能力。换成是一个出色的人，他会首先杀了这几个女孩，这样就没了后顾之忧，然后就可以对付我了。你呢？你一文不值。”

阴云消散，便无踪迹可寻；死者入土，永远不会归来。

“杀了我，”芒罗说，“我知道你想这么做。”

“在这个房间里的所有商品中，”他说，“你是最值钱的，你是最珍贵的。考虑到你在过去这几天的树敌，和这个女孩相比，把你交给客户——哪怕是先用迷药把你放倒再交货——我赚的钱也会多出十倍。”

“我会先自杀的。”她说。

“你也绝对做不到那一点。”

妮瓦说，“开枪，迈克尔！我求你开枪。”

玩偶大亨朝妮瓦的肋骨打了一拳，她畏缩了一下。

“如果我投降，我可以换几个人？”

“四个，”他说，“那些小猪，还有这一个。我会放她们走。”

“现在就放她们走，”她说，“然后我投降。”

妮瓦尖叫起来，“不！”玩偶大亨又猛击了她一拳。

“我不是傻瓜，”他说，“你先投降，然后我放她们走。”

“先让她们离开。”

玩偶大亨窃笑起来。“她们会去哪里呢？我把她们放到大街上，她们会被人发现，警察就会找上门来。不。当我让她们离开时，我会让她们去她们不会给我带来麻烦的地方。”

“既然这样，我们就陷入僵局了。”

玩偶大亨大声下达了命令。那个手枪被玩偶大亨拿去的暴徒从衬衫下面掏出第二支枪。在他把枪口完全瞄准倒在地上的那个女孩之前，芒罗喊道，“不！”于是玩偶大亨阻止了杀戮。“这是你的选择。”他说。

芒罗一言不发，她在思考，试图从这种即便搭上她的性命，都只可能让邪恶获胜的绝境中找到出路。

“我不会等太久的。”玩偶大亨说。

如果她投降，她就失去了制服对方的机会，但如果不投降，一场杀戮即将发生。

好像是猜透了她的想法似的，玩偶大亨说，“我数十个数，那个女孩就要死。”

妮瓦发出尖利的喊叫：“开枪！”玩偶大亨再次打了她，这次下手更重，随着那沉闷的重击声，即便从这个距离，芒罗也能够看到她的眼泪。

玩偶大亨开始数数，从“2”直接数到“7”。

数到“8”，芒罗开始蹲下来。妮瓦再次尖叫，时间再次放缓了，每一个动作和场面都被延长或放大，生命似乎就像闪光灯的频闪照明一样，被定格在一个个瞬间：站在金属门旁边、手枪对着那个女孩的脑袋的男子；猛拉她的头发，把那张满是泪痕的脸向上提，在她的耳边狞笑着。倒在地板上的女孩，蜷缩成一团；她身边的那个暴徒枪口指着她，食指抚摸着扳机护圈，将脸转向玩偶大亨，目光里充满期待和欢乐，等待着那一声命令。玩偶大亨将妮瓦拉得更紧了，他面带微笑，幸灾乐祸；把枪口堵住她的耳朵。从房间另一侧传来一声低微的响动，好像是有个阴影晃动了一下，这让玩偶大亨出现了半秒钟的分心，使他数到“9”时的声音出现了延伸和扭曲。

芒罗把一条膝盖跪到地板上。

妮瓦尖叫着，“不！”她踮起脚尖，这样她的脸颊便与玩偶大亨平齐，她的身体挤压了他一下，同时伸出右手，去抓对准她头部的那支手枪的手，而左手则去抓他的头。这不是疯狂，这是深思熟虑。专注而坚定，意图明确，目光果决。

他的笑容消失了。

她的手指压在扳机上。

然后是一声爆炸，血肉横飞的爆炸，可以同时结束两条生命的爆炸。

妮瓦和玩偶大亨一起倒下，身体撞到桌子和椅子上，胳膊和腿缠绕在一起。

就在这一瞬间，意识到发生了什么的芒罗丢掉那支“杰里科”手枪。两只手同时举起那支战术型手枪，仍旧跪在那里，对着离她最近的那个人射击：以快速连发打空了弹夹，他的身体猝然一动，倒了下去，沉重地压在地板上那个女孩的身上。芒罗几乎在其鲜血喷涌并发出惨叫的同时，从他那里转向他的同伙——后者在看着第一个人倒下时抬起头，他为选择是杀掉人质并放弃人体盾牌、还是选择进行还击这二者之间感到犹豫。

他的武器从人质转向芒罗。

她放下那支 HK-USP 手枪，抓起了“杰里科”。他们的枪在同一时间彼此瞄向对方。他知道她是不会开枪的——只要他把人质作为挡箭牌——而她知道他的射击精度和控制能力会受到影响，因为他在控制一个活动的躯体的同时，只能被迫用一只手持枪射击。

芒罗做好了被击中的准备，希望侥幸地仅被子弹击中那件防弹夹克仍可保护的躯干部位。就在这一被动的瞬间，出现了另一团红色喷雾，来自那个人的头部，而且死的并非是她。

在此之前一直紧绷的时间之弦，就像因为负荷过重而突然崩裂似的变得松弛了，并且慢慢延展开来。那个暴徒倒下了，只留下人质独自站在那里，捂住脑袋尖叫着，试图避开红色的液体和突然的死亡。她的震惊和恐惧，与倒在地上的那个女孩相互应和，由此产生的震耳欲聋的叫声，第一次让芒罗意识到了什么。于是，就像一个蹬离起跑板的短跑运动员一样，芒罗快速通过桌子和过道构成的迷宫，呈斜线穿过房间，奔向她看见的那个阴影活动的地方。

那里空无一人。

她原地慢慢转了一圈。环视，搜索，与此同时，女孩的哭泣和哀号在巨大的房间里回荡。

在一张椅子下面，她发现了一个孤零零的子弹壳。

她抓起那个金属物件，感到一阵愤怒。

他从米兰脱身了，他曾来过这里。他原本可以杀掉那个造成如此多痛苦的人，从而结束这一切，但他却听凭妮瓦死去。虽然他高姿态地挽救了芒罗的生命，却完全剥夺了她获得平静的机会。他原本能够杀掉他的叔叔，将痛苦终结。他有能力让妮瓦活下来，却并未这样做，这让芒罗对他感到痛恨。

她饶过他一命，给了他一个机会，但不是为了这个。

绝对不是为了这个。

芒罗把那个子弹壳作为一种纪念物放进口袋，在再次穿过房间之前她朝金店里面瞥了一眼。柜台后面的那个女人已经死了，身体斜靠在墙上，头上有一个弹孔。

在通向地牢的金属门那里，芒罗绕过了两个受到刺激而眼神呆滞的女孩。女孩试图擦掉手上和脸上的鲜血和汗水，却使它们变得更加斑驳而可怖。

她示意她们跟着她到可以用软管帮她们冲洗的地方，但她们拒绝了，她没有勉强她们。

玩偶大亨死了。他的四个帮凶都死了。

金店里的那个女人死了，但金匠工人会来到这里，而且可能还有玩偶大亨的其他人手正在赶来。

她需要在他们到达之前离开这里。

在楼下，那个小女孩已经从囚室里走出来，进入走廊，芒罗发现她正盯着那个死去的看守。当芒罗靠近时，她退缩了一下，于是芒罗站在原地，伸出一只手，那个孩子逐渐转身，抓住她的手指。

她领着小女孩走到楼上那个有玩偶的办公室，那孩子看见架子上有那么多玩具，眼睛立刻亮了起来。芒罗拿起一个真人大小的复制品，并示意她坐下来，当那个孩子几乎带着与玩偶大亨当初表现出的同样的尊敬之情抚摸着玩偶的头发和衣服时，芒罗拉开一个个抽屉，寻找着相关文件或微型电子设备，任何可能提供玩偶大亨的身份或其经营模式的信息。

她一无所获。

两个女孩来到这个房间，站在门口。

芒罗犹豫了一下。她停止寻找，站直了身体，绕过那张桌子，把手伸给坐在椅子上的那个孩子。

当那个小女孩离开椅子，双脚挨到地面时，芒罗领着她走到门口，把她的手放到年龄较大的女孩的手里，然后从口袋里掏出钱。交给她们每人将近一千欧元，并护送她们来到门外。她们站在那里，再次看到早晨闪烁的阳光，脸上显现出无比震惊的神情：无须通过语言，所有的心意，所有的想法，都写在她们的脸上。

芒罗一直等到女孩们走过半个街区，然后关上门。她希望看到她们接下来的命运，但这超出了她的能力。她们必然会找到自己的出路，她们有望找到警察，找到会讲她们的语言的人，这样她们就能够向对方讲述她们的故事，并且最终带着寻找真相的人回到这个邪恶的地方。除此以外，也许她还会设法找到美联社或者路透社驻本地的记者，为某个真正想要得到这样一个故事的人提供足够多的信息。

芒罗慢慢返回，小心翼翼地来到妮瓦躺在那里的地方。

她站在女孩的身边。

双膝跪下来。

女孩的眼睛闭上了，她那张未被杀戮场面所惊动的面孔平静如水。如果说芒罗看到了什么的话，那就是在平静背后隐约露出一丝微笑，而且尽管没有任何头发，但死去的妮瓦与那个疯子曾试图把她变成的那种玩偶的形象看上去一模一样。她曾经说过的话，一遍又一遍地在芒罗的脑海里闪现，直到她终于以耳语般的声音把它说出来：我终于能够对某个伤害过我的人做点儿什么了。我想要做这件事的愿望，比做其他任何事都强烈。

双膝重重地压在地板上的芒罗身体前倾，想让妮瓦从玩偶大亨的手臂中解脱开来，不过她很快停住了。

把她留在这里，使她置身于这种可怕的情境中，似乎是对于神圣的亵渎，但这是唯一可行的选择。芒罗没有弄乱这个场面，于是继续将身体前倾，把嘴唇贴在妮瓦的额头上。

我所成就的事，是凭借我的双手之力。

“死亡带来的，也许是平静。”她低声说，然后站起来。

她转身背对现场，走向建筑物前端，走向金店的前门。当她离开这里时，拨打了布拉德福的号码。

44 再见

德克萨斯州，达拉斯

芒罗只带着装满那个小背包、自妮瓦死后一周内所累积的物品，从飞机跑道进入铺有地毯的机场大厅。

她已经回美国两天了，只是现在才要回达拉斯，回到她所拥有的那个最接近于家的地方。当她在丹佛市转机并给布拉德福发了短信以后，在几个钟头内都不曾和后者交谈过，或者听到对方的回音，不过她知道他正在等待，在那道旋转门的另一侧等待。

在离开死去的妮瓦以后，她给布拉德福打了电话，让他知道她还活着而且即将回国，接着，她联系了路透社驻萨格勒布办事处，交流了20分钟，又给美国大使馆打了电话。

关于那个血腥场面的新闻，很快通过平面媒体传播开来，世界各地的电视台播发了相关视频。在缺少细节的情况下，人们产生了各种各样的猜测，伴随着发现妮瓦下落的图像资料，至少要过几周之后，这种狂热气氛才能平息下来。

随着玩偶大亨和他的许多手下的死亡，他的得力助手的消失，以及他们在美国业务的瓦解，这个组织重操旧业（如果有这种可能性的话）必然需要一段时间。然而，在一个会将数十亿美元投入到对抗毒品的斗争、却只将微薄的资金用于对抗那种无形而且更为安全、更加有利可图的性奴隶贸易的世界上，在一个人口贩子和奴隶主几乎无须承担多大风险，就能够为那些贪婪的胃口提供女性的领域，必然会有其他人——而且永远如此——收拾残局。

芒罗先是坐上了第一列开往卢布尔雅那的火车，并在那里经历了耗时和烦琐的程序，填写了用于报告被盗护照并获得一份新护照——一份真正的护照——的文件。一拿到护照，她就搭乘了第一架返回美国的航班。

她绕过达拉斯直抵阿斯彭[48]，蒂斯代尔夫妇目前住在那里；她没有事先告知就直接上门。他们谨慎地欢迎她进入家中。在他们正式的客厅里，隔着一张特大号咖啡桌，她讲述了妮瓦在离开尼斯领事馆以后发生的所有事情的细节；向他们描述了那个贩运网络以及为什么妮瓦被绑架；详细解释了他们的女儿选择她所选择的道路的理由。对于失去一个孩子的父母而言，她提供的只是一个小小的安慰——假如这是一种安慰的话——不过妮瓦复仇的细节，媒体和世人永远都不会知道的那些细节，是她必须告知对方的一切。

蒂斯代尔夫妇并肩坐在沙发上，以情况所能允许的最大的冷静和稳重彼此倚靠着。朱迪思是他们俩当中的主要谈话者，也许与其说这是就事实所做的一种交流，不如说是一个需要卸掉心理负担的患者对于治疗师的倾诉。除了其他方面的情况以外，芒罗还听到了妮瓦有意无意地隐瞒的一些事情的细节，那个女孩在14岁时遭受过的外界伤害，以及从此改变了她的生活和逻辑的方方面面。

交代了她此行需要交代的事情，聆听了一位母亲含泪的倾诉，芒罗返回到达拉斯。她还没有走到旋转门门口，就透过玻璃看见了布拉德福：他倚靠在附近一面墙壁上，抱着胳膊，全身放松，只有眼睛的活动表明他是如何专注于周围的情况——这是一个如此典型的布拉德福，以至于她想

48. 位于美国中西部的科罗拉多州，西临落基山脉，以滑雪场著称，富人聚居区和度假胜地。

发笑，不为别的，只为那种再次回到这里的宽慰感，同时也有流泪的冲动，因为她知道这种感受不会持续多久。

她推门走出来，他露出了笑容，打量着她。在她迈出几个长步幅之后，他从墙壁那里挺直身体，在半路上迎接她。周围的一切仍在继续——拥堵的人群，从眼前掠过的一只只手提箱和一双双鞋，广播通知和行李领取提醒——他双臂搂住她，把她的头放在他的肩膀上，长时间地拥抱着她。

她终于抬起头，吸了一口气，说，“我们走吧。”

这时，她第一次注意到布拉德福脸上那种失意的表情，那种在迎接她的笑容背后掩饰得如此之深的表情。

“出了什么事？”她说，“罗根？萨曼莎？亚莉克丝？”

他摇摇头。“不是那种事。回头再说也来得及。”

“我不这么认为。”她说，不过布拉德福没有说什么，只是把手放在她的腰间，带着她朝出口和停车场方向走去。

“还是告诉我吧。”她说。

“我会的，但我要首先带你回家。”

回家。

芒罗并未要求布拉德福透露详情。如果仅此一天她能够拥有一份平静，如果仅此一天她有一个家，不管对方会告诉她什么，她都会耐心等待。他们肩并肩，默不作声而又步调一致地走向布拉德福的卡车。

家在北方，在地铁区域以外，那里的乡间土地仍然广袤，城市扩张还未超过几英里范围，尽管这种扩张过程的确正在渐进。家是一座有五个卧室的牧场风格的房子，是最近按照布拉德福要求的规格建造的，占地15亩。因为布拉德福把更多时间花在离家以外的地方，家是由一个全职管家和她的丈夫照管的，他们两人都和布拉德福多年相熟，现在就住在这个地产后面他们自己的一所稍小的房子里。

布拉德福把车开进房屋前面那条半圆形车道，在他们走到前门之前，弗莱西娅就打开了门。她对芒罗微笑着，欢迎她的到来，布拉德福等待她们寒暄完毕，随即就调皮地轻推芒罗走向那个卧室。跨越门槛之后，他就把她抱起来，用脚关上了门，然后把她扔到床上。

芒罗笑起来，他微笑着站在那里，审视着她。

“怎么啦？”她说。

“看到你笑真好。”

“你不要太担心了。”她说。

他跪在床上，把身体倾向她。“我不认为我的担心能解决什么问题，”他说，“还有，上帝，我太想你了。”

在房间里，时间失去了意义，所有的话语都无须说出口，所有的恐惧都被丢到一边。所有的折磨和忧虑，损失和疼痛，都在外部世界不复存在的这几个钟头内消失了。

在厨房里，他们之间隔着那座小岛一样的餐桌。他们抿着葡萄酒，吃着弗莱西娅备办的放在大托盘里的食物。

芒罗说，“那么，你要告诉我了吗？”

布拉德福又倒了一杯酒。没有过多的询问，他知道她是什么意思。他说，“我跟丢了凯特。”

芒罗把一块饼干塞进嘴里一半就停住了。“她出狱了？”

“在办公室那次爆炸之后，我不得不让我的人帮我管理事务，这样我才能去救亚莉克丝……”他停顿了一下，没有继续解释。

她把手指放到他的脸颊上。“不要为这件事折磨自己。”

“在这场较量中，她是唯一逃脱的人，并且成了一个赢家，我一想起来就发恨。”

芒罗一只手握着酒杯，另一只手牵住布拉德福的手，又把他拉向卧室。“她还没赢，而且即便她真的赢了，那也是一种得不偿失的胜利。”

布拉德福顿了顿，脸上蒙上一层阴影。他把芒罗拉向自己，紧紧地抱着她，低声说，“先不要说那个，OK？我知道你想要说什么，我现在不想听到它。今晚不想听。也许明天可以，但不是今晚。”

他说的不是凯特·布里登。他知道，芒罗在完全获得解脱之前，精神上将要承受多大的痛苦。她需要时间远离，需要时间治疗，而为了做到这一点，她必须回归自我：过去的那个孤独的信息侦探。她需要时间，把自己完全封闭起来。

芒罗把杯子放到一张茶几上，双臂搂着他的脖子亲吻他。她真的爱他，永远爱他。她微笑着抑制住悲伤，她很高兴自己不必说再见，不必吐出那个她永远不想说的字眼——事实上，永远都不会有真正的告别，因为倘若这就是家所在的地方，那么就像一只归巢的鸽子一样，她迟早会回来的，布拉德福必然知道这一点，正如他也知道她将要离开的原因一样。

她的离开不会发生在今晚或是明天，她在这里还有事情要做。她要去看望亚莉克丝，她应该做出努力，去看望她的其他家人，只要她准备好了，她会这样做的。而她最想要做的，最需要做的，就是去见罗根，当着他的面，对于他因为她而遭受的一切乞求原谅，正因如此，在那个不可避免的结果到来之前，她还有时间——他们还有时间。

德克萨斯州，理查森市

午夜的空气很安静，近期的一场雨带来的潮湿之气，加剧了夜晚的凉意。在过去三个钟头里，朝向那栋综合建筑群背面、远离街道交通和轮胎刮擦人行道的声音的高级公寓所在区域，变得出奇地安静。

在夜色中的一个黑暗的角落，隐藏在那里的芒罗观察着，等待着。几个钟头过去了，夜色渐深，住户们陆续返回家中，而且就像有限的灯光所表明的那样，有些人已经上床睡觉了。

就像是一个被动等待的猎人，她只能根据车辆、打开的门、拉起的窗帘、打开而又关闭的灯光以及街道上的阴影估算时间，有时也会根据从旁边经过的人数加以判断。

她仍蹲伏在常青灌木丛旁边等待。

芒罗向布拉德福要了一支枪，又搜遍了他提供的那个塑料储物箱，拿到了她想要的东西。借了他的卡车，没有承诺何时退还，也没有告诉他，她要去哪里。

他没有问，但他知道——他必然知道。

地面很冷，感到不舒服的芒罗换了姿势。她并不怀疑布里登最终会回到这座公寓，芒罗在多年前就发现了这个小小的藏身之处，而且对此一直保持沉默——尽管布里登返回的具体时间以及频率是个谜。

在布里登入狱期间，虽然她的房子被止赎，汽车被抵债，但这个公寓的按揭仍在支付，物业仍在运转。某种东西在这里等待着布里登，那是她需要或者渴望的某种东西，促使她返回的某种东西。即便没有别的东西，这所一居室住宅也是布里登唯一的避难所——一个为她遮挡风雨的地方，一个供其躲避寒气的地方——当她重整旗鼓，准备实施下一个计划时，这里便是她的一个临时的家。

午夜的宁静变得持久，壁炉燃烧木材的烟雾气味，表明了德州异常的天气状况：早春时节仍然可能出现一次结实的冰冻。顺着车道偶尔开进来的几辆汽车进入车库或者车棚，但那个高级公寓仍然没有动静：黑暗、无人，等待着主人回来。

提前进入，在漆黑的房间里设下埋伏，远离室外的湿冷和他人可能的察觉，是一个令人愉快的诱惑，但她不知道里面的情况，不知道为了对闯入者发出警告，布里登做了什么样的准备。

更多时间过去了，她感受到了持续的潮湿和静谧。那是一种危险的、伴随着思想和记忆不断涌动的安静，各种声音在她的脑海里翻腾。即便是在玩偶大亨死去之后，那些声音也并未真正停止。她远未回归到她在这场疯狂的经历开始之前的那种平静。

假如认为在这天夜里，当她做完在许多个夜晚之前就应该做的那件事情之后，她就能够再次找到平静，那是一种愚蠢的想法，但那种念头却一直存在，甚至逐渐变成了更黑暗、更迫切的愿望，并且转而被其他图像所取代：地牢和女孩，罗根和妮瓦，杰克和萨姆，还有诺亚，以及她自己警诫过妮瓦的话：复仇最容易让人充满期待。

有一种代价，总是要还的。

一辆汽车的前灯照亮了车道，它一直开进了布里登公寓前面的预留车位。对于这次潜伏原本并不抱太大希望的芒罗在感到喜悦的同时，也对那个瘦削而苍老的身影迈出的快速的步伐感到吃惊。甚至在黑暗中，芒罗也能够清晰地看到，自从上次见到她以来，布里登明显地变老了。那种稳重的姿态不见了，曾经拥有的年轻人似的朝气与活力，被一个憔悴和老迈的躯体所取代。

带着足够的耐心和一个捕食者的本能，芒罗等待布里登从旁边通过，等待她从手提包里找到钥匙。当她将一根手指沿着上门框滑动，并拨弄着那种据芒罗推测只能是某种窃听器之类的东西时，下意识地朝周围看了一眼。

芒罗从蹲伏的姿势站起来。

过去几周的痛苦和不幸，即将告一段落。

正义之人看见复仇之机，就感到无限喜悦。[49]

在她的胸膛里，那面战鼓咚咚作响。

要在恶人的鲜血中洗涤双足。

芒罗借着夜色向前移动，台阶处的灯光下，瞬间出现了一个影子。她完全盯紧了布里登的姿态，布里登的呼吸，布里登的脊柱。接着，她几乎就站在布里登的身边，把枪口杵在布里登的头上，说，“我们又见面了，凯特。”

49. 引自《圣经·诗篇》第58章（以下同）。

45 永无终结

德克萨斯州，达拉斯

5个月后

一条四分之一英里长的碎石子路，将那条柏油村道和布拉德福住宅的前门隔开，将前厅和邮箱隔开。在多数情况下，这个距离是没有意义的：他经常不在家，也不用操心收取包裹的事情——弗莱西娅会替他做这件事，而且任何紧急包裹都会直接寄到凯普斯通办公室。

但是今天，布拉德福回家了，他开着那辆卡车，离开那条柏油村道，顺着路肩线驶来，去收取放在那个邮箱里的东西，这也省了弗莱西娅跑一趟腿。他抓起那摞纸张，把它们丢到乘客座位上。当他来到住宅后部区域，把车停在车库里，俯身去拿那一小沓赠阅的插页和杂志以及广告传单和信封时，他一眼瞥见了那个字体，那个让他的呼吸瞬间暂停的字体。

此时，他的一条腿已经放到了卡车外面，他把它收回来，重新坐回到座位上，盯着那个信封：普通的白色信封，根据形状和邮票判断，显然不是来自美国国内。没有回信地址，不过他自己的名字和地址明确无误地写在上面，它们让他的脉搏加快，让他的手指颤抖。

布拉德福用牙齿撕破信封的一角——足够他把一根手指伸进裂缝，并将信封顶部划开。

里面是一张单页纸。一份外文剪报，使用的是他看不懂的语言——八成是一种斯拉夫语，虽然他不确定究竟是哪个国家的语言。他不关心这一点，也不需要知道，因为尽管那种语言对他而言是无意义的，但那张剪报匹配的照片，那张具有报纸颗粒感的照片，告诉了他一切。

一艘大游艇被烧焦并被掏空，只剩下足够多的船体，使之没有向水线以下倾斜。远处的背景，像是地中海地区的某段海岸线。

布拉德福长时间凝视着剪报，他坐得愈久，笑容愈深，那是一种无法用言语表达的快乐，直到终于放声大笑起来。

（完）